**카와하라 레키** | 지음
**abec** | 일러스트
**김완** | 옮김

006

REKI KAWAHARA ABEC BEE-PEE

# SWORD ART ONLINE
## phantom bullet

SWORD ART ONLINE

"나는……, 인정하기 싫어.
PK가 아니라, 진짜 살인을 하는
VRMMO 플레이어가 있다니."

시논 § 총과 강철의 MMO 《건 게일 온라인》 플레이어 소녀.
거대한 라이플 《헤카테 II》를 애용하는 스나이퍼.

"나는, 놈을…… 《사총》을 쫓겠어.
더 이상 그 권총으로 남을 쏘게
놔둘 순 없어."

키리토 § 《사총》을 조사하기 위해 《GGO》에 잠입한 소년.
총과 강철의 MMO 내에서 유일하게 《검》을 사용한다.

"아무리 키리토 군이라 해도 그렇게까진 안 해.
······안 할 거야, 아마."

아스나 § 키리토의 애인. 《ALO》에서는 운디네 마법사.

"아하하, 그거 그럴듯하다.
게다가 총 게임인데 총이 아니고 칼로 말이지."

리즈벳 § 《SAO》에서 키리토에게 검을 만들어준 소녀.
《ALO》에서는 레프러콘 대장장이.

"정말…… 의외네요오.
키리토 오빠는 처음부터 막 몰아칠 줄 알았는데."

─ 시리카 § 《SAO》에서 키리토에게 도움을 받았던 소녀,
《ALO》에서는 테임이 특기인 캐트시의 모습을 하고 있다.

"오빠가 영 안 나오네……."

─ 리파 § 키리토의 여동생. 본명은 스구하.
《ALO》에서는 실프 마법전사로 활약한다.

"어떤 순간에도 체크 식스를 잊지 말라고."

# 건 게일 온라인 최강자 결정 배틀로열
# 불릿 오브 불리츠 제3회 대회장
《ISL 라그나뢰크》 지도

사막

도시 폐허

전원

초원

삼림

철교

산악

1km

## 《ISL 라그나뢰크》

총과 강철의 VRMMO 《건 게일 온라인》 최강자 결정전, 제3회 《불릿 오브 불리츠》 결승대회장으로 선정된 고도(孤島). 배틀로열 형식이며, 결승에 올라온 거너 30명이 같은 맵 안에서 총격전을 벌인다. 마지막으로 살아남은 플레이어가 우승자가 된다.

본선의 무대 ISL 라그나뢰크는 직경 10킬로미터의 원형. 산도 숲도 사막도 있는 복합 스테이지이며, 각 아바타가 맵 내에 랜덤 배치된 채 전투를 시작한다.

참가자에게는 《새틀라이트 스캔 단말기》라 불리는 아이템이 자동 배포된다. 15분에 한 번, 감시위성이 상공을 통과할 때 전원의 단말기에 맵 내 모든 플레이어의 위치가 송신된다. 다시 말해 기습을 피하기 위해 한곳에 잠복할 수 있는 제한시간은 15분이다.

중앙에는 아득한 옛날에 번영했던 고도문명의 유적인 도시 폐허가 자리 잡고 있다. 남부에는 스테이지를 양분하듯 큰 강이 흐르며, 철교가 하나 놓여 있다. 남동부는 삼림 에어리어, 서부는 초원 에어리어, 동부는 전원 에어리어, 북부는 사막 에어리어이다. 사막에는 모래밭 외에 바위산 지대나 동굴도 존재한다.

일러스트 : 미도리 후우

「이것은 게임이지만
놀이가 아니다.」
──「소드 아트 온라인」 프로그래머 카야바 아키히코

# SWORD ART ONLINE
## phantom bullet

REKI KAWAHARA

ABEC

BEE-PEE

# 7

"오~빠."

맑게 갠 일요일, 점심 식탁에서 사랑하는 여동생이 최상급 미소와 함께 그렇게 불렀을 때, 제일 먼저 《불길한 예감》이 번쩍 하고 뇌리에 스친 것은 그야말로 나의——키리가야 카즈토의 평소 행실이 바람직하지 못하다는 증거이리라.

입으로 가져가려던 방울토마토를 우뚝 멈춘 채,

"가……갑자기 왜 그래, 스구?"

그렇게 물어본 나는 맞은 편 의자의 여동생——정확히는 사촌동생인 키리가야 스구하가 옆의 의자 위에서 집어든 것을 보고 예감이 적중했음을 깨달았다.

"나 있지, 오늘 아침에 인터넷에서 이런 기사를 발견했거든?"

그 말과 함께 내 코앞에 들이민 것은 A4 용지였다. 국내 최대급 VRMMO 게임 정보 사이트 《MMO 투마로우》, 약칭 엠투의 뉴스 코너를 출력한 프린트물인 모양이었다.

굵은 헤드라인은 【건 게일 온라인 최강자 결정 배틀로열 제3회 《불릿 오브 불리츠》 본선 출장 플레이어 30명 결정】이었다.

그 밑에는 짤막한 소개문과 함께 모든 출장자의 명단.

손톱을 짧게 다듬은 스구하의 집게손가락 바로 옆의 【F 블록 1위: Kirito (첫 출전)】이라는 뚜렷한 문자열을 흘끔거리며, 나는 덧없는 허세를 부려보았다.

"흐, 흐음, 이름 비슷한 사람이 또 있구나."

"비슷한 게 아니라 완전히 똑같은걸."

스구하는 가지런히 자른 앞머리 밑에서 자못 스포츠 소녀다운, 야무지고 청량감 도는 얼굴에 미소를 지었다.

현실세계의 그녀는 고등학교 1학년 때부터 인터하이와 옥룡기의 단체전 정규선수로 발탁된 검도선수라서, 허약한 쭉정이 같은 나는 체력에서 도저히 감당할 수 없다. 그리고 가상세계에서도 스구하는 완전 스킬제 VRMMO 《알브헤임 온라인(ALO)》에서 《리파》라는 이름의 요정검사를 조작하며, 그녀의 단아하고도 강렬한 검은 내 막무가내류 검법을 압도한다.

따라서 만일 스구하와 싸운다면, 나는 현실에서도 가상세계에서도 냅다 사과할 수밖에 없다. 물론 평소에는 조금도 그런 걱정을 하지 않는다. 내가 현실세계로 돌아온 후 1년 동안, 우리는 어릴 적의 소원함을 풀고도 남을 정도로 사이가 좋아졌다. 여름방학 때 미국에서 잠시 귀국한 아버지가 심하게 삐졌을 정도로.

오늘——2025년 12월 14일 일요일의 점심 식사도, 어머니가 여느 때처럼 편집부에 묶인 통에 스구하와 둘이 쇼핑부터 시작해, 포치드에그가 들어간 시저샐러드와 해물볶음밥을 함께 만들어 테이블에 마주 앉아 먹는, 실로 단란한 전개로 시작되었다. 문제의 프린트물이 나오기 전까지는.

"……하, 하기야, 똑같나? 음."

나는 뚜렷하게 인쇄된 Kirito라는 이름에서 억지로 시선을 돌리며 방울토마토를 입에 넣었다. 씹으면서 어영부영 말을 잇는다.

"하, 하지만 흔해빠진 이름이잖아? 나도 그냥 본명을 줄여 쓴 거니까. 분명 그 GGO의 키리토도, 키리……키리가미네 토고로라든가, 그런 이름일 거야. 응."

허망한 어휘가 가슴에 따끔따끔 박히는 것은 물론 사랑하는 여동생에게 새빨간 거짓말을 했다는 죄책감 때문이다. 그렇다. 스구하의 손가락이 가리키는 Kirito는 100퍼센트 틀림없는 나 자신의 아바타였다.

내가 왜 그 사실을 감춰야 하냐면, 문제의 건 슈팅 MMO 《건게일 온라인(GGO)》의 대회 이벤트, 그 이름도 찬란한 《불릿 오브 불리츠(BoB)》에 출장하기 위해 홈 월드인 ALO에서 사용하는 아바타 키리토를 GGO 세계로 《컨버트》했기 때문이다.

컨버트란 《더 시드》 플랫폼에서 가동하는 모든 VRMMO에 공통된 기능으로, 어떤 게임에서 키웠던 캐릭터를 다른 게임으로 《능력을 유지한 채》 옮길 수 있는, 몇 년 전까지는 생각할수도 없었던 시스템이다.

하지만 물론 일정한 제한은 있다. 그중 가장 큰 제한은, 이동할 수 있는 것은 캐릭터뿐이며, 아이템과 돈은 포함되지 않는다는 규칙이다. 그러므로 보통 컨버트는 한순간의 관광이 아닌 영원한 이주로 간주한다.

내가 ALO에서 다른 게임으로 이사한다는 말을 꺼내면, 그요정나라를 매우 사랑하는 스구하는 큰 충격을 받을 것이 분명하다. 그리고 한편으로는 왜 내가 《키리토》를 GGO에 컨버트해야 하는지를 그녀에게 설명하는 것도 크게 저어되었다. 왜냐하면 그곳에는 VRMMO 세계의 다크사이드라고도 할 만한 존재가 깊이 관여되었기 때문이다.

내게 GGO 세계에서 어떤 조사를 하도록 의뢰한 사람의 이름은 키쿠오카 세이지로. 과거 정부의 《SAO 사건대책팀》 소속이었으며 현재는 총무성 VR 월드 관할 부문, 속칭 《가상과》에 적을 둔 국가공무원이다.

일주일 전 일요일, 키쿠오카는 나를 불러내 어떤 기괴한 사건을 들려주었다.

GGO 세계의 시가지에서 한 아바타가 다른 아바타를 《심판》한다는 말과 함께 총격을 가하는 사건이 있었다. 그게 전부라면 별로 이상할 것도 없는 장난이나 시비로 그치고 말았으리라. 그러나 총격을 당한 두 아바타를 조종하는 실제 플레이어는 바로 그 시각, 현실세계에서 심장발작을 일으켜 사망했다——는 것이다.

단순한 우연이다. 99퍼센트 그렇게 생각했다.

하지만 나머지 1퍼센트의 《무언가》가 있을지도 모른다……는 감촉을 나는 씻어버릴 수가 없었다. 그래서 GGO 세계에 로그인해 문제의 총격자와 접촉해 달라는, 귀찮으면서도 위험한 키쿠오카의 의뢰를 승낙하고 말았다.

처음부터 신규 캐릭터를 키울 여유는 없으므로 나는 ALO의 키리토를 컨버트했고, 총격자의 눈에 뜨이기 위해 토요일인 어제 치러진 BoB 예선 토너먼트에 출장했다. 총을 상대하는 전투는 처음인지라 매우 애를 먹기는 했지만, 제일 처음 만난 어떤 플레이어가 하나에서 열까지 도와준 덕에 어찌어찌 예선을 통과, 나는 마침내 문제의 총격자로 여겨지는 인물과 접촉하는 데 성공했다.

《사총》이라는 이름을 자칭하는 사내가 정말로 게임 내에서 실제 플레이어를 죽일 힘을 가졌는지 어떤지는 아직 모른다.

그러나 단 한 가지 밝혀진 사실이 있다.

《사총》과 나 사이에는 전혀 생각지도 못한 연결고리가 존재했던 것이다.

나와 마찬가지로 《사총》 또한 그 데스 게임——소드 아트 온라인(SAO)의 《생환자》였다. 그것만이 아니다. 나와 놈은 아마도 과거에 실제로 검을 맞대고 서로의 목숨을——…….

"오빠, 또 얼굴이 무서워졌어."

그 말에 나는 흠칫 몸을 떨었다. 퀭하니 허공을 바라보던 시야에 초점이 돌아오자, 그 앞에 걱정스럽게 눈썹을 늘어뜨린 스구하의 얼굴이 보였다.

내게 들이대던 프린트물을 테이블 위에 놓고, 두 손을 가볍게 맞잡은 스구하는 가만히 나를 바라보았다.

"……있지, 나, 사실은 오빠가……, 《키리토 군》이 ALO에서 GGO로 컨버트한 거 이미 알고 있었어."

갑작스러운 말에 깜짝 놀라 눈을 그게 뜨고 말았다. 그런 나를 보며 한 살 어린 여동생은 모든 것을 다 안다는 듯이 어른스러운 미소를 어렴풋이 보였다.

"프렌드 리스트에서 키리토 군이 사라졌는데, 그럼 내가 모를 줄 알았어?"

"……하, 하지만 이번 주말만 지나면 다시 컨버트할 예정이었고……, 리스트는 그리 매일 쳐다보는 것도 아니니까…….”

“안 봐도 느껴지는걸.”

그렇게 단언하는 스구하의 커다란 눈동자에는 어딘가 신비한 색조의 빛이 일렁여, 이런 상황임에도 ‘이 녀석도 여자였구나.’ 하는 생각이 들고 말았다. 그 멋쩍은 생각과 아무 말도 없이 컨버트했다는 죄책감에 눈을 돌리는 내게, 스구하는 다시 조용히 말을 걸었다.

“……나 있지, 어젯밤에 키리토 군이 사라진 걸 알고 당장 로그아웃해서 오빠 방에 쳐들어갈까 했어. 하지만 오빠가 아무 이유도 없이, 나한테 말도 안 하고 ALO에서 사라질 리가 없잖아. 사정이 있을 거라 생각해서, 우선 아스나 언니에게 연락을 해봤어.”

“그랬……구나.”

짧게 맞장구를 치며, 나는 한층 고개를 움츠렸다.

ALO에서 GGO로 컨버트한다는 사실을 아스나──유우키 아스나와, 우리의 《딸》인 인공지능 유이에게만은 가르쳐주었다. 이유인 즉슨, 이틀이 아니라 단 2초라 해도 ALO에서 내가 사라진다면, 한정적이나마 시스템 액세스 권한을 가진 유이는 분명히 알아차릴 테니까.

그리고 유이는 내가 아스나에게 무언가를 감추는 것을 좋아하지 않는다. 물론 사정이 있다고 하면 받아들이기야 하겠지만, 그런 지시가 유이의 코어 프로그램에 부담을 줄 거라 생각하면 도저히 그럴 수가 없었다.

따라서 나는 아스나와 유이에게만 『키쿠오카 세이지로의 의뢰로 GGO 세계에 가야 한다.」는 사실을 밝혔으며, 그 목적은 『더 시드 넥서스의 조사』라고만 설명했다. 하지만 조사의 핵심 부분에 대해서는 도저히 말할 수 없었다. 다시 말해 《사총》의 게임 내 총격과, 현실세계에서 일어난 두 건의 변사 사건──.

황당무계한 이야기다. 그러나 엉뚱하기 때문에 무시할 수 없는 위화감 또한 분명 존재했다. 그리고 그것은 내가 스구하나 다른 친구들에게 컨버트한 사실을 밝힐 수 없었던 가장 큰 이유이기도 했다.

눈을 내리깔고 입을 다문 내 귀에 의자 부딪치는 소리가 났다. 조그만 발소리. 이어서 양 어깨에 두 손이 닿는 감촉.

"……오빠."

내 등에 몸을 기울이고 스구하는 속삭였다.

"아스나 언니는 여느 때처럼 GGO에서 한바탕 설치면 금방 돌아올 거라고 그랬어. 하지만 실제로는 불안한 것 같았어. 나도 그렇고. 왜냐하면……, 왜냐하면 어제 늦게 돌아왔을 때 오빠 얼굴이 굉장히 무서웠는걸."

"그랬……어?"

그 말밖에 할 수 없었다. 내 목덜미에 스구하의 짧은 머리카락이 살짝 닿았다. 왼쪽 귀 바로 옆에서 한숨 섞인 목소리가 들려왔다.

"저기……, 위험한 거 아니지……? 난 싫어. 또 어디 멀리 가 버리면……."

"……안 가."

이번에는 또렷이 말하고, 나는 왼쪽 어깨에 얹힌 조그만 손에 내 오른손을 겹쳤다.

"약속할게. 오늘 밤 GGO의 대회 이벤트가 끝나면 반드시 돌아올게. ALO와……, 우리 집으로."

"…………응."

고개를 끄덕이는 것이 전해졌지만, 스구하는 내게 몸을 기댄 채 한동안 움직이려 하지 않았다.

내가 SAO에 사로잡혔던 2년이나 되는 기간 동안 크게 마음 아파했던 여동생을 다시 이렇게 불안에 빠뜨리다니, 정말 용서받을 수 없는 짓이다.

키쿠오카 세이지로에게 '의뢰를 취소하겠다'고 메일을 보내고 모든 것을 잊어버리는 방법도――없지는 않다. 그러나 어제의 예선 토너먼트를 거친 지금, 두 가지 이유에서 그것은 어려워지고 말았다.

나를 여성 플레이어라 믿고 친절하게 이것저것 가르쳐준, 무시무시한 거대 스나이퍼 라이플을 다루는 여자아이 《시논》과 재결전을 약속했던 것이 첫째.

그리고 또 하나는 나와 《사총》을 잇는 인과였다.

나는 다시 한 번 그 회색 망토의 사내와 맞서 확인해야만 한다. 놈의 《옛날 이름》과――내가 내 손으로 베어 죽였던, 놈의 동료 두 사람의 이름을. 현실세계로 귀환한 후 제일 먼저 마쳤어야 하는 나의 책무이니까…….

어깨에 얹힌 스구하의 손을 가볍게 두드리며 나는 다시 말했다.

"괜찮아, 꼭 돌아올게. 자, 먹자. 식겠다."

"…………응."

조금 전보다 약간 힘이 돌아온 목소리로 고개를 끄덕이고, 스구하는 한순간 내 어깨를 꽉 끌어안은 후 몸을 떼었다.

종종걸음으로 자기 자리에 돌아가 앉는 여동생은 여느 때와 같은 씩씩한 미소를 회복했다. 볶음밥을 잔뜩 덜어 담고 한입 크게 떠먹더니, 스구하는 스푼을 살짝 흔들었다.

"그러고 보니, 오빠."

"…………응?"

"아스나 언니에게 들었는데, 이번 《일》 마치면 알바비가 엄청나게 들어온다며~?"

"윽."

내 뇌리에 키쿠오카가 약속했던 300K엔의 보수와, 그 용도로 구상했던 최신 스펙 PC 사양 일람이 땅 드르르륵 하는 효과음과 함께 펼쳐졌다. ……이렇게 된 이상, 저장용량이 다소 줄어드는 정도는 어쩔 수 없겠다고 생각하며 가슴을 탁 두드렸다.

"그, 그래. 멋진 선물 사줄 테니 기대하라고."

"만세! 있잖아, 나, 전부터 갖고 싶었던 나노카본 죽도가 있는데~."

…………아무래도 메인 메모리 용량도 다소 수정을 가해야겠다.


교통정체를 피하기 위해, 나는 약간 이른 시각인 오후 3시에 고물 바이크를 타고 자택을 나왔다.

카와고에 가도를 타고 동쪽으로 달려, 이케부쿠로를 지나 카스가도오리 거리에서 도심으로 향한다. 혼고에서 남쪽으로 꺾어 분쿄 구를 통해 치요다 구로 들어서면, 몇 분 만에 목적지인 종합병원이 전방에 보인다.

어제도 갔던 병원이지만 그 기억이 어쩐지 멀게 느껴졌다.

이유는 명백하다. 어젯밤 침대에 누운 후에도 어쩐지 잠이 오질 않아, 어둠 속에서 눈을 뜬 채 끊임없이 과거를 되새겼기 때문이다. 오랫동안 마음 밑바닥에 처박아둔 채 잊어버렸던, SAO 시절의 레드 길드 《래핑 코핀》 괴멸극의 전모를.

결국 새벽 4시가 되기 전, 자력으로 잠드는 것을 포기한 나는 어뮤스피어를 뒤집어쓰고 로컬 VR 공간에 풀 다이브했다. LAN으로 이어진 내 데스크탑 PC에서 《딸》 유이를 불러내 잡담을 나누다 어찌어찌 《슬립 아웃》에는 성공했어도, 숙면은 취하지 못해 밤새 긴 꿈을 꾼 것 같았다.

다행히 내용은 거의 기억나지 않았지만, 눈을 뜬 후 아직까지도 귓속에는 한 목소리가 달라붙어 있었다.

——네가 키리토냐?

그것은 어제 BoB 예선 토너먼트 도중, 《사총》으로 짐작되는 플레이어가 내게 속삭였던 말이다.

그리고 동시에 내가 내 손으로 벤 두 사람——아니, 아스나의 보디가드였던 그 사내를 포함하면 세 명의 《래핑 코핀》 멤버가 던진 물음이기도 했다.

너냐? 네가 우리를 죽였던 《키리토》냐?

그 질문에 나는 BoB 예선대회장에서도, 그리고 꿈속에서도

《그렇다.》고 대답하지 못했다.

　아마 오늘 오후 8시부터 시작될 본선에서 나는 다시 한 번 그 망령 같은 자와 대면하리라. 그리고 똑같은 질문을 받는다면, 이번에야말로 긍정해야만 한다.

　하지만 지금 내게는 그럴 수 있으리라는 자신이 없다.

　"…………이럴 줄 알았으면……."

　ALO에서 《키리토》를 컨버트하지 말고, 아예 다른 이름으로 신규 캐릭터를 만들어 GGO에 다이브할 것을.

　끈덕지게 그런 생각을 하는 자신에게 씁쓸한 미소를 지으며, 나는 바이크를 세우고 입원병동으로 들어갔다.

　집을 나오기 전에 메일을 보냈으므로, 어제와 같은 병실에 이미 아키 간호사의 모습이 있었다. 헤어스타일은 여전히 거칠게 땋은 머리였지만, 오늘은 코에 무테안경을 걸쳤다. 침대 옆 의자에 앉아 긴 다리를 꼰 채, 요즘은 감소 추세인 종이로 된 문고본을 보고 있었다. 내가 문을 열고 들어오자 힘차게 페이지를 덮더니 미소를 짓는다.

　"여. 꽤 빨리 왔는걸, 소년."

　"죄송합니다. 오늘도 고생을 시켜 드릴 것 같네요, 아키 씨."

　꾸벅 인사하며 벽에 걸린 시계를 보니 아직 4시도 안 되었다. BoB 본선이 시작되려면 네 시간도 더 남았지만, 어제처럼 입장 마감 직전에 다이브해 식은땀을 흘리고 싶진 않았다. 학습 능력이 없어도 유분수지. 그러느니 일찌감치 로그인해 사격 연습이라도 해 두는 편이 훨씬 낫다.

　나는 웃옷을 옷걸이에 걸며 아키 간호사에게 말했다.

"저, 본선은 8시부터 시작이니 제 심전도는 그때부터 모니터하셔도 돼요."

그러자 백의의 간호사는 어깨를 으쓱했다.

"괜찮아, 나 어제 야간 근무여서 오늘은 비번이거든. 몇 시간이든 같이 놀아줄게."

"네……? 그, 그럼 더 죄송한데……."

"그래? 그럼 졸리면 네 옆에서 잠깐 실례할까?"

그런 말과 함께 가볍게 윙크를 날리니, 현실경험치가 낮은 말기 VRMMO 중독증 환자는 입을 다물고 시선을 돌릴 수밖에 없었다. 아키 간호사가 그런 나를 보며 깔깔 웃는다. 이 사람은 재활치료 때 몇 번씩 주저앉는 내 모습을 다 봤으니 전혀 당해낼 수 있을 것 같지가 않다.

멋쩍음을 감추기 위해 침대에 털썩 앉은 나는, 바로 옆에 세팅된 거창한 모니터 기기와 베개 위에 놓인 은색의 이중 원관 모양의 헤드기어——《어뮤스피어》를 순서대로 바라보았다.

키쿠오카가 마련해준 그것은 아직 신품이라, 유광 알루미늄 외장에도 인공피혁이 붙은 안쪽에도 때 하나 묻지 않았다. 투박한 헬멧 타입이었던 너브 기어에 비하면 디자인과 질감이 훨씬 세련되었으며, 전자기기라기보다는 장식품처럼 보이기도 한다.

《절대 안전》이라는 캐치프레이즈대로, 이 장치에선 치사량의 전자파가 나올 수 없다. 아니, 실제로 하드웨어 레벨부터 극히 미약한 전자파밖에 낼 수 없도록 설계를 해놓았다.

그러므로 상식적으로 생각한다면, 일부러 병원에서 심전도 모니터링 전극을 가슴에 붙이고 간호사까지 대동해 체크를 받을 필요는 없다. 누가 어떤 수단을 쓴다 해도 이 어뮤스피어로 내게 위해를 가할 가능성은 제로. 전무하다.

──그러나.

그러나 유명 GGO 플레이어였던 《젝시드》와 《싱거운명란젓》은 현실세계에서 분명히 죽었다.

그리고 그들의 아바타를 향해 가상의 총탄을 쏜 《사총》은 과거 SAO 세계에서 자신의 의지로 PK를 하던 자……, 레드 플레이어였다.

만일 풀 다이브 기술이라는 것에 아직 밝혀지지 않은 위험 요소가 있다면?

이를테면. SAO라는 이상한 세계에서 사람을 죽였던 플레이어는 VR 환경에 최적화된 일종의 디지털 《살기》나 《원념》을 뿜어낼 수 있고, 그것이 어뮤스피어를 통해 데이터로 바뀌어 네트워크 회선을 돌고 돌아 모종의 신호가 되어, 자신이 노린 사람의 신경계로 흘러들어가……, 정말로 심장을 멎게 한다면.

그렇게 가정한다면, 《사총》의 게임 내 공격으로 현실세계의 플레이어가 죽을 수도 있지 않을까.

동시에 《키리토》가 휘두르는 가상의 검이 《사총》 내지는 다른 누군가를 진짜로 죽일지도 모른다.

왜냐하면 나 또한, 아인크라드에서 플레이어를 죽였으니까. 그 숫자는 어쩌면 대부분의 레드 플레이어보다도 많을지 모른다.

나는 이제까지 내 검에 목숨을 잃은 사람들을 일부러 잊으려

했다. 하지만 어제, 그 기억의 뚜껑이 마침내 열리고 말았다.

아니, 애초에 잊는다는 것 자체가 불가능했다. 나는 최근 1년 동안, 그저 눈을 돌린 채 보이지 않는 척했을 뿐이다. 받아들이고 갚아야 할 죄의 무게로부터……

"왜 그래, 소년? 얼굴이 무서워졌어."

갑자기 하얀 슬리퍼를 신은 발가락이 내 무릎을 툭 두드렸다.

흠칫 어깨를 굳히며 고개를 드니, 아키 간호사가 무테안경 너머로 조용한 시선을 보낸다.

"어……, 아뇨, 아무것두……."

슬쩍 고개를 가로젓기는 했지만 결국 입술을 깨물고 말았다. 겨우 몇 시간 전, 완전히 똑같은 이유로 스구하를 걱정시켜 놓고는, 귀찮은 의뢰 때문에 폐를 끼치는 아키 씨에게도 마음을 쓰게 했다. 못난 것도 정도가 있지.

하지만 간호사는 옛날에 재활치료를 받던 나를 격려해주었을 때처럼 미소를 지으며, 의자에서 몸을 일으키더니 내 옆으로 옮겨 앉아 말했다.

"공짜로 미인 간호사에게 카운슬링을 받을 수 있는 기회잖아. 자자, 전부 털어놔봐."

"…………그건 거절했다간 천벌 받겠네요."

나는 긴 한숨을 내쉬고는 시선을 바닥에 둔 채, 한참을 망설이다 입을 열었다.

"저어……, 아키 씨는 재활치료과 전에는 외과에 계셨다고 했죠?"

"응, 맞아."

"이건 실례랄까, 굉장히 무신경한 질문인 것 같지만······."

흘끔 왼쪽을 올려다보고, 한층 더 작은 목소리로 물었다.

"············돌아가신 환자 분들을, 얼마나 오래 기억하게 되나요······."

화를 내거나 인상을 구겨도 당연한 질문이었다. 의료 현장을 알지도 못하는 애송이가 무슨 건방진 소리를 한 건지. 반대 입장이었다면 나도 그렇게 생각했을 것이다.

하지만 아키 간호사는 부드러운 미소를 조금도 흐트러뜨리지 않은 채 말했다.

"어디 보자······."

병실의 하얀 천장을 보며 천천히 입을 움직인다.

"이렇게 떠올리려고 하면 얼굴도 이름도 다 떠오르지. 같은 수술실에 겨우 한 시간 있었던 게 다였던 환자 분도······. 응, 기억나. 마취로 잠든 얼굴밖에 못 봤는데도, 참 이상하지."

그것은 다시 말해, 아키 씨가 참가한 수술에서 환자가 숨을 거두고 말았다······는 뜻이리라. 함부로 건드릴 만한 이야기는 아니란 것을 알면서도 빨려 들어가듯이 묻고 말았다.

"잊고 싶다고 생각하신 적은 없나요?"

그렇게 말하는 내 얼굴에서 어떤 표정을 읽었는지, 아키 씨는 두 차례 잇달아 눈을 깜빡였다. 그러나 립스틱을 엷게 바른 입술에서 미소가 사라지지는 않았다.

"으음~, 글쎄. 이건 대답이 될지 어떨지 모르겠지만······."

그렇게 전제를 깔고, 아키 씨는 약간 허스키한 목소리로 말했다.

"인간이란, 잊어버릴 만한 일이라면 확실하게 잊어버리지 않을까? 잊고 싶다는 생각조차 안 하고. 왜냐하면 잊고 싶다고 생각하는 횟수가 많으면 많을수록, 오히려 그 기억은 강하고 확실하게 되살아나잖아? 그렇다면 마음속 깊은 곳……, 무의식 속에서는 사실 잊어서는 안 된다고 생각하는 게 아닐까?"

생각지도 못한 대답에 나는 살짝 숨을 들이마셨다.

잊고 싶다고 생각할수록 사실은 잊어서는 안 되는 일이다……?

그 말이 가슴에 스며듦에 따라 입안에서 강한 쓴맛이 솟아났고, 나는 그것을 자조의 웃음으로 바꾸어 토해냈다.

"……그럼 저는 정말 어이없을 정도로 나쁜 놈이네요……."

"왜?"

그렇게 묻는 아키 씨의 시선에서 눈을 피해 두 다리 사이의 바닥으로 내리깔았다. 무릎에 얹은 두 팔을 꽉 맞대며, 그 압력으로 어떻게든 가슴에서 말을 밀어냈다.

"…………저는 SAO에서 플레이어를……, 사람을 세 명 죽였어요."

갈라진 목소리는 병실의 하얀 벽에 부딪쳐 기이하게 일그러진 반향이 되어 돌아왔다. 아니, 반향이 울린 것은 내 머릿속이었을지도.

아키 씨는 내가 작년 11월에서 12월에 걸쳐 재활치료를 위해 병원에 입원했을 때의 담당간호사였다. 그러므로 내가 2년에 걸쳐 가상세계에 사로잡혔던 것을 안다. 하지만 그 세계 내부에서 일어났던 일들을 들려준 적은 한 번도 없다.

목숨을 구하는 일을 하는 사람이, 이유야 어쨌든 목숨을 빼앗은 이야기를 듣고 끔찍하게 생각하지 않을 리가 없다. 하지만 내 입에서 새어나온 말은 이제 멈출 수가 없었다. 한층 깊이 고개를 숙인 채, 메마른 목소리로 말을 이었다.

"그들은 전부 레드……, 《살인자》였지만, 죽이지 않고 무력화하는 방법도 제게는 분명 있었어요. 하지만 전 그들을 죽이고 말았어요. 분노와 증오……, 복수심만으로 베어 죽였어요. 그리고 저는 지난 1년 동안 그들을 깔끔하게 잊어버렸는걸요. 아니, 이렇게 말하는 지금도 그중 두 사람은 얼굴도 이름도 생각이 나질 않아요. 그러니 저는……, 제 손으로 죽인 상대조차 잊어버린 놈인 거예요."

입을 다물자 굳게 얼어붙은 정적이 병실을 가득 채웠다.

이윽고 옷이 스치는 소리와 함께 침대 매트리스가 흔들리는 감촉이 전해졌다. 왼쪽에 앉은 아키 씨가 일어나 병실을 나가는 것이라고 나는 생각했다.

하지만 그러지 않았다. 갑자기 등 너머에서 오른쪽 어깨에 손이 놓이더니, 나를 힘주어 끌어당겼다. 몸 왼쪽이 가운에 밀착하고, 흠칫 온몸을 굳힌 내 귓가 바로 옆에서 침착한 속삭임이 숨결과 함께 들려왔다.

"미안해, 키리가야. 카운슬링을 해주겠다고 잘난 척했지만, 나는 네가 품은 짐을 덜어줄 수도 함께 짊어질 수도 없어."

오른쪽 어깨에서 떨어진 손이 내 머리카락을 거칠게 쓰다듬었다.

"나는 《소드 아트 온라인》은 물론이고 다른 VR 게임도 해본 적이 없으니까……, 네가 말한 《죽였다.》는 말의 무게는 헤아릴 수 없어. 하지만……, 이것만은 알 것 같아. 네가 그렇게 했던 건, 그래야만 했던 건, 누군가를 구하기 위해서였지?"

"어……."

그 말 또한 내가 예상하지 못했던 것이었다.

구하기 위해. 분명히 그렇기도 했다. 하지만——하지만 그렇다고 해서…….

"의료에서도 말이지, 목숨을 선택해야만 하는 상황이 있단다. 산모를 구하기 위해 태아를 포기하고, 장기이식 대기 환자를 구하기 위해 뇌사 환자를 포기하고, 대규모 사고와 재해 현장에서는 트리아지(triage)라고 해서 환자에게 우선순위를 붙이기도 해. ……물론 정당한 이유가 있으면 죽여도 된다는 건 아니야. 사라진 목숨의 무게는 그 어떤 사정이 있다 해도 사라져서는 안 돼. 하지만 그 결과로 살아난 목숨을 생각할 권리는 거기에 얽힌 모든 사람들의 것이야. 네 것이기도 하지. 넌 네가 구한 사람들을 떠올리며 자신도 구할 권리가 있어."

"자신을……, 구할 권리."

갈라진 목소리로 중얼거린 후, 나는 아직까지 아키 씨의 손이 얹힌 머리를 격렬하게 흔들었다.

"하지만……, 하지만 전 죽인 놈들을 잊어버리고 말았는걸요. 짐을……, 의무를 내팽개치고 말았는걸요. 그러니까 구원을 받을 권리는……."

"정말 잊고 싶었다면 그렇게 괴로워하지도 않아."

의연한 목소리로 말하며, 아키 씨는 왼손을 내 뺨에 대더니 자신을 보게 했다. 테 없는 안경 너머의 가늘고 긴 눈에 강한 빛이 맺혀 있었다. 손톱을 짧게 다듬은 엄지로 내 눈가를 북북 문지르는 바람에, 나는 그제야 내가 눈물을 머금었다는 사실을 깨달았다.

"넌 확실하게 기억하고 있어. 떠올려야 할 순간이 오면 전부 떠오를 거야. 그러니 말이지, 그때는 이것도 같이 기억하렴. 네가 지키고 구해준 사람들이 있다는 걸."

아키 씨는 그렇게 속삭이며 내 이마에 자신의 이마를 가져다 댔다.

서늘한 접촉감이 머릿속에서 소용돌이치던 무겁고 괴로운 상념을 가라앉혀 주는 것 같아서, 나는 어깨에서 힘을 빼고 살짝 눈을 감았다.

몇 분 후, 알몸을 드러낸 상반신에 심전도용 접착 젤 전극을 붙인 나는 침대에 누워 두 손으로 어뮤스피어를 들었다.

어젯밤부터 계속 맴돌던 공포와 자책의 싸늘한 짐은 이제 어딘가로 멀어진 것 같았다. 그러나 《건 게일 온라인》 세계에서 그자――《사총》과 다시 한 번 조우하면, 짐은 금세 돌아와 나를 짓누를 것이다.

마치 주철로 만든 것처럼 묵직한 느낌의 VR 인터페이스를 머리에 쓰고 전원을 켜자, 금방 스탠바이 완료를 알리는 전자음이 울려 퍼졌다. 나는 시선을 움직여 모니터 장치 옆에 앉은 아키 씨에게 말했다.

"감시 잘 부탁드려요. ……그리고 아까 그건……, 어……, 고맙습니다."

"까짓것, 괜찮아."

거친 말투로 그렇게 대꾸하고, 간호사는 내 몸에 엷은 이불을 덮었다. 청결한 비누 냄새를 맡으며 눈을 꼭 감았다.

"8시 전까지는 별 일이 없을 거라 생각하지만……, 아마 10시쯤이면 돌아올 거예요. 그럼 다녀오겠습니다. ————링크 스타트!"

하고 외치자 무지갯빛 방사광이 눈앞에 펼쳐지고, 나는 숨을 들이켰다.

차단된 오감 저편에서 아키 씨의 목소리가 들렸다.

"그래. 잘 다녀와, 《영웅 키리토》군."

…………뭐?

생각할 틈도 없이 내 의식은 현실세계를 떠나 모래먼지와 초연이 맴도는 황야로 날아갔다.

## 8

"짜증나……."

퍽.

"……그 자식!"

아사다 시노는 운동화 발끝으로 그네의 쇠기둥을 걷어차며 내뱉었다.

자택 아파트에서 가까운, 조그만 아동공원의 한구석. 하늘은 이미 진남색 빛으로 짙어졌으며, 공원은 안 그래도 놀이기구 두 개에 모래밭 하나밖에 없는 쓸쓸한 곳인지라 일요일인데도 노는 아이는 한 명도 없었다.

서 있는 시노의 곁에서, 그네 한쪽에 앉은 신카와 쿄지가 눈을 휘둥그레 떴다.

"웨, 웬일이야? 아사다가 그렇게……, 직설적인 말을 하다니."

"그치만……."

청스커트 주머니에 두 손을 꽂고 비스듬한 기둥에 등을 기댄 채, 시노는 입술을 삐죽거렸다.

"……뻔뻔하고, 성희롱꾼에, 폼은 있는 대로 잡고……, 애초에 GGO까지 와서 검을 휘두르는 건 뭐람."

중얼중얼 《그 자식》에 대한 분노를 말로 표현할 때마다 발밑의 돌멩이를 하나씩 걷어찬다.

"게다가 처음에는 여자인 척하고 내게 샵 안내까지 시켜선 장비를 고르게 했다니깐! 하마터면 돈까지 빌려줄 뻔했어. 아우~! 그 자식에게 퍼스널카드 넘겨줬는데…… 아우, 진짜, 『항복해주지 않겠어?』는 개뿔이!"

마침내 주위에 적당한 사이즈의 돌멩이가 사라지자 어쩔 수 없이 입을 다물었다. 문득 옆을 내려다보니 쿄지가 놀란 듯, 근심스러운 듯, 애매한 얼굴로 시노를 본다.

"……왜, 신카와?"

"아니……, 희한하달까, 처음 보는 모습이라…… 아사다가 남에 대해 그렇게 여러 가지 이야기를 하는 게……"

"어……, 그런가?"

"응. 평소의 아사다는 타인에게 별로 관심이 없는 느낌이었거든……"

"……"

듣고 보니 그럴지도 모른다.

평소에도 타인과 적극적으로 관여할 생각은 전혀 없었으며, 상대가 먼저 건드리는——이를테면, 엔도 패거리 같은 치들도 귀찮다는 생각은 했을지언정 그 이상의 감정을 품는 것은 에너지 낭비라고 선을 그어놓았다.

애초에 자신의 문제만으로도 벅찬데, 타인을 생각할 여유는 없다. 없어야 하는데, 《그 자식》은 이상하게 시노의 비위에 거슬렸고, 심지어 어제 토요일 오후에 처음 접촉하고 24시간 이상이 지난 지금도 의식의 일부를 점령하고 있다.

그러나 그것도 당연하다면 당연한 노릇이다.

시노가 VRMMO—RPG 《건 게일 온라인》을 시작한 지도 벌써 반년이 지났다. 하지만 이제까지 그만큼 정면으로 다가온 플레이어는 단 한 명도 없었다. 그뿐이 아니다. 예선 토너먼트 1회전 후 대기시간에 느닷없이 손을 잡혔을 때는, 너무나도 갑작스러운 일에 놀란 나머지 그 후 치러진 2회전에서 중거리 저격을 두 발이나 놓치고 말았다.

"⋯⋯나, 은근히 화 잘 내. 이래 봬도."

발끝이 겨우 닿는 범위에서 일부러 돌멩이를 끌어다가, 화단을 향해 있는 힘껏 걷어차며 시노는 중얼거렸다.

"흐음⋯⋯, 그렇구나."

쿄지는 아직도 시노를 가만히 쳐다봤지만, 이윽고 무언가를 떠올린 듯이 그네에서 몸을 내밀며 진지하게 물었다.

"그럼⋯⋯, 어디 필드에서 잠복했다가 잡아버릴까? 저격이 가능하면 내가 미끼를 할 수도 있고⋯⋯. 하지만 보복이라면 역시 정면대결이 좋겠지? 실력 좋은 머신거너 두세 명 정도는 금방 모을 수 있을 거야. 아니면 빔 스터너를 써서 MPK를 하는 것도 좋겠다."

시노는 약간 어이가 없어 눈을 깜빡거렸다. 이것저것 PK 계획을 늘어놓는 쿄지의 말을 오른손을 들어 간신히 막았다.

"어, 저기⋯⋯, 아니, 그런 게 아니야. 뭐랄까⋯⋯, 화는 나지만 전법은 외곬인 녀석이니까. 나도 공정한 조건에서 당당히 날려버리고 싶어. 그야 어제는 졌지만⋯⋯, 이제 그 자식 전법은 알았고, 다행히 복수전 찬스도 있거든."

도수 없는 안경의 다리를 밀어 올린 시노는 스커트 주머니에서 휴대단말을 꺼내 시각을 확인했다.

"앞으로 세 시간 반이면 BoB 본선이야. 이번에야말로 그 헷 갈리는 아바타에 바람구멍을 뚫어버리고 말겠어."

오른손 검지를 쭉 뻗어 동쪽 하늘로 향했다. 조준선 너머에 서 떠오르기 시작한 붉은 달이 손가락에 걸렸다.

어젯밤, 12월 13일 오후. GGO의 최강자 결정 이벤트인 《제 3회 불릿 오브 불리츠》의 예선 토너먼트가 개최되었다.

K 블록에서 순조롭게 승리를 거두던 시노/시논의 앞에 나타 난 것은 초심자가 분명한──그러나 마음속 어디선가 왠지 그 렇게 되리라 예감했던 대로, 《그 자식》이었다.

이름은 《키리토》. 시노가 모르는 VRMMO 게임에서 《더 시 드》 플랫폼 특유의 컨버트 기능을 이용해 GGO에 온 플레이어.

시논은 예선 등록을 위해 GGO 세계의 수도 《SBC 글록켄》의 총독부 타워로 가는 길에, 아마도 게임에 막 다이브한 것으로 보이는 키리토와 처음으로 만났다. 키리토는 건샵으로 가는 길 을 물어보았고, 평소의 시논이라면 무뚝뚝하게 방향만 손가락 으로 가리킨 후 떠나갔을 테지만, 이번에는 직접 안내를 자청 하고 말았다.

그 이유는──키리토의 아바타가 도저히 여자로밖에 안 보 였기 때문이다.

나중에 알게 된 바에 따르면 GGO의 M(남성)형 아바타에는 《9000번대》라 불리는, 언뜻 보기에는 완전히 F(여성)형 같은 모델이 존재한다나. 극히 드물게만 출현하므로 어카운트와 함 께 상당한 고가에 거래된다는데, 그것도 당연하다고 수긍이 될 정도로 키리토의 아바타는 《미인》이었다. 윤기 있는 검은 생머리, 밤하늘 같은 빛을 머금은 커다란 눈동자, 새하얀 피부와 가녀린 체구. 솔직히 말해서 진짜 F형인 시논의 아바타보다도 훨씬 여성스러웠다.

시논은 GGO 플레이 경력 반년을 통틀어 《초심자 여성 플레이어》와 만난 적이 한 번도 없었다. 물론 여성 유저도 있기는 했지만 그녀들은 모두 시논보다도 선배――아니, 고참 병사였으므로 말을 나눈 경험보다도 총탄을 나눈 경험이 더 많다.

그래서 시논은 아무것도 몰라 불안해 보이는 흑발 소녀――실제로는 남자였지만――를 본 순간 옛날 자신을 떠올리고는, 빨려들듯이 가이드를 자청하고 만 것이었다.

대형 샵에서 무기와 방어구를 맞춰주고, 《불릿 라인》과 같은 GGO 특유의 전투 시스템을 강의하고, 총독부 타워에서는 예선 접수 방법을 가르쳐주었다. 그 후엔 함께 타워 지하의 대기 돔으로 이동해, 시내용 장비를 전투용으로 갈아입기 위해 대기실로 들어가 시논이 속옷 이외의 모든 무장을 해제했을 때――그제야 비로소, 새삼스럽게, 너무나도 뒤늦게, 키리토는 자신의 이름과 성별을 밝혔던 것이다.

수치심과 분노에 사로잡혀 따귀를 한 방 날린 후 시논은 말했다.

무조건, 나와 붙을 때까지 이기고 또 이겨서 결승까지 올라오라고. 마지막 강의로 패배를 알리는 탄환의 맛을 가르쳐 주겠노라고.

하지만 솔직히 그럴 기회가 있으리라는 생각은 들지 않았다.

키리토는 GGO에 갓 컨버트한 초심자였다. 그런 주제에 무슨 생각을 했는지, 주무장으로 선택한 것은 라이플도 머신건도 아닌 《광검》이라는 초 근접전용 무기였다.

검을 들고 총과 붙어서 이길 리가 없다. 시논은 그렇게 생각하고 그 후로는 키리토에 대해 잊어버리려 했지만——.

이럴 수가. 키리토는 시논과 한 약속을 지켰다. 64명이 겨루는 예선 토너먼트 F블록의 1회전에서 5회전까지, 광검 한 자루와 보조무장인 소구경 핸드건 한 자루만으로 이기고 또 이겨서 시논이 기다리는 결승까지 진출했다.

결승전 무대가 된 저녁 무렵의 하이웨이에서, 시논은 키리토의 무시무시한 능력을 직접 보았다. 그는 시논의 파트너인 안티 매터리얼 스나이퍼 라이플 《울티마 라티오 헤카테 II》가 뿜어낸 필살의 50구경탄을 광검의 가느다란 에너지 블레이드로 막아냈다——아니, 베었다.

두 개의 빛으로 나뉘어 날아가는 총탄 사이에서 맹렬한 대시로 육박해 날아든 키리토는 시논의 목덜미에 칼날을 대고 지근거리에서 속삭였다.

『항복해주지 않겠어? 여자를 베는 건 좋아하지 않거든.』

"크윽~~~~~~!!"

생각만 해도 그때의 굴욕이 생생하게 떠올라, 달을 겨누었던 오른손을 거칠게 내렸다. 돌멩이를 더 걷어차야겠다고 발밑을 찾아봤지만, 유감스럽게도 돌멩이란 돌멩이는 전부 화단으로 날아간 뒤였다. 대신 운동화 발꿈치로 뒤에 있던 쇠기둥을 힘껏 걷어찼다.

"……두고 보라지. 이 빚은 반~드시 두 배로 갚아 줄 테니까……."

씩씩 콧김을 내쉬고 있으려니, 쿄지가 그네에서 일어나 여전히 걱정스러운 듯이 미간을 찡그리며 시노의 얼굴을 들여다보았다.

"……왜, 왜 그래?"

"저기……, 괜찮아? 그렇게 해도……."

쿄지의 시선이 시노의 오른손으로 향했다. 쳐다보니 슬쩍 쥔 주먹에서 검지와 엄지가 뻗어나와, 무의식중에 권총을 본뜬 모양을 이루고 있었다.

"어……."

황급히 손을 펴고 가볍게 털었다. 사실 여느 때 같았으면 그런 몸짓에서 《총》을 의식한 순간 가슴이 두방망이질 쳤을 것이다. 그런데 지금은 이상하게도 그럴 기색이 없었다.

"어, 응. 뭐랄까……, 화를 내서 그런가? 괜찮네."

"그래……."

쿄지는 얼굴을 들고 가만히 시노의 눈을 보았다. 갑자기 두 손을 뻗어 시노의 오른손을 감싼다. 따뜻하고 약간 땀이 밴 손바닥의 감촉에 시노는 반사적으로 고개를 숙였다.

"왜……왜 그래, 신카와?"

"어쩐지……, 걱정이 돼서……. 아사다가 여느 때의 아사다답지 않으니까……. 어……, 내, 내가 할 수 있는 일이 있다면 뭐든지 들어줄게. 본선은 모니터 너머로 응원할 수밖에 없지만……, 그 외에도 할 수 있는 일이 있다면……, 해서……."

시노는 한순간만 흘끔 시선을 쿄지에게 돌렸다. 선이 가늘고 순진해 보이는 이목구비 속에서, 두 눈만이 내면의 감정을 주체하지 못하는 듯이 뜨겁게 빛났다.

"펴……평소의 내가 뭐 어쨌는데……."

평소의 자신이 어땠는지 순간적으로 떠오르지 않아 그렇게 중얼거렸다. 그러자 쿄지는 두 손에 힘을 주며, 안달하듯이 말을 늘어놓았다.

"아사다는 언제나 쿨하고……, 매사에 초연해서 무슨 일에도 당황하지 않고……. 나와 같은 처지를 겪고서도 나처럼 학교에서 도망치거나 하지 않고……, 강해, 아주. 아사다의 그런 점을 계속 동경했어. 나의……, 이상형이야, 아사다는."

쿄지의 열기에 압도되어 시노는 몸을 빼려 했으나, 등에 닿은 그네의 기둥이 그렇게 내버려두질 않았다.

"하, 하지만……, 강하지 않은걸, 난. 너도 알잖아……. 총은, 보기만 해도 발작이……."

"시논은 그렇지 않잖아."

쿄지가 반걸음 더 다가섰다.

"시논은 그렇게 엄청난 총을 자유로이 다루잖아……. GGO에서도 이미 최강 플레이어 중 하나잖아. 난 그게 아사다의 진정한 모습이라고 생각해. 분명 언젠가 현실의 아사다도 그렇게 될 수 있을 거야. 그러니까……, 걱정이 돼. 그런 녀석 때문에 화를 내고 동요하는 아사다를 보면. 내가……, 내가 힘이 되어 줄게……."

──하지만 신카와.

약간 시선을 돌리며 시노는 마음속으로 중얼거렸다.

──나도 옛날에는, 아주 옛날에는 평범하게 웃고 울 수 있었어. 되고 싶어서 《지금》의 내가 된 게 아닌걸.

분명 현실에서도 시논처럼 강해지고 싶다는 것은 시노의 간절한 바람이었다. 하지만 그것은 총의 공포를 넘어선다는 의미에서 나온 바람이지, 모든 감정을 내팽개치고 싶다는 것은 아니었다.

어쩌면 마음속 밑바닥에서는 더 평범하게 친구들과 웃음을 나누며 어울리고 싶다는 생각을 할지도 모른다. 그렇기 때문에 글록켄 시내에서 길을 잃은 초심자 소녀를 발견했을 때는 평소의 시논답지 않게 이것저것 도움을 주었고, 사실은 남자였다는 것을 알았을 때는 화를 냈던 것이다.

쿄지의 마음은 솔직히 말해 기뻤다. 기쁘지만, 어딘가 마음의 조준이 빗나간 것 같았다.

──내가……, 내가 바라는 것은…….

"아사다……."

갑자기 귓가에서 속삭임이 들려 시노는 눈을 크게 떴다. 어느샌가 등 뒤의 기둥과 함께 쿄지의 두 팔에 감싸였다.

아무도 없는 공원에는 거의 어둠이 내려앉았지만, 잎이 떨어진 가로수 너머의 길에는 사람들이 다닌다. 지금 시노와 쿄지의 모습을 본다면 누구나 연인 사이라고 생각할 것이다.

그렇게 생각한 순간, 시노는 반사적으로 두 손을 내밀어 쿄지의 몸을 밀쳐내고 있었다.

"……."

쿄지가 상처 입은 표정으로 시노를 보았다. 흠칫 놀라 황급히 변명한다.

"미, 미안해. 그 말, 굉장히 기쁘고……, 너는 이곳에서 유일하게 마음을 나눌 수 있는 사람이라고 생각해. 하지만 지금은 아직 그럴 마음이 들지 않아. 내 문제는 내가 싸워야만 해결할 수 있는 거니까……."

"……그렇구나……."

쓸쓸하게 고개를 숙이는 쿄지를 보자 죄책감이 가슴에 가득 찼다.

쿄지는 시노의 과거——그 사건을 알 것이다. 그가 아직 등교를 거부하지 않았을 때, 엔도 패거리가 전교에 선전을 해댔으니까. 그걸 알면서도 이런 자신에게 마음을 써주다니, 그 마음에 호응해 모든 것을 맡겨야 하지 않을까. 그런 생각도 없지는 않았다. 쿄지가 실망해서 자신을 떠난다면 매우 큰 외로움에 빠질 것 같았다.

하지만 어째서인지 머릿속 한구석에서 그 자식, 키리토의 얼굴이 가로지르고 지나갔다. 그 과도한 자신감. 자신의 힘에 대한 절대적인 확신. 그와 싸워 승리하기 위해 오직 자신 한 사람만의 능력을, 모든 힘을 한껏 쥐어짜보고 싶었다.

그렇다——지금은 오로지 마음을 뒤덮은 공포의 기억을, 그 단단하고 검은 껍질을 부수고 자유로워지고 싶었다. 바라는 것은 그것뿐이다. 그러기 위해 황혼의 황야에서 싸우고, 승리하리라.

"그러니까……, 그때까지 기다려 주겠어?"

미미한 목소리로 속삭이자, 쿄지는 온갖 감정이 소용돌이치는 눈동자로 묵묵히 시노를 응시하더니, 이윽고 고개를 끄덕이고는 미소를 지었다. 고마워. 입술만으로 말하며 시노도 웃었다.

공원을 나와 쿄지와 헤어진 시노는 집으로 서둘러 돌아갔다. 도중에 편의점에서 생수와 함께 저녁을 대신할 알로에 요구르트를 샀다. 평소에는 가능한 균형 잡힌 식사 메뉴를 직접 조리해 먹으려고 노력하지만, 세 시간이 넘는 오랜 시간 동안 다이브하기 전에 뱃속을 너무 든든하게 채워놓는 것은 몇 가지 이유에서 바람직하지 못하다.

바스락바스락 소리를 내는 작은 봉투를 한 손에 들고, 계단을 뛰어올라 방에 들어간다. 전자자물쇠를 재확인하는 시간마저 길게 느껴졌다. 재빨리 부엌을 가로질러 안쪽의 방으로. 벽시계를 흘끔 본다.

BoB 본선이 시작될 오후 8시까지는 아직 시간이 꽤 있지만, 가급적 일찍 로그인해 장비와 탄약을 점검하고 정신집중에 한껏 시간을 쓸 생각이었다.

재빨리 청스커트와 면 셔츠를 벗어 옷걸이에 걸었다. 상의 속옷도 벗어 구석의 빨래바구니에 넣은 후, 바닥에 고인 냉기에 몸을 옹송그리며 탱크탑에 헐렁한 트레이너, 쇼트 팬츠로 갈아입고 편안한 차림이 되었다.

약간 낮은 온도로 설정한 에어컨과 가습기의 스위치를 켜자,

시노는 짧게 숨을 내쉬고 침대에 앉았다. 편의점 봉투에서 페트병을 꺼내 뚜껑을 따고, 차가운 물을 조금씩 입에 담는다.

어뮤스피어에는 감각신호 인터럽트 기능이 있어 다이브 중에는 현실 환경의 간섭을 거의 99퍼센트 배제할 수 있지만, 그래도 쾌적한 게임 플레이를 유지하기 위해서는 여러 가지 노하우가 필요하다. 시노는 그 사실을 경험으로 배웠다. 다이브 전에 식사를 삼가고 볼일도 미리 보는 것은 물론, 기온과 습도에 유념하고, 스트레스 받지 않는 복장을 챙기는 것도 중요하다. 언젠가 한여름에 차디찬 물을 한껏 마시고 다이브했을 때는 생각도 못한 쓴맛을 보았다. 중립 필드에서 전투를 하다 맹렬한 복통에 사로잡히는 바람에, 이상신호를 감지한 어뮤스피어가 긴급 컷 오프 기능을 발동했던 것이다. 물론 속을 가라앉히고 다시 다이브했을 때는, 아바타는 이미 사망하여 시내로 전송된 상태였다.

하드코어 VRMMO 게이머이며 금전에 상당한 여유가 있는 사람은 완전한 감각차단 다이브를 추구해 개인용 《아이솔레이션 탱크(Isolation Tank)》를 도입하기도 한다고 들었다. 긴장 이완 시설을 겸한 고급 인터넷 카페에는 이미 탱크를 설치해 둔 곳도 나오기 시작했으며, 지난달엔 시노도 자신이 비용을 내겠다며 쿄지를 꼬드겨 그런 가게에 가보았다.

로그인용 부스는 완전한 개인실이었으며, 비치된 샤워시설을 이용한 후, 부스의 절반을 차지한 캡슐에 옷을 벗고 들어가는 순서를 거쳐야 한다. 캡슐 내부는 의외로 넓었으며, 비중을 조절한 미지근한 액체가 40센티미터 정도 채워져 있었다.

그 안에 눕자 몸이 둥실 떠올랐다. 목을 지탱하는 젤 소재 머리받침도 거의 접촉감각이 느껴지지 않았다. 벽에 걸린 어뮤스피어를 장착하고 무거운 해치를 닫자, 탱크 내부는 완전한 어둠과 정적에 휩싸였다.

사실 그 공간에 떠 있는 것만 해도 충분히 흥미로운 체험이었지만, GGO에서 쿄지와 만나야 했으므로 시간을 끌 수도 없기에 시노는 VR 공간에 로그인했다.

들어가서 제일 먼저 놀란 것은, 분명 평소보다도 가상세계에서 전해지는 오감의 정보가 조금 더 깨끗해진 기분이 든다는 사실이었다. 신체감각이 극한까지 떨어지므로 《인터럽트 누수》에 따른 노이즈가 없기 때문이라고 쿄지가 설명했는데, 이론은 그렇다 쳐도 적의 부츠가 모래를 밟는 소리까지 들릴 듯한 그 감각은 분명 비싼 요금을 낼 만하다는 생각이 들었다.

하지만 시노는 그와 동시에 모종의 형언할 수 없는 불안감을 느끼기도 했다.

현실의 육체에서 완전히 멀어지니, 오히려 현실의 몸이 걱정된다——고나 할까. VR 월드에 다이브한 동안, 현실의 자신은 모든 감각을 잃고 인형처럼 누워만 있다는 사실이 가져다주는 극히 미미한 위기감을 그 탱크가 증폭해주는 것이다.

물론 《악마의 기계》로 알려진 너브 기어에 비하면 어뮤스피어는 심하다 싶을 만큼 안전 대책에 충실하다. 감각 인터럽트도 일부러 100퍼센트까지는 설정하지 않았으며——그렇기 때문에 아이솔레이션 탱크가 유용한 것이지만——소리, 빛, 진동, 그 외의 자극에 따라 쉽게 안전장치가 작동해 사용자를 현실로 내던진다.

 그렇다 해도 다이브하는 동안 육체가 무방비해지는 것은 사실이다. 어떤 의미에서는 수면 상태와 별로 다를 바가 없지만, 아이솔레이션 탱크에서 로그인했을 때의 시노는 아무래도 목덜미가 따끔거리는 불안감을 떨쳐버릴 수가 없었다. 결론적으로 말하면, 설령 누수에서 오는 노이즈가 조금 있더라도 세상에서 유일하게 마음이 놓이는 장소──자신의 조그만 방에서 다이브하는 것이 최고라는 결론을 내렸다.

 이런저런 생각을 하며 조그만 스푼을 움직이고 있으려니 요구르트 컵은 금세 비고 말았다. 싱크대에서 대충 씻어 재활용 쓰레기봉투에 던져넣는다. 화장실에서 이를 닦고, 겸사겸사 볼일도 마친 후 손과 얼굴을 씻고 방으로 돌아왔다.

 "──좋았어!"

 양쪽 뺨을 찰싹 때린 시노는 침대에 벌렁 드러누웠다. 휴대 단말의 착신은 무음 상태로 해놓았으며, 문과 알루미늄 새시도 잠갔고, 월요일에 제출할 숙제도 낮에 해치웠다. 현실세계의 모든 것들을 뇌에서 배제할 준비가 끝났다.

 어뮤스피어를 장착하고 벽의 스위치를 더듬어 조명을 껐다. 이스름한 어둠의 새으로 바뀐 천장에서 쓰러뜨려야 할 플레이어들의 얼굴이 차례대로 떠올랐다가는 사라졌다.

 마지막으로 나타난 것은 윤기 있는 흑발과 붉은 입술을 가진 광검사──키리토의 모습이었다. 왼손에 핸드건, 오른손에 포톤 소드를 늘어뜨리고 한쪽 뺨에 자신만만한 미소를 지으며 이쪽을 똑바로 바라본다.

시노의 몸속 깊은 곳에서 투지의 불꽃이 화악 피어났다. 아마 그 자식이야말로 살육의 황야에서 그토록 찾아 헤매던 최강의 적이리라. 시노에게 지긋지긋한 과거를 타파할 힘을 줄, 어떤 의미에서는——최후의 희망.

온 힘을 다해 싸우리라. 그리고 반드시 쓰러뜨리리라.

크게 숨을 들이마시고 천천히 내뱉은 후, 시노는 눈을 감았다. 영혼을 전송하기 위한 키워드를 외치는 자신의 목소리는 여느 때보다도 강하게, 또렷이 울려 퍼졌다.

"링크 스타트!!"


몸에 수평 방향으로 작용하던 중력이 스윽 사라지고, 어렴풋한 부유감이 찾아왔다.

이어서 천지가 전방으로 90도 회전한다. 부드러운 미끄럼틀을 내려오는 것처럼 발끝부터 단단한 바닥에 내려선다. 가상의 몸에 오감이 확실하게 맞물리기를 기다렸다가 시논은 눈을 떴다.

가장 먼저 보인 것은 별이 없는 밤하늘에 꼬리를 끌며 흘러가는 거대한 홀로그램 네온이었다.

【Bullet of Bullets 3】——진홍색 문자열이 빌딩의 계곡을 형형히 비추었다.

시논은 글록켄 시가를 관통하는 중앙대로의 북쪽 끝, 총독부 타워 앞 광장에 출현했다. 여느 때는 사람이 별로 없는 에이리어지만, 오늘만은 무수한 플레이어들이 모여 마실 것 먹을 것을 손에 들고 소란을 떨어댄다. 그도 당연한 것이, 이제 곧 시작될 BoB 본선을 앞두고 벌어진 승자 예측 갬블 때문에, 지금

이 광장에선 GGO 내에 존재하는 화폐의 절반 이상이 오가고 있는 것이다.

배율을 표시한 홀로그램 윈도우를 몸에 건 요란한 차림의 딜러——놀랍게도 플레이어가 아니라 개발사가 마련한 《공식 북메이커 NPC》였다——며, 수상쩍은 극비 정보를 파는 예상 업자의 주변은 이 시간대에도 인산인해였다. 문득 궁금해져 딜러 NPC에게 다가가 윈도우를 올려다보니, 시논의 배당액은 제법 고배율이었다. 역시 어제 예선전 결승에서 패배한 탓이리라. 그렇다면 키리토는 어떨까 싶어서 찾아보니, 이쪽도 거의 비슷했다.

흥. 콧방귀를 뀐 후 아예 전 재산을 자신에게 걸어볼까도 생각했지만, 목적의식의 순도가 떨어지는 것 같아 그대로 발을 돌려 인파에서 멀어졌다. 물론 아바타의 외견과 BoB 본선의 단골 출장자라는 사실은 널리 알려졌기에 주위에서 수많은 시선이 모여들었지만, 굳이 지금 다가오려는 자는 없었다. 시논이 《한 번 적으로 간주하면 가차 없이 이를 드러내는 살쾡이 소녀》라는 사실 또한 널리 알려졌기 때문이다.

일찌감치 대기 돔에 들어가 정신집중이라도 해야겠다고 생각하고 총독부 건물을 향해 한동안 걸어가자, 등 뒤에서 이름을 부르는 목소리가 들렸다.

"시논!"

GGO 세계에서 이렇게 말을 걸 플레이어는 한 사람밖에 없다. 돌아서자 예상대로 몇십 분 전에 현실세계에서 이야기를 나누다 헤어진 신카와 쿄지의 아바타, 《슈피겔》이 손을 흔들며 달려오는 것이 보였다. 시가전 위장 무늬 전투복을 입은 늘씬한 M형 아바타는 흥분한 탓인지 얼굴에 살짝 홍조가 보였다.

"시논, 늦었잖아. 걱정했다고. ————무슨 일 있어?"

시논이 희미하게 웃음을 지은 것을 알아차리고 슈피겔이 고개를 갸웃했다.

"아니, 아무것도 아니야. ……조금 전에 현실에서 만난 사람하고 곧바로 여기서 얼굴을 마주하니, 어쩐지 이상한 기분이 들어서."

"……그야 현실의 나는 이 버추얼 아바타만큼 멋있진 않지만. 그런 것보다도 어때, 승산은? 작전은 있어?"

"승산이라……. 그냥 노력하겠다는 말밖에는 못하겠어. 기본은 수색, 저격, 이동을 반복할 뿐일 테니."

"그야 그렇겠네. 하지만……, 믿을게. 꼭 시논이 우승할 거라고."

"응, 고마워. 넌 이제부터 어떡할 거야?"

"음……, 어디 술집에서 중계나 볼까 하는데……."

"그럼 끝난 다음, 그 술집에서 축배나 홧술을 마실 테니 같이 놀아줘."

시논이 다시 한 번 살짝 웃음을 지으며 말하자, 슈피겔은 잠시 고개를 숙이더니 곧장 고개를 들었다. 그리고 느닷없이 시논의 오른쪽 어깨를 붙잡고 광장 한구석의 어둑한 곳까지 끌고 간다. 다른 플레이어들의 시선이 모조리 차단되자마자 휙 돌아선 슈피겔의 어딘가 절박한 표정에, 시논은 눈을 깜빡거렸다.

"시논……, 아니, 아사다."

슈피겔도 VRMMO 내에서 플레이어의 본명을 부르는 것이 얼마나 큰 매너 위반인지 모르지 않을 텐데. 시논은 이번에야 말로 크게 놀랐다.

"어……, 왜……?"

"아까 했던 말, 믿어도 되는 거지?"

"아까 했던 말……?"

"기다려 달라고 그랬잖아……? 아사다가 자신의 강함을 확신할 수 있으면, 그때는 나, 나하고……."

"가, 갑자기 무슨 소리를 하는 거야."

얼굴이 화끈 달아오르는 것을 느끼며 시논은 머플러 안으로 얼굴을 묻었다. 그러나 슈피겔은 한 걸음 다가서더니, 다시 시논의 오른손을 꽉 잡았다.

"나……, 난 정말로 아사다를……."

"미안. 지금은 그만."

약간 어조에 힘을 주며 시논은 고개를 가로저었다.

"지금은 대회에 집중하고 싶어. ……힘을 마지막까지 쥐어짜내지 않고서는 도저히 살아남지 못할 전투일 테니까……."

"……그렇구나. 그렇겠지……."

슈피겔의 손이 떨어졌다.

"하지만 난 믿을게. 믿고 기다릴게."

"으, 응. ……그럼 난 슬슬 준비를 해야 하니……, 갈게."

더 이상 슈피겔과 이야기를 나누면 대회까지 동요가 이어질 것 같아서 시논은 몸을 뺐다.

"힘내. 응원할게."

여전히 뜨겁게 말하는 슈피겔에게 대충 고개를 끄덕이며, 뻣뻣하게 미소를 지은 후 휙 돌아섰다. 건물 뒤에서 나와 총독부 입구를 향해 잰 걸음으로 가는 도중에도, 시논은 계속 등 뒤에서 불타는 듯한 시선을 느꼈다.

유리 게이트를 지나 인기척이 적은 건물 안으로 들어서자 겨우 어깨에서 힘이 빠졌다.

자신의 태도가 그렇게 의미심장했던 것일까. 저렇게나 기대를 품을 정도로. 커다란 돌기둥에 몸을 기댄 채 생각했다.

쿄지에게는 분명 호의를 느끼는 것 같았다. 하지만 솔직히 말해 지금은 자신의 앞가림만도 벅찼다.

죽은 아버지와 나눈 추억이 없는 시논에게 가장 강하게 기억에 남은 남성의 얼굴이란, 때때로 되살아나 발작을 유발하는 5년 전 우체국 권총강도사건의 범인이었다. 바닥이 보이지 않는 늪처럼, 빛 없는 눈이 주위의 암흑 이곳저곳에 숨어 시노를 보고 있다.

다른 여자아이들과 마찬가지로 남자 친구를 만들어 매일 밤 전화 통화를 나누고, 주말에는 놀러 나가는 것을 동경하는 마음이 없진 않았다. 하지만 지금 이대로 쿄지와 교제한다면, 언젠가 그에게서 《그 눈》을 보고 말지도 모른다. 그것이 두려웠다.

만약 발작을 일으키는 방아쇠인 《총》뿐만이 아니라 단순히 《남자》를 보기만 해도 공포를 느낀다면——그때는 그저 살아가는 것조차 매우 어려워질 것이다.

싸울 수밖에 없다. 지금 할 수 있는 일, 해야 할 일은 그것뿐이다.

뚜벅. 강하게 부츠 굽을 울리며 시논은 총독부 홀 안쪽의 엘리베이터를 향해 걷기 시작했다.

그러나 또 다시 누군가가 등 뒤에서 말을 걸었다. 슈피겔의 중후한 목소리와는 완전히 다른 시원한 허스키 보이스에, 자신도 모르게 눈을 감고 말았다.

주저주저하며 돌아보자, 눈앞에 서 있던 것은 물론——밉살맞은 《그 자식》이었다.

## 9

내가 내려선 곳은 GGO 세계의 수도 《SBC 글록켄》 북쪽, 총독부 타워에 거의 인접한 길가의 한 모퉁이였다.

우울한 황혼색 하늘을 배경으로, 요란한 홀로그램 네온의 무리가 흘러간다. 그 대부분은 현실세계에 실존하는 기업의 광고다. ALO에서 이런 짓을 하면 세계관을 망친다고 플레이어들의 엄청난 비난을 사겠지만, 이 퇴폐한 미래도시에는 이상하게도 잘 어울렸다. 그러나 이러한 네온 속에서 가장 눈에 뜨이는 것은, 곧 개최될 《불릿 오브 불리츠》 제3회 대회 공지였다. 굵고 새빨간 폰트를 보자마자 온몸이 살짝 떨렸다. 겁을 먹은 것이 아니라 흥분 때문에——라고 생각하련다.

살짝 숨을 내뱉으며 얼굴을 돌린 나는, 어깨에 걸린 검은 머리카락을 무의식적인 동작으로 등으로 흘려보냈다. 팔을 내린 후에야 자신의 몸짓을 깨닫고 진저리를 쳤다. 아바타에 익숙해진 증거라고 억지로 이해했다.

우선 대회 신청을 마쳐놓을까, 하고 약간 떨어진 총독부를 향해 걷기 시작하자, 금세 대로 양쪽에서 수많은 시선이 쏠렸다. 멋쩍어진 나머지 무의식중에 나도 노려봐줄까 했지만 필사적으로 참았다.

그들은 딱히 나를 노려보는 것이 아니다. 지금 내 영혼이 깃든 아바타의 외모는 완전히 여자아이——그것도 상당한 미소녀인 것이다. 반대 입장이었다면 나도 있는 힘껏 응시했을 것이다.

평소라면 보는 데서 그치지 않고 말을 거는 플레이어도 두세 명은 있었을 것이다. 하지만 남자들은 오히려 내가 다가가면 샤샥 거리를 벌렸다. 그 이유도 추측할 수 있었다. 어제 BoB 예선 토너먼트에서 대전상대에게 억지스럽기 짝이 없는 돌격을 시도해 광검으로 베어댔던 내 광전사 같은 모습이 이미 널리 알려졌을 것이다.

공개된 출장자 데이터에는 이름과 참가 횟수만이 실렸을 뿐 성별은 나오지 않았다. 《Kirito》라는 이름 또한 남녀 양쪽으로 받아들여질 만하다. 그러니 아마 GGO 세계에서 나는 《취향으로 총이 아니라 날붙이를 휘둘러대는 사이코킬러 여자》로 보이지 않을까.

매우 마음에 안 드는 분류지만, 그 덕분에 이제 곧 시작될 BoB 본선 필드에서 조금이라도 다른 대전자에게 기피의 대상이 된다면 의미가 있다. 사실 내 목적은 우승이 아니라 그 누더기 망토──《사총》과 다시 접촉하는 데 있었으니까.

본선 출장자 30명의 리스트에 《사총》이라는 이름은 없었다. 하지만 출장하지 않았을 리가 없다. 놈의 목적이 GGO 세계에서 자신의 힘을 과시하는 것이라면, 게임 안팎으로 주목을 모으는 BoB는 최고의 무대일 것이다. 사총의 본명──이라는 표현도 좀 우습지만, 아무튼 시스템에는 다른 캐릭터 네임이 등록되어 있으리라.

우선 그 이름을 밝혀내고, 대회에서 다시 한 번 대화를 나눈 뒤 SAO 시절의 이름까지도 확인한다면, 이를 통해 현실세계의 본명을 알아낼 수 있다. 키쿠오카 세이지로라면 극비 정보인 구 SAO 플레이어의 계정 정보도 열람할 수 있을 테니까. 그리고 본명을 알아내면 놈이 정말로 《젝시드》와 《싱거운명란젓》을 죽였는지, 아니, 죽일 수 있는지 어떤지를 밝혀내는 것도 가능하다.

하지만 그 과정에서 나 또한 필연적으로 자신의 죄와 마주 서야만 하리라.

두려움이 사라진 것은 아니다.

그러나 두려움 또한 필요한 감정이다. 다시 망각이라는 도피처를 선택하지 않기 위해.

나는 두 주먹을 불끈 쥐고, 어설트 부츠 바닥으로 강하게 노면을 차며 앞길에 보이기 시작한 커다란 총독부 타워를 향해 걸었다.

PvP 대회는 ALO는 물론이고 SAO에서도 두근거리는 가슴을 안고 즐겼다.

그런데 설마 이제 와서 공포심을 품고 임하게 될 줄이야.

자조를 흘리며 타워로 이어지는 넓은 계단을 모두 오른 그때였다. 나는 앞쪽 홀 입구 부근에서 눈에 익은 모래색 머플러가, 마치 고양이 꼬리처럼 하늘거리는 것을 발견했다.

깔끔한 하늘색 쇼트 헤어와 재킷 가장자리에서 늘씬하게 드러난 두 다리를 볼 것도 없이, 그 아바타가 어제 예선 토너먼트의 결승전 대전 상대——저격수 《시논》이라는 것을 알아차렸다. GGO 세계에서는 거의 유일한 지인이지만, 나는 쫓아가서 인사를 해야 하나 잠시 망설였다.

왜냐하면 어제 이 세계에 다이브하자마자 길을 잃은 나는 우연히 만난 시논에게 뻔뻔하게도 가이드를 부탁하고, 게다가 그때 아바타의 외견을 통해 나를 여성 플레이어라 착각한 그녀의 오해를 굳이 풀지 않은 채 《아무것도 모르는 초심자 여자아이》를 가장해 게임 시스템 해설이며 장비 아이템 선택까지 맡기고, 결정타로 대기실에서 그녀의 아바타가 옷을 갈아입는 모습까지 그대로 목격하는 만행을 저질렀던 것이다.

아니——그것만이 아니다.

예선 토너먼트 도중 문제의 총격자 《사총》과 갑작스럽게 마주친 나는, 놈이 《SAO 생환자》인 데다 레른 실드 《래핑 코핀》의 멤버였다는 사실에 너무나도 큰 충격을 받은 나머지 시논과의 결승전을 반쯤 포기하고 말았다. 구체적으로는 전투 개시 직후부터 무기력하게 똑바로 걸어, 시논이 쏘는 치사성 라이플 탄을 일부러 맞아 패하려 했던 것이다.

하지만 시논은 나를 쏘지 않았다.

순수한 분노로 시퍼렇게 타오르는 총탄 여섯 발을 잇달아 내 주위에 쏘아댄 후, 자신의 유리함을 버리고 나와 직접 얼굴을 맞댄 채 그녀는 외쳤다.

웃기지 말라고, 죽고 싶으면 혼자서 죽으라고. 이 싸움을 고작해야 게임, 고작해야 원 매치라고 멸시하는 가치관에 자신까지 끌어들이지 말라고——.

그 말은 잇달아 내 가슴을 깊게, 깊게 도려냈다.

실은 나 자신도 훨씬 전에 그와 비슷한 말을 남에게 한 적이 있었으니까.

이미 4년 가까이 지난 옛날 일이다. 갓 중학교 2학년이 된 나는 매우 큰 행운, 혹은 무시무시한 불운으로 당첨된 《소드 아트 온라인 클로즈베타테스트》 플레이어로서, 아직 데스 게임 세계가 아니었던 부유성 아인크라드에 학교에서 돌아오자마자 다음 날 새벽까지 매일같이 다이브했다.

낮 뜨거울 정도로 전설의 용자 같았던 외견을 가진 당시의 《키리토》는 PvP 이벤트 상위 단골 멤버로 나름 이름을 떨쳤지만, 지금보다도 훨씬 사교 스킬이 낮았던 탓에 친구라 부를 만한 상대는 거의 없었다. 그런 가운데, 이놈하고는 언젠가 친해질 수 있지 않을까 생각했던 얼마 안 되는 플레이어 하나가 있었다. 듀얼 대회에서 곧잘 얼굴을 마주쳤던 수수한 갈색 머리카락의 한손검 전사였다.

그의 전투는 풍부한 논리성과 날카로운 센스를 겸비한 것이었다. 나는 대회에서 그와 검을 맞댈 날이 오기를 은근히 기대했으며, 마침내 찾아온 그 무대에서——큰 충격을 받았다. 열전을 거듭한 마지막 순간, 그는 피할 수 있던 내 공격에 일부러 맞아 패배했기 때문이다. 나는 거액의 판돈이 움직이는 갬블에서 승부조작을 맡았기 때문이라 이유를 추측하고, 분노한 나머지 그를 마구 몰아붙였다. 그렇다. 시논이 내게 했던 것처럼.

BoB 예선 결승 스테이지에서 4년 전의 자기 자신에게 책망을 받는 듯한 아픔을 느끼며 나는 시논에게 사죄했다. 그 직후 마주 선 상태의 결투 스타일로 다시 전투를 치르기는 했으나, 그것은 시논에게 매우 실망스러운 결말이었을 것이다. 그녀는 어디까지나 저격수이며, 초 원거리에서 쏘는 필중필살의 탄환이야말로 최대의 무기일 테니까. 오늘 본선 배틀로열에서는 내 미간에 복수의 일격을 꽂아넣으려고 불타고 있을 것이 분명하다.

위와 같은 약간 복잡한――이라기보다는 내가 일방적으로 저지르고 말았던 제반 사정에 따라, 나는 몇 미터 앞을 걸어가는 시논에게 말을 거는 것을 망설일 수밖에 없었다.

하지만 그것도 몇 초 뿐. 망설임을 걷어차듯 큰 걸음으로 계단을 뛰어올라 나는 그녀의 이름을 불렀다.

"여, 시논. 오늘 잘 부탁해."

머플러 꼬랑지가 우뚝 멈추고 하늘색 머리카락이 살짝 곤두서는 모습은 그야말로 고양이 같았다. 오른발 발굽을 축으로 휙 돌아선 스나이퍼 소녀는 실로 모범적인 찡그린 표정을 짓고는 흥 콧방귀를 뀌었다.

"……잘 부탁한다는 게 무슨 뜻이야."

진남색 눈동자가 험악하게 번뜩이는 것을 본 순간 후회할 뻔했으나, 나도 목적 없이 그녀를 부른 것은 아니었다. 여기서 대화를 잘못 선택해 느닷없이 문이 닫힌다면 본전도 찾지 못할 테니, 한껏 진지한 표정을 꾸미며 대답했다.

"그야……, 물론 피차 최선을 다해 싸우자는 뜻이지."

"뻔뻔하긴."

――벌써부터 무언가 오해를 산 모양이지만 굴하지 않고 말을 이었다.

"그건 그렇고 꽤 이른 시간에 다이브했구나. 아직 대회까지

세 시간은 남았는데."

"어제는 누구 덕분에 하마터면 참가 신청도 못할 뻔했으니까."

고개를 홱 돌리며 딱 잘라 말하더니, 시논은 식은땀을 흘리는 나를 흘끔 곁눈질하곤 말을 이었다.

"……애초에 너야말로 지금 이 시간에 들어왔잖아. 너에게 시간 남아도는 사람 취급 받기 싫어."

"그, 그럼 피차 시간을 유용하게 써 보지 않겠어? 본선이 시작될 때까지 근처에서 음료……가 아니라 정보교환이라도……."

현실세계에서 얼굴을 마주하고는 절대 하지 못할 말이었다. 아니, 물론 내게 아스나라는 상대가 있다는 것을 생각한다면 가상세계에서도 허용되지 못할 행위일 것이다. 하지만 이것은 천지신명께 맹세컨대 VR 헌팅 행위가 아니라 내 임무 및 사명을 다하기 위해, 그리고 시논 자신의 안전을 위해 필요한 단계였다.

──그러한 나의 내적 갈등을 헤아려줄 리도 없겠지만, 시논은 몇 초 동안 크게 의심하듯 나를 노려본 후, 콧방귀를 뀌더니 최소한의 동작으로 고개를 끄덕였다.

"뭐, 알았어. 어차피 내가 네게 일방적으로 가르쳐주는 게 고작이겠지만."

"그, 그럴 생각은……, 없지는 않지만……."

나는 말꼬리를 흐리며 성큼성큼 걷기 시작한 시논의 뒤를 따라갔다.

총독부 홀 1층 단말기에서 이번엔 여유롭게 참가 신청을 마친 시논이 나를 끌고 간 곳은, 타워 지하 1층에 마련된 넓은 술집 존이었다. 감마 보정을 한계까지 낮추어, 무수한 테이블에 삼삼오오 모인 플레이어들의 얼굴은 거의 구분이 되지 않았다. 천장에 매달린 수많은 대형 패널 모니터만이 눈부신 원색 영상을 쏟아냈다.

후미진 부스 자리에 미끄러지듯이 앉은 시논은 투박한 금속판 메뉴를 훑어보더니 아이스커피라고 적힌 버튼을 눌렀다. 그러자 금속제 테이블 한가운데가 철컥 열리고 안에서 검은 액체가 담긴 글라스가 나타났다. 일일이 점원 NPC가 주문을 받고 요리를 가져다주는 아인크라드의 레스토랑과는 대조적이고 투박한 시스템이지만, GGO라는 게임의 분위기에 잘 어울리는 것은 사실이었다.

나도 진저에일 버튼을 누르고 철컹 튀어나온 글라스를 들어 단숨에 반쯤 들이켰다. 가상의 탄산 감촉이 목을 떠나기를 기다렸다가 대화의 실마리를 열었다.

"……본선 배틀로열이란 건 다시 말해, 같은 맵에 서른 명이 랜덤 배치됐다가 맞닥뜨리면 총질을 해대고, 마지막까지 살아남은 놈이 우승……이라는 거지?"

그러자 시논은 커피 글라스 너머로 나를 노려보더니 말했다.

"거 봐, 역시 내게 이것저것 해설을 시킬 속셈이잖아. 애초에 그딴 건 재스커에서 참가자에게 보낸 메일만 봐도 전부 적혀 있는 거거든?"

"이, 일단 보기는 했는데……."

정확히는 한 번 대충 본 후 게임 내에서 다시 확실하게 살필 생각이었다. 그러나 그 전에 베테랑인 시논과 조우했으므로 직접 강의를 받는 편이 이야기가 빠르겠다……고 말할 수는 없으므로 짐짓 헛기침을 하며 얼버무렸다.

"그건 내 이해가 정확한지 어떤지 확인해 둘까~, 싶어서……."

"변명 한번 그럴듯하네."

싸늘하기 짝이 없는 목소리에 내 마음도 식었지만, 다행히 시논은 글라스를 테이블 위에 놓더니 약간 빠른 어조이기는 했지만 본선의 규칙을 설명하기 시작했다.

"……기본 규칙은 지금 네 말대로 참가자 서른 명이 같은 맵에서 벌이는 조우전이야. 개시 위치는 랜덤이지만 어느 플레이어하고도 최소 천 미터는 떨어져 있으니, 느닷없이 눈앞에 적이 나타나는 일은 없어."

"처, 천 미터? 그럼 맵도 엄청 넓겠네……?"

나도 모르게 끼어들자 다시 푸른 레이저 같은 시선이 날아들었다.

"너 정말 메일을 보기는 한 거야? 그건 제일 첫 단락에 나와 있잖아. 본선 맵은 직경 십 킬로미터의 원형. 산도 있고 숲도 있고 사막도 있는 복합 스테이지니까 장비와 스탯 타입에 따라 일방적으로 유리하고 불리한 경우는 없어."

"시, 십 킬로미터?! 크다……."

부유성 아인크라드의 제1플로어와 완전히 똑같은 사이즈다. 그것은 다시 말해, 사실상 1만 명이 동시에 사냥을 벌일 수 있는 그 기반 플로어의 면적에서 겨우 서른 명이 넉넉한 간격을 두고 배치된다는 뜻이다.

"……그거 조우는 할 수 있는 거야? 까딱하면 대회 시간이 끝날 때까지 아무하고도 못 만날 가능성도……."

"총으로 쏴대는 게임이니 그 정도 넓이는 필요해. 스나이퍼 라이플의 사정거리는 1킬로미터 가까이 되고, 어설트 라이플도 500미터 정도는 조준할 수 있으니까. 좁은 맵에 서른 명이나 밀어넣었다간 시작하자마자 드륵드륵 싸워대고 눈 깜짝할 사이에 절반도 넘게 죽어나갈걸."

"아하앙, 그렇구나……."

이해하고 고개를 끄덕이는 내게 시논은 꼼꼼힌 해설을 시작해주었다. 퉁명스러운 태도의 아바타 너머에는 사실 친절하고 마음 착한 소녀가 있는 게 아닐까——그런 한순간의 사고를 들켰다간 큰일 날 것이 뻔하니 고분고분 귀를 기울였다.

"——하지만 네 말대로 조우하지 않는다면 아무 일도 안 일어나겠지. 그걸 역으로 이용해 마지막 한 사람만 남을 때까지 숨겠다는 놈도 나올 테고. 그래서 참가자에게는 《새틀라이트 스캔 단말기》라는 아이템이 자동으로 배포돼."

"새틀라이트면……, 스파이 위성 같은 거야?"

"그래. 15분마다 한 번씩 감시위성이 상공을 지나간다는 설정. 그때 전원의 단말기에 모든 플레이어의 위치가 송신되는 거야. 게다가 맵에 표시되는 광점을 터치하면 이름이 뜨는 보너스도 있지."

"흐음……. 다시 말해 한 곳에 계속 잠복할 수 있는 제한시간은 15분이라 이거구나. 맵에 자기 위치가 표시된 후에는 언제 뒤에서 기습을 당해도 이상하지 않을 테니."

"그런 셈."

짧게 고개를 끄덕이는 시논에게 씨익 웃음을 지으며 물었다.

"하지만 그런 규칙이 있다면 스나이퍼는 불리한 거 아냐? 덤불 속에서 애벌레처럼 가만히 엎드려서 하염없이 라이플을 겨누는 게 일이잖아?"

"애벌레는 빼."

남색 불꽃 같은 시선을 내게 쏟아내더니, 시논은 자신만만한 미소를 지어 보였다.

"원샷 원킬 후 1킬로미터 이동하는 데 15분이면 충분하지."

"그⋯⋯그렇군요."

과장도 뭣도 아닌 사실일 것이다. 위성정보를 근거로 시논을 기습하러 갔다간 오히려 멀리서 저격당하기 십상이라는 뜻이다. 단단히 명심하면서, 헛기침을 한 번 하고 이제까지 들은 정보를 정리해보았다.

"어~, 그러니까 시합이 시작되면 일단 움직이면서 적을 발견해서 쓰러뜨리고, 마지막 한 명이 남을 때까지 열심히 싸운다⋯⋯, 이거구나. 그리고 15분마다 모든 플레이어의 현재 위치가 맵 단말기에 표시되고. 그때 누가 살아남았는지도 알 수 있고. ──내가 이해한 게 맞아?"

"대체로."

끄덕 수긍하고는 동시에 아이스커피를 다 마신 시논은 글라스를 소리 높여 테이블에 내려놓더니 일어나려 했다.

"그럼 이제 볼일은 끝났지? 다음에 널 만났을 때는 가차 없이 방아쇠를……."

"으아아, 잠깐만 잠깐만. 이제부터가 진짜진짜 본론이야.

어느 공무원이 할 법한 소리라는 것을 자각하면서도, 나는 황급히 손을 뻗어 시논의 재킷 자락을 당겼다.

"……아직도 할 얘기가 있어?"

더할 나위 없이 기분 나쁜 표정으로 짐짓 왼손 손목의 밀리터리 워치를 보는 시논. 굴하지 않고 내가 고개를 끄덕이니, 요란한 한숨을 쉬면서도 시논은 다시 자리에 앉았다. 테이블에 두 팔꿈치를 대고, 깍지 낀 손 위에 조그만 턱을 얹고, 눈썹의 움직임만으로 내 말을 재촉한다.

"어, 그러니까……, 그……, 이상한 질문일지도 모르겠는데……."

우물우물 전제를 깐 다음, 나는 황급히 왼손을 휘둘러 메뉴 윈도우를 불러냈다. 《더 시드》 규격 VRMMO의 메뉴 윈도우는 디자인이 거의 비슷하기 때문에 머뭇거리는 일 없이 윈도우를 남에게도 보일 수 있는 모드로 바꾸고, 다시 재빨리 탭을 옮겼다.

표시된 것은 개발사가 BoB 본선 출장자에게 송신한 메일 가운데 선수 서른 명의 이름을 열거한 페이지였다. 중간쯤에는 당연히 예선 F블록 1위 통과자【Kirito】, 2위 통과자【Sinon】의 이름도 보였다.

내가 띄운 창을 흘끔 보더니 시논은 가느다란 콧날에 고양이——아니, 재규어가 분노했을 때처럼 주름을 지었다.

"……뭐야, 어제 예선 결승에 대해 새삼 자랑이라도 하고 싶어?"

가시 돋친 속삭임에 나는 크게 숨을 들이켠 후, 가급적 진지한 표정으로 주위를 둘러보았다.

"아니야. 그럴 생각은 없어."

내 태도가 달라진 것을 느꼈는지, 시논이 모양 좋은 눈썹을 모았다.

"……그럼 뭔데. 새삼스럽게 리스트를 보여주고."

"여기 실린 서른 명 중에 모르는 이름이 얼마나 돼?"

"뭐어……?"

시논이 한껏 의문을 담은 표정을 지었지만, 나는 아랑곳 않고 그리 길지도 않은 네임 리스트를 위에서부터 손가락으로 훑었다.

"부탁해. 가르쳐줘. 중요한 문제야."

"……뭐, 딱히 상관은 없는데……."

아직도 고개를 갸웃거리면서 시논은 테이블 위에 떠오른 보라색 홀로그램 윈도우에 시선을 보냈다. 진남색 눈동자가 재빨리 좌우로 왕복했다.

"음……, 이미 BoB도 세 번째니까 거의 대부분은 낯을 익혔달까. 완전히 처음 보는 사람은……, 어디서 굴러먹다 온 열 받는 광검사를 제외하면 세 사람뿐."

"세 사람. 이름은 뭐지?"

"음……, 《총사X》하고 《페일라이더》, 그리고……, 이건 《스티븐》인가?"

시논이 머뭇머뭇 읽어준 이름을 나는 직접 윈도우 위에서 확인해보았다. 《총사(銃士)X》는 한자와 알파벳 표기였고, 나머지 둘은 모두 알파벳이었다. 눈을 감고 세 캐릭터네임을 입속으로 몇 번이나 되풀이했다.

그런 내게 시논이 의문과 짜증이 골고루 섞인 목소리를 냈다.

"너 대체 뭐 하자는 거야? 아까부터 내게 질문만 하고, 넌 아무 설명도 안 하잖아."

"어……, 응……."

애매한 대답으로 시간을 벌면서 열심히 머리를 굴렸다.

시논이 가르쳐준 세 이름——.

그중 하나가, 아마도 내가 이 세계를 방문한 원인이 된 변사 사건의 관계자이자 옛 레드 길드 《래핑 고편》 소속 SAO 생환자——속칭 《사총》의 캐릭터네임일 것이다.

그렇게 추측한 이유는, 사총은 이제까지 본명을 철저하게 감추었을 테니까. 가능하다면 《사총》을 캐릭터네임으로 삼고 싶었겠지만, 그랬다가는 스팸처럼 메일이 대량으로 쌓이거나 예선 토너먼트 단계에서 문제를 일으킬 소지가 다분하다. 그렇다고 진짜 캐릭터네임이 일찍 퍼진다면 기껏 만들어낸 《사총》의 이미지가 흐려지고 만다. 그러므로 오늘까지는 오로지 본명을 그 누구에게도 들키지 않고 지냈을 테고, 필연적으로 시논도 모르는 이름일 것이다.

문제는 세 명 중 누가 《사총》이냐 하는 것인데……

고개를 숙인 채 생각에 잠긴 내 시야에 하얀 손이 비쳤다. 검지의 손톱으로 테이블 위를 따악따악 세게 두드린다.

고개를 들자 시논이 가늘게 뜬 두 눈으로 가만히 날 노려보았다.

"······슬슬 진짜로 화낼 거야. 뭔데? 이 대화 전부가 날 화나게 만들어 본선에서 실수를 유도하려는 작전이었어?"

"아니······, 아니야. 그게 아니고······."

초고온의 불꽃 같은 시선을 받으며 강하게 입술을 깨물었다.

모든 것을 설명해도 좋을지 어떨지 금세 판단이 서질 않았다. GGO 세계에서 『《사총》을 자칭하는 플레이어가 시내 술집과 광장에서 총을 쏘고, 여기에 맞은 사람은 그 후 로그인하지 않는다.』는 소문은 널리 퍼졌지만, 정말로 살해당했다고 믿는 사람은 거의 존재하지 않는 것 같았다. 눈앞의 시논도 마찬가지일 것이다.

사실 나도 전부 믿는 것은 아니다. 게임 내에서 쏜 총탄이 현실세계의 플레이어 본인을 죽인다——. 그런 일은 어떤 논리로도 불가능하다고, 얼마 전 키쿠오카와 대화를 나누며 결론을 내리지 않았던가.

하지만 동시에 지금 나는 사총의 힘을 코웃음으로 일축할 생각이 들지 않았다. 그가 옛날 《래핑 코핀》의 주요 멤버였다면 부유성 아인크라드에서 수많은 플레이어의 목숨을 적극적으로 빼앗았던, 틀림없는 레드 플레이어다. 그 무시무시한 경력이 나와 키쿠오카가 믿는 상식을 넘어서는 모종의 논리를 만들어낸다는, 그런 일이 절대 불가능하다고 단언할 수는 없지 않은가.

가령, 내가 지금 아는 모든 것을 시논에게 밝히고 사총의 힘은 진짜일지도 모른다—— 총에 맞으면 진짜로 죽을지도 모르니 본선 출장을 취소하라고 말한다면 그녀는 받아들일까? 아니, 그럴 리가 없다. 어제 내가 건샵에서 아이템을 사는 것을 도와주다가 예선 참가에 늦을 뻔했을 때 시논이 얼마나 필사적이었는지, 그 모습이 뇌리에 떠올랐다. 아마 이 소녀도 BoB 본선에 꼭 나가야만 하는 중대한 이유가 있을 것이다…….

입을 계속 다문 나를 날카롭게 노려보던 진남색 눈동자가──문득 살짝 누그러졌다.

색이 엷은 입술이 거의 움직이지도 않고 말을 자아냈다.

"…………혹시 어제 예선에서 네가 갑자기 이상해졌던 것하고 뭔가 관계가 있어?"

"뭐…………."

나는 시논과 똑바로 시선을 마주한 채 한동안 말을 잃었다.

하지만 이윽고 모든 이유와 계산을 잊고, 빨려 들어가듯이 고개를 끄덕이고 있었다. 내 입에서도 극히 미미한 목소리가 새어나왔다.

"……응……, 맞아. 어제 지하 대기 돔에서 옛날에 같은 VRMMO를 했던 녀석이 갑자기 나에게 말을 걸었어……. 그놈도 분명 오늘 본선에 출장할 거야. 아까 말한 셋 중 하나가 아마도 놈이겠지……."

"친구, 였어?"

시논의 물음에 긴 머리가 흐트러질 정도로 거세게 고개를 가로저었다.

"아니야. 그 반대……, 적이지. 난 놈과 진짜 살육전을 벌인 적이 있을 거야. 그런데……, 나는 놈의 진짜 이름이 떠오르질 않아. 떠올려야만 해. 본선 필드에서 다시 한 번 접촉해서……, 놈이 왜 여기에 있고 무엇을 하려는지를……."

여기까지 말한 만 후에야, 시논이 전혀 이해할 수 없는 소리를 떠들어댔다는 것을 자각했다. 일반적인 VRMMO 게임이라면, 설령 대립하는 길드에 소속된 라이벌이라 해도 넓은 의미에서는 같은 타이틀을 즐기는 동료가 아닌가. 《적》이라는 말은 너무 과장되었다.

하지만——.

하늘색 머리카락의 저격수는 내 말을 비웃지도 않고, 그저 두 눈을 살짝 크게 떴다. 시스템이 간신히 유성음으로 인식할 만큼 낮은 속삭임이 새어나왔다.

"……살육전을 벌였던……, 적……."

이어서 똑같이 낮은 볼륨의, 그러나 나의 의식 밑바닥까지 닿을 것 같은 물음.

"……그건 플레이 스타일이 서로 맞지 않는다거나, 파티 내에서 문제를 일으켜 헤어졌다거나, 그런 게임 상에서의 이야기야? 아니면……."

여기까지 들은 시점에서 나는 반사적으로 고개를 가로저었다.

"아니. 서로 목숨을 걸었던, 진짜 살육이었어. 놈은……, 놈이 속했던 집단은 절대로 용서받을 수 없는 짓을 했지. 화해는 불가능했어. 검으로 결판을 낼 수밖에 없었어. 그 자체를 후회하진 않아. 하지만……."

말하면 말할수록 시논을 어이없게 만들 뿐이라는 것을 알지만 입을 다물 수는 없었다. 테이블 위에서 두 손을 꽉 맞잡은 채, 맞은편의 진남색 눈동자 속을 들여다보듯, 삐걱거리는 목에서 목소리를 밀어냈다.

"……하지만 나는 짊어져야 할 책임에서 계속 눈을 돌렸어. 내 행위의 의미를 생각하려고도 하지 않고 억지로 잊어서 오늘까지 오고 말았지……. 그러니 이젠 도망칠 수가 없어. 이번에야말로 정면으로 맞서야만 해."

그것은 이미 나 자신에게 들려주는 말이었다. 당연히 시논에게는 완전히 의미불명이었을 것이다. 내가 입을 다물자, 시논은 말없이 시선을 내렸다. 속으로는 웃기는 놈과 얽혔다는 생각을 한층 굳게 다지고 있겠지.

"……이상한 소리 해서 미안해. 잊어줘. 뭐, 쉽게 말하자면 그냥 옛날 인연이……."

의식적으로 쓴웃음 비슷한 표정을 지으며 나는 말을 단순하게 바꾸려고 했다.

그러나 그 말을 시논의 낮은 중얼거림이 가로막았다.

"━━━『만약 그 총의 탄환이 현실세계의 플레이어마저도 정말로 죽일 수 있다면, 그래도 너는 방아쇠를 당길 수 있겠어?』."

"……!"

날카롭게 숨을 들이켰다.

그것은 어제 예선 토너먼트 결승전에서 내가 시논에게 있는 감정을 그대로 터뜨렸던 물음이었다. 왜 내가 그런 소리를 해버렸는지는 지금도 알 수 없었다. 하지만 시논에게 『어떻게 하면 그런 강함을 얻을 수 있느냐』는 질문을 받은 순간, 불꽃이 터지듯이 오히려 되묻고 있었다.

가상의 게임 세계에서 벌어진 공격이 현실세계의 플레이어를 죽인다. 《사총》의 소문을 누구나 믿지 않는다는 데서도 알 수 있듯이 상식적으로는 말도 안 되는 소리다. 그러나 지금은 이미 존재하지 않는, 어떤 한 세계에서만은 그 룰이 현실이 되었다.

침묵을 지키는 내 두 눈을 시논은 예리한 시선으로 가만히 들여다보더니——조그맣게 입술을 벌렸다.

"넌……, 키리토, 넌 혹시 **그 게임**에서……."

거의 소리 없는 질문은 그 자리에서 술집의 메마른 공기에 녹아들듯이 사라졌다. 진남색 눈동자가 떨리며 아래를 향하고 얼굴이 좌우로 살짝 흔들렸다.

"……미안. 물어선 안 될 말이었구나."

"……아니, 괜찮아."

생각지도 못한 사죄에 간신히 그 말만을 했다. 그대로 우리는 딱딱하고 팽팽해진 침묵 속에서 한동안 시선을 마주하고만 있었다.

《소드 아트 온라인》의 옛 플레이어, 다시 말해 《SAO 생환자》라는 경력을 나는 스스로 시논에게 밝힐 생각은 없었다. 하지만 밝히지 않는다면 조금 전 내 설명도 영원히 이해할 수 없을 것이다.

그리고 시논도 깨달았을 것이다. 내가 말했던 《적》이라는 단어의 의미를. 《살육》이라는 단어가 구체적으로 무엇을 가리키는지를.

소녀의 눈에 기피와 혐오의 빛이 떠오르리라 생각하며, 나는 기다렸다.

하지만——.

시논은 눈을 돌리지도 테이블을 떠나지도 않았다. 대신 살짝 몸을 내밀어선 나를 잡아먹을 듯이 바라보았다. 사파이어와도 같은 눈동자 속에 무언가를……, 어쩌면 도움을 바라는 듯한 빛을 본 것은 내 착각이었을까?

그리고 그 순간, 시논은 두 눈을 질끈 감았다. 입술이 떨리고 이를 꽉 악물었다.

내가 눈을 크게 뜰 틈도 없이 긴장상태는 금방 풀렸다. 가늘고 긴 숨을 내뱉은 후, 저격수 소녀는 매우 희미한 웃음을 지으며 내게 속삭였다.

"……슬슬 대기 돔으로 이동해야지. 장비 점검하고 워밍업할 시간이 다 가겠어."

"어……, 응. 그러게."

고개를 끄덕이고 나는 시논을 따라 일어났다. 왼손 손목의 간소한 디지털 시계를 보니 시각은 어느샌가 오후 7시로 다가가고 있었다. 본선 시작까지 앞으로 한 시간.

거대한 술집 한구석에 있는 투박한 엘리베이터에 다가가자 시논은 아래 방향 버튼을 눌렀다. 쇠창살 문이 삐걱거리며 옆으로 열리고 강철 상자가 나타났다. 나란히 안으로 들어간 후, 이번엔 내가 제일 밑의 버튼을 눌렀다.

가상의 나하감각과 기계음으로 가득 찬 좁은 공간에서 작은 목소리가 들렸다.

"네게도 네 사정이 있다는 건 이해했어."

뒤에 선 시논이 한 걸음 다가서는 기척. 그 직후, 내 등 한복판에 무언가가 툭 닿았다. 총구——가 아니라 손끝이었다. 약간 힘이 들어간 목소리가 이어졌다.

"하지만 나하고 했던 약속은 다른 이야기야. 어제 결승전에서 진 빚은 반드시 갚겠어. 그러니까 나 말고 다른 놈에게 당하면 용서하지 않을 테니 알아서 해."

"……그래."

나는 살짝 고개를 끄덕였다.

GGO에 다이브한 최대의 목적은 《사총》과 접촉해 수수께끼를 해명하는 것이다. 키쿠오카 세이지로에게 의뢰를 받았기 때문이 아니라, 이제 그것은 나 자신의 업보가 되고 말았다. 그러니 냉정하게 생각하면 나는 시논이라는 무시무시한 스나이퍼와의 전투는 온 힘을 다해 회피한 후, 목적부터 수행해야만 할 것이다.

그러나 나는 이 세계에서 그녀와 만나 말을 나누고, 싸워서 새로운 관계를 쌓았다. 그것을 무시하고 멸시할 수는 없다. 왜냐하면 그 어떤 가상세계에서도 《키리토》는 검사여야만 하기 때문에. 설령 허리에 찬 것이 진짜 칼날이 없는 광검이라 할지라도.

"……너하고 만날 때까지 꼭 살아남겠어."

내가 그렇게 말하자, 등에서 손가락이 떠나더니 조그만 목소리로 대답했다.

"고마워."

그 말의 뜻을 묻기도 전에 엘리베이터가 난폭하게 제동하면서 정지했다. 열린 문 너머의 어스름 속에서 강철과 초연——확연한 전투의 냄새가 밀려들어와 나를 감쌌다.

## 10

가늘고 걸게 숨을 들이마신다. 가상의 폐를 채운 차가운 공기를 똑같은 시간에 거쳐 뱉는다.

느린 호흡과 심박의 리듬에 맞춰 녹색 불릿 서클도 수축과 확대를 되풀이한다.

스코프 시야 중앙에서는 한 플레이어가 몸을 숙인 채 관목 덤불 안을 조금씩, 조금씩 이동했다. 두 손에 든 것은 콤팩트한 SMG 《야티》. 보조무장은 보이지 않는 대신 온몸이 이상하게 울룩불룩하다. 무기의 중량을 최저한으로 억제한 대신, 광학무기용 고출력 방호 필드와 실탄무기용 고성능 복합 아머에 장비 용량을 쏟아부은 것이리라. 머리에도 페이스가드가 달린 두꺼운 헬멧을 장착한 모습은 마치 거대한 멧돼지 같았다. 기억에 따르면 그의 이름은 《시시가네》, 스탯을 모조리 바이탈에 찍은 방어형 빌드 플레이어이며, 지난 회에도 출장했지만 직접 싸울 기회는 없었다.

1200미터 이상 떨어진 이 상황에서는 아무리 안티 매터리얼 라이플 《울티마 라티오 헤카테 II》라고 해도, 저 갑옷을 관통하고 치명상을 입히기란 어려울 것이다. 잇달아 두 발을 맞춘다면 이야기가 다르지만, 적도 아마추어가 아니다. 저격을 당한 즉시 엄폐물 뒤에 몸을 숨기고 한동안 나오지 않겠지. 다시 머리를 내밀 때까지 유유자적 기다렸다가는, 초탄의 총성을 들은 다른 플레이어가 우글우글 몰려와 머신건으로 벌집을 만들어놓을 것이 뻔하다.

시논은 커다란 바위와 야트막한 관목 틈에 배를 깔고 엎드려, 방아쇠에 손가락을 걸친 채 소리도 내지 않고 중얼거렸다.

"……이쪽으로 와라."

거리가 800미터 이하로 줄어든다면, 장갑이 얇고 대미지 보정이 높은 안면에 일격을 먹여 스테이지에서 날려버릴 자신이 있다.

하지만 텔레파시는 통하지 않았고, 사내는 몸의 방향을 바꿔 서서히 멀어졌다. 꼼꼼하게도 등까지 단단한 장갑으로 에워싸서 틈이 없다. 유감스럽지만 이 타깃은 포기하고 다음 적이 다가오기를 기다리는 편이 나을 것 같다. 그렇게 생각하며 스코프에서 오른쪽 눈을 떼려 한 순간, 시논은 사내의 오른쪽 옆구리에 걸린 둥그스름한 물건을 발견했다.

대형 플라즈마 그레네이드. 그것도 두 개. 보조무장이 없는 대신 부적 삼아 가져온 것일까? 분명 엄폐물이 많은 필드에서 근접전을 벌일 때는 든든한 장비지만, 이 게임에서는 《값싸고 유용한 아이템》은 언제나 약간의 위험성이 따른다. 시논은 다시 온몸에 긴장을 두르고 스코프에 댄 눈을 가늘게 떴다.

이제까지 사내의 등에 맞춰 놓았던 조준을 약간 오른쪽 아래로 움직였다. 덜렁덜렁 흔들리는 금속구를 십자조준선으로 포착한다.

숨을 들이마신다. 내쉰다. 다시 한 번 마시고——꾹 멈춘다.

모든 잡념이 사라지고 품안의 강철과 자신이 하나가 되는 그 순간, 불릿 서클이 급속도로 수렴하며 핀포인트의 광점이 되었다. 무의식중에 손가락이 움직여 방아쇠를 당겼다.

온몸을 때리는 충격. 머즐플래시로 시야가 한순간 새하얗게 물들었다. 그것이 금세 회복되어 색채를 되찾은 스코프 안에서 사내의 오른쪽 허리에 매달린 그레네이드 하나가 번쩍 빛났다. 시논은 총에서 얼굴을 뗐다.

"빙고."

속삭인 것과 동시에 멀리 떨어진 언덕 중턱에서 선명한 푸른 불꽃이 솟으며 주위의 덤불을 휩쓸었다. 몇 초가 지나자 먼 천둥소리와도 같은 폭발음이 들렸다. 확인할 것도 없이 사내의 HP 게이지는 송두리째 소멸했을 것이다.

그때는 시논도 이미 자리에서 일어나 양각대를 접고 헤카테를 등에 짊어진 후였다. 총성과 머즐플래시로 위치가 드러나기 때문에, 스나이퍼에게는 가장 위험한 순간이 바로 저격 직후의 몇 분이다. 황급히 좌우로 눈을 돌리며 미리 정해둔 루트를 재빠르게 뛰어갔다.

주위에는 관목이 빼곡하게 자라서 시야가 나쁘다. 게다가 근처에 적 플레이어가 있다 해도, 그들의 주의는 멧돼지 같은 사내의 요란한 폭발에 쏠렸을 테니 기습을 받을 가능성은 낮다. 머리로는 이해하지만 발을 늦출 마음은 없었다. 1분 이상이나 뛰고 나서야 겨우 도착한 굵은 고목 줄기 밑에 웅크리고 앉아 후우 한숨을 돌렸다. 고개를 드니 두꺼운 구름 틈으로 기울어가는 핏빛 태양이 엿보였다.

불릿 오브 불리츠 본선이 시작된 지 이미 30분 가까이 지났다.

시논의 저격으로 퇴장한 플레이어는 조금 전의 멧돼지를 포함해 두 명이다. 하지만 전체 몇 명이 살아 있는지는, 상공의 감시위성이 15분마다 송신하는 데이터를 보지 않는 한 알 수 없다. 허리의 파우치에서 얇은 《새틀라이트 스캔》 수신단말을 꺼내 전체 맵을 표시한 후 위치정보가 갱신되기를 기다렸다.

왼쪽 손목의 크로노미터가 현실 시간으로 오후 8시 반을 가리킨 것과 동시에, 정밀한 지도 위에 몇몇 광점이 나타났다. 숫자는──21개. 현재까지 아홉 명이 죽었다는 계산이다. 뚫어지게 화면을 보며 상황을 머리에 새겨 넣었다.

이번 대회의 무대인 이 특설 필드는 직경 10킬로미터의 원을 그리는 고도(孤島)였다. 지형은 북부가 사막이고 남부가 삼림 및 산악. 그리고 중앙에는 폐허가 된 도시가 있다. 현재 시논의 위치는 맵 최남단에 자리한 바위산 기슭. 이보다 약간 북쪽에는 넓은 강이 흘러, 산악 에이리어와 삼림 에이리어의 경계를 이룬다.

주위 1킬로미터 내에 존재하는 광점은 세 개였다. 하나씩 손가락으로 터치해 이름을 확인했다. 가장 가까운 것이 북동쪽으로 600미터 떨어진 위치에서 서쪽으로 이동하는 《다인》. 그보다 약간 동쪽에서 따라가는 것이 《페일라이더》. 그리고 800미터 남쪽 바위산 꼭대기 부근에 가만히 있는 광점이 《사자왕리치》.

리치는 《비커스》 중기관총을 장비한 고화력 타입이다. 필드에서 가장 높은 장소에 캠핑하며 다가오는 플레이어를 소탕하겠다는 심산이리라. 분명 지난 대회에서도 똑같은 작전을 썼다가 결국 탄환이 떨어지는 바람에 꼴사납게 사망했는데, 그점에 대해 무언가 대책을 마련한 것일까. 아무튼 움직이지 않는 적이라면 그냥 내버려두기로 했다.

문제는 광점의 이동 속도로 보건대, 전력으로 도주하는 것이리라 예상할 수 있는 《다인》과 그를 뒤쫓는 《페일라이더》였다. 다인은 시논이 최근 한동안 소속했던 스쿼드론의 리더이며, 이번까지 포함하면 BoB 본선에 3회 연속 출장한 베테랑이다. 고성능 어설트 라이플 《SG550》을 장비했으며 중거리 전투가 주특기이다. 인간적으로는 별로 존경할 마음이 안 들지만, 실력은 결코 얕잡아볼 수 없는 상대였다.

그런 다인을 마치 쥐새끼처럼 몰아붙이는 페일라이더는 싸워본 적도 없거니와 얼굴조차 모르는 상대였다. 그 정도로 강한걸까, 아니면 무장이나 지형의 상성 때문일까. 시논이 고개를 갸웃한 그 순간, 상공의 감시위성이 지나갔는지 단말기의 맵에 표시되었던 모든 광점이 깜빡이기 시작했다. 앞으로 10초면 정보가 리셋되고 만다.

시논은 반사적으로 오른손을 들어 멀리 떨어진 나머지 18개의 광점을 하나하나 터치하려 했다. 그러나 손가락이 화면에 닿기 직전, 주먹을 꽉 쥐었다. 자신이 특정한 이름을 찾으려 했다는 것을 깨달았기 때문이다.

"……알 게 뭐야, 그딴 자식."

작은 목소리로 중얼거린다. 그딴 자식——가증스러운 광검사 《키리토》가 아직까지 살아남았는지 어떤지 걱정해줄 이유는 조금도 없다. 오로지 헤카테의 사정거리에 들어온 사냥감만을 의식할 뿐. 만일 그 안에 키리토가 나타난다면 그때는 그저 무감정하게 조준해, 쏘고, 쓰러뜨릴 것이다. 그뿐이다.

깜빡이던 광점의 무리가 소리도 없이 사라졌다. 시논은 단말기를 파우치에 집어넣고는 주위를 경계하며 일어났다.

눈 아래 펼쳐진 완만한 언덕 너머로 울창한 숲이 펼쳐졌다. 그 너머에서 다인과 페일라이더가 오른쪽에서 왼쪽으로 이동할 것이다. 두 사람의 진로 앞에는 스테이지를 양분하는 강과 그 위에 걸린 다리가 있다. 신중파인 다인은 숲속에서 위험한 전투를 벌이느니, 분명 전망이 좋은 다리에서 지신을 쫓아오는 페일라이너와 맞서 싸울 심산이리라.

다리까지의 거리로 따지면 시논이 그들보다 가깝다. 지금 당장 달려가면 한 발 먼저 저격 위치에 도달할 수 있을 것이다. 그들의 전투를 지켜보다가, 승자가 잠시 긴장을 푼 순간을 노려 저격하자.

오른쪽 어깨의 헤카테를 고쳐메고 자세를 낮춘 시논은 다시 관목 틈을 뛰기 시작했다.

적갈색 산기슭을 무사히 빠져나가 마지막 덤불 안에 뛰어든 시논의 시야에 새빨간 반사광의 띠가 보였다.

강이다. 남쪽 산에서 흘리나와 맵 중앙을 크게 굽이치며, 저 멀리 북쪽에 뿌옇게 보이는 유적도시를 향해 흘러간다.

맞은 편 기슭은 거대한 고목이 무성한 숲. 울창한 가지 밑으로 돌 블록을 깐 가느다란 길이 구불구불 뻗어나가는 것이 보였다. 길은 시논이 잠복한 위치로부터 200미터 북쪽에서 강으로 접어들며 투박한 철교로 이어진다. 지금 이 순간에도 저 길을 두 플레이어가 전력질주하고 있을 터——.

그렇게 생각한 바로 그 순간. 길과 철교의 경계 부근에 솟아난 굵은 고목 그늘에서 일직선으로 튀어나오는 그림자가 있었다. 서둘러 헤카테를 지면에 설치하고, 재빨리 플립업 커버를 올리며 스코프를 들여다보았다.

삼림 위장무늬 전투복. 헬멧 밑으로 엿보이는 각진 턱. 그리고 두 손으로 든 SIG. 틀림없는 다인이다. 베테랑답게 매끄러운 폼으로 돌 블록이 깔린 오솔길을 질주한다. 몇 초 만에 숲을 빠져나오더니 그대로 녹슨 철교로 돌입했다. 50미터 정도의 강폭을 가로지르는 다리를 단숨에 건너 시논이 매복한 쪽의 기슭에 도달하자마자, 지면에 몸을 던지고 엎드려쏴 자세를 취한다.

"……그렇군."

시논은 약간 감탄하며 중얼거렸다. 분명 저렇게 한다면 다리를 건너려는 적을 일방적으로 쏘아댈 수 있다. 그러나 유감스럽게도 마무리가 허술했다. 강 이쪽에 있을지도 모르는 적에게는 무방비하게 등을 드러내고 만 것이다.

"어떤 순간에도 체크 식스(후방경계)를 잊지 말라고, 다인."

십자조준선으로 각진 옆얼굴을 포착하며 시논이 중얼거렸다. 이젠 다인과 페일라이더가 결판을 낼 때까지 기다릴 것 없이 저격해도 되지 않을까. 쏘면 페일라이더는 스나이퍼가 있다는 사실을 알아차리겠지만, 급습하고 싶어도 다리를 건너야만 한다. 다리까지는 겨우 200미터밖에 안 되므로 설령 타깃이 전력질주를 하더라도 해치울 자신이 있었다.

──중계를 보던 갤러리들에게는 미안하지만.

머릿속으로 그렇게 덧붙이며 헤카테의 방아쇠에 살짝 검지를 가져가려던, 바로 그 순간.

시논은 목줄기에 오싹한 전율이 스치는 것을 느꼈다.

자신의 바로 뒤에, 누군가가 있다.

──바보야! 너야말로 저격 찬스에 빠져서 후방경계를 소홀히 했잖아!

속으로 절규하며 헤카테에서 오른손을 떼었다. 용수철처럼 몸을 180도 뒤틀자마자 왼손으로 보조무장인 《MP7》 서브머신건을 뽑았다. 그 동작을 취하는 와중에도 속으로는 무수한 생각이 번뜩였다.

──하지만 대체 누가 있다는 거야? 몇 분 전에 《새틀라이트 스캔》을 체크했을 때, 내 후방에는 캠핑쟁이 리치밖에 없었는데. 그놈이 산꼭대기에서 내려올 리도 없고, 중기관총을 든 적의 발소리를 못 알아차렸다는 것도 이상해. 그렇다고 리치 말고 다른 사람이 이렇게 짧은 시간에 뒤로 돌아왔다는 것도 말이 안 되고. 대체 어떻게──누가──.

전신을 압도하는 경악과 의문을 품으며 뒤로 MP7을 내민 것과 눈앞에 검은 총구가 나타난 것은 완전히 동시였다. 역시 기분 탓이 아니었다. 누군가가 이만큼 근거리까지 다가오도록 허용하고 말았던 것이다.

어차피 회피는 불가능하다. 이젠 서로 HP를 깎으며 각자의 탄창이 빌 때까지 탄환을 갈겨댈 수밖에──그렇게 각오하고 시논은 방아쇠를 당기려 했다.

그러나 격철이 초탄의 뇌관을 때리기 직전.

습격자가 시논을 제지하듯이 재빨리 오른손을 들며 낮게 속삭였다.

"기다려."

"······?!"

두 눈을 크게 뜨고 시선의 초점을 총구에서 상대의 얼굴로 옮겼다.

등까지 뻗은 윤기 있는 흑발. 석양을 받아도 여전히 새하얀 피부. 강렬하게 빛나는 길고 가느다란 검은색 눈.

원수 키리토가 시논의 위로 반쯤 몸을 얹듯, 왼손에 쥔 파이브세븐을 겨누고 있었다.

그것을 인식한 순간, 시논의 내면에서 수많은 감정이 뒤섞인 불꽃이 확 피어올랐다. 눈앞의 총구도 잊고 무의식중에 험악하게 이를 드러내며 왼손의 MP7을 풀 오토로 갈기려 했다.

그러나 키리토가 다시 냉정한 목소리로 속삭이며, 시논의 손가락에 걸리려던 무게를 직전에 멈추었다.

"기다려. 제안이 있어."

"······이 상황에 무슨······!"

시논은 아주 작은 목소리로, 그러나 타오르는 살기를 담아 되받아쳤다.

"이 상황에서 제안이고 타협이 어디 있어! 둘 중 하나가 죽을 뿐이지!"

"쏠 마음이 있었으면 언제든지 쐈어!"

키리토의 말에 담긴 어딘가 절박한 감정에 시논은 자신도 모르게 입을 다물었다. 마치 서로에게 총구를 들이댄 이 상황보다도 중요한 무언가가 있는 것 같았다.

게다가 분하지만 키리토의 말은 분명한 진실이었다. 이런 밀착거리까지 접근할 여유가 있었다면, 언제든 뒤에서 총을 쏘거나 광검으로 베었을 것이다.

"……."

입을 다문 시논에게 키리토가 다시 속삭였다.

"지금 요란하게 총질을 해서 저쪽에 총성을 들려주고 싶지 않아."

키리토의 시선이 한순간 시논의 등 뒤, 지금 막 또 하나의 조우전이 발생하려는 철교로 향했다.

"……? 그게 무슨 소리야……."

"저 다리에서 일어날 전투를 끝까지 지켜보고 싶어. 그때까지는 손을 대지 말아줘."

"……지켜보고, 그 다음에는 어쩌게. 그때 다시 싸우자는 얼빠진 소리를 하진 않겠지?"

"상황에 따라 다르지만……, 난 이곳을 벗어나겠어. 널 공격하지는 않아."

"내가 뒤에서 저격할지도 모르는데?"

"그렇더라도 두말하지 않겠어. 제발 이해해줘. 금방 시작한다고!"

키리토는 안절부절못하며 다시 철교 쪽을 보더니, 놀랍게도 왼손의 파이브세븐을 내렸다. 서브머신건의 총구가 미간을 겨눈 상태인데도, 자신의 핸드건을 허리의 홀스터에 넣었다.

시논은 분노하면서도 너무나 어이가 없어 어깨에서 힘이 빠졌다.

이대로 방아쇠에 걸린 손가락에 아주 조금만 힘을 준다면 MP7의 4.6밀리 탄환 스무 발이 키리토의 HP를 눈 깜짝할 사이에 날려버릴 것이다. 그러나 최대의 적이 되리라 예상했던 이 녀석과의 전투가 이렇게 어정쩡한 꼴로 끝나는 것 또한 시논의 본의와는 거리가 멀었다.

키리토라면 불릿 라인이 없어도 헤카테의 원거리 저격을 피할 수 있을지 모른다고, 그렇게 예상하고 정면전투 대책을 이 것저것 머리에서 김이 날 정도로 생각해놓았다. 기왕이면 서른 명의 출장자 중 마지막 두 사람이 될 때까지 살아남아 에너지를 한 방울까지 쥐어짜내는 사투를 벌이고 싶었다.

"……다시 맞붙는다면, 그때는 제대로 싸울 거야?"

"그래."

고개를 끄덕이는 키리토의 눈을 0.5초 정도 가만히 응시한 후, 시논은 SMG를 내렸다. 설마 싶긴 하지만 그 순간에 칼을 뽑아 달려들지는 않을까 경계해 방아쇠에서는 손가락을 떼지 않았으나, 키리토는 금세 몸에서 힘을 빼더니 즉시 시논의 왼쪽 옆, 덤불 밑에 배를 깔고 엎드렸다. 벨트 파우치에서 소형 쌍안경을 꺼내 재빨리 눈으로 가져간다.

자신은 멀리멀리 뒷전으로 미뤄놓는 듯한 그 태도에 화가 나는 듯한 어이가 없는 듯한 복잡한 감정이 새삼 치밀었다. 이 자식은 뭣 때문에 남의 전투를 구경하려는 거지? 애초에 대체 어디서 나타난 거람? 겨우 몇 분 전에 《새틀라이트 스캔》을 확인했을 때, 주변 1킬로미터 내에는 분명 키리토의 이름이 없었는데.

하지만 그러한 의문은 일단 집어삼키고 시논도 MP7을 왼쪽 허리에 찼다. 다시 두 팔로 헤카테를 안으며 스코프를 들여다보았다.

철교의 이쪽 기슭에는 아직도 엎드려쏴 자세를 취하는 다인의 모습이 보였다. SG550을 뺨에 대고 겨눈 채 미동도 하지 않는 집중력은 역시 베테랑다웠다. 다인을 이 정도로 몰아붙인 페일라이더라 해도, 이래서는 쉽사리 맞은편 숲에서 나올 수 없을 것이다.

"……네가 그렇게 보고 싶어 하는 전투도 이래서는 무산될지도 모르겠는걸."

시논은 옆의 키리토에게 비아냥거리듯이 속삭였다.

"다인도 언제까지고 저렇게 엎드리고만 있지는 않을 테고. 만약 다인이 일어나 이동하려 한다면 내가 그 전에 쏘겠어."

"그때는 그렇게 해도 상관……, 아니, 잠깐."

대답하던 키리토의 목소리가 날카로운 긴장감을 머금었다. 시논은 반사적으로 스코프에서 눈을 떼고 맨눈으로 철교 전체를 보았다.

맞은편 기슭, 깊은 숲 안으로 뻗은 오솔길 안쪽에서 천천히 플레이어 하나가 모습을 드러내는 참이었다.

깡마른 장신에 기묘한 청백색 위장무늬의 슈트를 입었다. 검은 아이실드가 달린 헬멧을 뒤집어써서 얼굴이 보이지 않는다. 무장은 오른손에 든 가벼운 《아말라이트 AR17》 샷건뿐이다. 아마도――아니, 틀림없이 저자가 다인을 쫓던 《페일라이더》일 것이다.

다리 반대쪽에 엎드린 다인의 두 어깨에 긴장이 어렸다. 팽팽해진 공기가 멀리 떨어진 시논에게도 전해졌다. 대조적으로 페일라이더의 자세에선 거의 힘이 느껴지지 않았다. 다인이 겨눈 SIG를 두려워하는 기색도 없이 슬금슬금 다리로 다가온다.

"……저 녀석, 강해……."

시논이 자신도 모르게 중얼거리자, 옆에 있던 키리토가 가볍게 몸을 움찔했다. 잠시 시선을 돌려보니 소녀와 분간이 가지 않는 옆얼굴에서 묘하게 긴장한 기척이 배어나왔다. 다시 말해 키리토가 주목한 플레이어는 저 페일라이더였던 걸까. 이름도 아바타의 모습도 시논에게는 초면이었지만, 몸놀림으로 보건대 실력은 어느 정도 가늠할 수 있다.

《불릿 라인》이라는, 현실세계에서는 있을 수 없는 미래 예측 보조 시스템이 존재하는 GGO라 해도 풀 오토 머신건을 든 적에게 접근하기란 쉬운 일이 아니다. 보통은 엄폐물에서 엄폐물로 있는 힘껏 대시해 지그재그로 거리를 좁히는 법이다.

하지만 페일라이더는 온몸을 무방비하게 드러낸 채 미끄러지는 듯한 발놀림으로 다리에 발을 들였다. 이제 총탄을 막아줄 지형 오브젝트는 아무것도 없다. 이 상황을 노리고 다리까지 도망쳤던 다인조차 등에서 어렴풋한 당황의 기척을 뿜어냈다.

그렇지만 역시 오랫동안 PvP 스쿼드론의 리더를 맡았던지라 결단도 빨랐다. 1초 후, 다인의 SG550 어설트 라이플이 스위스제답게 견실한 구동음을 수면에 퍼뜨렸다.

총구에서 발사된, 적어도 열 발은 되는 5.56밀리 탄을——페일라이더는 시논의 의표를 찌르는 수단으로 피했다. 이럴 수가. 몸을 날려 다리를 지탱하는 수많은 와이어로프 중 한 가닥에 매달리더니, 왼손 하나로 휙휙 기어오르기 시작한 것이다. 다인은 황급히 총구로 좇으려 했으나 엎드려쏴 자세는 위를 조준하기 힘들다. 두 번째 사격은 조준이 빗나갔으며, 그 틈에 페일라이더는 와이어의 반동을 이용한 롱 점프로 상당한 거리를 다가가며 착지했다.

"스트렝스 타입인데도 장비 중량을 낮춰 3차원 기동을 살린 거구나……. 게다가 아크로바트 스킬이 굉장히 높아."

시논이 숭얼거린 것과 동시에, 다인이 같은 수법에는 당하지 않겠다는 듯이 무릎으로 서더니 세 차례 방아쇠를 당겼다. 하지만 페일라이더는 이번에도 공격을 읽었던 모양이었다. 약간 위쪽으로 육박하는 불줄기 바로 밑의 얼마 안 되는 공간으로 청백색 실루엣이 머리부터 날아들었다. 게다가 앞으로 고꾸라지지도 않고 왼손으로 지면을 밀치며 짧게 앞구르기를 하더니, 일어났을 때는 이미 다인으로부터 20미터 거리에 도달했다.

"자식……!"

귀에 익은 욕설을 내뱉으며 다인은 텅 빈 30연발 탄창을 재빨리 교환하려 했다. 그러나.

뱃속까지 울리는 발사음과 함께 페일라이더의 오른손에서 아말라이트가 불을 뿜었다.

저 거리에서 산탄이 한 발도 안 맞을 수는 없다. 다인의 몸 곳곳에서 착탄 이펙트가 빛나더니 크게 뒤로 넘어갔다. 하지만 역시 대단하다고 해야 할까, 손을 멈추지 않고 탄창 교환을 마치더니 다시 뺨에 대고——그 순간 두 번째 굉음.

더더욱 거리를 좁힌 페일라이더의 샷건 일격은 다시 한 번 다인의 자세를 크게 무너뜨렸다. 저것이 샷건이라는 무기의 무서운 점이다. 대미지는 별로 크지 않지만, 딜레이 효과가 높아 아무것도 못하고 연속으로 공격을 당하는 것이다.

——SIG를 뺨에 대지 말고 허리에 둔 채 풀 오토로 갈겼으면 됐잖아.

시논의 그런 생각은 물론 다인에게 전해지지 않았으며, 애초에 이미 늦었다. 페일라이더는 더욱 거리를 좁히며 유유히 AR17을 재장전하고, 거의 코앞의 다인에게 세 번째로 방아쇠를 당겼다. *12게이지 샷 셀이 작렬하고, 산탄의 비가 얼마 남지 않았던 다인의 HP를 완전히 날려버렸다.

큰대 자로 요란하게 쓰러진 다인의 아바타는 완전히 움직임을 멈추었으며, 몸 위에는 【Dead】라는 붉은 입체문자열이 나타나 천천히 회전했다. 이제 다인은 배틀로열에서 탈락한 것이다. 참가자가 현실세계에서 정보를 교환하는 것을 막기 위해 대회 도중에는 로그아웃이 불가능하며, 저 《시체》에 의식이 남은 채 중계화면을 보며 멍하니 결판이 나기만을 기다려야 한다.

"저 파란 녀석, 강한걸……."

곁에서 키리토가 소리 없는 소리로 중얼거렸다. 무의식중에 고개를 끄덕여 대답한 시논은 이어지는 말을 듣고 살짝 눈살을 찡그렸다.

---

*12게이지(Gauge, GA) : 샷건의 구경은 1/n파운드 무게의 납구슬 크기로 나타낸다. 즉, 12게이지는 12분의 1파운드 납구슬의 직경을 말하며, 18.1밀리미터에 해당한다. 샷건에 가장 보편적으로 쓰이는 구경이다.

"……저 녀석이……, 그 망토 속의 인물일까……?"

한순간 당황하고 금세 깨달았다. 《페일라이더》는 키리토가 염두에 두었던 세 이름 중 하나였다. 다시 말해 그가 예전에 플레이했다는 VRMMO 안에서 적대했으며 목숨을 걸고 싸웠던 아니, 그럴지도 모르는 상대. 그리고 그 게임 타이틀은 어쩌면──아니, 분명 이제는 전설이 된 바로 그…….

그때 시논은 억지로 생각을 멈추었다.

키리토에게도 나름의 사정이 있을 것이다. 하지만 그 무게는 그만의 것이다. 타인이 짊어져줄 수도 없으며, 그래서도 안 된다.

찰나의 망설임을 뿌리치듯이 시논은 헤카테의 안전장치를 풀고는 짧게 속삭였다.

"저 녀석을 쏘겠어."

그리고 대답을 기다리지 않고 방아쇠에 손가락을 가져갔다. 멋진 맹공으로 다인을 해치운 페일라이더는 이미 다리 기슭을 떠나 강을 따라 북쪽으로 올라가려 했다. 그 깡마른 등을 십자 조준선으로 포착하고, 바람 방향과 거리를 고려해 미세조정을 마친다.

그제야 키리토는 갈라진 목소리로 겨우 대답했다.

"그래……, 알았어. 하지만 만약, 저 녀석이 그놈이라면……."

──그놈이라면 뭔데? 스나이퍼의 특권인 《불릿 라인 없는 첫 한 발》을 고작 300미터도 안 되는 거리에서, 그것도 등을 돌린 상태로 피할 수 있다는 거야?

"……웃기지 마."

입술만 움직여 그렇게 대꾸하고, 한순간의 망설임을 뿌리친 채 방아쇠를——.

당기기 직전.

전혀 예상치 못했던 광경이 시논의 스코프 안에서 펼쳐졌다.

페일라이더의 창백한 슈트 오른쪽 어깨에 조그만 착탄 이펙트가 빛나고, 동시에 그의 깡마른 몸이 펄떡 튀더니 왼쪽으로 쓰러진 것이다.

"'앗……!'"

시논과 왼쪽에서 쌍안경을 들여다보던 키리토가 동시에 소리를 질렀다.

저격당했다. 시논 이외의 누군가에게. 강 맞은편, 깊은 숲속에서. 틀림없다.

경악하면서도 반사적으로 모든 집중력을 청각으로 돌렸다. 페일라이더를 노린 총성의 방향과 음색을 포착하기 위해. 하지만.

제아무리 귀를 기울여도 들리는 것은 메마른 바람소리와 강물 소리뿐이었다.

"……소리를 놓쳤나……?"

중얼거리는 시논에게, 같은 생각을 했는지 키리토가 작은 목소리로 대답했다.

"아니, 틀림없이 아무것도 안 들렸어. 어떻게 된 거지……?"

"가능성이 있는 건……, 작동음이 작은 레이저 라이플을 썼거나……. 만약 실탄총이었다면 서프레서 달린 총을 썼거나……."

"서, 서프……?"

고개를 갸웃하는 키리토를 흘겨본 시논은, 대체 언제까지

이 자식의 선생 노릇을 해야 하는 걸까 생각하면서도 해설해 주었다.

"소음기. 총 끝에 달아서 총성을 줄여주는 장치."

"아, 아아……, 사일런서 말이구나."

"그렇게도 부르지만. 아무튼 그걸 단 라이플은 총성을 많이 줄일 수 있어. 명중률이나 사정거리에 마이너스 보정이 붙고, 소모품 주제에 무진장 비싸긴 하지만."

"그렇구나……."

고개를 끄덕이던 키리토는 시논이 든 헤카테 II의 끄트머리로 시선을 돌렸다. 그곳에는 대형 머즐 브레이크밖에 없었으며, 그것이 사일런서가 아니라는 것은 초보자인 키리토도 알아봤으리라. 다른 말이 나오기 전에 재빨리 덧붙였다.

"딱히 돈을 아끼는 건 아니야. 내 취향이 아닐 뿐이지."

흥. 콧방귀를 뀌며 다시 스코프를 들여다본다. 지면에 쓰러진 페일라이더는 그 후로 일어나려 하지 않았다. 그렇다고는 해도 일격에 죽어버린 것도 아닌 모양이었다. 만일 그렇다면 조금 떨어진 장소에 쓰러진 다인과 마찬가지로 몸 위에 붉은 【Dead】 태그가 떠야 한다. 살았으면서 왜 도주도 반격도 시도하지 않는 걸까──.

의문은 또 있었다. 10분쯤 전, 《새틀라이트 스캔》으로 보았을 때 주위 1킬로미터 내에 아무도 없었던 것을 시논은 두 눈으로 확인했다. 다시 말해, 수수께끼의 저격자는 상당한 원거리에서 페일라이더를 저격했다는 뜻이다. 그렇다면 그가 사용한 라이플은 매우 대구경일 터. 하지만 GGO에서는 총기가 크면 클수록 서프레서의 감음효과는 줄어들며, 반대로 명중률과 사정거리 감소효과는 커진다. 총성이 전혀 들리지 않았다는 것이 아무래도 떨떠름했다.

여기까지 생각한 시논은 몇 분 전에 비슷한 의문을 바로 옆의 플레이어에게도 느꼈던 것을 떠올렸다. 가끔은 자신이 질문을 던져주겠노라고, 얼굴을 보지 않은 채 속삭였다.

"……그리고 보니 키리토, 넌 대체 어디서 나타난 거야? 10분 전에 위성 스캔을 했을 때는 이 산 부근에 없었는데."

"어……? 난 저 페일라이더란 녀석을 500미터 정도 떨어져서 쫓아왔으니까 스캐너에도 비쳤을 텐데……, 아니, 잠깐. 아, 그렇구나."

"뭔데?"

"그러고 보니 10분 전에는 마침 저 강을 헤엄쳐서 건넜던 것 같아. 계속 잠수했으니까, 그래서 위성에 걸리지 않았던 거 아닐까……."

──헤, 헤엄쳐서 건너?!

소리를 지를 뻔했지만 필사적으로 참았다.

분명 이 게임에선 강이나 호수 같은 곳은 진입금지 구역이 아니며, 떨어져도 즉사하진 않는다. 하지만 물속에서는 HP가 천천히 감소하며, 또한 온몸의 장비가 지나치게 무거우면 제대로 헤엄칠 수도 없으므로, 저만한 폭의 강을 자력으로 건너기란 호흡보조장치를 짊어진 프로그맨(frogman) 타입의 플레이어가 아닌 이상 절대로 불가능하다.

"어, 어떻게……?"

간신히 묻자 키리토는 아무것도 아니라는 듯이 어깨를 으쓱하며 대답했다.

"물론 장비는 일단 전부 해제했지. 스탯 창에서 해제한 무장은 인벤토리에 들어가서 손으로 옮길 필요가 없어지는 건 《더 시드》 규격 VRMMO의 공통 룰이잖아."

"……."

어이를 상실한다는 건 바로 이런 상황이다. 강을 헤엄쳐 건너겠다는 발상도 그렇거니와, 전장에서 모든 무기와 방어구를 데이터로 되돌린다는 대담함부터 믿을 수가 없었다. 한숨을 섞어 중얼거렸다.

"……그 아바타의 속옷 차림을 공개했다면, 밖에서 중계 보던 갤러리들은 아주 신났겠는걸."

"응? 외부 중계는 원칙상 전투 장면 이외에는 안 나오잖아?"

한 방 먹였다는 듯한 키리토의 말에는 흥 코웃음을 쳐주었다.

"……아무튼 강 밑바닥으로 잠수하면 《새틀라이트 스캔》에는 걸리지 않는단 말이지. 기억해 두겠어. 하지만 네가 그렇게까지 해서 쫓던 페일라이더는 강하기는 해도 그리 대단한 놈은 아니었나 봐. 큰 거 한 방 먹자마자 겁먹어서 일어나지도 못하다니, 이래서야 앞으로 도저히……."

살아남을 수 없겠다고 말하려던 시논의 말을, 다시 한 번 쌍안경에 두 눈을 대던 키리토가 가로막았다.

"아니……, 겁을 먹은 게 아닌 것 같아……. 잘 봐. 저 녀석의 아바타에 이상한 광원 이펙트가……."

"뭐……?"

황급히 시논도 스코프의 배율을 높였다. 저녁놀의 광원이 지나치게 강해 판별하기는 어려웠지만, 분명 페일라이더의 창백한 위장무늬 슈트 위로 같은 색깔의 스파크가 가늘게 맴돌고 있었다. 저 이펙트는 전에 몇 번인가 본 적이 있다. 분명——.

"저……전자(電磁) 스턴 탄……?!"

"그, 그게 뭔데?"

"이름 그대로, 명중한 뒤 한동안 고전압을 뿜어서 대상을 마비시키는 특수 탄환이야. 하지만 어지간한 대구경 라이플이 아니면 장전할 수 없고, 애초에 한 발의 가격이 엄청나게 비싸 PvP에서 쓰는 사람은 없는걸. 파티를 짜서 대형 몹을 사냥할 때나 쓴다고."

실제로 그렇게 설명하는 동안에도 페일라이더를 구속한 스파크는 엷어지고 있었다. 앞으로 십여 초면 효과가 사라질 것이다. HP는 거의 줄어들지 않았을 테니, 이래서야 뭣 때문에 고난이도 원거리 저격을 시도했는지 이유를…….

"——!"

흠칫하는 진동. 그것이 자신의 몸에서 나왔는지, 아니면 옆의 키리토에게서 전해진 것인지는 판별할 수 없었다.

두 사람이 숨은 덤불에서 북쪽으로 200미터 떨어진 지점, 동서 방향으로 걸린 큰 철교. 그 서쪽 기슭에는 이미 사망판정을 받은 다인의 아바타가 드러누워 있었다. 동쪽 숲에서 날아온 전자탄에 저격당한 것으로 보이는 페일라이더는 그보다도 5미터 정도 북쪽에 드러누워, 당장이라도 일어날 것 같았다.

그 둘의 딱 한가운데, 다리를 지지하는 쇠기둥 뒤에서 일렁이듯 배어나온 검은 실루엣이 있었다.

언뜻 봐서는 플레이어 같지 않았다. 아바타의 윤곽이 기묘하게 흐릿했던 것이다. 열심히 주시하고서야 겨우 그 이유를 알았다. 온몸을 뒤덮은 짙은 회색의 후드 망토가 너덜너덜 보풀투성이인 데다, 그것이 바람에 나부껴 마치 작은 동물의 무리처럼 불규칙하게 움직였기 때문이다. 스나이퍼가 입는 길리슈트, 아니, 《길리 망토》라고 해야 할까. 하지만——.

"……언제부터 저기 있었지……?"

시논은 무의식중에 그렇게 중얼거렸다. 저 누더기 망토가 페일라이더를 쏜 스나이퍼인 것은 거의 틀림이 없다. 그러나 어느새 숲에서 나와 다리를 건넜단 말인가. 아무리 은폐효과가 높은 길리 망토를 입었다 해도, 아무것도 없는 철교 위를 이동했다면 알아차리지 못할 수가 없다. 아니면 키리토처럼 강을 헤엄쳐 건넜을까? 그렇다 해도 윈도우를 열어 장비 피규어를 조작하는 모습을 놓쳤다니, 말도 안 된다.

하지만 다음 순간. 그러한 의문을 불식할 정도로 새로운 충격이 시논을 엄습했다.

누더기 망토가 천천히 걸음을 옮기자, 그때까지 몸에 가려져 보이지 않던 오른손의 주무장이 모습을 드러낸 것이다.

"——《사일런트 어쌔신》."

신음하듯이 목소리를 짜냈다.

헤카테에 필적하는 길이를 가진 대형 라이플이다. 굳이 비교하자면, 총신은 약간 가늘지만 기관부를 가로지르는 수많은 볼트 구멍, 섬홀(thumb hole)을 갖춘 선진적인 그립 일체형 스톡, 그리고 전체를 물들인 무광 암회색이 오싹할 정도로 냉철함을 풍겼다. 하지만 무엇보다도 큰 특징은, 총의 끝에 장착한 길쭉한 사운드 서프레서였다. 아니, 장착했다는 표현은 정확하지 않다. 저 라이플은 원래 서프레서 사용을 전제로 설계된 모델이다.

정식 명칭은 《애큐러시 인터내셔널 L115A3》. 탄환은 338 라푸아 매그넘. 헤카테 II가 사용하는 50BMG 탄에 비교하면 위력은 훨씬 떨어지지만, L115A3는 안티 매터리얼 라이플이 아니다. 전용 서프레서가 표준 장비된 점에서 알 수 있듯, 인간을 저격하기 위해 만든 총이다. 최대 사정거리는 2000미터 이상. 저격당한 자는 사수의 모습을 보지도 못하고, 죽어가는 동안에도 총성조차 들을 수 없다. 그런 까닭에 붙은 별명이──《사일런트 어쌔신》. 침묵의 암살자.

저 무시무시한 라이플이 GGO 세계에 존재한다는 소문은 들었지만, 실물을 본 것은 이번이 처음이었다. 애초에 시논은 자기 외에 솔로로 싸울 수 있는 스나이퍼를 알지 못했던 것이다. 그러나 저 누더기 망토는 맞은 편 숲속 깊은 곳에서 페일라이더를 정확히 저격했다. 심박과 연동하는 불릿 서클을 컨트롤하는 기술과 정신력이 없다면 도저히 불가능하다.

────대체 어떤 놈이지?

반사적으로 왼손 손목의 시계를 보았다. 오후 8시 40분. 세 번째 《새틀라이트 스캔》이 발동되려면 아직도 5분이나 남았다. 이 상황에서는 한없이 긴 시간이다.

스코프 안에서, 수수께끼의 누더기 망토는 생기 없는 움직임

으로 L115를 오른쪽 어깨에 걸쳤다. 라이플에 소속 스쿼드론의 스티커 같은 것이 없을까 눈을 부릅뜨고 보았지만, 총신 밑에 굵은 클리닝 로드(cleaning rod)를 장착한 것 말고는 딱히 커스터마이즈된 부분은 없었다. 시논이 지켜보는 가운데, 누더기 망토는 미끄러지는 듯한 걸음으로 쓰러진 페일라이더에게 다가갔다.

상처 하나 입지 않고 다인을 쓰러뜨렸던 페일라이더도 충분히 강자의 포스를 가진 플레이어였다. 시논은 모르는 사람이었지만, 아마도 먼 북부 대륙에서는 미니건 유저 《베히모스》와 비슷할 정도로 유명할 것이 분명하다. 그러나 이렇게 동일시야에 놓고 보니 누더기 망토의 존재감은 더더욱 차원이 달랐다. 과거 헤카테를 입수했을 때 솔로로 쓰러뜨렸던 거대 보스몬스터와 비슷한——아니, 그 이상의 전율을 등줄기에 느꼈다.

하지만 누더기 망토의 실력을 확신하는 만큼 한 가지 깊은 의문도 들었다.

저렇게나 희귀한 라이플과 그에 걸맞은 저격기술을 가졌으면서, 왜 실탄이 아니라 스턴 탄을 쓴 걸까? 338 라푸아를 머리나 심장에 맞추면, 방어력이 낮은 페일라이더를 일격에 죽이는 것도 가능할 텐데. 마비시킨 후 다시 정밀저격을 하는 전법이라면 그나마 이해가 된다. 하지만 누더기 망토는 스턴 탄한 발을 맞추고는 숲에서 나타나, 아직도 HP 게이지가 가득 남은 페일라이더의 앞에 몸을 드러냈다. 이래서는 고난이도 저격을 성공해도 전혀 의미가 없지 않은가.

상대의 진의를 억측조차 할 수 없는 찜찜함에 시논은 입술을 꽉 깨물었다.

그러고 보니 왼쪽에 있는 키리토가 괜히 조용하다. 무엇을 하는지 보고 싶기도 했지만, 누더기 망토에서 눈을 떼는 것도 저어되어 그대로 헤카테의 스코프에 시선을 집중했다.

페일라이더의 바로 눈앞까지 이동한 누더기 망토는 L115를 어깨에 건 채 오른손을 망토 안으로 집어넣었다. 아아, 보조무장으로 숨통을 끊을 생각이었구나. 시논은 그렇게 생각했다. 설령 소형 서브머신건이라 해도 저 밀착 거리에서 탄창 하나를 모두 비워 쏜다면 충분히 HP를 깎아낼 수 있을——.

"……어……?"

하지만 시논은 또 다시 놀란 소리를 냈다.

누더기 망토가 꺼낸 것은 아무리 보아도 핸드건이었던 것이다. 저녁 햇살 때문에 콘트라스트가 강해진 데다 몸 그림자에 가려져 종류까지는 판별할 수 없었지만, 실루엣으로 보면 특별할 것도 없는 자동권총이라고 단언할 수 있다.

핸드건은 탄환 한 발당 대미지는 서브머신건과 비교해도 손색이 없지만, 방아쇠를 쥐어짜도 풀 오토 사격은 할 수 없다. 적의 HP를 깎아낼 만큼 쏘려면 꽤 시간이 걸린다. 게다가 드러누운 페일라이더는 당장이라도 마비에서 회복될 것 같았다. 몸의 자유를 되찾자마자 오른손의 샷건을 쏠 것이 분명하다. 그렇게 되면 뒤로 나자빠져 즉사하는 것은 누더기 망토가 될 터.

그런데도 저녁 바람에 길리 망토 자락을 펄럭이며 선 수수께끼의 플레이어는 일말의 초조함도 동요도 보이지 않았다. 총을 든 오른손을 지면의 페일라이더에게 향한 채, 이번에는 왼손을 망토에서 꺼냈다. 그 손에는 아무것도 없다. 대체 어쩌려는 심산인지, 누더기 망토는 아무것도 없는 왼손 손가락을 후드의 이마에 가져갔다. 이어서 가슴으로 움직인다. 이번에는 왼쪽 어깨에. 마지막으로 오른쪽 어깨에.

십자. 흔히 말하는 '성호를 긋는다.'——는 동작. 죽어 가는 적에게 바치는 기도라도 된다는 건가. 하지만 저런 짓을 할 여유는 없을 텐데. 코앞에서 작렬할 샷건조차 피할 자신이 있다는 뜻일까? 아니면 어쩌다 운이 좋아 레어 총기를 얻은 그냥 바보였던 걸까……?

너무나도 많은 위화감에 사로잡히며 입술을 꽉 깨문 시논의 왼쪽 귓가에 갑자기 조그만 속삭임이 날아들었다.

"……시논, 쏴."

키리토의 목소리였다. 하지만 그 짧은 한 마디는 이제까지 들어보지 못했을 정도의 긴장을 머금은 것이었다. 자신도 모르게 되물었다.

"뭐? 누굴?"

"저 누더기 망토. 부탁이야, 제발 쏴, 어서! 저놈이 쏘기 전에!!"

너무나도 절박한 그 목소리에는 시논의 오른손 검지를 헤카테의 방아쇠로 밀어낼 만한 힘이 담겨 있었다. 다른 때 같았으면 반사적으로 불평 한두 마디를 던졌을 상황이지만, 시논은 이를 생략하고 십자조준선의 교차점을 누더기 망토의 등에 맞추었다. 주위의 모래먼지 이펙트를 통해 바람과 습도를 산출하고, 조준을 미세조정한다. 방아쇠에 손가락을 얹자, 한 치의 오차도 없이 녹색 불릿 서클이 타깃을 덮었다.

정석대로 말하자면, 이대로 두 사람의 전투가 끝나기를 기다려 이긴 쪽을 쏘아야 한다. 지금 누더기 망토를 쏘면 마비에서 풀려난 페일라이더는 즉시 왼쪽의 덤불지대로 도망칠 테고, 두 번 다시 저격 기회는 오지 않으리라.

그 사실을 알면서도 시논은 손가락의 힘을 빼지 않았다. 어째서인지 쏘아야만 한다는 생각이 들었던 것이다. 숨을 멈추고, 가슴에 가상의 찬바람을 담는다. 그 냉기가 심박수를 떨어뜨린다. 두근……두근……, 맥박과 연동해 압축되는 불릿 서클이 최소 사이즈로 적의 등 한복판을 포착하고——.

꽝음.

대형 머즐브레이크에서 화룡의 숨결처럼 솟아나는 거대한 불꽃.

대상과의 거리는 겨우 300미터. 빗나갈 리가 없다. 시논은 등에 구멍이 뻥 뚫린 아바타가 요란하게 날아가는 광경을 환각처럼 보았다.

——그러나.

실제로는 시논이 방아쇠를 당기기 시작한 것과 거의 동시에, 누더기 망토의 플레이어는 마치 질량이 없는 진짜 유령이라도 되는 것처럼 윗몸을 뒤로 크게 기울였던 것이다. 필살의 탄환은 그의 가슴을 스치고 날아가 멀리 떨어진 지면에 허무하게 큰 구멍을 뚫었다.

"무…………."

말문이 막힌 시논은 그 직후 무언가를 느꼈다. 상대의 얼굴이 이쪽을 향하고, 누더기 후드 안쪽에서 뿜어져나온 시선이 스코프 너머로 자신의 눈을 포착하는 것을. 그리고 어둠에 가려진 입이, 분명히 씨익 웃음 짓는 것을. 의식하지 못한 채 신음하듯이 목소리를 쥐어짰냈다.

"저……저 자식, 처음부터 알았던 거야……. 우리가 숨어 있는 걸……."

"설마……! 놈은 한 번도 이쪽을 보지 않았어!"

똑같이 심한 동요가 배어나온 키리토의 목소리에 가늘게 고개를 가로저었다.

"저렇게 피하려면 불릿 라인이 보여야만 가능. 그건 다시 말해, 언제부터인가 내 모습을 눈으로 봤고, 그걸 시스템으로 확인했다는 거야……."

그렇게 말하는 동안에도 오른손은 자동으로 움직여 헤카테에 다음 탄환을 장전하고 있었다. 다시 저격태세에 들어가려다가 시논은 망설였다. 저렇게 반사신경이 뛰어난 적에게 불릿 라인이 있는 단발 공격을 해봤자 99퍼센트 맞출 수 없다. 그럼 탄창에 남은 네 발을 잇달아 쏜다면? 하지만 그렇게 해 탄환이 모두 빗나갔을 때는, 오히려 거리를 좁히고 다가온 적에게 반격당할 위험이 있다. 어떻게 하지……? 어떻게 해야 좋지?

그런 한순간의 망설임을 모조리 간파한 것처럼 누더기 망토는 몸을 돌리더니.

다시 오른손의 자동권총을 페일라이더에게 돌려 엄지로 격철을 젖혔다. 그립에 왼손을 가져가 몸을 슬쩍 옆으로 돌린 자세로, 긴장감도 없이 방아쇠를 당겼다.

작은 섬광. 약간 늦게 카앙, 하는 메마른 총성이 시논의 귀에 닿았다.

"앗……!"

옆에서 키리토가 무언가에 겁을 먹은 것처럼 신음했다.

지근거리여서 빗나갈 수가 없는 총탄은 페일라이더의 가슴 한복판에 명중했다. 크리티컬 포인트이기는 하지만, 이 세계에서는 어디를 맞더라도 9밀리 패러블럼 탄환 한 발에는 즉사하지 않는다. 아니, 오히려 페일라이더의 HP는 아직 90퍼센트 가까이 남아 있을 것이다. 하지만 어째서인지 누더기 망토는 그 이상 쏘지 않았다. 권총을 *위버 스탠스로 겨눈 채 느긋하게 서 있었다. 시논이 자신을 조준했다는 깃을 일면서노 봄을 감추려는 기색조차 없는 것은, 몇 발을 쏘아도 회피할 수 있다는 확신이 있기 때문일까?

1초, 2초, 3초——.

이때 마침내 페일라이더를 구속했던 전자 스턴 탄의 효과가 사라졌다.

창백한 위장무늬 슈트를 입은 몸을 용수철처럼 일으키며, 잔상이 생길 만큼 빠르게 치켜든 오른손의 AR17 샷건을 누더기 망토의 가슴에 파고들 정도로 들이댄다. 말 그대로 밀착 상태. 저러면 산탄은 모조리 심장에 맞는다. 자동권총과 달리 일격에 숙더라도 이상하지 않다.

시논과 곁의 키리토, 그리고 아마도 전 GGO 세계와 외부 현실세계에서 이 대회 중계를 지켜보고 있을 무수한 갤러리들도

---

*위버 스탠스(Weaver Stance) : 권총을 두 손으로 쏘는 자세 중 하나. 몸을 45도 정도 튼 채 팔을 살짝 굽혀 쏜다. 명중률이 뛰어나며 반동제어에 적합하지만, 자세를 낼 때까지 시간이 걸리는 단점이 있다.

마른 침을 삼키며 두 눈을 크게 떴다.

반격의 총성은——울리지 않았다.

대신 툭 하는 작은 효과음이 시논의 귀에 들렸다. 페일라이더의 오른손에서 떨어진 AR17이 발밑의 적갈색 모래땅에 떨어지는 소리였다.

이어서 마치 관절이 망가진 인형 같은 움직임으로 두 무릎이 땅에 떨어진다. 아바타는 그래도 멈추지 않고 천천히, 천천히 오른쪽으로 기울어지고, 마침내 쓰러졌다.

시논의 위치에서는 헬멧의 아이실드 밑에서 엿보이는 페일라이더의 입가만이 보였다. 한껏 벌어진 그 입은 소리 없는 비명을 지르는 것 같기도, 공기를 찾아 괴로워하는 것 같기도 했다.

이제까지와는 달리 힘이 느껴지지 않는 동작으로 왼손을 치켜들고는, 가슴 한복판을 꽉 움켜쥐는 듯한 몸짓을 보인 그 직후——.

창백한 위장무늬 슈트를 입은 온몸이 노이즈를 연상케 하는 불규칙한 빛에 휩싸이더니, 갑자기 사라졌다.

마지막으로 남은 빛은 【DISCONNECTION】이라는 작은 문자열을 이루었으며, 그것도 즉시 저녁놀에 녹아들듯이 사라졌다.

"················뭐야, 저거."

몇 초 후, 시논은 간신히 그 한 마디만을 짜냈다.

누더기 망토의 플레이어가 핸드건으로 단 한 번 페일라이더를 쏘았다. 그때는 아직 HP가 남아 있었다. 그것은 틀림없다. 그 직후 마비에서 풀려난 페일라이더는 샷건으로 반격하려 했지만, 그 직전에 운 나쁘게 회선이 문제를 일으켜 게임에서 팅

겨나고 말았다.

자신의 눈으로 본 사실을 합리적으로 설명하려면 그렇게 된다.

하지만 그렇게 타이밍 좋게 접속이 끊어질 수 있을까? 게다가 대역전 일격사를 모면한 누더기 망토도 운 좋게 살았다기보다는, 마치 사전에 접속이 끊어지리라 예측했던 것 같았다. 아니, 좀 더 정확히 말하자면——.

마치 **자신의 의지로 페일라이더를 게임에서 튕겨낸** 것처럼.

말도 안 된다. 게임 안에서 다른 플레이어의 접속경로에 간섭할 수 있다니.

하지만 누더기 망토는 페일라이더가 사라진 것에 전혀 놀라는 기색도 없이, 유유히 왼손을 망토 안으로 다시 집어넣었다. 이어서 권총을 쥔 오른손을 치켜들고 공중의 한 점을 똑바로 조준했다. 그곳에 무엇이 있는지 시논은 곧바로 알아차렸다. 대회를 중계하는 버추얼 카메라의 렌즈다. 플레이어들이 촬영 사실을 알 수 있도록 엷은 발광체 오브젝트로 나타난다. 다시 말해 저 행동은 무수한 관객들에게 어필을 한 것이다. 그러나 무엇을? 지금 페일라이더와 벌인 전투는 회선 문제에서 비롯된, 말하자면 부전승. 도저히 자랑할 만한 승리는 아니었다. 아니면——역시 저 소실이야말로 누더기 망토에게는 승리라는 뜻일까? 다시 말해…….

"저 자식……, 다른 플레이어를 서버에서 튕겨낼 수 있는 거야……?"

시논이 갈라진 목소리로 중얼거리자.

곁의 키리토가 마치 열에 달뜬 듯한 목소리로 대답했다.

"……아니야. 그게 아니야. 그렇게 시시한 힘이 아니라고……."

"시시해? 뭐가? 엄청난 문제잖아. 치트도 저런 치트가 없는 걸. 재스커는 대체 뭘 하는 건지……."

"아니야!"

갑자기 키리토가 시논의 왼팔을 덥썩 붙들었다. 반사적으로 뿌리치려 했지만, 이어서 나온 목소리에 시논의 온몸이 얼어붙었다.

"저 자식은 플레이어를 서버에서 튕겨낸 게 아니야. **죽인 거지**. 지금 막 페일라이더는……, 페일라이더를 조종하던 진짜 플레이어는 현실세계에서 죽었어!"

"…………무…………?"

무슨 소리를 하는 거야.

그렇게 대꾸하려던 시논의 입은 다시 키리토의 말에 다물어지고 말았다.

"틀림없어. 저 자식이……, **저 자식이 《사총》——《데스 건》**이었어."

그 이름은 들은 적이 있다. 기억 밑바닥에서 떠오르는 대로 어렴풋한 지식을 중얼거렸다.

"……데스……건 이라면, 그 이상한 소문 말이야……? 시내 술집이며 광장에서, 그러니까 지난 대회에서 우승한 《젝시드》와 상위 입상한 《싱거운명란젓》을 쐈고, 총에 맞은 두 사람은 그 후로 로그인을 하지 않는다는……."

"맞아……."

고개를 끄덕인 키리토는 그제서야 시논을 똑바로 쳐다보았다. 커다란 까만 눈동자는 전에 보지 못했을 정도로 깊은 충격과 공포, 그리고 그 이외의 다른 감정에 격렬히 흔들리는 것 같았다.

"나도……, 처음에는 말도 안 된다고 생각했어. 어제 대기 돔에서 그놈과 만난 후로도, 계속 설마설마 했지. 하지만 이젠 의심할 여지가 없어…… 어떤 방법을 썼는지는 모르겠지만, 그놈은 정말로 플레이어를 죽일 수 있었던 거야. 실제로 《젝시드》와 《싱거운명란젓》은 얼마 전에 시체로 발견됐는걸……."

"…………."

──네가 어떻게 그런 걸 알아? 네 정체는 뭐지? 그리고 너와 저 누더기 망토는 무슨 관계야……?

《사총》이 실존한다는 것을 알았다는 놀라움보다도 먼저, 키리토라는 사람에 대한 의문이 가슴속에서 휘몰아쳐 시논은 숨이 막혔다.

아니, 사실 당장 믿을 수는 없었다. 게임 안에서 정말로 사람을 죽인다고? 너무나도 황당무계……하다기보다는 모순된 이야기가 아닌가. 진짜 목숨이 오간다면 그것은 더 이상 게임이 아니다. 하지만 키리토의, 도저히 가상 아바타라고는 생각할 수 없을 정도로 진지한 목소리와 표정을, 그리고 눈빛을 보면 말도 안 된다고 웃어넘길 수는 없을 것 같았다. 정말로──대체 누가……?

혼란스럽기 짝이 없는 고민을 끌어안고 입을 다문 시논에게서 겨우 꿰뚫는 듯한 시선을 거둔 키리토는 다시 저 멀리 철교로 눈을 돌렸다. 그에 이끌리듯이 시논도 그쪽을 보았다.

페일라이더를 《퇴장》시킨 수수께끼의 누더기 망토는 카메라에 들이댔던 총을 내리더니, 약간 남쪽에 쓰러져 있던 다인의 아바타를 흘끔 쳐다보았다. 배 위에 【Dead】 태그를 띄운 다인은 아직 로그인이 유지되고 있을 테지만, 말은커녕 얼굴 표정도 바꿀 수 없다. 그러므로 바로 곁에서 일어난 기괴한 전투에서 그가 무엇을 느꼈는지 알 방법도 없다.

권총을 홀스터에 넣고 어깨의 L115를 등에 고쳐멘 누더기 망토가 절그럭 소리를 내며 다인 쪽으로 걷기 시작했다. 설마 《시체》인 다인을 쏠 생각인가 싶어 시논은 살짝 숨을 멈추었다. 키리토도 같은 생각을 한 듯, 가녀린 몸이 꿈틀 했다. 당장이라도 덤불에서 튀어나갈 것 같았다.

하지만 다행——이라고 해야 할까, 누더기 망토는 다시 자동권총을 꺼내려고는 하지 않고 다인의 바로 곁을 지나 철교로 향했다. 다리를 건너는 것이 아니라, 처음에 모습을 나타냈을 때와 마찬가지로 굵은 쇠기둥 맞은편으로 돌아가 모습을 감추었다. 한층 낮아진 강기슭으로 내려갔는지 잠시 모습이 보이지 않았지만, 그 위치에서는 강을 따라 북쪽이나 남쪽으로 움직일 수밖에 없다. 이동을 시작하면 즉시 눈에 들어올 터…….

"…………안 나오잖아……."

키리토가 낮게 신음했다. 시논도 말없이 고개를 끄덕였다. 누더기 망토는 10초가 지나도 나타나지 않았다. 다시 말해 교각 뒤에 계속 몸을 숨기고 있는 것이다. 시논의 저격을 경계한 행동일까.

그때 왼손 손목에서 어렴풋이 알람 진동이 느껴져 시논은 시계를 보았다. 8시 44분 50초. 앞으로 10초면 세 번째 《새틀라이트 스캔》이 시작된다. 파우치에서 단말기를 꺼내 화면을 보았다.

"키리토, 넌 다리를 감시해. 난 이걸로 놈의 이름을 확인할 테니."

"알았어."

즉시 돌아온 대답을 들으며 맵이 갱신되기를 기다린다. 앞으로 3초……, 2, 1, 스캔 개시. 아득한 상공을 날아가는 우주대전 시절의 스파이 위성이 지표를 빠짐없이 스캔한다. 그 전자 안구는 어지간한 엄폐물이라면 모조리 간파한다. 동굴에 숨거나, 혹은 키리토가 입증했던 것처럼 깊은 물속에 잠수하지 않는 한 감시를 벗어날 수는 없다.

파팟. 화면에 수많은 광점이 떠올랐다. 멀리 남쪽 산꼭대기에선 여전히 리치가 캠핑을 하고 있다. 아마도 대회가 끝날 때까지 내려오지 않을 작정이겠지.

약 800미터 북쪽, 관목지대 절벽 위에 나란히 밀착한 광점 두 개가 시논과 키리토. 멀리 떨어진 플레이어들은 틀림없이 근접전 중일 거라고 추측할 테지. 설마 나란히 덤불 밑에 엎드려 있으리라고는 생각도 못할 것이다. 그러기를 바란다.

그리고 그보다도 200미터 북쪽으로 색이 매우 흐릿한 광점. 사망 상태인 다인이다. 원래는 그 바로 위에 페일라이더의 광점도 있어야만 하지만 표시되지 않는다. 그리고 다인의 동쪽, 철교 밑에는 그 누더기 망토의 광점이——.

"어……? 어, 없어!"

아무리 뚫어지게 봐도 철교 주위에는 다인의 광점밖에 표시되지 않는다. 누더기 망토는 이미 이동한 것이다. 그러나 강기슭을 달려갔다면 분명 눈에 뜨였을 터. 어떻게 된 건가 싶어서한순간 공황상태에 빠졌지만, 황급히 마음을 고쳐먹었다.

생각할 수 있는 가능성은 단 하나. 키리토와 똑같이 강 속으로잠수해 새틀라이트 스캔을 회피한 것이다. 그렇다면 이건…….

"……기회야."

시논의 목소리에 키리토가 이쪽을 쳐다보았다. 그쪽을 흘끔보며 재빠르게 상황을 설명했다.

"그 누더기 망토는 단말기에 비치지 않았어. 강으로 잠수한거야. 그렇다면 지금은 무장을 전부 해제했겠지. 물가로 올라가면 윈도우를 열어 온몸의 장비를 다시 갖추는 데 적어도 10초는 걸려. 그때를 공격하면……."

"권총 한 자루라면? 그 정도는 장비해도 물속을 이동할 수있지 않을까?"

키리토가 이야기 도중에 빠른 말투로 말허리를 끊자 시논은마지못해 대답했다.

"시험해본 적은 없지만, 어지간한 스트렝스와 바이탈이 있다면 아마도……. 하지만 그래 봤자 핸드건 한 자루라면 쉽게 해치울 수……."

"안 돼!"

갑자기 키리토가 꽉 억누른 목소리로 외치며 시논의 왼팔을꽉 잡았다.

"너도 봤잖아, 그 자식의 검은 권총이 페일라이더를 없애는

걸! 한 발이라도 맞았다간 정말로 죽을지도 몰라!"

형형히 빛나는 검은 눈동자에서 한순간 눈을 떼지 못했다. 의식적으로 시선을 돌리고, 입술을 가늘게 움직이며 반박했다.

"……하지만, 역시 난 못 믿겠어. 게임 속에서 총을 맞았다고 정말로 죽다니……. 아니, 그 이전에 만약 그 말이 사실이라면 그 누더기 망토는 자기 마음대로 사람을 죽일 수 있다는 뜻이잖아? 말도 안 돼……. 믿고 싶지 않아. 그런 사람이 GGO에……, VRMMO에 있다니……."

그렇다. 설령 살벌한 《건 게일 온라인》의 황야라 해도 시논/시노에게 이곳은 어디까지나 《다정한 세계》였다.

이 세계에 진짜 악의와 살의는 존재하지 않는다. 총탄과 초연의 형태로 오가는 것은 상대를 능가하고 싶다, 누구보다도 강해지고 싶다는 순화된 목적의식이다. 왜냐하면 이 세계에서 몇 발, 몇십 발의 총탄을 쏘고 맞더라도 피는 한 방울도 흐르지 않기 때문이다. 아픔, 상처, 그 외 온갖 현실적인 손해는 발생하지 않는다. 그러므로 전투에 패해 분함은 태어날지언정 원한은 태어나지 않는다. 이를테면 예전의 격전에서 시논은 베히모스의 미니건에 왼발을 통째로 잃었으며, 베히모스는 시논이 체카레에 온몸을 꿰뚫렸다. 하지만 그 전투가 시논의 내면에 남긴 것은 자신감과 반성, 그리고 강자 베히모스에 대한 경의뿐이었다. 베히모스 또한 그럴 것이라고 시논은 믿었다.

그렇기 때문에 시논은 이 GGO 세계를 현실세계의 약한 자신과 과거의 지긋지긋한 기억 사이의 완충장치로 선택한 것이다. 이곳에서 싸우고 또 싸운다면, 시논이 쌓은 자신감의 총량이 언젠가 시노를 좀먹는 원념의 깊이를 넘어주리라 바라며.

VRMMO에 진짜 악의가 있어서는 안 된다. 그것은 이미 가상세계가 아니다. 시노가 두려워하고 계속 눈을 돌렸던 현실세계의 어둠 그 자체가 아닌가…….

"나는……, 인정하기 싫어. PK가 아니라, 진짜 살인을 하는 VRMMO 플레이어가 있다니."

시논의 그 말에——.

키리토는 깊은 아픔을 참는 목소리로 대답했다.

"있어. 그 누더기 망토……, 《사총》은 옛날 내가 했던 VRMMO에서 많은 사람을 죽였어. 상대가 진짜로 죽는다는 걸 알면서도 검을 내리쳤어. 아까 페일라이더를 죽였을 때와 마찬가지로. 그리고……, 나도……."

그러더니 키리토는 눈을 내리깔고 다음 말을 입에 담지 않은 채 시논의 팔에서 손을 뗐다.

하지만 그 무거운 말을, 이제까지 나눴던 대화를 통해 단편적으로 알게 된 키리토의 과거와 맞춰본다면 그가 말하지 않은 부분을 추측하기란 어렵지 않았다.

3년 전——서기 2022년 말에 발생해 일본 전국을 뒤흔들었던 《그 사건》. 당시에는 아직 VRMMO라는 것에 관심이 없던 시논조차, 매일 장시간의 보도가 이루어졌던 탓에 꽤 상세한 지식을 얻었다. 당초 가상세계의 포로가 되었던 젊은이는 1만 명 이상. 2년 후에 해방되어 현실세계로 귀환한 것은 약 6천 명. 다시 말해 《그 사건》으로 무려 4천 명이 목숨을 잃은 것이다.

키리토가 그 세계의 《생환자》라는 사실은 이제 의심할 여지도 없다. 그리고 그의 말이 진실이라면, 《사총》 또한 그럴 것이다. 아니, 그뿐만이 아니다. 지금 키리토의 고백에는 더욱 무서운 진실이 내포되어 있었다.

게임 내에서의 죽음이 현실의 죽음으로 이어지는 그 세계에서, 《사총》은 자신의 의지로 수많은 플레이어를 죽였다. 상대의, 현실세계의 목숨이 정말로 사라진다는 것을 알면서도 그렇게 했다. 우연찮게도 시논이 입에 담은 《진짜 살인을 하는 VRMMO 플레이어》 그 자체였다.

그런 놈이 GGO에……, 지금 이 순간 《제3회 BoB 본선》 필드에 로그인했으며, 게다가 무슨 수단을 사용했는지, 과거와 똑같이 플레이어를 진짜로 죽이고 있다. 키리토의 말은 바로 그런 것이었다.

혼란스러운 사고 속에서 겨우 그 사실을 이해한 순간, 시논은 온몸이 싸늘해지는 것을 의식했다.

시야가 어두컴컴해졌다. 한복판부터 서서히 어둠이 퍼진다. 그 안쪽에 무언가가 있다. 시논을 본다. 이 시선──생기가 없는, 허무한, 그러면서도 끈적끈적 들러붙는 듯한 이 시선은…………

"……논, 시논!"

갑자기 이름을 부르는 목소리에 흠칫 두 눈을 크게 떴다. 멀어져 가는 그림자 너머에서 근심어린 키리토의 얼굴이 나타났다. 청초함과 요염함이 한데 섞인 그 미모를 본 순간, 조건반사적으로 치미는 밉살스러움이 공황의 조짐을 밀어내주었다.

살짝 숨을 내뱉으며 시논은 대답했다.

"······괜찮아. 잠깐 놀랐을 뿐이야. 솔직히······, 네 말을 당장 믿을 수는 없지만······, 그래도 전부 거짓말이나 지어낸 이야기 같지는 않아."

"고마워. 그거면 충분해."

키리토가 가볍게 고개를 끄덕인 것과 거의 동시에, 오른손의 단말기에 표시된 광점들이 깜빡이기 시작했다. 상공의 위성이 통과하려는 것이다. 서둘러 맵에 전체 필드를 표시하고 광점을 헤아렸다. 밝은 색, 다시 말해 살아남은 플레이어가 열일곱 명. 어두운 색의 사망 플레이어가 열한 명. 합계 스물여덟 명.

"역시 숫자가 맞지 않아······."

시작했을 때는 서른 명이었는데, 회선 단절로 사라진 페일라이더 외에도 광점이 하나 부족한 셈이다. 그것이 아마 잠수해 스캔을 피한 것으로 보이는 《사총》일 것이다. 아니, 단순히 잠수만 한 것이 아니라 이동 중일지도 모른다. 멀어져 갈지, 다가올지. 후자라면 지금 이 순간에도 시논과 키리토가 잠복한 덤불 바로 동쪽의 수면에서 모습을 나타내 기습할 가능성도 있다······.

여기까지 생각했을 때 마침내 화면에서 모든 광점이 사라졌다. 이제 앞으로 15분은 다시 자신의 오감만을 의지하며 수색에 나서야 한다.

흘끔 동쪽으로 시선을 돌렸지만 무언가가 움직이는 기척은 없었다. 아마 누더기 망토는 강 속에서 북쪽으로 이동한 것이리라. 놈의 주무장 L115A3 《사일런트 어쌔신》은 무시무시한 무기지만, 어디까지나 헤카테 II와 같은 볼트 액션 저격총이므로 중거리나 근거리 전투에는 적합하지 않다. 두 사람을 상대로 괜히 위험한 공격을 가하느니, 한번 거리를 두어 자신의 위치정보를 지울 생각일 것이다.

여기까지 생각이 미친 시논은 내쉬는 숨에 목소리를 실어 속삭였다.

"……일단 우리도 당장 여기서 움직여야 해. 너와 내가 전투 중이라고 생각한 다른 플레이어가 어부지리를 노리고 접근할 테니."

"……그렇군……."

키리토는 한순간 눈을 내리깔더니, 금세 시논을 쳐다보며 말했다.

"대회가 끝날 때까지 어딘가 절대 안전한 곳에 숨어 있……으라고 해도 소용없겠지?"

"다……당연하지!"

상황이 허용하는 최대 볼륨으로 목소리를 높여 즉시 되받아쳤다.

"웃기는 소리는 집어치워! 난 그렇게 《캠핑하리치》 같은 짓은 절대 못해! 애초에 이 섬에 절대 안전한 곳이란 없어. 북부 사막 에이리어에는 위성에도 비치지 않는 동굴이 있다지만, 그런 곳도 그레네이드를 투척했다간 즉사라고."

"……알았어. 그럼 여기서 헤어지자."

"어……?"

생각지도 못한 말에 자신도 모르게 말문이 막혔다. 몇 번이나 눈을 깜빡인 후에야 겨우 조용히 말을 이을 수 있었다.

"너, 너는 어떻게 하게."

"나는 놈을……, 《사총》을 쫓겠어. 더 이상 그 권총으로 남을 쏘게 놔둘 순 없어. 게다가……, 직접 대면하면 분명 기억이 날 거야. 그 녀석의 옛날 이름이. 그렇게 되면……."

그리고 키리토는 매끄러운 입술을 굳게 다물었다. 한 호흡을 두고 시논을 정면으로 바라본다.

"……시논. 넌 절대 그 누더기 망토에게는 다가가지 말아줘. 약속은 지키겠어. 다음에 너와 이 섬 어디선가 만나면 그땐 최선을 다해 싸울게. ……아까 날 쏘지 않고 이야기를 들어줘서 고마워."

살짝 고개를 숙이더니, 검은 옷의 광검사는 슬쩍 덤불 밑에서 빠져나갔다.

"아……, 잠까……."

시논이 반사적으로 말을 걸려 했을 때, 키리토는 이미 어설트 부츠로 적갈색 모래를 밟으며 일어나고 있었다. 그대로 돌아보지도 않은 채 북쪽 다리를 향해 뛰기 시작한다.

눈 깜짝할 사이에 멀어지는 가녀린 뒷모습을 눈으로 좇으며 시논은 질끈 두 눈을 감았다.

"~~~~~~~~…………."

한껏 들이마신 숨을, 아우 진짜! 하는 무언의 한 마디에 실어 내뱉고, 그 자리에서 덤불을 가르며 일어났다. 그 난폭한 액션에 파괴된 관목 오브젝트가 가지와 잎의 파편을 주위에 흩날리다가 사라졌다.

"거기 서!"

하고 외치자 이미 20미터 정도 멀어졌던 그림자가 우뚝 멈췄다. 발밑을 보지도 않고 헤카테를 들어 오른쪽 어깨에 짊어진 시논은 힘껏 뛰어 키리토를 따라갔다. 의아함 순도 100퍼센트의 시선을 보내는 상대의 얼굴은 보지도 않고, 옆으로 시선을 확 돌린 채 말했다.

"……나도 갈 거야."

"뭐……?"

"너, 《사총》하고 싸울 생각이지? 그 자식은 그 권총의 힘이 없어도 상당히 강해. 나하고 싸우기 전에 그 자식에게 당하면 다시 붙을 수도 없을 거 아냐. 별로 내키진 않지만 잠시 손을 잡고 먼저 그놈부터 이 섬에서……, BoB 본선에서 쫓아내는 게 확실하겠어."

뛰어오는 동안 머릿속으로 준비해 둔 말을 초고속으로 내뱉으며 곁눈질로 키리토를 흘끔 보니, 광검사는 눈썹을 살짝 늘어뜨리고 입술에는 가느다란 웃음을 지으며 요염한 표정을 짓고 있었다. 하지만 우려가 더 컸는지, 금세 흑발이 옆으로 찰랑였다.

"아니……, 안 되겠어. 시논도 아까 그 전투를 봤잖아? 그놈은 정말로 위험해. 총에 맞으면 현실세계의 네게도 위험이……."

"《사총》이 어디에 있는지 모르니 함께 있든 없든 위험한 건 마찬가지잖아. 애초에 이렇게 탁 트인 공간에서 주위도 살피지 않고 뛰어가는 초짜에게 걱정 사고 싶지 않거든?"

"……그건 그럴지도 모르지만……."

키리토는 다시 몇 초 동안이나 망설였으나, 마침내 어깨에서 힘을 빼고 아주 살짝 끄덕이더니——갑자기 팔이 잔상을 일으킬 정도로 재빨리 손을 휘둘렀다. 허리의 캐러비너에서 광검을 뽑은 것이다. 그 사실을 깨달은 것은 칼자루에서 자청색 에너지 블레이드가 솟아난 후였다.

앗, 이 자식, 설마 이 자리에서 기습하곤 약속 지켰다고 하려고?!

시논은 숨을 들이마셨다. 하지만 키리토는 금방 시선을 돌리더니 서쪽으로 몸을 틀었다. 그에 이끌리듯 시논이 쳐다본 것과, 100미터쯤 떨어진 커다란 바위 그늘에서 몇 줄기나 되는 붉은 선——불릿 라인이 쇄도한 것은 거의 동시였다.

누군가의 총이 풀 오토로 울부짖고, 엎드릴 틈도 없이 날아든 총탄의 폭풍을 키리토의 광검이 무수한 잔상을 그리며 모조리 쳐냈다. 이제까지 GGO 안에서는 본 적도 없는 광경에 압도당하며 시논은 한동안 멍하니 서 있었지만, 1초 만에 겨우 마음을 다잡고 그 자리에 몸을 날렸다. 허공에서 어깨의 헤카테를 내리며 엎드려쏴 자세에 들어간 것과 동시에 양각대를 모래 위에 세운다.

습격자의 총이 풀 오토였을 때부터 확신하기는 했지만, 스코프 너머로 보인 것은 《사총》의 길리 망토가 아니었다. 머리 꼭대기에 술 장식이 달린 기묘한 오픈헬멧과 오른쪽 눈에 장착된 안대형 조준보정 디바이스가 눈에 익었다. 제1회, 제2회 대회에도 출장했던 《하후돈》이라는 어설트 라이플 유저였다. 무기는 《노린코 CQ》. 상당한 고참 플레이어지만 지금은 그 건장한 아바타가 입을 쩍 벌리고 있다. 무리도 아니다. 기습으로 매거진 하나를 모조리 비우며 갈겨댔는데도, 누구나 취미용 무기라고 생각했던 포톤 소드로 완벽히 막아냈으니.

"말도 안 돼!"

고대 중국의 장군처럼 다부지고 수염이 덥수룩한 얼굴에는 어울리지 않는 목소리로 외치고, 하후돈은 바위 뒤에 숨었다. 키리토가 시논을 흘끔 내려다보곤 어깨를 으쓱하며 말했다.

"우선은 저놈부터 잡자. 내가 돌진할 테니 백업 부탁해."

"…………오케이."

일이 묘하게 돌아가는걸. 어쩌다 이렇게 됐담.

그렇게 생각하면서도, 시논은 애총의 목제 개머리판에 뺨을 가져갔다.

11

"오빠가 영 안 나오네……."

엷은 녹색이 감도는 금색 포니테일을 등에서 찰랑이며 말한 리파에게, 그 곁에 앉아 있던 시리카가 연갈색 머리카락에서 삐죽 나온 삼각형 고양이귀를 움직이며 대답했다.

"정말……, 의외네요오. 키리토 오빠는 처음부터 막 몰아칠 줄 알았는데."

"아냐아냐, 그 자식, 그래 보여도 계산이 빠르잖아. 참가자가 적당히 줄어들 때까지 어디 숨어 있으려는 건 아닐까?"

방 한구석의 바 카운터에 자리를 잡은 클라인이 한 말이었다. 리파, 시리카와 나란히 한가운데의 소파에 앉아 있던 아스나는 그 말을 듣고 자신도 모르게 쓴웃음을 지었다.

"아무리 키리토라 해도 그렇게까진 안 해. ……안 할 거야, 아마."

약간 작은 목소리로 덧붙이자, 왼쪽 어깨에 앉아 있던 손바닥 사이즈의 작은 요정——아스나와 키리토의 《딸》인 인공지능 유이가 얇은 막 같은 날개를 파닥파닥 움직이며 말했다.

"맞아요, 아빠는 분명 카메라에 비칠 틈도 없이 한순간에 적의 뒤에서 기습을 할 거라구요!"

그 현실적인 지론에 이번엔 왼쪽에 앉아 있던 리즈벳이 웃었다.

"아하하, 그거 그럴듯하다. 게다가 총 게임인데 총이 아니고 칼로 말이지."

한순간 모두들 그 모습을 상상했다. 금세 명랑한 웃음소리가 방에 가득 차고, 시리카의 무릎 위에서 몸을 동그랗게 말고 있던 작은 드래곤 피나가 귀를 쫑긋쫑긋 움직였다.

여섯 명과 한 마리가 오랜만에 모였지만, 장소는 현실세계가 아니다. 모두 함께 플레이하는 VRMMO-RPG 《알브헤임 온라인》의 내부였다. 광대한 월드 맵 한가운데에 우뚝 솟은 《세계수》 위의 공중도시 《위그드라실 시티》. 그 한 곳에 아스나가 키리토와 함께 빌린 십이 오늘 모임의 장소가 되었다.

월세가 2천 유르드나 되는 만큼 매우 넓다. 깨끗하게 닦아놓은 마룻바닥 한가운데에는 큼지막한 소파가 있었으며, 벽에는 홈 바까지 보였다. 찬장에 늘어선 무수한 병은, 가상세계에서도 음주 캐릭터를 고집하는 클라인이 아홉 개 요정 종족의 영지는 물론 지하의 요툰헤임까지 돌며 모은 것들이다. 개중에는 『취하지 않는 점을 빼면 30년 묵은 스카치보다 맛있는』 명품도 존재한다나. 미성년자인 아스나는 물론 그 가치를 알 수 없지만.

남쪽으로 난 벽은 전체가 유리창이라 평소에는 위그드라실 시티의 장려한 모습이 눈 아래에 펼쳐진다. 하지만 오늘은 도시의 야경을 감상할 수 없다. 대형 스크린을 겸한 유리창에 다른 세계의 광경이 비치기 때문이다. 다시 말해——인터넷 방송국 《MMO 스트림》이 생중계하는 《건 게일 온라인》 최강자 결정 배틀로열 대회 《제3회 불릿 오브 불리츠》 라이브 영상이.

오늘 모임의 주제는 예고도 없이 이 세계에 쳐들어간 키리토를 응원 혹은 규탄하는 것이다. 유감스럽게도 동료 중 하나인 거구의 도끼 전사 에길의 모습은 없었다. 현실세계에서 경영하는 카페 겸 술집은 마침 이 시간대가 가장 붐빌 때다. 그렇다고는 해도 아스나는 현재 자택이 아니라 그의 가게인《다이시 카페》2층에서 다이브한 것이었다. 대회가 끝나면 똑같이 도심에서 다이브한 키리토를 잽싸게 붙잡아다 이것저것 따지기 위해.

"하지만 키리토 자식은 왜 또 ALO에서 컨버트까지 해가며 이 대회에 나간 거람."

신비한 에메랄드색 와인을 채운 잔을 한 손에 든 리즈벳이 고개를 갸웃하자, 왼쪽에서 리파가 아스나에게 흘끔 시선을 보냈다. 키리토가 ALO 동료인 운디네 종족의 메이지《크리스하이트》──알맹이는 총무성 가상과의 공무원 키쿠오카 세이지로──에게 의뢰를 받아 GGO에 들어갔다는 사실을 아는 사람은 이 안에서 아스나와 리파, 그리고 유이뿐이다. 리파의 눈에서 대답을 맡기겠다는 뜻을 읽어낸 아스나는 한순간 생각한 후 대답했다.

"그게 있지……, 뭔가 이상한 아르바이트를 맡은 거래. VRMMO의, 라고 할까,《더 시드 넥서스》의 현재 상황을 리서치한다나? GGO는 유일하게《게임 코인 환원 시스템》이 있는 게임이라서 그렇다던데."

그 설명은 키리토에게 전해들은 내용을 그대로 옮긴 것이다. 그러나 여기에 모든 진실이 담겼으리라고 생각하진 않는다. 키리토가 거짓말을 하진 않았겠지만, 그가 입에 담지 않은 요소가 분명히 있을 것이다. 어제 데이트가 끝나고 돌아가면서 컨버트 이유를 들었을 때, 키리토의 표정과 목소리와 태도에서 그것을 금세 알아차렸다.

하지만 아스나도 그때는 일부러 묻지 않았다. 키리토가 말하지 않은 이상 무언가 그래야만 하는 이유가 있을 것이다. 그리고 그 이유가 자신을 배신하는 것이 아님을 아스나는 굳게 믿었다.

그러므로 아스나는 열심히 하라는 한 마디만 건네고 키리토를 보내주었으며, 이렇게 마음이 맞는 친구들과 멀리 떨어진 이세계에서 중계방송을 보는 것이다.

하지만.

최근 며칠, 가슴 한구석에 무언가 기이한 술렁임이 드는 것 또한 부정할 수 없었다.

키리토에 대한 불신이 아니라 좀 더 막연한 예감 같은 것. 무언가가 일어나리라는 아니, 이미 무언가가 일어났다는 그런 감각. 한때 부유성 아인크라드의 미궁 구역에 있을 때, 탐색범위 밖에서 몬스터 대군이 포위망을 좁히던 것을 느꼈을 때와 비슷한 형체가 없는 불안——.

목소리와 표정으로는 드러내지 않았다고 생각했지만, 그녀의 우려를 친구의 육감으로 알아차렸는지 리즈벳도 어딘가 어정쩡한 표정으로 고개를 끄덕였다.

"흐음……, 알바란 말이지. 뭐, 어떤 게임이든 금방 요령을 파악하는 그 녀석에겐 제격이겠지만……."

"하지만 왜 느닷없이 PvP 대회에 출장한 건데? 조사면 길거리에서 다른 플레이어에게 이야기를 듣거나, 뭐 그런 거 아냐?"

카운터 쪽에서 클라인이 제기한 물음에, 아스나와 리파를 포함한 넷이 고개를 갸웃했다. 이윽고 시리카가 조심스럽게 입을 열었다.

"어쩌면……, 대회에서 우승해 얼른 거금을 벌고, 그걸 진짜로 환원해 볼 생각은 아닐까요? 들어보니까, 환급 최소 금액이 꽤 큰 것 같던데……."

그 발언을 듣고 아스나의 어깨 위에 있던 유이가 재빨리 정보를 보충했다.

"공식 사이트에는 환율이 올라오지 않지만, 온라인 기사에 따르면 환급 최저 액수는 GGO의 게임 내 통화로 10만 크레디트, 엔화 환율은 100분의 1이니까 천 엔부터 가능하대요. 플레이어 등록 메일 주소로 전자화폐 충전 코드가 송신되는 형식인가 봐요. 우승 상금은 300만 크레디트니까, 전부 환원하면 3만 엔 정도가 되겠네요."

청산유수로 말했지만, 이것은 유이가 지금 막 온라인에서 방대한 정보를 실시간으로 검색해 간추린 것이었다. 그 검색속도 및 필터링 정밀도는 그 어떤 《검색의 달인》도 따라오지 못할 것이다. 키리토가 곧잘, 아스나나 다른 친구들도 이따금 숙제 리포트를 작성할 때 도움을 받는 것도 당연했다.

"고마워, 유이."

손끝으로 작은 요정의 머리를 쓰다듬어 준 후 아스나는 생각에 잠기며 말했다.

"……환원 시스템은 그렇게 복잡한 게 아닌가 보네. 전자화

폐를 코드로 바꿔 메일로 주고받는 건 우리도 자주 하니까. 그럼 키리토가 실제로 확인할 필요도 없는 거 아닐까……?"

"상금 3만 엔에 눈이 돌아갔을 가능성은 충분하지만!"

클라인이 가차 없이 받아치자 일동은 쓴웃음을 지었다. 리즈벳이 즉석에서 "댁하고 똑같은 줄 아셔?" 하고 딴죽을 놓더니, 표정을 다잡고 말을 이었다.

"하지만 배틀로열 형식의 PvP면, 보통 어디 숨어 있다가 상위입상을 노리는 방법은 안 통할걸. ALO에서도 그런 대회가 있지만, 한 곳에 몇 분 이상 숨으면 자동으로 서처(Searcher)가 따라와서 위치를 다 알려주잖아?"

"……게다가 솔직히 오빠 성격으로 봐도 좀 이상해요. 오빠가 다른 사람이 싸우는 효과음을 들으면서 한군데에 가만히 있을 것 같진 않은걸요."

역시 오랫동안 함께 생활한 리파다운 말이었다. 듣고 보니 사실이 그렇기에 모두들 끙끙 신음소리를 냈다.

그러는 동안에도 현실세계라면 300인치는 될 법한 거대 스크린에선 다채널 라이브 영상이 화려하게 번쩍였다. 총격전 게임이기 때문인지 중계는 기본적으로 한 플레이어를 등 뒤에서 쫓아가는 형식이다. 가상 카메라가 쫓아가는 동안에는 프레임 아래쪽에 그 플레이어의 이름이 표시되는데, 현재 16분할로 표시되는 화면 중 어디에도 【Kirito】라는 이름은 없다. 원칙상 전투 중인 플레이어 외에는 비추지 않는다고 하니, 키리토는 대회가 시작된 후 30분이 지난 지금까지 한 번도 싸우지 않은 셈이다.

검과 마법의 세계에서 익숙하지 않은 총의 세계로 갓 컨버트한 탓에 신중을 기하는 것일까? 하지만 아스나가 아는 키리토라면 그 어떤 상황에도 정면으로 맞서려 한다. 리파도 말했듯이 이런 대규모 이벤트에 나갔으면서도 다른 대전자를 30분이나 피하며 숨어 다니다니, 납득이 되지 않는다. 오히려 개시 직후에 우승후보와 맞붙었다가 화려하게 산화 ——했다는 편이 그럴듯하지만, 스크린 오른쪽 끝에 표시된 출장자 일람에서 보이는 키리토의 스탯은 아직 【ALIVE】였다.

"……다시 말해 대회에서 활약하는 것보다 더 중요한 목적이 있는……, 걸까……?"

아스나가 조용한 목소리로 중얼거린 것과 동시에, 16분할 화면 한가운데 부근에서 치러졌던 전투가 클라이맥스를 맞이했다.

시점 플레이어의 이름은 【다인】. 붉게 녹슨 철교 기슭에서 커다란 머신건을 겨누고 열심히 탄환을 뿌린다. 하지만 청백색 옷을 입은 대전상대는 캐트 시처럼 가벼운 몸놀림으로 다리 위를 종횡무진 뛰며 눈 깜짝할 사이에 접근, 할리우드 영화에서 범죄자들이 곧잘 쓰는 것처럼 생긴 굵은 총을 잇달아 쏴 눈 깜짝할 사이에 다인을 해치우고 말았다.

같은 화면을 보고 있었는지 리즈벳이 살짝 휘파람을 불었다.

"오~, 저 사람 센데? 어쩜 이렇게 보니 GGO도 제법 재미있을 것 같다. 총도 직접 만들 수 있을까……?"

SAO 시절부터 시작해 ALO에서도 대장장이를 하기 위해 레프러콘을 선택한 그녀다운 코멘트에, 아스나는 자신도 모르게 입가에 웃음을 지었다.

"얘는 참, 리즈까지 GGO로 컨버트한다는 소리는 하지 마. 새 아인크라드 공략 시작한 지 얼마나 됐다고."

"맞아요, 리즈 언니! 이제 곧 20층대 개방 업데이트가 있는 걸요."

소파 맞은편에서 시리카까지 나서는 바람에 리즈벳은 어깨를 으쓱해 보였다.

"알아, 알아. 어떤 게임에나 센 사람은 있구나, 생각했던 거라구. 아까 그 퍼런 사람이 분명 이번 우승후보⋯⋯."

그렇게 말한 순간, 같은 화면 안에서 바로 그 《퍼런 사람》이 털썩 쓰러졌다.

프레임이 휙 돌아가더니, 이번에는 쓰러진 푸른 옷이 시점 캐릭터가 되었다. 아래쪽에 【페일라이더】라는 이름이 표시되었다.

쓰러지기는 했지만 일격사한 것은 아닌 모양이었다. 오른쪽 어깨의 대미지 흔적을 중심으로, 가느다란 스파크가 돌아다니며 아바타의 움직임을 막는 것처럼 보였다.

"꼭 바람 마법의 《선더 웹(Thunder Web)》 같네⋯⋯."

실프 마법전사인 리파의 말에, 살라만더 카타나 전사 클라인이 악취미스러운 반다나로 거꾸로 세운 붉은 머리를 흔들거리며 중얼거렸다.

"난 그거 질색인데. 유도 성능이 너무 좋아."

"댁은 디버프 계열은 전부 질색이잖아! 레지(마법저항) 좀 올려!"

"헹, 싫지롱. 사무라이가 돼서 어디 '마(魔)'자 들어간 스킬에 손을 댈 수 있나? 못 대지!"

"이보셔. 옛날부터 RPG에 나오는 사무라이는 전사 플러스 흑마법 클래스였거든?!"

클라인과 리즈벳의 대화에 쓴웃음을 지으면서도, 아스나는 오른손을 뻗어 문제의 화면에 초점을 맞추고 두 손가락을 좌우로 벌렸다. 쓰러진 페일라이더가 순식간에 확대되고 다른 중계화면은 좌우로 밀려났다.

갑작스럽게 마비되어 쓰러진 후로 이미 10초 이상이 지났지만 프레임에는 다른 그 누구도 비치지 않았다. 그저 적갈색 대지와 철교, 그 아래를 흐르는 강과 먼 숲이 모래먼지에 휩싸여 있을 뿐——…….

바삭.

그때 갑자기 효과음이 들렸다. 다섯 명이 동시에 흠칫 몸을 움직였다. 화면 왼쪽에서 프레임 안으로 느닷없이 검은 천이 들어온 것이다. 카메라가 서서히 물러나고, 새로운 등장인물의 전신이 대형 스크린에 들어왔다.

"……고스트……?"

갈라진 목소리로 중얼거린 것은 리즈벳이었을까, 시리카였을까—— 아니면 아스나 자신이었을까.

미풍에 흔들리는 너덜너덜 다 해진 암회색 망토. 안쪽을 완전한 어둠으로 가린 후드. 그리고 그 안쪽에서 도깨비불처럼 붉게 빛나는 두 개의 눈. 이러한 차림이 과거 아인크라드에서 플레이어들을 한껏 괴롭혔던 고스트 계열 몬스터와 너무나도 흡사했다.

한순간 눈을 질끈 감고 다시 한 번 화면을 보았다. 물론 그곳에 있는 것은 실체가 없는 영체가 아니라 대회 참가 플레이어 중 한 사람이었다. 망토 자락에서는 두 다리가 똑똑히 보였고, 오른쪽 어깨에는 매우 커다란 검은색 엽총을 메고 있다. 아마 이 누더기 망토가 페일라이더를 전류로 마비시킨 장본인이리라. 원거리에서 포박계 마법으로 적의 움직임을 봉한 후, 접근해서 물리공격으로 숨통을 끊는 스타일의 마법전사는 ALO에서도 인기 있는 빌드였다.

아스나의 그 상상을 뒷받침해주듯이 누더기 망토는 오른손을 품에 집어넣더니, 다른 장비와 마찬가지로 시커먼 피스톨 한 자루를 꺼냈다. 하지만 그것이 주요 대미지 소스라 한다면, 뭐랄까……, 좀…….

"……허접하지 않아?"

완전히 똑같은 인상을 받았는지 클라인이 방 한구석에서 말했다. 수염 거칠거칠한 턱을 긁적이며 말을 이었다.

"아무리 봐도 어깨에 있는 커다란 라이플이 공격력이 높을 것 같은데. 그걸로 쏘면 안 되나?"

"총알 값이 비싸서 그럴까요? ALO에서도 대마법은 비싼 촉매가 많이 들어가잖아요."

리파의 말에 일동이 생각에 잠긴 동안에도 누더기 망토는 검은 권총의 뒤쪽 끝에 달린 금속을 끼리릭 일으키더니, 아직까지 일어나지 못하는 페일라이더에게 총구를 겨누었다.

하지만 마치 대전자——혹은 관객을 애태우듯, 좀처럼 방아쇠를 당기려 하지 않았다. 대신 왼손을 들더니, 생각지도 못한 액션을 보였다. 검지와 중지 끝으로 이마, 가슴, 왼쪽 어깨, 오른쪽 어깨를 순서대로 건드린 것이다.

순간──.

따끔. 아스나의 머리 한구석에서 무언가가 조그맣게 경련을 일으킨 것 같았다.

제스처 치고는 딱히 새로울 것도 없다. 흔히 말하는 《성호를 긋는다.》는 몸짓. 서양 영화에서는 곧잘 볼 수 있으며, VRMMO에서도 특히 힐러 계열 직업을 가진 플레이어가 롤플레이의 일부로 행하는 예가 많다. 물론 제대로 된 가톨릭 신자가 본다면 언짢겠지만, 아스나는 크리스천도 아닐 뿐더러 지금의 감각은 분노나 불쾌함과는 다른 것이었다. 굳이 말하자면──건드려서는 안 될 실이 잘못해서 손끝에 걸린 것 같은……

자신도 모르게 몸을 굳히며 화면을 뚫어지게 쳐다보던 아스나의 시선 너머에서, 누더기 망토는 성호를 다 그은 왼손을 피스톨의 손잡이에 가져갔다. 오른발을 끌어당겨 몸을 비스듬히 돌리더니, 이번에야말로 페일라이더를 향해 방아쇠를──.

"앗……?!"

갑자기 전원의 입에서 놀란 목소리가 터졌다.

누더기 망토가 무슨 생각인지 느닷없이 몸을 크게 젖혔던 것이다.

그 액션의 이유는 0.1초 후에 판명되었다. 확 펼쳐진 망토 자락을 스치듯 프레임 밖에서 거대한 오렌지색 광탄이 날아들어, 조금 전까지 아바타의 심장이 존재했던 위치를 꿰뚫고 다시 화면 밖으로 날아간 것이다.

아마 아주 멀리서 누군가가 누더기 망토를 저격한 것이리라. 게다가 아스나가 보기에 그 탄환은 누더기 망토의 왼쪽 등 뒤에서 날아온 것 같았다. 그 각도, 그 속도로 날아드는 원거리 공격을 저렇게나 화려하게 피하다니, 엄청난 기술이다. 설령 게임 세계가 다르다 해도 그것은 단언할 수 있다.

갑작스런 총탄을 피한 누더기 망토는 생기가 느껴지지 않는 동작으로 느릿느릿 상체를 일으키더니, 아주 짧은 순간 왼쪽 뒤를 돌아보았다. 어둠에 삼켜진 후드 안쪽에서 보이지 않는 얼굴이 씨익 조롱하는 것을, 아스나는 분명히 느꼈다.

다시 한 번 머리 안쪽이 시큰거렸다.

——뭐지? 이 느낌은 대체 뭘까……? 이건……, 기억? 하지만 그럴 리가 없어……. 나는 GGO 세계에 가 본 적도, 플레이 동영상을 본 적도 없는데…….

마치 아스나의 당혹감을 꿰뚫듯, 누더기 망토가 다시 피스톨을 들었다.

그리고 이번에야말로 지면에서 마비된 플레이어를 향해 다짜고짜 방아쇠를 당겼다.

메마른 총성. 황동색 탄피가 하늘로 날아오르더니, 발밑의 거친 땅에 딸그랑 떨어졌다.

발사된 총탄은 쓰러진 페일라이더의 가슴 한복판에 명중해 조그만 플래시를 일으켰다. 도저히 일격으로 HP를 깎아낼 만큼의 큰 공격으로는 보이지 않았다.

그 인상이 옳았다는 것을 1초 후 페일라이더 자신이 증명했다. 겨우 마비에서 회복된 아바타를 벌떡 일으키더니, 오른손의 커다란 총을 누더기 망토의 가슴에 들이댄 것이다.

"우와, 대역전……."

리즈벳이 말한 것과 똑같은 광경을 아스나도 예상했다.

그러나.

꽝음도, 섬광도, 방아쇠를 당기는 소리조차도 귀에는 들리지 않았다. 대신 페일라이더의 손에서 총이 미끄러지더니, 털썩 발밑에 떨어졌다.

이어서 그 소유자도 천천히 오른쪽으로 기울더니——다시 지면에 막대기처럼 쓰러졌다.

헬멧에 장착된 스모크 아이실드 밑으로 날카로운 콧날과 다부진 입가가 보였다. 입술이 떨리더니 갑자기 쩍 벌어졌다. 그 안에서 소리 없는 감정이 격렬하게 솟구쳤다. 그것이 아바타에 깃든 플레이어 본인의 경악과 공포임을 아스나는 직감적으로 깨달았다.

"뭐……뭐지…………?"

손을 입에 댄 리파가 갈라진 목소리를 냈을 때, 더더욱 예상하지 못한 사태가 일어났다. 옆으로 쓰러져 발버둥 치던 페일라이더의 온몸이 마치 일시정지 버튼을 누른 것처럼 우뚝 얼어붙더니, 그 직후 화이트노이즈 같은 이펙트에 휩싸여 사라진 것이다.

광원 이펙트는 아바타 본체가 사라진 후에도 한동안 허공에 머물더니, 한데 모여 하나의 문자를 이루었다. 회선단절

(DISCONNECTION). 그 입체 폰트를 무광 블랙 컬러의 부츠가 짓밟았다. 누더기 망토가 왼손을 망토 안쪽으로 집어넣으며 한 걸음 앞으로 나온 것이다.

보아하니 그 플레이어도 생중계 카메라의 시점을 아는지, 오른손의 권총이 똑바로 화면 이쪽을 향했다. 마치 GGO와 ALO라는 세계의 벽을——아니, 가상과 현실의 경계를 뛰어넘어 현실의 자신이 조준당한 듯한 느낌에 등골이 오싹해졌다.

후드 안쪽의 어둠에서 붉게 빛나는 두 눈이 반짝반짝 깜빡였다. 그에 따라 기계적으로 부딪치는 목소리가 화면에서 흘러나왔다.

"……나와, 이 총의, 진짜 이름은, 《사총》……, 《데스 건》."

차갑고 무기질적인 목소리 너머에 생생한 감정의 왜곡을 억누른 듯한 그 목소리를 들은 순간, 아스나의 기억 깊은 곳이 이제까지 느낀 것 중 가장 크게 삐걱거렸다.

숨이 멈추었다. 심장 고동이 빨라졌다. 모니터 한복판, 누더기 망토의 보이지 않는 얼굴을 향해 시야가 빨려 들어간다. 다시 목소리가 들렸다.

"나는, 언젠가, 네놈들 앞에도, 나타난다. 그리고, 이 총으로, 진정한 죽음을 주겠다. 내게는, 그럴, 힘이 있다."

끼릭. 검은 총이 살짝 울었다. 만일 지금 저 총의 방아쇠를 당긴다면 가상의 스크린을 뚫고 탄환이 날아들 것만 같아, 아스나는 자신도 모르게 몸을 움츠렸다. 그 공포를 꿰뚫어본 것처럼, 누더기 망토는 후드 안쪽에서 씨익 웃음의 기척을 흘렸다. 다시 한 번——목소리가 들렸다.

"잊지 마라. **아직, 끝나지 않았다. 아무것도, 끝나지, 않았다.**
——잇츠 쇼 타임."

그 어설픈 영어 문장을 들은 순간, 최후의, 그리고 최대의
충격.

——나는 저자를 알아.

틀림없다. 어디선가 만났다. 말을 섞은 적도 있다. 하지만 어
디서······.

아니, 그 해답도 나는 이미 알고 있다. 그 부유성······, 아인
크라드 안이었어. 지금 ALO의 안에 떠 있는 안전한 복제품이
아니라, 내가 2년을 지냈던 진짜 이세계. 《소드 아트 온라인》.
끝나지 않았다는 그자의 말 앞에는, 그 게임의 이름이 숨어 있
는 거야.

——누구지? 그 세계에서 만났던 누가 누더기 망토의 아바
타를 움직이는 거야······?

멍하니, 그러나 초고속으로 생각을 굴리던 아스나는, 갑자기
오른쪽 뒤에서 들린 딱딱한 사운드에 소파 위에서 펄쩍 일어
났다.

돌아보니 그 음원은 바닥 위에서 산산조각으로 박살나서 폴
리곤 파편이 사라지고 있는 크리스털 텀블러였다. 바 카운터
의 스툴에 앉아 있던 클라인의 오른손에서 미끄러져 떨어진
것이다. 하지만 가격이 결코 싸지 않은 플레이어 메이드 아이
템을 파괴했다는 것도 알아차리지 못했는지, 클라인은 반다나
밑의 두 눈을 크게 뜨고 있었다.

"이보셔, 뭐 하는 거······."

리즈벳의 불평을 클라인의 낮고 갈라진 목소리가 가로막았다.

"마……말도 안 돼……. 저 자식……, 설마……."

그 말을 들은 순간, 아스나는 이번에야말로 소파에서 벌떡 일어났다. 돌아서며 외쳤다.

"클라인, 알아요?! 저 자가 누군지?!"

"아, 아니……, 옛날 이름까지는……. 하지만……, 틀림없어, 이것만은 단언할 수 있어……."

그리고 카타나 전사는 깊은 공포에 사로잡힌 두 눈으로 아스나를 보며 말했다.

"저 자식은……, 《래핑 코핀》 멤버야."

"……!!"

아스나뿐만이 아니라 리즈벳과 시리카까지도 놀라서 숨을 들이마셨다. 《래핑 코핀》──아인크라드를 수많은 핏빛 흉악 사건으로 물들였던 레드 길드의 이름은 중층에서 지냈던 두 사람의 기억에도 생생했다.

무의식중에 두 사람의 어깨에 손을 얹으며, 아스나는 클라인에게 조심스럽게 물었다.

"서……설마……, 그 녀석들의 리더였던 그 부엌칼 전사가……?"

"아니……, 《PoH(푸우)》는 아니야. 그 녀석의 말투나 태도하곤 전혀 달라. 하지만……, 『잇츠 쇼 타임』이란 건 PoH의 말버릇이었어. 아마 그 녀석과 가까웠던 위쪽 간부 플레이어겠지……."

신음하듯이 말하고는 클라인은 다시 한 번 스크린을 보았다.

아스나와 다른 세 사람도 이끌리듯이 눈을 돌렸다.

정면의 확대화면 안에서는 누더기 망토가 검은 권총을 집어넣고 멀어져 가는 참이었다. 유령을 연상케 하는 미끄러지는 듯한 움직임으로 프레임 안쪽의 철교로 다가가더니, 그곳을 건너지는 않고 교각 바깥쪽을 지나 강기슭으로 내려가는 것 같았다. 붉은 저녁놀이 만들어내는 강한 콘트라스트 속에서, 암회색 망토는 금세 철교의 그림자에 녹아들더니 사라지고 말았다.

실내에 가득 찬 무거운 침묵을 리파의 작은 목소리가 깨뜨렸다.

"저기……, 《래핑 코핀》이 뭐예요……?"

"그건 있죠……."

옆에 앉아 있던 시리카가, 이 자리에서 유일하게 SAO 플레이어가 아니었던 리파에게 옛날 그 레드 길드의 맹위와 소멸에 대해 간략하게 설명해주었다.

그 말을 다 들은 리파는 한순간 입술을 꽉 깨물더니, 비취색 눈동자로 아스나를 똑바로 바라보며 말했다.

"아스나 언니. 오빠는 분명 알았을 거예요. GGO에 아까 그 사람이 있다는 걸."

"뭐……?!"

"저녁 늦게 돌아왔을 때 어딘가 분위기가 이상했거든요……. 어쩌면……, 옛날 일에 결판을 내려고 GGO에……."

놀라 멍하니 선 아스나의 손을, 이번에는 리즈벳이 살짝 쥐었다. 아스나를 진정시키려는 듯이 한 번 힘을 준 후, 핑크색 쇼트 헤어를 찰랑이며 고개를 갸웃했다.

"하지만 그래도 말이야……, 알바라고 그랬다며? 키리토는 남에게 리포트 의뢰를 받고 GGO에 간 거잖아?"

그렇다. 그 말이 맞다. 키리토에게 이번 일을 의뢰한 것은 총무성 가상과의 키쿠오카 세이지로가 아니던가. 아무리 옛날에 《SAO 사건대책팀》의 책임자였다고는 해도, 키쿠오카가 래핑 코핀과 공략파에 대한 세부사항까지 알 것 같지는 않았다. 하지만 동시에 키리토의 컨버트와 누더기 망토의 존재가 단순한 우연의 연결이라고도 믿을 수는 없었다. 무언가가 있다. 키쿠오카의 눈을 GGO로 돌리고, 키리토에게 조사를 의뢰하도록 했던 무언가가.

아스나는 크게 숨을 들이마시고 리즈벳의 손을 잡더니 말했다.

"나 잠깐 접속 끊고 키리토의 의뢰주와 연락을 해볼게."

"뭐?! 아스나, 그게 누군지 알아?"

"응. 사실은 다들 아는 사람이야. ……여기로 불러와서 따져야겠어. 분명 무언가 알고 있을 테니. 그리고 유이, 내가 로그아웃한 동안 GGO 관련 정보를 검색해서 아까 그 누더기 망토 플레이어랑 관련된 데이터가 있는지 알아봐주겠니?"

"알았어요, 엄마!"

어깨에서 흑발의 픽시가 날아오르더니 테이블에 내려섰다. 유이는 그대로 눈을 감고 온라인의 혼돈 속에서 정보를 주워 담는 작업을 시작했다.

"……그럼 얘들아, 잠깐만 기다려!"

아스나는 물색 롱 헤어를 찰랑이며 소파를 뛰어넘어서는 재빨리 메인 메뉴 윈도우를 불러냈다. 다시 한 번 동료들에게 고개를 끄덕인 후, 로그아웃 버튼을 눌렀다.

금세 무지갯빛 광채가 아스나의 몸을 감싸고, 가상세계의 나무 위에서 아득한 현실세계로 영혼을 날려보냈다.

## 12

건 게일 온라인이라는 게임에는 기존 RPG의, 이른바 《전사》니 《마법사》 같은 전통적인 직업 개념은 시스템상 존재하지 않는다.

플레이어는 스트렝스(힘), 어질리티(민첩성), 바이탈(방어력), 덱스터리티(정밀도) 등등 여섯 종류의 《스탯》을 비롯해, 마스터리(화기숙련도), 서제스천(탄도 예측 확장), 퍼스트에이드(응급치료), 아크로바트 같은 수백 종류의 《스킬》을 자유로이 선택해 키워 자신만의 빌드를 만들어낸다. 다시 말해 어떤 의미에서 이 게임의 직업은 빌드 수만큼 존재한다고 할 수 있다.

반면 너무나도 계획 없이 빌드를 짤 경우——이를테면, 스트렝스가 낮아 대형화기를 들 수 없는데 중기관총 마스터리를 높이는 등——전투력이 떨어지고 만다. 그러므로 '이 화기를 사용하려면 이 스탯과 스킬은 필수'라는 식의 정석 빌드 패턴이 당연히 존재한다. 선택 스킬의 세부사항은 다르다 해도 어느 정도 패턴이 겹치는 플레이어를 편의상 《어태커》, 《탱크》, 《메딕》, 《스카우트》 같은 직업명으로 부르기도 한다.

시논의 직업 《스나이퍼》도 드물기는 하지만 그 일종이다. 대형 라이플을 장비하기 위해 스트렝스를 우선시하며, 조준 정밀도를 높이기 위한 덱스터리티와, 저격 후 재빨리 이탈하기 위한 어질리티도 제법 높았다. 대신 들키면 어차피 끝날 테니 바이탈은 과감하게 포기한다. 스킬도 물론 저격총 마스터리는 필수이며, 그 외에 명중률에 관한 것도 모조리 습득했다. 당연히 방어용 스킬은 포기한다. 물론 그렇게 해도 《심박 연동 시스템》 때문에 빗나갈 때는 빗나가는 것이 저격의 어려움이지만.

이렇게 지나친 편중성 때문에, 사실 여러 명이 벌이는 배틀 로열에는 별로 적합하지 않다. 멀리 있는 누군가를 노리는 동안 다른 적이 다가오기 십상이다. 그리고 서브머신건이나 어설트 라이플을 장비한 어태커 형이 육박한다면 스나이퍼는 아무것도 할 수 없다. 이판사판으로 한 발을 쏘고——거의 안 맞는다——다음 탄환을 쏘기도 전에 풀 오토 탄막에 벌집이 되어 the end.

이상과 같은 이유로, 만일 시논이 혼자 행동했다면 명중률 중시형 미들어태커인 《하후돈》이 노린코 CQ의 사정거리까지 접근한 시점에서 승산은 없었을 것이다.

하지만 이번만큼은 사정이 다르다. 어쩌다 보니 시논의 옆에는 GGO 세계에서 아마도 유일한 《광검사》 클래스인 흑발의 소녀——로밖에 보이지 않는 소년이 서 있는 것이다.

포톤 소드라고 하는, 재스커의 개발자가 취향만으로 설정했을 것이 분명한 무기의 편중성은 저격총과는 비교할 수도 없다.

사정거리는 칼날의 길이인 약 1.2미터. GGO 세계에서 제일 작은 실탄총 《레밍턴 델린저》의 유효 사정거리는 겨우 5미터밖에 안 되는데, 그것보다도 훨씬 짧다. 하지만 창백하게 빛나는 에너지 블레이드에는 상상을 초월하는 위력을 설정해 놓았다. 지근거리에서 발사된 헤카테의 50BMG 탄을 절단했을 정도니까.

모든 탄환을 벤다는 것은, 관점을 바꿔 말하자면 세계 최강의 방어병기라는 뜻이기도 하다. 그렇다고는 해도 폭이 겨우 3센티미터밖에 안 되는 검신으로 음속보다 빠르게 날아드는 총탄의 비를 막는 것은, 제아무리 《불릿 라인》이 있다고 해도 불가능에 가깝다. 쇄도하는 예측선의 궤도, 순서를 확인하는 냉정함. 라인 위에 재빠르고 정확하게 검을 휘두르는 반응력. 그리고 무엇보다 전자동 라이플의 총구가 자신을 향해도 까딱하지 않는 똥배짱.

대체 무슨 연습을 하면 그런 기술을 익힐 수 있을지, 시논은 상상도 가지 않았다. 아니, 그건 이미 VR 게임의 테그닉이 아닐지도 모른다. 아바타와 하나가 된 플레이어 자신의 경험, 신념, 그리고 영혼의 힘.

재장전을 마친 하후돈이 두 번째로 CQ의 탄막을 펼쳤지만, 허공에 무수한 빛의 잔상을 끌며 명중탄만을 잇달아 쳐내는 키리토의 등을 보고, 시논은 그렇게 느끼지 않을 수 없었다.

가상세계와 현실세계의 벽을 넘어선 힘. 그것은 시논이 추구하는 경지 그 자체였다. 이 세계에서 저격수의 냉정함 아니, 냉혹함──비정함을 얻어 아사다 시노에게 깃든 유약함을 박살낸다. 그 힘을 줄 타깃을 찾아서 반년 동안 이 황야를 헤맸다.

모든 체력과 정신력을 쥐어짜내 이 키리토라는 강적과 싸워서 승리한다면, 분명히. 시논은 어제의 만남에서 지금에 이르기까지 계속 그렇게 생각했다.

하지만 동시에 또 다른 감정이 가슴 한구석에 싹트는 것 같기도 했다.

알고 싶다. 이야기하고 싶다. 키리토가 GGO에 오기 전에 있던 세계에 대해. 그곳에서 어떻게 살고, 무엇을 느꼈고, 어떻게 싸웠는지를. 아니──현실세계의 그가 어떤 사람인지, 그것마저도 알고 싶었다. 이제까지 남에게 그런 생각을 품은 적은 한 번도 없었는데…….

"시논! 지금이야!"

하후돈의 제2사까지 모조리 막아낸 키리토의 외침이 시논의 상념을 깨뜨렸다.

반쯤 자동적으로 오른손 검지가 움직여 헤카테의 방아쇠를 당겼다. 집중력이 어지간히 떨어진 일격이었지만 그래 봤자 거리는 100미터도 되지 않는다. 명중률에만 치중하여 빌드를 찍은 시논이 빗맞힐 리가 없다. 탄환은 하후돈의 장군 같은 보디아머 한복판을 꿰뚫었다.

보통 전투였다면 HP가 전부 날아간 아바타는 유리처럼 박살나 소멸하겠지만, BoB 본선에서는 특수 룰에 따라 시체가 그 자리에 남는다. 헬멧의 술 장식을 펄럭이며 날아간 하후돈은 두 손 두 발을 넓게 벌린 채 황야에 쓰러졌고, 몸 위에선 붉은 【Dead】 태그가 회전하기 시작했다.

시논은 한숨을 쉬며 일어나다가, 잔탄이 얼마 남지 않은 헤카테의 일곱 발들이 탄창을 교환했다. 파트너를 오른쪽 어깨에 짊어지고는, 흘끔 일시적인 콤비의 모습을 보았다.

손 안의 광검을 멋지게 돌리더니, 허리의 캐러비너에 되돌리는 키리토의 옆얼굴은 붉은 저녁놀을 받아 한층 신비롭게 보였다. 조금 전의 알고 싶다는 갈망에 가까운 감정을 심호흡으로 가슴 안에 밀어넣으며 시논은 재빠르게 말했다.

"전투 때 들린 소리 때문에 더 몰려들 거야. 다른 데로 이동하자."

"그래."

키리토는 고개를 끄덕이더니 날카로운 시선을 바로 근처의 수면으로 돌렸다.

"《사총》은 강을 따라 북쪽으로 갔을 거야. 일단 어딘가에 몸을 숨기고 9시에 시작될 《새틀라이트 스캔》 때 다음 타깃을 결정할 생각이겠지. 더 이상 죽……, 총에 맞는 사람이 나오기 전에 놈을 막고 싶어. 아이디어를 빌려줘, 시논."

생각지도 못한 부탁에 몇 번인가 눈을 깜빡거린 후 황급히 머리를 굴려보았다. 아직까지 이 상황에 의식이 따라가고 있다고는 할 수 없어서 제대로 된 아이디어가 나올까 싶었지만, 다행히 입은 금방 움직였다.

"……아무리 이상한 힘이 있다고 해도 《사총》은 원래 스나이퍼야. 엄폐물이 적고 탁 트인 공간은 싫어할 거야. 하지만 여기서 북쪽으로 가면 강 너머의 숲도 금방 끝나. 그 너머로는 섬 중앙의 도시 폐허에 도착할 때까지는 전망이 좋은 들판이 이어져."

"그러니까 놈은 다음 사냥터로 그 폐허를 선택할 가능성이 높다는 거군……."

그렇게 중얼거리며 키리토는 멀리 북쪽 지평선에 흐릿하게 보이는 마천루의 실루엣을 쳐다보았다. 원근 이펙트 때문에 매우 멀게 느껴지긴 하지만 직선거리는 3킬로미터 이하일 것이다. 어느 정도 어질리티가 있으면 경계를 늦추지 않으면서도 10분 안에 주파할 수 있다.

"좋아, 우리도 도시로 가자. 강기슭을 뛰어가면 좌우에서는 보이지 않을 거야."

"……알았어."

키리토의 말에 고개를 끄덕이며 시논은 슬쩍 뒤를 돌아보았다.

조금 떨어진 철교 기슭에는 여전히 다인의 《시체》가 보였다. 그러나 그 오브젝트는 오히려 그가 아직 살아 있다는 것을 나타낸다. 진짜로 죽은——죽었을지도 모르는——것은 이미 형체도 그림자도 없는 《페일라이더》였다.

솔직히 아직은 전부 믿을 마음이 들지 않았다. 동시에 전부 거짓말인 것 같지도 않았다.

하지만 단 한 가지 확실한 예감은 있었다. 그것은 이번 제3회 BoB 대회 본선 내에서 자신의 무언가가 변하리라는 것이었다. 바라는 방향으로 변할지 아닐지——그리고 그 변화를 가져다줄 상대가 키리토일지, 그 수수께끼의 누더기 망토일지는 아직 모르겠지만.

지금은 그저 직감을 믿고 행동할 뿐이다. 직감, 그것만은 그 어떤 빌드로도 부스트로도 얻을 수 없는 유일한 스킬이니까.

슈피겔과 같은 어질리티 집중형에는 미치지 못하지만, 시논의 어질리티는 결코 낮지 않다. 스트렝스를 우선한 키리토와 비교해도 수치는 크게 다르지 않을 것이다.

하지만 이렇게 함께 달려보니, 흩날리는 검은 머리카락을 쫓아가기 위해 시논은 거의 필사적으로 발을 놀려야 했다. 뭐랄까, 《몸놀림》이 다른 것이다. 강기슭에 수없이 펼쳐진 바위나 느닷없이 출현하는 균열을, 키리토는 마치 위치를 암기한 것처럼 휙휙 피하고 뛰어넘는다. 이따금 돌아보며 시논에게 스피드를 맞추는 모습 또한 얄밉다.

그렇다고는 해도 앞장선 키리토가 뛰기 쉬운 루트를 가르쳐준 덕에, 생각보다 빨리 필드 중남부의 초원 에이리어를 횡단할 수 있었던 것도 분명했다. 발밑의 강바닥은 언제부터인가 콘크리트로 뒤덮였으며, 올려다보니 하늘을 찌르는 긴물들이 가까이 보였다. 드디어 이 섬의 메인 배틀필드인 도시 폐허에 진입한 것이다.

"따라잡지 못했네."

발을 늦춘 키리토에게 시논은 그렇게 속삭였다. 강바닥에 숨은 채 도시로 향했을 《사총》을 도중에 따라잡고, 비무장 상태로 물속에서 나왔을 때 공격할 수 있지 않을까 조금 기대했던 것이다.

"……설마 어디선가 추월한 건……."

그렇게 말을 잇자, 돌아선 키리토느 심각한 표정으로 뒤로 펼쳐진 수면을 쳐다보며 말했다.

"아니, 그렇지는 않을 거야. 뛰면서 계속 물속을 체크했거든."

"그, 그래……?"

애초에 애퀄링을 짊어지지 않는 한 1분도 넘게 잠수할 수는 없다. L115 같은 대형 라이플을 가진 사총에게 그 정도 장비중량 여유가 있을 리가 없다. 철교 밑에서 강으로 잠수해, 북쪽으로 강의 흐름을 따라 시논 일행에게 보이지 않는 곳까지 헤엄쳐간 후, 그곳에서 뭍에 올라와 뛰어갔을 것이 분명하다.

"──그렇다면 이미 이 도시 어딘가에 잠복했겠네. 강은 저기서 끊어지니까."

시논이 시선을 돌린 곳에는, 강이 지하수로처럼 도시 지하로 흘러들고 있었다. 입구는 튼튼한 쇠창살에 가로막혀 플레이어가 지나갈 수 없는 것은 분명했다. 저런 장애물 오브젝트는 설령 플라즈마 그레네이드를 백 발 던진다 해도 파괴할 수 없다.

"그러게……. 9시 스캔 때까지 앞으로 3분 남았네. 이 폐허 안에선 위성의 눈을 속일 방법이 없지?"

키리토의 물음에 시논은 잠시 생각한 후 크게 고개를 끄덕였다.

"응. 지난 번 대회 때는 설령 고층 빌딩의 1층에 있어도 맵에 표시됐으니까, 숨는 데 위험성이 큰 물속이나 동굴 외엔 스캔을 피할 장소가 없을 거야."

"OK. 그럼 다음 스캔으로 사총이 있는 곳을 알아내면 놈이 누군가를 쏘기 전에 공격하자. 내가 돌격할 테니 시논은 엄호를 부탁해."

"……그건 괜찮은데……."

어깨를 으쓱한 시논은, 오랜만에 키리토에게 한 방 먹일 생각으로 날카롭게 지적했다.

"한 가지 문제가 있어. 《사총》은 놈의 정식 캐릭터네임이 아니라는 걸 잊진 않았겠지? 이름을 모르면 레이더를 봐도 위치를 알아낼 수 없잖아."

"윽……, 그, 그러네."

광검사는 모양 좋은 눈썹을 모으며 생각에 잠겼다.

"분명……, 출장자 서른 명 중에서 시논이 모르는 사람은 세 명이었지? 그중에서 내가 쫓던 《페일라이더》는 사총이 아니었어. 그렇다면 나머지 둘……, 《총사X》 아니면 《스티븐》 중 하나일 텐데……. 시내에 있는 게 둘 중 하나라면 확실하겠지만."

"만약 양쪽 다 있어도 망설일 여유는 없어. 어느 쪽을 공격할지 지금 정해놓자. ──그래서, 어, 지금 문득 생각난 건데……."

헛기침을 하며 말을 잇는다.

"……《총사》를 거꾸로 읽으면 《사총》이고, 《X》는 《크로스》, 다시 말해 그 녀석이 그리던 십자가……라고 생각하면 역시 너무 안이하려나……?"

"으, 으음……. 아니, 뭐, VRMMO의 캐릭터네임은 안이하게 짓는 경우가 많으니까. 나는 본명을 슬쩍 바꾼 거였고……, 너는?"

"……나도."

피차 민망한 표정으로 시선을 나눈 후, 동시에 다시 한 번 헛기침.

키리토는 여전히 결정을 내리지 못하다가, 한숨과 함께 말을 내뱉었다.

"아예 《스티븐》이 이름대로 외국인이라면 이야기가 빠를 텐데 말이지. BoB에 해외 플레이어는 안 와?"

"음......."

손목시계를 흘끔 보니 스캔까지는 앞으로 2분도 남지 않았다. 시논은 최대한 빨리 설명했다.

"제1회 대회 무렵엔 서버를 US랑 JP 중에서 자유로이 선택할 수 있었으니까, 유저 인터페이스가 일본어인 JP 서버에도 외국인이 조금이나마 있었어. 난 그때는 GGO를 안 했으니 신......, 슈피겔에게 들은 이야기인데, 처음 BoB에서 우승한 사람은 외국인이었대. 듣자하니 엄청나게 강해서, 나이프랑 핸드건만 가지고 우리나라 사람들을 싹쓸이했다던데......."

"흐음......, 이름은?"

"아마 사토......, 사토리 뭐였던가, 이상한 이름이었어. 하지만 내가 GGO를 시작하기 전부터 이미 JP 서버는 일본 국내에서만 접속할 수 있게 됐으니까, 제2회랑 이번 제3회에 나온 플레이어는 전부 일본인......, 적어도 일본에 사는 사람일 거야. 《스티븐》도 표기는 알파벳이지만 일본인이 아닐까."

"그렇구나......."

키리토는 잠시 눈을 깜빡이더니, 결심한 듯이 말했다.

"좋아, 폐허에 양쪽 모두 있을 경우에는 《총사X》 쪽으로 가자. 만약 내가 페일라이더랑 마찬가지로 스턴 탄에 맞아 마비되더라도, 조급해하지 말고 그 자리에서 저격태세에 들어가. 사총은 반드시 모습을 드러내고 그 검은색 권총으로 결정타를 날리려 할 테니까 그 순간을 노리는 거야."

"뭐......?"

그 말을 들은 순간, 시논은 1분도 남지 않은 스캔 시간조차 잊고 두 눈을 크게 떴다. 바로 앞에 있는 검은 눈동자를 들여다보며 물었다.

"……어떻게 그렇게까지……."

나를 믿을 수 있는 거야? 그 한 마디는 입 밖에 내지 않은 채——.

"……내가 사총이 아니라 널 쏠지도 모르는데……."

그러자 키리토도 의외라는 듯이 눈썹을 살짝 추켜세우더니, 이어서 아주 엷은 미소를 지었다.

"네가 그렇게 날 쏘지 않으리란 것쯤은 이미 알고 있는걸. 자……, 시간 됐어. 부탁해, 파트너."

그리고 검은 옷의 광검사는 시논의 왼팔을 탁 두드리고는 강바닥에서 시가지로 올라가기 위해 계단 쪽으로 걷기 시작했다.

그의 손이 닿은 곳에 어제 손끝에 느꼈던 것과 같은 기묘한 열기와 시큰거림을 느끼면서, 시논도 말없이 그의 등을 따라갔다. 이 녀석은 쓰러뜨려야 할 적이라고 자신에게 되뇌인 것이 어제부터 벌써 몇 번째인지, 이제는 알 수도 없었다.


콘크리트로 만든 짧은 계단 위, 시가지에서는 내려다볼 수 없는 위치에 기리토와 나란히 웅크리고 앉아, 시논은 오늘 네 번째의 《새틀라이트 스캔》을 기다렸다.

오른손에 위성단말기를 들고 왼팔의 크로노미터를 노려본다. 현실시간으로 오후 8시 59분 55초……, 6초……. 배틀로열이 작년과 같은 속도로 진행된다면 슬슬 후반전, 다시 말해 플레이어가 반감되었을 무렵이다. 실제로 바로 조금 전까지 머리

위의 도시 폐허에서는 총성과 폭발음이 끊임없이 울려 퍼지고 있었다. 그것도 지금은 잠시 그쳤다. 모두 어딘가에 몸을 숨긴 채 단말기를 노려볼 것이다.

8초, 9초, 오후 9시 정각.

단말기의 맵 위에 흰색과 회색 광점이 여러 개 떠올랐다.

"키리토, 넌 북쪽부터 체크해!"

작은 목소리로 말하며 시논은 시가지 가장 남쪽, 강의 서쪽 기슭에서 나란히 인접한 두 광점을 터치했다. 표시된 이름은 물론 【Kirito】와 【Sinon】. 접근전투가 15분 이상 이어지는 경우는 거의 없으므로, 이젠 다른 플레이어들도 이 두 사람이 싸우는 것이 아니라 팀을 짰다는 것을 깨달았으리라. 결코 규칙 위반은 아니며 과거 대회에서도 협력 플레이를 했던 출장자는 있었지만, 다른 플레이어들이 "시논이 그랬단 말이야?" 하고 생각하는 것만은 어쩔 수 없을 것이다. 하다못해 둘이 함께 있는 모습이 중계 카메라에 찍히지 않는다면 좋으련만.

아무튼 그런 잡념은 머리 한구석으로 밀쳐놓으면서 재빠르게 북쪽의 광점들을 생사에 관계없이 터치해 이름을 확인했다. 《No—No》, 《야미카제》, 《huuka》, 《마사야》……. 모두 얼굴을 아는 유명 플레이어다. 만약 키리토가 찾는 두 이름이 양쪽 모두 이 도시에 존재하지 않는다면 자신들의 추측이 근본부터 잘못되었다는 뜻——…….

아니다.

""……찾았다!""

그렇게 외친 시논의 목소리가 키리토와 완벽하게 겹쳐졌다.

시내 한가운데, 스타디움 풍의 원형건축물 가장자리. 전망이 좋을 법한 절호의 저격포지션에 홀로 표시된 광점을 터치한 순간 그 이름이 떠올랐던 것이다. 《총사X》.

　키리토와 한순간 시선을 나누고 즉시 자신의 단말기로 눈을 되돌렸다. 크로스체크를 했기 때문에 시논은 계속 북쪽으로, 키리토는 남쪽으로 손가락을 미끄러뜨렸다. 5초 후, 다시 한 번 고개를 들고 동시에 끄덕였다.

　"지금 시내에 있는 건 《총사X》뿐이야."

　시논의 속삭임에 키리토도 긴장된 목소리로 대답했다.

　"그래. 《스티븐》은 없는걸. 다시 말해 《총사X》가 《사총》이었다는 뜻이지. 타깃은 아마도……."

　키리토가 자신의 단말기에 손가락을 가져갔다. 그가 가리킨 것은 중앙 스타디움에서 약간 서쪽으로 떨어진 건물 위의 광점——이름은 《리코코》. 고립된 데다가, 다른 장소로 가려면 반드시 총사X의 시야에 몸을 드러내야만 한다.

　시논이 고개를 끄덕이는 동안에도 리코코의 광점은 건물 출구를 향해 이동을 개시했다. 도로에 발을 내디딘 순간, L115 라이플의 스턴 탄환이 그를 엄습할 것이다. 쓰러졌을 때 코앞에 나타나 그 검은 권총을 쏘기 전에 사총을 저지해야만 한다.

　단말기를 집어넣은 키리토는 시논을 정면으로 보며 무언가를 말하려 했다. 그러나 한 번 입술을 다물더니, 이어서 짧게 한 마디만을 입에 담았다.

　"엄호 부탁해."

　"오케이."

시논도 그 말만을 하고 몸을 일으켰다. 키리토의 앞에 서서 계단을 올라 주위의 양상을 살핀 후, 오른손으로 전진 사인을 보낸 것과 동시에 마지막 한 계단을 박찼다.

이번 대회의 무대가 된 섬——정식 명칭 《ISL 라그나로크》의 중앙에 우뚝 솟은 고대도시 폐허는, 아마 현실세계의 뉴욕 같은 곳을 모델로 만든 모양이었다. 기능성과 전통미가 뒤섞인 디자인의 마천루가 저녁 하늘을 찌르고, 지상에는 영어 간판과 광고가 넘쳐난다. 물론 모두 금이 가고 풍화된 채 덩굴식물이며 모래먼지에 무참하게 뒤덮였지만.

지하수로를 이루는 강 위로 뻗은 길을 시논과 키리토는 전속력으로 달렸다. 현재 이 폐허에는 두 사람과 사총과 그의 타깃 외에도 최소 대여섯 명의 플레이어가 있지만, 지금은 신경을 쓸 겨를이 없다. 다행히 조금 전 스캔에서는 당장 이 도로까지 이동할 만한 플레이어는 보이지 않았다. 게다가 길 위에는 부식된 노란색 택시며 대형 버스가 수도 없이 굴러다녀 절호의 엄폐물을 제공해준다. 그런 장애물의 틈을 누비듯이 북쪽으로 한없이 달렸다.

어질리티 보정을 최대한 살린 대시로 폐허의 반경인 700미터를 1분도 걸리지 않아 주파한 두 사람의 앞길에 거대한 원형 건축물이 나타났다. 목적지인 중앙 스타디움이다. 시논의 수신호를 따라 약간 앞의 버스 그늘로 뛰어들어, 깨진 파노라마 윈도우 너머로 양상을 살폈다.

스타디움 외벽은 건물 3층 정도의 높이였으며 동서남북으로 하나씩 입구가 보였다. 위성 스캔 이후 이동하지 않았다면, 총사X의 현재 위치는 서쪽 입구 바로 위일 것이다. 시논은 크게 뜬 두 눈으로 가만히 외벽 위를 노려보았다. 시력을 강화해주는 스킬 호크아이(Hawkeye)의 보정을 받아, 오브젝트의 원근 이펙트가 흐려지고 시야의 해상도가 높아졌다. 다 허물어져 가는 콘크리트 끄트머리에 마치 총안(銃眼) 같은 삼각형 균열이 보이고, 그 안에——.

"⋯⋯있다. 저기."

저녁 햇살에 한순간 반짝 빛난 것은 틀림없는 라이플의 총구였다. 시논이 본 것을 키리토도 확인한 모양이었다. 시논의 속삭임에 마찬가지로 목소리를 낮춰 대답했다.

"보아하니 아직 《리코코》가 나오기를 기다리는 모양이군. ⋯⋯좋아, 이 틈에 뒤에서 어택하자. 시논은 길을 끼고 맞은편 건물에서 저격태세를 취해줘."

"뭐⋯⋯? 나도 같이 스타디움에⋯⋯."

자신도 모르게 그렇게 반론하려 했지만, 키리토는 강한 시선으로 말을 가로막았다.

"이게 시논의 능력을 최대한 살리는 작전이야. 내가 위험할 때는 네가 그 총으로 엄호해 줄 거라 믿으니까, 나는 두려워하지 않고 그놈과 싸울 수 있어. 콤비란 그런 거잖아?"

"⋯⋯."

그 말에 시논은 고개를 끄덕이는 것 외에는 아무것도 할 수 없었다. 키리토가 살짝 미소를 짓더니 손목시계를 흘끔 쳐다본다.

"난 이 자리를 떠나고 30초 후에 전투를 시작하겠어. 그 정도 시간이면 될까?"

"……응, 충분해."

"좋았어. 그럼 부탁해."

그리고 흑발의 광검사는 주저 없이 등을 버스에서 떼고——.

일단 시논과 한 번 정면으로 시선을 마주하더니, 거의 발소리를 내지 않으며 스타디움 남쪽 게이트를 향해 뛰기 시작했다.

그 가녀린 등이 멀어져가는 것을 바라보며 시논은 가슴속에 기묘한 감각이 나타나는 것을 자각했다. 긴장? 불안? 비슷하지만 다르다. 이것은——그래, 허전함……?

————무슨 말도 안 되는 소리!

어금니를 악물며 자신을 호되게 질책한다.

——나는 BoB 본선에서 우승해서 이 세계 최강의 플레이어가 된다는 목적을 달성하기 위해 오로지 합리적으로 행동할 뿐이야. 미지의 능력으로 대회 진행을 어지럽히는 《사총》은 얼른 배제해야 하고, 그때까지는 키리토와 잠시 힘을 합치는 것도 어쩔 수 없어. 게다가 성공하면 그 순간부터 저 광검사는 적으로 돌아갈 거야. 헤어졌다가 다음에 조우했을 때는 주저하지 않고 방아쇠를 당기겠어. 쓰러뜨리고, 그 다음엔 잊는 거야. 왜냐하면 이젠 두 번 다시 만나지 않을 테니까.

심장 부근이 따끔따끔한 것을 억지로 무시하며 시논도 달렸다. 시가지 에이리어에 존재하는 건축물 중에는 들어가고 싶어도 못 들어가는 것이 있지만, 들어갈 수 있는 장소에는 반드시 알기 쉽게 출입구가 마련되어 있다. 스타디움에서 넓은 고리 모양 도로를 끼고 남서쪽에 위치한 건물도 벽면이 크게 허물어져 있었다. 그곳으로 들어가 3층까지 올라가면 스타디움 외벽 통로를 들여다볼 수 있을 것이다. 거리가 지나치게 가까우므로 그냥 저격하려면 들킬 우려가 있겠지만, 정작 사총도 키리토와 전투를 하면서 주위까지 살필 여유는 없을 것이다. 허점을 발견하면 주저하지 않고 쏜다. 그 후에는 키리토와 합류하지도 않고 이 폐허를 떠날 것이다. 그러면 된다…….

시논 자신은 어디까지나 평소와 마찬가지로 냉정하게 행동하고 있다고 생각했다.

하지만 역시 여느 때와는 다른 사고가 마음의 상당수를 차지했을지도 모른다.

그 사실을 자각한 것은 건물 벽면의 붕괴 부위를 지나치기 직전, 등줄기에 강렬한 오한을 느끼고 돌아서려다 그것조차 시도하지 못한 채 바닥에 나뒹군 후였다.

————뭐지……? 왜 이러지……?!

대체 무슨 일이 일어난 것인지 금방은 깨닫지 못했다.

등줄기가 오싹 전율하고……, 시야 왼쪽에서 무언가가 빛나고……, 반사적으로 왼손을 든 순간 팔 바깥쪽에 격렬한 충격이 느껴졌다. 총에 맞았다는 것을 깨닫고 즉시 눈앞의 건물로 뛰어들려 했는데, 어째서인지 다리가 움직이지 않아 그대로 바닥에 막대기처럼 쓰러진 것이다.

겨우 그 사실을 인식한 시논은, 당장 일어나려 했지만 몸이 말을 듣지 않았다. 어떻게든 움직일 수 있었던 것은 두 눈뿐이었다. 축 늘어진 왼팔을 힘겹게 내려다보며 대미지 감각이 있었던 팔 앞쪽을 확인했다.

사막색 재킷 소매를 꿰뚫고 팔에 박힌 것은——탄환이라기보다는 은색 바늘 같은 물체였다. 직경 5밀리미터, 길이 50밀리미터 정도. 뿌리께가 높은 진동음과 함께 파르스름하게 발광하며, 그곳에서 발생한 실 같은 스파크가 시논의 팔부터 온몸으로 흘러나간다. 이것은————.

전자 스턴 탄.

아까 페일라이더를 마비시켰던 특수탄과 완전히 똑같은 것이다. 어설트 라이플이나 머신건, 핸드건에는 장전할 수 없으며 사용할 수 있는 것은 일부 대구경 라이플뿐. 게다가 발사음도 거의 들리지 않았다. 서프레서가 달린 대형 라이플이다. 그런 것을 장비한 사람이 그리 많을 리가 없다.

하지만 시논은 여기까지 인식한 후에도 자신을 쏜 플레이어가 《그놈》이라고는 인정할 수 없었다. 왜냐하면 스턴 탄이 날아온 위치는 시가지 남쪽이었기 때문이다. 하지만 놈은 북쪽 스타디움 가장자리에 있지 않았던가. 시논이 있다는 것은 알아차리지도 못한 채 다른 타깃을 노리지 않았던가. 애초에 9시의 위성 스캔 때는, 이 타이밍에 남쪽에서 시논을 공격할 수 있을 만한 플레이어는 존재하지 않았다고 단언할 수 있다. 《No—No》도 《huuka》도 《야미카제》도 돌파하려면 시간이 많이 걸리는 붕괴 지역 너머에 있었던 것이다.

이해할 수 없었다. 왜——누가——어떻게.

그 물음에 답한 것은 언어가 아니라, 그 직후 시논의 두 눈이 포착한 어떤 광경이었다.

분명히 그때까지 아무것도 존재하지 않았던, 남쪽으로 약 20미터 떨어진 공간에서 지직 소리와 함께 빛의 입자가 몇 개 흐르고, 마치 세계 그 자체가 도려져나갔던 것처럼 누군가가 갑자기 나타난 것이다.

말이 나오지 않는 목구멍으로 격렬히 신음하며 시논은 소리 없이 외쳤다.

——메타 마테리얼 옵티컬 카모(Meta-material Optical Camo)!!

장갑 표면에서 빛 그 자체를 미끄러뜨려 자신을 눈에 보이지 않게 만드는, 말하자면 궁극의 위장능력이다. 하지만 그것은 일부의 초 고레벨 네임드 몹만이 가진 기술이 아니었던가. 설마 이번 제3회 BoB부터는 필드 몹이 도입된 걸까? 하지만 그런 공지는 아무데도 없었는데.

펄럭.

바람에 나부끼는 암회색 천이 혼란스럽기 짝이 없는 시논의 사고를 가로막았다.

표면이 너덜너덜하게 다 해진 긴 망토. 머리를 완전히 뒤덮는 같은 색의 후드. 옵티컬 카모를 해제하고 완전히 모습을 드러낸 습격자를 시논은 그저 멍하니 바라보았다. 그곳에 존재할 리가 없는 《누더기 망토》를.

————《사총》.

10분 전 페일라이더를 사라지게 하고, 어쩌면 지난 회 우승자인 《젝시드》와 대형 스쿼드론의 리더 《싱거운명란젓》까지도 죽였을지 모르는 침묵의 암살자.

헐렁한 망토 안쪽에선 발밑 부근까지 뻗어나온 대형 라이플의 총신과 그 끄트머리에 장착된 서프레서가 뚜렷이 보였다. 저 대형 망토에 옵티컬 카모 능력이 있다면, 손에 든 라이플까지 뒤덮어 눈에 보이지 않는 상태로 저격하는 것도 가능할 것이다. 아니, 그뿐만이 아니다. 위장 중에는 위성 스캔마저 회피할 수 있으리라. 그렇지 않다면 조금 전의 스캔에서 분명 이 도로 근처에 광점이 표시되었을 테니까.

그렇다면 이 누더기 망토 《사총》은 《총사X》가 아니란 뜻……?
…………키리토.

등 뒤의 스타디움 어디선가 지금 막 총사X를 공격하려는 광검사의 이름을 시논은 머릿속으로 불렀다. 하지만 물론 대답은 들리지 않았다.

대신 저벅, 하고 어렴풋한 발소리가 귀에 들렸다. 누더기 망토는 미끄러지는 듯한 움직임으로 다가왔다. 어둠에 휩싸인 후드 안에서 어둡고 붉은 광점 두 개가 불규칙하게 깜빡인다.

유령과도 같은 모습이 바닥에 쓰러진 시논의 바로 앞, 2미터 정도 위치에서 정지했다.

보이지 않는 얼굴에서 삐걱거리듯 슈욱슈욱 하는 속삭임이 흘러나왔다.

"……키리토. 네가, 진짜인지, 가짜인지, 이로서 확실히 알수 있다."

아무래도 누더기 망토는 스타디움에 키리토가 있다는 것을 알며, 시논이 아니라 그에게 말을 거는 것 같았다. 띄엄띄엄 끊어지는 그 목소리는 무미건조하고 억양이 거의 없는데도, 그 안에 감추어진 모종의 거대한 감정을 뚜렷하게 느낄 수 있었다.

"그때, 미쳐 날뛰던 네 모습을, 기억한다. 이 여자가……, 동료가 죽었을 때, 똑같이 미친다면, 넌 진짜다, 키리토. 자아……, 보여다오. 네 분노를, 살의를, 광기의 검을, 다시 한 번, 보여다오."

시논은 그 말의 의미를 거의 이해할 수 없었다.

하지만 누더기 망토의 무시무시한 선언은, 오히려 시논의 경악과 상실감을 약간이나마 덜어내주었다.

——죽여? 나를? 도롱이벌레처럼 옵티컬 카모에나 의지하는 놈이?

분노의 불꽃이 튀었다. 그 열기가 온몸의 마비감을 웃돌았다.

전자 스턴 탄은 아직 요란하게 불꽃을 뿜어냈지만, 명중한 곳이 왼쪽 팔뿐이어서 그런지 오른손은 노력하면 움직일 수 있을 것 같았다. 다행히 바로 옆에는 보조무장으로 허리에 매달아놓은 MP7 서브머신건의 그립이 있다. 쥐고, 위로 치켜들고, 방아쇠를 당기는 정도라면 가능할지도 모른다. 이 근거리에서 탄창에 든 탄환을 모두 맞춘다면 쓰러뜨릴 수 있다.

움직여. 움직여!

시논의 뇌에서 어뮤스피어에 전해지는 운동신호의 출력이 시스템의 마비상태를 초월했는지, 오른손이 조금씩 조금씩 움직이기 시작했다. 손끝에 감촉도 익숙한 MP7의 그립이 닿았다.

거의 동시에 사총도 망토에서 꺼낸 빈 왼손을 묵직한 움직임으로 쳐들기 시작했다. 두 개의 손가락을 후드의 이마에 댄다. 이제까지는 의식하지 못했지만, 사총의 후방 상공에는 엷은 하늘색 삼중원이 떠 있고 한가운데에 【●REC】 표시가 붉게 깜빡였다. 중계 카메라다. GGO 안팎에서 라이브 영상을 시청하는 무수한 갤러리는, 자랑스럽게 성호를 긋는 사총과 그 너머에서 꼴사납게 쓰러진 시논을 보고 있을 것이다.

검은 가죽 글러브를 낀 울퉁불퉁한 오른손이 가슴을 지나, 왼쪽 어깨로.

그 사이에 시논은 겨우 MP7의 손잡이를 손바닥으로 포착했다.

GGO의 총기에도 물론 안전장치가 있지만, 극히 낮은 확률의 폭발사고를 두려워하느니 비상사태의 공격속도를 우선시해 전투 중에는 늘 풀어놓는 사람이 대부분이다. 시논도 예외는 아니다. 남은 것은 조준하고, 방아쇠를 당기는 것뿐. 아직 늦지 않았다. 살아남고 말리라.

마침내 성호를 다 그은 사총이 오른손을 망토 안으로 집어넣더니 곧바로 꺼냈다. 시논도 저리는 오른팔로 MP7을 열심히 치켜들었다. 몇 번이고 떨어뜨릴 뻔했지만 그때마다 필사적으로 참았다. 중량은 고작 1.4킬로그램밖에 되지 않는 초소형 서브머신건이 한없이 무겁다. 하지만 사총은 분명 쏘기 전에 한 번 격철을 젖힐 것이다. 그 한순간의 틈을 놓치지 않고 쏘면——…….

——그러나.

사총이 망토에서 꺼낸 왼손, 그곳에 쥐어진 검은 자동권총이 시야에 들어온 순간, 시논의 오른팔을 포함한 온몸이 그대로 얼어붙었다.

왜. 아무런 특이할 것도 없는 핸드건이 아닌가. 이제까지 저

것보다 커다란 《데저트 이글》이나 《M500》의 총구가 자신을 포착한 경험도 얼마든지 있다. 이제 와서 몸이 움츠러들 이유는 없다. 어서 MP7을 고쳐들고, 총구를 적에게 들이대 방아쇠를 당겨야지.

그렇게 자신에게 되뇌며 시논이 다시 오른팔을 움직이려던——.

그 직전.

사총이 왼손을 슬라이드에 가져가면서, 마침 총의 왼쪽 면이 시논의 눈에 들어왔다. 정확히는 미끄럼 방지용 세로 홈을 내놓은 전체가 금속으로 된 그립과, 그 한복판에 박힌 조그만 각인이.

원의 중심에, 별.

검은 별.

헤이싱(黑星). 54식. ——그 총.

어째…………서. 왜, 지금, 여기에, 그 총이.

힘을 잃은 오른손에서 마지막 희망이었던 MP7이 미끄러져 떨어졌다. 그러나 그 소리마저 시논의 의식에는 닿지 않았다.

짤깍 소리를 내며 격철이 섰다. 왼손은 그대로 그립을 잡고 오른발을 뒤로 뺀 위버 스탠스로 시논을 조준한다. 갑자기 누더기 망토의 후드 안쪽에 펼쳐진 어둠이 기묘하게 일그러졌다. 점액질처럼 흔들리고, 끈적끈적하게 늘어지고, 안쪽에서 두 개의 눈이 엿보인다.

핏발 선 흰자. 조그만 눈동자. 확대된 동공 탓에 깊은 구멍처럼 보인다.

그 사내. 5년 전, 북쪽 도시의 조그만 우체국에 권총——54식을 들고 난입해 시노의 어머니를 쏘려 했던 그 사내. 어린 시노가 무의식중에 권총에 달려들어선 빼앗고, 방아쇠를 당겨 죽였던——그 사내의 눈.

——있었다. 여기 있었다. 이 세계에 잠복하고 숨어서, 내게 복수할 순간을 기다렸던 거다.

이젠 오른손은 고사하고 온몸의 감각까지 사라졌다. 저녁 하늘의 붉은색도, 폐허의 회색도 사라지고, 그저 오로지 어둠 속에 두 개의 눈과 하나의 총구만이 보였다.

심장 소리가 매우 크게 늘렸다. 아예 이대로 기절한다면 어뮤스피어의 안전장치 덕에 자동 로그아웃할 수 있을 텐데, 시논의 의식은 끊어지지도 않은 채 헤이싱의 방아쇠가 당겨질 순간만 기다리고 있었다. 까드득, 방아쇠가 삐걱이는 소리. 저 손가락이 앞으로 몇 밀리미터만 더 움직이면, 격철이 뇌관을 때리고 30구경 풀 메탈 재킷 토카레프탄을 쏘겠지. 그것은 가상의 수치적 대미지가 아니다. 진짜 총탄이다. 시논/시노의 심장을 꿰뚫고, 멈추고, 죽일 것이다.

그때 시노가 그 남자를 그렇게 만들었듯.

이것은 운명이다. 벗어날 수 없다. 설령 GGO를 플레이하지 않았더라도 시노는 어디선가 다시 한 번 이 사내에게 붙잡혔을 것이다. 소용없었다. 모든 것이. 과거를 끊어버리려고 발버둥 쳤던 것에 의미는 조금도 없었다.

그런 거대한 체념 속에——.

오로지 한 알의 모래알과도 같은, 조그만 감정.

포기하고 싶지 않아. 이런 데서 끝내고 싶지 않아. 왜냐하면 이제야 겨우 알 것 같은걸. 《강함》의 의미. 싸운다는 것의 의미. 그 자식 곁에서, 그 자식을 보고 있으면 언젠가, 분명⋯⋯.

그 생각을, 마침내 쩌렁쩌렁 울려 퍼진 총성이 갈라버렸다.

어디를 맞았는지도 알 수 없었지만, 시논은 눈을 감고 자신의 의식이 사라지는 순간을 기다리려 했다.

하지만——.

부르르. 몸이 흔들린 것은 눈앞의 누더기 망토 쪽이었다.

후드 안의 《그 눈》이 사라지고 붉은 광점으로 돌아갔다. 오른쪽 어깨에 오렌지색 대미지 이펙트가 빛났다. 누군가가 《사총》을 쏜 것이다. 생각이 더 이어지기도 전에 두 번째 총성. 등 뒤에서 날아든 탄환이 이번에는 망토의 왼쪽 어깨를 스쳤다. 총성으로 미루어보면 상당한 대구경 총기일 것이다. 누더기 망토가 휙 몸을 숙이고는 옆의 건물 벽에 뚫린 구멍 안으로 숨었다.

시논의 위치에서는 아직 사총의 거동이 보였다. 오른손의 헤이싱을 홀스터에 넣고는, 어깨에서 L115를 내리더니 재빠르게 탄창을 교환한다. 아마 전자 스턴 탄을 필살의 338 라푸아로 교체했으리라. 저격수인 시논이 보기에도 군더더기 하나 없는 동작으로 거대한 라이플을 겨누고, 스코프를 들여다보더니 주저하지 않고 쏜다.

푸슉 하는 소음 적은 총성이 울려 퍼진 것과, 등 뒤에서 세 번째 공격이 날아든 것은 거의 동시였다. 하지만 이번엔 총격이 아니었다. 시논과 사총 사이의 노면으로 날아든 것은 회색의 음료수 깡통 같은 물체——그레네이드였다. 사총이 건물 안쪽으로 휙 몸을 날렸다.

시논은 두 눈을 질끈 감았다. 이 거리에서 그레네이드가 작렬한다면 큰 피해를 입는다. 아니, 그래도 사총의 헤이싱에 맞는 것보다는 낫다. 그렇다. 아예 여기서 평범하게 죽음을 맞는 편이 낫다. 대회 중반에 패배해 그대로 GGO에서 아니, VRMMO에서 은퇴해 현실세계에서 숨을 죽이며 지내는 것이다. 언젠가 다시 그 사내가 쫓아올 순간을 그저 두려워하면서⋯⋯.

그러나 이번에도 사태는 시논의 예상을 배신했다.

0.5초 후에 작렬한 금속 깡통은, 강한 위력 덕에 플레이어가 즐겨 사용하는 플라즈마 그레네이드도, 평범한 화약식이나 네이팜도 아닌──무해한 연기만을 뿜어내는 스모크 그레네이드였던 것이다.

"⋯⋯!"

금세 시야 전체가 새하얀 연기에 휩싸이자 시논은 숨을 죽였다.

이것이 아마 도망칠 마지막 기회일 것이다. 하지만 아직 마비 효과가 사라지지 않았다. 왼팔에 박힌 바늘탄환을 뽑아내면 금방 움직일 수 있겠지만, 거기까지 오른손을 가져가는 것조차 불가능했다. 그 전에 일어나기 위한 투지가 송두리째 사라지고 말았다.

이젠 생각다운 생각조차 불가능해 눈을 크게 뜬 채 쓰러져 있기만 하던 시논의 왼팔을──누군가가 붙들었다.

그대로 난폭하게 일으킨다. 그 누군가는 오른손에 들고 있던 낯선 대형 총기를 버리더니, 시논의 등에 손바닥을 가져간다. 비틀거릴 틈도 없이 그대로 오른쪽 어깨의 헤카테와 함께 두 팔에 안기고 말았다.

그 직후, 몸이 짓이겨질 정도의 속도감이 느껴졌다. 휘익! 하고 귓가에서 공기가 울부짖는다. 눈 깜짝할 사이에 주위의 연기가 옅어지고, 시논은 다시 회복된 시야에서 자신을 안아들고 달리는 플레이어의 얼굴을 보았다.

백옥 같은 피부. 흑요석 같은 눈동자. 바람에 나부끼는 긴 흑발.

……키리, 토.

부르려 했으나 목소리가 나오지 않았다. 소녀로 착각할 만한 미모에 너무나도 진지한──아니, 필사적인 표정을 짓고 있었기 때문이다. 아바타에게 내리는 운동명령을, 신경계가 끊어질 정도로 강렬하게 쥐어짜낸다는 것을 쉽게 알 수 있었다.

무리도 아니다. 제아무리 키리토가 스트렝스 중시형이며 무장은 가벼운 광검과 핸드건밖에 들지 않았다 해도, 시논과 헤카테를 안으면 가동중량은 한계 직전에 달할 것이다. 그 상태에서 이만한 스피드로 뛰는 것은 기적에 가깝다. 게다가 다시 보니 몸이 멀쩡한 것도 아니었다. 오른쪽 어깨와 왼팔에선 아직도 생생한 대미지 흔적이 붉은 이펙트 광원을 내고 있었다. 빛의 양으로 보건대 상당한 대구경 탄환이다. GGO는 미국산 VRMMO라 그런지 통각 완화 기능의 수준이 낮아, 이만한 부상을 입으면 아픔은 없다 해도 한동안 강렬한 마비감각이 남는다.

……이젠 됐어. 놓고 가.

그렇게 생각하기는 했으나 역시 말로는 할 수 없었다. 온몸이 아니, 의식이 완전히 마비되었다.

그래서 느닷없이 후방에서 눈앞을 스친 대구경탄이 무시무시한 포효를 지르며 통과했을 때도, 시논은 눈만 깜빡였을 뿐이었다. 느리게 움직이는 머리로 멍하니 생각한다. 총성이 들리지 않았으니 지금 이 탄환을 쏜 것은 사총의 L115일 것이다. 스모크 그레네이드의 연기 너머로 쏘았다고 생각하기에는 조준이 너무나 정확하다. 다시 말해 쫓아오는 것이다. 상대의 빌드가 어떤지는 모르겠지만 시논을 안은 키리토보나 나리가 느리지는 않을 테지. 언젠가는 분명히 따라잡힌다.

키리토도 그 정도는 알 것이다. 하지만 광검사는 발을 멈추려고도, 시논을 내려놓으려고도 하지 않았다. 오로지 이를 악물고 거친 숨을 몰아쉬며 열심히 달릴 뿐이다.

두 사람은 원형 스타디움의 동쪽을 돌아 폐허 북쪽으로 나가려 했다. 이쪽에도 남쪽과 마찬가지로 메인 스트리트가 곧게 뻗어 있다. 역시 망가진 승용차며 버스가 수도 없이 굴러다녔지만, 끊임없이 모습을 숨긴 채 도시를 빠져나갈 만한 숫자는 아니다. 키리토는 대체 무엇을 노리고……

그 의문에 대답한 것은 전방의 길 한복판에 나타난 반쯤 무너져 가는 네온사인이었다.

저녁놀 속에 힘없이 깜빡이는 문자열은, 【Rent—a—Buggy &Horse】. 수도 글록켄에도 있는 무인 승용물 대여점이었다. 모터 풀에 세워놓은 삼륜 버기카는 대부분 박살난 상태였지만 개중에 딱 한 대, 아직 달릴 수 있을 만한 머신이 있었다.

하지만 탈것은 그것만이 아니었다. 간판대로 버기카 옆에는 네 발이 달린 대형 동물——말이 몇 마리 묶여 있었다. 그렇다고는 해도 살아 있는 생물은 아니다. 금속 프레임과 기어가 그대로 드러난 로봇 말이었다. 이쪽도 움직일 수 있을 법한 놈은 하나뿐이다.

키리토는 모터 풀에 뛰어들어가 삼륜 버기카와 금속말 중 어느 쪽을 고를지 순간 망설이는 듯이 보였다. 시노는 굳어버린 입에서 겨우 속삭이듯이 목소리를 쥐어짜냈다.

"말은……, 무리야. 발이 빠르지만……, 조작이 너무 어려워."

수동 변속 조작이 필요한 삼륜 버기카도 제대로 탈 수 있는 사람이 거의 없지만, 로봇 말은 버기카와 비교할 수 없을 정도로 까다롭다. 아바타의 스킬 수치가 아닌 플레이어 자신의 기술 문제이므로, 웬만큼 조종하려면 오랜 기간에 걸친 꾸준한 연습이 필요하다. 서비스가 시작되고 아직 1년밖에 지나지 않은 GGO에서 그 정도로 플레이 시간에 여유가 있었던 사람은 없다.

시논의 말을 듣고도 키리토는 잠시 망설이는 눈치였으나, 금세 고개를 끄덕이더니 유일하게 건재한 삼륜 버기카로 달려갔다. 시동장치인 패널에 손을 대 엔진을 돌린다. 시논을 리어 스텝에 태우고, 자신은 시트에 걸터앉자마자 주저하지 않고 액셀을 비틀었다. 두꺼운 뒷바퀴가 찢어지는 소리를 내더니, 버기카는 흰 연기를 피워올리며 선회했다.

프론트가 도로 북쪽을 향했을 때 키리토는 잠시 머신을 세우고 외쳤다.

"시논, 네 라이플로 저 말을 파괴할 수 있어?!"

"뭐……?"

간신히 마비가 풀리기 시작한 오른손으로 왼팔에 박힌 스턴 탄을 힘들게 빼면서 시논은 눈을 깜빡였다. 등 뒤의 로봇 말을 돌아보고 겨우 의미를 깨달았다. 키리토는 누더기 망토── 사총이 저 말로 쫓아오진 않을까 우려한 것이다. 아무리 그래도 그건 불가능하다고 생각했지만 고개를 끄덕였다.

"아……알았어, 해볼게……."

아직까지 떨림이 멈추지 않는 두 팔로 오른쪽 어깨에서 내린 헤카테를 끌어안는다. 총구를 겨우 20미터 떨어진 채 싸늘하게 서 있는 금속의 말에 겨눈다. 스코프로 조준할 필요도 없이 스킬 보정만으로도 충분히 맞출 만한 거리였다. 방아쇠에 손가락을 얹자 연록색의 불릿 서클이 나타나고, 말의 옆구리를 정확히 조준한다. 그대로 손가락에 힘을──…….

콱.

그 단단한 반응에 시논은 눈을 크게 떴다.

방아쇠를 당길 수가 없다. 어느새 안전장치가 걸렸나 싶어 애총의 측면을 확인해봤지만 그렇지 않았다. 다시 검지에 힘을 준다. 그러나 이번에도 방아쇠가 용접된 것처럼 딱딱한 감각만이 오른손에 돌아왔다.

"어……, 왜 이러지……."

콱. 콱. 몇 번을 해도 마찬가지였다. 멍하니 자신의 손가락을 본다. 그러자 생각도 못했던 광경이 보였다. 손가락은 방아쇠에 닿지도 않았다. 하얀 손가락과 매끄러운 강철 사이에는 몇 밀리미터도 넘는 공간이 존재했다. 아무리 힘을 주려 해도 그 간격은 줄어들지 않았다…….

"……못 당기겠어……. 왜 이러지……? 방아쇠를 못 당기겠어……!"

자신의 목에서 새어나온 목소리는 가늘고 갈라진 비명이었다.

마치 얼음의 저격수 시논이 아니라 현실세계의 아사다 시노가 울부짖는 것 같은.

그리고 그때.

스타디움 동쪽에 흐릿하게 남아 있던 연막 너머에서 검은 그림자가 보였다.

요란하게 펄럭이는 누더기 망토. 오른손에 든 거대한 라이플. 《사총》──혹은 그의 모습을 빌린 《그 사내》.

시야가 갑자기 어두워졌다. 두 발에서 힘이 빠져나간다. 온몸이 싸늘해졌다.

아아……, 그럴 수가. 이것은 발작의 조짐이다. 이 세계에서 시논이 되었을 때는 한순간도 찾아오지 않았는데, 첫 다이브에서 느닷없이 핸드건을 쥐었을 때도 괜찮았는데…….

"시논! 꽉 잡아!"

갑자기 거친 목소리가 울리고, 동시에 튀어나온 팔이 굳게 왼팔을 붙들었다. 이끌리는 대로 키리토의 몸을 끌어안는다. 그 직후 구식 화석연료 엔진이 울부짖었다. 앞바퀴를 번쩍 들며 버기카는 튕겨지듯이 도로로 뛰어나갔다.

키리토가 변속 페달을 밟을 때마다 콱콱 밀려드는 가속감이 시논을 잡아떼어놓을 것 같았다. 공황을 일으키기 직전에 의식을 간신히 유지하면서 열심히 가녀린 몸에 매달렸다. 어렴풋하게 전해지는 체온만이 시논을 집어삼키려던 어둠을 간신히 멀어지게 해주었다.

금세 톱기어에 도달한 버기카는 폐허에 드높은 포효를 울리며 메인스트리트를 질주하기 시작했다.

──도망칠 수……, 있는 거야……?

조심스럽게 그런 생각을 했지만 돌아볼 용기는 없었다. 이제 와서 몸이 부들부들 떨리는 것을 깨달았다.

굳은 손가락을 움직여 오른손에 끌어안았던 헤카테를 어깨로 되돌린 그 순간, 다시 키리토가 긴장된 목소리로 외쳤다.

"──젠장, 아직 멀었어! 정신 바짝 차려!"

반사적으로 뒤를 돌아보니──.

조그맣게 멀어져 가던 모터 풀에서 미처 파괴하지 못한 로봇 말이 뛰쳐나오는 모습이 눈에 들어왔다. 믿을 수 없는 심정으로 눈을 크게 떴지만, 그 위에 탄 사람이 누구인지는 확인할 필요도 없었다.

까마귀의 불길한 날개처럼 망토가 크게 펄럭인다. 등에 L115를 짊어지고 두 손으로 금속 와이어 고삐를 쥐었다. 안장에 올라타 허리를 띄우고 말의 움직임에 맞춰 몸을 위아래로 움직이는 그 모습은, 마치 숙달된 기수 같았다. 다가닥 다가닥, 묵직한 발굽소리가 머릿속을 강하게 두들겨댔다.

"어떻……게…….."

저걸 탈 수 있다니. 설령 현실세계에서 승마 경험이 있다 해도 이 세계의 기계말은 웬만해서는 탈 수 없을 거라는 말을 들은 적이 있다. 하지만 어둠색 기마는 노상에 굴러다니는 폐차를 매끄럽게 피하고, 때로는 뛰어넘으며 버기카와 완전히 똑같은 속도로 추격하고 있었다.

그 모습은 더 이상 자신과 같은 플레이어가 아니라, 시논의 안에서 넘쳐난 공포의 구현처럼 여겨졌다. 당장 눈을 돌리고 싶지만 200미터 이상 떨어진 기수의 얼굴에 시선을 집중하지 않을 수 없었다. 거리상 눈으로 볼 수가 없을 텐데도, 시논에게는 후드 안쪽의 어둠에 떠오른 두 개의 눈과 엷은 웃음을 지은 커다란 입이 뚜렷이 보였다.

"따라잡히겠어……! 더 빨리……, 도망쳐……, 도망쳐……!"

비명 섞인 가느다란 목소리로 시논이 외쳤다.

여기에 호응하듯이 키리토는 한층 액셀을 당겼다. 하지만 그 순간 뒷바퀴 한쪽이 장애물에 걸려 노면을 벗어나면서 그립력을 잃었는지, 느닷없이 버기카 뒷부분이 오른쪽으로 미끄러졌다.

시논은 목 안쪽으로부터 찢어지는 비명을 지르면서도 반사적으로 몸을 왼쪽으로 눕혀 균형을 잡으려 했다. 지금 버기카가 스핀이라도 일으킨다면, 사총은 10초도 지나지 않아 따라잡을 것이다. 키리토는 욕설을 쏟아내면서도 휘청거리는 차체를 제어했다.

찢어지는 금속성을 내며 좌우로 구불구불 움직이던 버기카는, 몇 초 후에 간신히 안정을 되찾아 가속을 재개했다. 하지만 그 얼마 안 되는 시간 동안 사총은 착실하게 거리를 좁혔다.

폐허를 꿰뚫는 하이웨이는 마치 두 사람을 놀리듯이 잇달아 장애물을 내보냈으며, 버기카에게 한계 속도의 코너링을 강요했다. 게다가 노면 곳곳에 모래먼지가 옅게 쌓여, 이를 밟을 때마다 타이어의 그립력을 빼앗겼다. 그때마다 버기카는 살짝 옆으로 미끄러졌으며, 시논의 심장은 요동을 쳤다.

조건은 추적자도 같겠지만 장애물이 많은 이 코스에서는 네 발 달린 기계말이 약간 유리한 듯, 부드럽게 폐차량을 회피하며 쫓아온다. 게다가 상대에게는 절대적으로 유리한 점이 한 가지 더 있었다.

삼륜 버기카도 로봇 말도 2인용 탑승 아이템이다. 그런데 버기카에는 두 명이 단 반면에 로봇 밀에는 한 사람뿐. 그것만 봐도 버기카의 가속이 훨씬 느리다.

장애물 뒤로 모습을 감추고 다시 뒤를 확인할 때마다 기마의 실루엣은 조금씩 조금씩 커졌다. 들릴 리가 없을 텐데도, 귀에 거슬리는 금속성과도 같은 숨소리가 슈욱슈욱 시논의 목줄기를 쓰다듬는 것 같았다.

거리가 마침내 100미터 이내로 좁아졌다고 생각했을 때.

사총이 오른손을 고삐에서 떼곤 똑바로 이쪽을 향해 뻗었다. 그의 손에 들린 것은——그 검은 핸드건. 《54식 헤이싱》.

온몸이 얼어붙었다. 스텝에 엎드리지도 못한 채 시논은 권총을 응시했다. 어금니가 따닥따각 불규칙한 소리를 냈다. 스윽. 소리도 없이 불릿 라인의 새빨간 손가락이 오른쪽 뺨을 건드렸다. 생각이 명령한 결과가 아니라 자동으로 시논은 고개를 왼쪽으로 젖혔다.

그 순간, 악마가 턱을 벌리듯이 총구가 오렌지색으로 빛나고——.

카앙! 높은 충격음을 내며 치사성 총탄이 시논의 오른쪽 뺨에서 10센티미터 정도 떨어진 공간을 통과했다.

탄환이 버기카를 지나 전방의 폐차에 명중한 후에도 광원 이펙트의 미립자가 공간을 떠돌다 뺨에 닿았다. 그 순간 시논은 드라이아이스에 닿은 것 같은 냉기와 아픔을 느꼈다.

"싫어어어어!!"

이번에야말로 시논은 비명을 지르며 등 뒤의 사총으로부터 눈을 돌린 것과 동시에 키리토의 등에 얼굴을 붙였다. 그 직후 날아든 두 번째 탄환이 버기카의 리어펜더에 명중했는지, 딱딱한 진동이 발에 전해졌다.

"싫어……, 살려줘……, 살려줘……."

갓난아기처럼 온몸을 한껏 웅크린 채 가느다란 목소리로 그 말만을 되풀이했다. 사총은 버기카를 따라잡은 다음 확실하게 탄환을 맞추기로 했는지, 총격은 잠시 멎었지만 말발굽 소리는 조금씩 커졌다.

"시논……, 들려, 시논?!"

갑자기 키리토가 이름을 불렀지만 대답은 할 수 없었다. 그저 스텝 위에 웅크린 채 가느다란 목소리를 흘릴 뿐.

"시논!!"

다시 날카로운 목소리가 온몸을 두드려 시논은 겨우 비명을 그쳤다. 고개를 살짝 움직여 흑발을 나부끼는 키리토의 뒷모습을 보았다. 전방을 노려본 채 한껏 액셀을 틀며, 키리토는 굳기는 했지만 아직 냉정한 목소리로 말했다.

"시논, 이대로 가다간 붙잡히고 말겠어. ──네가 놈을 저격 해줘."

"모……못해……."

시논은 어린아이가 도리질을 치듯이 고개를 가로저었다. 오른쪽 어깨에서 헤카테 II가 무게감을 과시했지만, 여느 때 같으면 투지를 나눠주었을 그 질량도 지금은 아무것도 전해주지 않았다.

"못 맞춰도 돼! 견제만 하면 돼!"

키리토는 잇달아 외쳤지만 시논은 고개를 가로저을 수밖에 없었다.

"……못해……, 저놈……, 저놈은……."

과거에서 되살아난 망령인 저 사내는, 설령 12.7밀리 탄환이 심장에 명중하더라도 멈추지 않을 것이다──시논은 그렇게 확신했다. 하물며 견제가 통할 리 없었다.

하지만 그 순간 키리토가 뒤돌아보더니 검은 눈동자를 형형히 빛내며 외쳤다.

"그럼 대신 운전해줘! 내가 그 총을 쏘겠어!!"

그 말은 시논의 안에 아주 약간 남아 있던 무언가──아마도 자존심의 조그만 파편이었을 무언가를 흔들었다.

──헤카테는……, 나의 분신. 나 말고는……, 그 누구도 다룰 수 없어…….

토막 난 생각이 회로에 흘러들어 미세전류처럼 시논의 오른손을 움직였다.

느릿느릿한 움직임으로 어깨에서 거대한 라이플을 들었다.

버기카 뒤를 가로지르는 롤 바에 총신을 얹고, 조심스럽게 몸을 일으켜 스코프를 들여다본다.

확대배율은 한껏 낮추었지만 그래도 100미터가 안 되는 근거리였으므로 사총이 모는 기계 말의 그림자는 시야의 30퍼센트 이상을 차지했다. 핀포인트로 몸의 중심을 노리기 위해 배율을 올리려다가 시논은 흠칫 손을 멈추었다.

더 이상 확대한다면 후드 안의 그 얼굴이 또렷이 보일 것이다. 그렇게 생각하자 손가락이 움직이질 않았다. 시논은 그대로 오른손을 개머리판으로 옮겨 저격태세에 들어갔다.

사총도 시논의 행동을 보았을 테지만, 정지는커녕 회피할 생각조차 없는 것 같았다. 두 손으로 고삐를 쥐고 일직선으로 쫓아온다. 얕보는 것이다. 그것을 깨달았지만 지금 당장이라도 그 핸드건——과거 시논이 쥐었던 54식의 다시 태어난 모습인 저주 받은 무기를 꺼내드는 건 아닐까 생각하면, 분노가 아니라 공포가 솟았다.

한 발, 단 한 발만 쏘는 거다. 이 거리라면 설령 불릿 라인이 보이더라도 회피는 실패할지 모른다. 그런 소극적인, 하지만 한껏 쥐어짜낸 전의를 긁어모아 시논은 트리거 가드 안의 검지를 움직이고 방아쇠에 걸치려 했다.

그러나.

다시 손가락이 이상하게 굳으며 동작을 방해했다.

아무리 힘을 주어도 손가락이 방아쇠에 닿지 않는다. 마치 둘도 없는 파트너인 헤카테 자신이 시논을 거부하는 것처럼——……

아니, 그렇지 않다. 거부하는 것은 자신이다. 시논 안의 시노가 총을 쏘기를 거부하는 것이다.

"……못 쏘겠어."

시논/시노는 갈라진 목소리로 속삭였다.

"못 쏘겠어. 손가락이 안 움직여. 난 이제……, 싸울 수 없어."

"아니야, 쏠 수 있어!!"

강하고 호된 목소리가 곧장 등을 때렸다.

"싸우지 못하는 사람은 없어! 싸우느냐 싸우지 않느냐, 선택이 있을 뿐이지!"

최내의 라이벌이라 생각했던 키리토가 그렇게까지 말하는데도, 시논의 꺼져 가는 마음의 불빛은 미미하게 흔들렸을 뿐이었다.

선택. 그렇다면 나는 싸우지 않는 쪽을 선택하겠어. 이제 괴로운 건 싫으니까. 희망을 발견했다고 생각할 때마다, 희망을 빼앗기고 부서지는 꼴을 보는 건 이제 싫어. 이 세계에선 강해질 수 있을 거라 생각했는데 그것도 환상이었어. 나는 평생 저 남자의 원한과 총에 대한 공포를 짊어지고 살아갈 수밖에 없는 거야. 고개를 숙이고, 숨을 죽이고, 아무것도 보지 않은 채, 아무것도 느끼지 않으며………….

갑자기 작열하는 불꽃이 얼어붙은 오른팔을 감쌌다.

시논은 감으려던 눈을 크게 떴다.

버기카의 바이크형 시트에 올라탔던 키리토가 몸을 돌리고, 리어스텝에 서서 시논의 등에 몸을 덮고 있었다. 오른손을 한껏 뻗어, 헤카테의 개머리판에서 떨어지기 직전이었던 시논의 오른손을 감싸고 꽉 쥐었다.

어떻게 액셀을 열어놓은 상태로 고정해 놓았는지 버기카는 여전히 전속력으로 달렸지만, 늦든 이르든 이대로 가다가는 노상의 장애물에 격돌할 것이다. 하지만 개의치도 않고 키리토는 시논의 귓가에 외쳤다.

"나도 쏘겠어! 그러니까, 한 번이라도 좋으니까 이 손가락을 움직여줘!"

총 한 자루를 둘이서 쏘다니, 시스템상 그런 일이 가능할지 어떨지 시논은 알 수 없었다. 그래도 키리토의 손바닥이 닿은 부분에서 숯불 같은 열기가 배어들어 얼어붙은 손가락을 살짝 녹여주는 것을 분명히 느꼈다.

꿈틀. 검지가 떨리고——관절이 삐걱거리고——손끝이 방아쇠의 냉기에 닿았다.

시야에 녹색 불릿 서클이 표시되었다. 그러나 그것은 사총의 몸에서 크게 벗어나 불규칙하게 맥동했다. 심장 고동이 흐트러진 데다, 주행 중인 버기카가 요란하게 진동하는 탓이다. 이래서는 적의 회피력을 운운하기 전에 탄환이 똑바로 날아갈지조차 알 수 없다.

"아, 안 되겠어…… 이렇게 흔들리면 조준이……."

시논은 힘없이 신음했지만, 금세 곁에서 침착한 응답이 들렸다.

"괜찮아, 5초 후엔 진동이 멎을 테니까. 준비 됐지……? 3, 2, 1, 지금이야!"

그 순간, 부앙! 소리와 함께 커다란 충격이 엄습하고, 이어서 거짓말처럼 진동이 멎었다. 버기카가 무언가에 올라타 점프한 것이다. 시야 끝으로 지상을 포착하니 그것은 마치 점프대와 같은 모습으로 노면에 처박혀 있었던 쐐기 모양의 스포츠카였다. 키리토는 돌아보기 직전 이 차에 버기카의 방향을 맞춰놓았던 것이다.

……이 상황에서 어떻게 그렇게 냉정할 수 있어?

찰나에 시논은 속으로 그렇게 묻고 있었다. 하지만 금세 자신의 말을 부정했다.

……아니야. 냉정한 게 아니야. 이 사람은 그저 최선을 다하는 거야. 사신에게 번밍하지 않고, 최선을 다해 싸우기로 끊임없이 선택하는 거지. 그게──그거야말로 이 사람의 강함.

시논은 어제 예선 결승 무대에서 키리토에게 물었다. 그렇게 강하면서 너는 무엇에 겁을 내느냐고.

하지만 그 물음은 큰 오판이었다. 겁을 먹고, 고민하고, 괴로워하고, 그래도 앞을 보는 것이 진정한 《강함》. 여기에는 단 하나의 선택지가 있을 뿐이다. 일어서느냐, 일어서지 않느냐. 쏘느냐, 쏘지 않느냐.

자신이 키리토와 똑같아질 수 있으리라는 생각은 도저히 들지 않았다 하지만 하다못해 지금은──지금만은.

시논은 애총의 방아쇠에 걸린 손가락을 전심전력을 쥐어짜내 당기려 했다.

분명히 가볍게 조정해 놓았던 트리거 스프링이 한없이 무거웠다. 하지만 겹쳐진 손의 열기에 떠밀려 손가락은 서서히 당겨졌다. 시야에 표시된 불릿 서클이 아주 조금이지만 수축되었다. 아직 적의 실루엣은 원의 절반도 안 된다.

아마 분명, 맞지 않겠지.

스나이퍼로 싸웠던 나날 중, 시논은 처음으로 그렇게 생각하며 방아쇠를 당겼다.

한참 기다렸다는 불만을 터뜨리듯이 애총 헤카테 II는 여느 때보다도 격한 굉음과 눈부신 머즐플래시를 토해냈다.

불안정한 자세 탓에 반동을 죽이지 못하여 시논은 크게 뒤로 튀었지만 키리토가 뒤에서 단단히 받쳐주었다. 점프의 정점을 지나 하강하기 시작한 버기카 위에서, 시논은 그저 두 눈을 크게 뜬 채 날아간 탄환의 행방을 좇았다. 저녁놀에 나선의 궤적을 뚫으며 돌진하는 그 궤도는 기마사신(騎馬死神)의 바로 옆을 지나가 오른쪽으로 빗나갔다.

──빗나갔다……

탄창에는 아직 탄환이 남았지만, 이제 볼트 핸들을 당길 기력조차 나지 않아 시논은 입속으로 살짝 중얼거렸다.

하지만 《명계의 여신》이 자존심 때문에 완전한 미스샷은 거부했는지──거대한 안티 매터리얼 탄환은 아스팔트에 허무한 구멍을 뚫는 대신 노상에 쓰러져 있던 대형 트럭의 배에 박혔다.

GGO의 필드에 배치된 인공 오브젝트 대부분은 플레이어가 엄폐물로 이용하기 위한 것이다. 하지만 MMORPG이면서 FPS의 흐름도 채용한 게임인 만큼, 여기에는 약간의 위험이 따른다. 드럼통이나 대형 기계류는 일정량의 대미지를 입으면 불이 붙고 폭발할 가능성이 있는 것이다. 노상에 방치되어 녹

슬어 가던 폐차량도 드물게 탱크에 가솔린이 남은 것으로 설정될 경우가 있고, 그곳에 총탄이 명중하면──.

반짝. 대형 트럭의 배에서 작은 불꽃이 새어나왔다.

바로 그 옆을 지나가려던 사총이 이를 깨닫고 길 반대쪽으로 로봇 말을 점프시키려 했다.

하지만 그보다도 한 템포 빠르게 거대한 불덩어리가 부풀어 오르더니, 트럭과 기마를 눈부신 오렌지색 빛으로 집어삼켰다.

점프를 마친 삼륜 버기카가 착지해 요란하게 튄 것과 무시무시한 충격파가 메인스트리트를 뒤흔든 것은 거의 동시였다. 폭발 그 자체는 점프대가 된 스포츠카에 가로막혀 보이지 않았지만, 솟아나는 불기둥 속에 후둑후둑 산산조각이 나 떨어지는 기계 말의 실루엣은 똑똑히 보였다.

────해치운 걸까⋯⋯?

한순간 그렇게 생각했으나 금세 내심으로 부정했다. 고작해야 오브젝트 폭발 정도로 그 사신을 죽일 수는 없을 것이다. 기껏해야 시간이나 벌었겠지. 하지만 지금은 그것마저 거대한 기적처럼 여겨졌다.

다시 앞을 돌아본 키리토가 옆으로 쓰러지려는 버기카를 간신히 안정시키더니 재가속을 시작했다.

시논은 리어스텝 위에 털썩 주저앉아 보라색으로 물드는 저녁 하늘에 피어나는 검은 연기를 멍하니 바라보았다. 더 이상은 아무것도 생각할 수 없어, 질주하는 버기카의 진동에 그저 몸을 맡겼다.

좌우로 지나가는 건물과 폐차량의 양이 점점 줄어들더니 바위와 기묘한 식물로 바뀌고, 문득 정신을 차려보니 삼륜 버기카는 섬 중앙의 도시 폐허를 벗어나 북부 사막 에이리어에 돌입했다.

도로도 금이 간 아스팔트에서 모래를 슬쩍 다져놓은 듯한 것으로 바뀌었다. 진동이 심해지자 키리토는 스피드를 떨어뜨리더니 신중한 운전으로 모래언덕 사이를 누비며 나아갔다.

시논은 의미도 없이 지나치는 커다란 선인장의 수만 세고 있다가, 문득 왼손 손목의 크로노미터를 바라보았다. 가느다란 바늘이 가리키는 시각은 오후 9시 12분. 놀랍게도 강을 벗어나 도시 남쪽을 통해 폐허로 돌입한 후 아직 10분 정도밖에 지나지 않았다.

하지만 그 얼마 안 되는 시간 사이에 시논의 BoB 본선 대회는——아니, GGO라는 게임 그 자체는 크게 색채를 바꾸고 말았다.

어느 정도 냉정을 되찾은 머리로 생각해 보면, 그 《사총》이라는 플레이어가 옛날 우체국 강도사건 때 시노에게 사살당한 사내와 동일인물일 리가 없다. 시논이 한순간이나마 그렇게 생각한 근거가 된 핸드건, 《54식 헤이싱》은 GGO에서는 마이너하지만 결코 레어 총기는 아니다. 오히려 가격은 매우 낮다. 사총이 우연히 그 총을 보조무장으로 선택한 것이 절대로 불가능한 일이라고는 할 수 없다.

문제는 그 총을 본 순간 움츠러들고, 겁을 먹고, 발작까지 일으킬 뻔했다는 점이다.

시논은 그동안 이 세계에서 헤이싱을 장비한 적과 싸우는 것을 목표 중 하나로 삼았다. 설령 그 총을 자기에게 들이대더라도 겁먹지 않고 냉정히 대처해, 이제까지 쓰러뜨렸던 수많은 타깃 속에 묻어버릴 수 있으리라 믿었다.

하지만 실제로는 이 꼬락서니다. 이제는 전자 스턴 탄의 효과가 완전히 사라졌을 텐데도, 아직 온몸의 감각이 둔했으며 두 손도 끊임없이 떨렸다. 두 손으로 끌어안은 헤카테의 익숙한 무게조차 지금은 견디기 힘들 정도였다.

──전부 거짓이었어. 허구였어. 내가 쌓았던 막대한 킬 스코어와, 그것이 증명해주리라 생각했던 깅힘은 아무 의미도 없었어…….

푹 고개를 숙이려던 그때, 타이어를 좌악 미끄러뜨리며 버기카가 정지했다. 뒤에서 키리토의 침착한 목소리가 들렸다.

"……이거 원, 이렇게 탁 트인 곳이면 숨을 수도 없잖아……."

그 말을 듣고 멍하니 생각했다. 분명 키리토는 마비된 시논을 구출했을 때 매우 큰 대미지를 입었을 것이다. 일단 이 사막 에이리어 어딘가에 몸을 숨기고, 모든 참가자에게 초기 배포된 응급 키트를 사용해 HP를 회복할 생각이리라. 하지만 그 아이템은 치료 속도가 매우 느리다. 완전히 태세를 갖추려면, 그저 모래언덕이나 선인장 뒤에 숨는 정도로는 부족하다.

시논은 무거운 머리를 들어 주위를 바라보고, 조금 떨어진 곳에서 적갈색 바위산을 발견하자 느릿느릿 그곳을 가리켰다.

"……저기. 아마 동굴이 있을 거야."

"오, 그래? 그러고 보니 아까도 그랬지? 사막 에이리어에는 위성 스캔에도 안 걸리는 동굴이 있다고."

키리토는 재빠르게 대답하며 버기카의 기수를 돌리더니 길에서 벗어나 달렸다. 수십 초 만에 바위산에 도착해 주위를 둘러보았다. 예상대로 북쪽 측면에 뻥 뚫린 커다란 입구가 보였다. 속도를 낮추고 버기카를 몰아 그 안으로 들어갔다.

동굴 안은 그럭저럭 넓었으며, 입구에서는 들여다볼 수 없는 위치에 차체를 집어넣고도 아직 공간이 한 평 정도 남았다. 안은 어두웠지만, 벽에 반사되어 어렴풋이 들어오는 저녁 햇살덕에 아주 캄캄할 정도는 아니었다.

엔진을 끄고 모래 위에 내려선 키리토는 크게 기지개를 켜며시논을 돌아보았다.

"일단 여기서 다음 스캔을 피하자. ——아, 그럼 혹시 우리단말기에도 위성정보가 안 들어오는 거 아냐?"

그 뻔뻔한 말투에 자신도 모르게 살짝 쓴웃음이 나왔다. 힘이 들어가지 않는 발로 버기카에서 내려 벽까지 다가간 후, 털썩 주저앉은 시논이 대답했다.

"……당연하지. 만약 근처에 다른 플레이어가 있고, 어림짐작으로 그레네이드라도 집어넣는다면 나란히 폭사하는 거야."

"그렇구나. 뭐, 무장을 죄다 벗고 잠수하는 것보다야 낫겠지. 아……, 잠수한다니 생각났는데……."

버기카에서 떨어져 입구 부근을 흘끔 보던 키리토는 표정을 다잡고 말을 이었다.

"아까 **그 녀석**, 느닷없이 네 옆에 나타났지? 혹시 그 누더기망토에 몸을 투명하게 만드는 능력이 있는 거 아냐? 철교에 있을 때도 느닷없이 사라졌고, 위성에 비치지 않았던 것도 강에 잠수해서가 아니라 그 능력으로……"

"……아마 그럴 거야. 《메타 마테리얼 옵티컬 카모》라는 어빌리티야. 보스 전용 능력인 줄 알았는데……, 그런 효과가 있는 장비가 존재한다고 해도 이상할 건 없지."

여기까지 설명을 한 후에야 키리토가 무엇을 걱정하는지를 깨달았다. 시논도 동굴 입구로 눈을 돌린 후, 작은 목소리로 덧붙였다.

"……여기라면 괜찮을 거야, 아마. 바닥이 거친 모래니까. 투명해져도 발소리는 지울 수 없고 발자국도 보이는걸. 아까처럼 느닷없이 옆에 나타나는 건 무리야."

"그렇구나. 그럼 귀를 활짝 열어놔야겠네."

키리토는 이해한 듯이 고개를 끄덕이더니, 시논에게서 약간 거리를 두고 오른쪽 옆에 앉았다. 벨트 파우치를 뒤져 통 모양의 응급치료 키트를 꺼내더니, 뻣뻣한 손놀림으로 목덜미에 끝을 대고 반대쪽 버튼을 누른다. 푸슉 하는 작은 소리가 울리며, 회복을 나타내는 이펙트인 붉은색이 한순간 아바타의 온몸을 감쌌다. 키트 하나로 HP를 30퍼센트 회복할 수 있지만, 180초나 걸리므로 전투 중에 써도 별로 의미는 없다.

오른쪽에서 시선을 돌린 시논은 다시 한 번 크로노미터를 보았다. 정확히 9시 15분, 다섯 번째 새틀라이트 스캔이 시작될 시간이다. 하지만 아까 키리토에게도 말했듯, 이 동굴에는 위성에서 보내는 전파가 닿지 않으므로 단말기의 맵을 봐도 소용이 없다.

지난 대회에서는 똑같이 오후 8시부터 시작되었던 배틀로열이, 마지막에 살아남은 《젝시드》와 《야미카제》의 일대일 대결로 끝날 때까지는 두 시간하고도 조금 더 시간이 걸렸다. 진행 속도가 비슷하다고 가정하면, 이제 살아남은 사람은 열 명 안팎일 것이다. 시논은 지난 번에 겨우 20분이 지난 시점에서 여덟 번째 사망자가 되고 말았으므로 이번에는 기록을 대폭 갱신한 셈이다. 하지만 기뻐할 마음은 조금도 없었다.

　왼손을 내려 동굴의 바위벽에 등을 기대고 시논은 툭 내뱉었다.

　"……있지. 그놈……, 《사총》이 아까 그 폭발에 죽었을 가능성은……?"

　그럴 가능성은 한없이 낮다는 것을 머리로는 알고 있었다. 하지만 도저히 묻지 않을 수 없었다. 한동안 뜸을 들이다가, 키리토는 낮은 목소리로 대답했다.

　"아니……. 트럭이 폭발하기 직전에 로봇 말에서 뛰어내리는 걸 봤어. 그 타이밍이면 아주 무사할 수는 없겠지만……, 그 정도로 죽었을 것 같지도 않은걸……."

　사실 그만큼 근거리에서 폭발에 휩싸이면 원래는 상당한 대미지를 입는다.

　평범한 플레이어라면.

　하지만 분명 그놈은 평범한 플레이어가 아닐 것이다. 《헤이싱》으로 젝시드와 싱거운명란젓, 그리고 아마 페일라이더도 진짜로 죽였을 그 누더기 망토는, 네트워크를 헤매는 진짜 망령일지도 모른다. 그러나 물론 그런 이야기를 입에 담을 수는 없었다. 시논은 "그래."라고만 대답하곤 헤카테를 모래 위에 놓고 두 팔로 무릎을 감쌌다.

고개를 숙인 채 다른 질문을 던졌다.

"아까 스타디움에서 어떻게 그렇게 일찍 날 구하러 왔던 거야? 넌 스타디움 가장자리 위에 있었잖아?"

그러자 엷은 쓴웃음의 기척이 느껴졌다. 곁눈질하니 광검사는 벽에 등을 기댄 채 머리 뒤에서 두 손을 깍지 끼고 있었다.

"……우리가 사총이라고 생각했던 《총사X》가 사총이 아니란 걸 한눈에 알았거든……."

"……왜?"

"아무리 봐도 진짜 여자더라고. 나처럼 뭐라뭐라 F형이 아니고."

예상이 조금 빗나간 대답에 "흐음." 하고 짤막하게 대꾸했다. 키리토는 가볍게 고개를 젓더니 씁쓸한 표정을 지었다.

"그 순간 난 뭔가 큰 착각을 했다는 걸 깨닫고……. 사총이 시논 쪽으로 갔을지도 모른다는 생각이 들어서, 당당하게 이름을 대려는 《총사X》에게 다짜고짜 달려들어 베어버렸어. 나중에 사과해야지……. 그리고 캐릭터명은 《총사 엑스》가 아니라 《머스키티어 익스》라고 읽는 거래."

"……흐응."

다시 한 번 힘없이 맞장구를 치며, 사과를 하고 싶다는 건 다짜고짜 베었기 때문일까 아니면 상대가 여자이기 때문일까, 하는 생각을 하고 말았다. 하지만 묻기도 전에 키리토가 말을 이었다.

"나도 한 방 맞았지만 간신히 쓰러뜨리고 스타디움 위에서 남쪽을 보니, 시논이 길에 쓰러지잖아……. 안 되겠다 싶어서 머스키티어 님이 드롭한 라이플하고 겸사겸사 연막탄까지 슬쩍해서, 위에서 뛰어내린 다음 쏘고 던지고 달려들어선……."

그 다음은 너도 알다시피, 라고 하듯이 어깨를 으쓱해 보인다.

다시 말해 키리토가 몸에 입은 두 개의 총상 중 하나는 머스키티어 익스의 라이플, 또 하나는 사총의 L115에게 입은 것이리라. 태연히 이야기하고는 있지만, 하후돈과 싸웠을 때도 그렇게 무시무시한 방어능력을 보여준 광검사가 두 발이나 탄환에 맞았다는 것은, 시논을 구출하기 위해 그만큼 무리를 할 수밖에 없었다는 뜻이다.

반대로 말하자면——그 국면에서 시논은 분명 키리토에게 방해가 되었다. 설령 사총이 《옵티컬 카모》처럼 생각지도 못한 특수장비를 가졌다고 해도, 좀 더 배후를 조심했더라면 스턴탄은 피할 수 있었을지도 모른다. 그리고 마비당하지 않은 채 키리토와 합류했다면, 오히려 그곳에서 사총을 쓰러뜨렸을 가능성마저 있다.

물론 그놈이 진짜 망령이 아니라 평범한 플레이어라면, 이지만.

망설임과 무력감에 시달려, 끌어안은 무릎에 얼굴을 푹 묻은 시논은 키리토가 슬쩍 다가오는 기척을 느꼈다. 그리고 볼륨을 낮춘 목소리.

"그렇게 자신을 책망할 필요는 없어."

"……."

살짝 숨을 들이마시며 다음 말을 기다렸다.

"나도 그놈이 숨어 있다는 걸 알아차리지 못했는걸. 만약 역할이 반대였다면 마비탄을 맞은 건 나였을 거야. ──그리고 그땐 시논이 날 구해줬겠지. 그렇지 않아?"

어디까지나 조용한 그 목소리는──.

시논의 가슴에 예리한 아픔과 욱신거리는 감촉을 가져다주었다. 질끈 눈을 감고 속으로 중얼거렸다.

……위로를 받고 있어. 라이벌이라고 생각한……, 대등하게 싸울 수 있을 거라 생각한 상대에게. 좌절하고 약해졌던 것도 전부 다 들여다보고……, 어린아이 대하듯 어르고 있어.

그리고 한층 견디기 힘든──혹은 용서할 수 없는 것은, 자신의 내면에 굴욕의 아픔과 거의 똑같이, 이 위로에 몸도 마음도 모두 맡겨버리고 싶다는 충동이 존재한다는 점이었다.

자신을 사로잡은 공포와 고통을 털어놓고, 겨우 1미터 떨어진 곳에 손을 뻗으면 이 미스테리어스한, 그러면서도 내면은 진지하고 소박할 게 분명한 이 광검사는 온 마음을 기울여 시논을……, 아니, 시노를 위로해줄 것이다. 어쩌면 5년 전의 우체국 강도사건 때부터 계속 시노가 갈망했던, 하지만 그 누구도 헤주지 않았던 《용서》마저도.

하지만 그러면 시노의 반신인 얼음의 저격수는 이번에야말로 완전히 사라지고 말지도 모른다. 아니, 그 이전에 겨우 어제 만난 상대에게──게다가 현실에서는 얼굴도 이름도 모르는 사람에게 어떻게 속내를 토로할 수 있을까. 현실세계에서 반년 이상이나 친하게 지냈던 신카와 쿄지에게도 진짜 속내를 입에 담은 적이 없었는데.

초조함과 무력감, 그리고 주저와 혼란에 사로잡혀 시논은 그저 자신의 무릎을 끌어안고 있었다.

그렇게 몇십 초가 지났을까.

이윽고 다시 키리토의 목소리가 들렸다.

"……그럼 난 갈게. 시논은 거기서 조금만 더 쉬고 있어. 사실은 로그아웃했으면 좋겠지만……, 대회 동안은 그러지도 못하니까."

"뭐……?"

반사적으로 고개를 들어 옆을 보았다. 그러자 키리토는 바위벽에서 몸을 일으켜 광검의 배터리 잔량을 체크하고 있었다.

"……혼자서 그놈하고……, 사총하고 싸우게……?"

갈라진 목소리로 묻자, 작지만 확실하게 고개를 끄덕인다.

그러나 이어진 말은 승리의 확신이 아닌, 오히려 그 반대였다.

"그래. 그놈은 강해. 그 시커먼 권총의 힘이 없어도 그 외의 장비와 스탯, 무엇보다 플레이어 자신의 힘이 엄청나. 솔직히 그 총을 한 방도 쏘지 못하게 하면서 쓰러뜨리기는 힘들 거야. 아까 도망칠 수 있었던 것도 반은 기적이었어. 다음에 그 총구를 들이댄다면……, 겁을 먹지 않고 서 있을 자신은 없어. 이번에야말로 널 내팽개치고 도망칠지도 몰라……. 그러니까 더이상 널 끌어들일 수는 없어."

"…………."

자신의 강함에 절대적인 자신을 가졌으리라 생각했던 광검사의 생각지도 못한 말에, 시논은 자기도 모르게 키리토의 얼굴을 바라보았다. 검은 눈동자에 떠오른 빛은 여느 때와 달리 불안하게 흔들리는 것 같았다.

"……너도, 그놈이 무서워?"

무심코 묻자, 키리토는 광검을 허리의 캐러비너에 다시 걸치며 어렴풋하게 쓴웃음을 지었다.

"——그래, 무서워. 옛날의 나였다면……, 어쩌면 진짜 죽을 가능성이 있더라도 싸웠을지 모르지. 하지만 지금은……, 지키고 싶은 게 많이 생겼거든. 죽을 수도 없고, 죽고 싶지도 않아……."

"지키고 싶은, 것……?"

"응. 가상세계에도……, 현실세계에도."

분명 다른 누군가와 맺은 유대를 말하는 것이리라. 그렇게 느꼈다. 시논과 달리 키리토에게는 마음을 나눈 사람이 많이 있는 것이다. 따끔. 가슴이 시큰거리고 입에서 멋대로 말이 새어나왔다.

"……그럼 이대로 이 동굴에 숨어 있으면 되잖아. BoB 중엔 직접 로그아웃할 순 없지만, 대회가 진행돼 우리하고 누구 한 사람만 남으면 그 시점에서 탈출할 수 있어. 자살해서 그 사람을 우승자로 만들면 돼. 그러면 대회는 끝나."

그러자 키리토는 눈을 슬쩍 크게 뜨더니 금세 미소를 지었다.

"그렇구나."

하지만 천천히 고개를 가로젓는다. 시논의 예상대로.

"그런 방법도 있구나. 하지만……, 그럴 수도 없어. 지금은 사총도 어디선가 HP를 회복하겠지만, 이대로 대회가 끝날 때

까지 내버려두면 앞으로 몇 명에게 그 권총을 들이댈지 알 수
없으니까……."

"……그래."

————역시 넌 강하구나.

지키고 싶은 것이 있다고 하면서 목숨의 위험을 무릅쓰고 그
사신에게 맞서려는 용기도 잃지 않았다. 나는 이제 그 두 가지
를 모두 잃으려 하는데.

시논은 힘없이 미소를 지으면서 이 필드에서 떠난 후의 자신
을 생각해보았다.

폐허 위에서 사총이 검은 핸드건을 들이댔던 그때, 시논은
완전히 몸이 굳고 말았다. 뼛속까지 얼어붙었다. 도망칠 때도
수없이 비명을 질렀으며, 자신의 분신인 헤카테의 방아쇠조차
당길 수 없었다. 얼음의 저격수 시논은 이제 사라지기 직전이
었다.

아마 이대로 동굴에 숨어 있으면, 앞으로 두 번 다시 자신의
강함 따위는 믿을 수 없을 것이다. 심장이 오그라들고 손가락
은 굳어서, 모든 총탄은 타깃을 빗나가겠지.

그 기억을 극복하기는커녕 현실세계에서도 밤길을 걸을 때
그림자 속에서————출입구 뒤에서 그 사내가 나타나는 것은 아
닐까 항상 겁을 먹게 된다. 그것이 시논/시노를 기다리는 버추
얼과 리얼.

"……나……."

시논은 키리토에게 눈을 돌린 채 중얼거리듯이 말했다.

"나는, 도망치지 않아."

"······뭐?"

"도망치지 않아. 여기 숨지 않을 거야. 나도 밖에 나가서 그놈과 싸우겠어."

키리토는 눈살을 찌푸리며 시논에게 몸을 살짝 기울이고는 낮게 속삭였다.

"안 돼, 시논. 그놈에게 당하면······, 정말로 죽을지도 몰라. 나는 완전히 근접전 타입이라 방어 스킬도 이것저것 있지만, 넌 아니야. 모습을 감추는 그놈에게 밀착 거리에서 기습을 당하면, 그때의 위험도는 나하곤 비교도 안 돼."

시논은 한동안 입술을 다물고 있다가, 조용히 하나의 결론을 입에 담았다.

"죽어도 상관없어."

"··········뭐······."

다시 눈을 크게 뜬 키리토를 향해 천천히 말했다.

"··········나, 아까 굉장히 무서웠어. 죽는 게 두려웠어. 5년 전의 나보다도 약해져서······, 한심하게도 비명을 지르고······. 그래서는 안 돼. 평생 그렇게 살아가느니 죽는 게 나아."

"······무서운 건 당연해. 죽는 게 두렵지 않은 사람은 없어."

"싫어, 무시운 긴. 이젠 겁먹고 살아가는 건······, 지쳤어, ──딱히 너더러 같이 가달라고 하진 않을 거야. 혼자서도 싸울 수 있으니까."

그렇게 말하며 시논은 늘어진 팔에 힘을 주어 일어나려 했다. 하지만 바로 옆에서 몸을 내밀고 있던 키리토가 그녀의 손을 붙잡았다. 팽팽해진 목소리가 나직하게 그녀를 다독였다.

"혼자서 싸우고, 혼자서 죽겠다고……. 지금 그런 소릴 하려는 거야?"

"……맞아. 아마도 그게 내 운명일 테니까……."

무거운 죄를 범했는데 시노는 그 어떤 처벌도 받지 않았다. 그러니 그 사내가 돌아온 것이다. 받아야 할 벌을 내리기 위해. 사총은 망령이 아니라——업보. 정해진 결말.

"……이거 놔. 난……, 가야 해."

뿌리치려는 손을 키리토는 더더욱 굳게 잡았다.

검은 눈이 번쩍 빛났다. 작고 단아한 입술에서 어울리지 않는 격렬한 말이 쏟아져 나왔다.

"……넌 착각하는 거야. 사람이 혼자 죽는다니, 그런 건 말도 안 돼. 사람이 죽을 때는 타인의 가슴속에 있는 자신도 함께 죽는 거야. 내 안에도 이미 시논이 있어!"

"그런 건 부탁하지도 않았어. ……난 남에게 나를 맡긴 적 없어!"

"이미 이렇게 함께 하고 있잖아!"

키리토는 꽉 쥔 시논의 손을 홱 들더니 눈앞에 들이밀었다.

그 순간, 얼어붙었던 마음 밑바닥에 억눌러 놓았던 격정이 단숨에 쏟아져 나왔다. 삐걱거릴 정도로 이를 악물고, 나머지 한쪽 손으로 키리토의 멱살을 움켜쥐었다.

"그럼……."

위로를 바라던 연약함과 파멸을 바라던 충동이, 과거 그 누구에게도 품은 적이 없었던 감정을 자아내, 그 누구에게도 하지 않았던 말을 가슴속에서 쥐어짰냈다. 불이 붙을 정도의 열

량을 담은 시선을 키리토의 눈에 쏟아부으며 시논은 외쳤다.

"──그럼 네가 날 평생 지켜줘!!"

갑자기 시야가 흐려졌다. 뺨에 뜨거운 감각이 있었다. 자신의 눈에 눈물이 넘쳐나 흘러내린다는 것을 시논은 금방은 깨닫지 못했다.

꽉 붙들린 오른손을 억지로 뿌리치고, 굳게 주먹을 쥐어 키리토의 가슴을 쳐댔다. 두 번, 세 번, 힘을 있는 대로 실어 퍽퍽 두드렸다.

"아무것도 모르는 주제에……, 아무것도 못하는 주제에 혼자서 지껄이지 마! 이……이건 나, 나만의 싸움이야! 설령 패하고, 죽어도, 그 누구도 날 책망할 권리는 없어!! 그래도 네가 함께 짊어져 주겠다는 거야?! 이……."

꽉 쥔 오른손을 키리토의 눈앞에 들이댔다. 과거, 피에 물든 권총의 방아쇠를 당겨 한 인간의 목숨을 빼앗았던 손. 피부를 자세히 살펴보면 화약의 미립자가 침투해 생긴 조그만 점이 아직도 남아 있는, 더럽혀진 손.

"이……, 사……살인자의 손을 네가 쥐어줄 거야?!"

기억의 밑바닥에서 시노를 비방하는 목소리가 되살아났다. 교실에서 다른 학생들이나 그들의 소지품을 실수로 건드릴 때면,

"건드리지 마, 이 살인자야!! 피 묻잖아!!"

그렇게 욕을 먹고, 다리를 걸어차이고, 등을 떠밀렸다. 그 사건 이후, 시노는 스스로 남에게 다가서려 하지 않았다. 단 한 번도.

그 주먹을 마지막으로 다시 한 번 있는 힘껏 내리쳤다. 이 섬

은 전역이 보호 코드가 없는 배틀 필드이므로, 아마 키리토의 HP는 타격 때마다 아주 조금씩 감소하고 있을 테지만 그래도 그는 꼼짝하지 않았다.

"으흑……흑……."

억누르지 못한 눈물이 끊임없이 쏟아졌다. 우는 모습을 보이는 게 싫어서 힘껏 고개를 숙이곤 이마를 키리토의 가슴에 퍽 들이받았다.

왼손으로 키리토의 멱살을 한껏 움켜쥔 채, 온 힘을 다해 이마를 들이대며 시논은 악다문 어금니 틈으로 오열을 쏟아내고만 있었다. 갓난아기처럼 울부짖으면서도 자신의 내면에 이런 종류의 에너지가 있었다는 것이 조금 신기했다. 마지막으로 남 앞에서 울었던 것이 언제였는지도 떠오르지 않았다.

이윽고, 오른쪽 어깨에 키리토의 손이 닿는 것을 느꼈다. 하지만 시논은 꽉 쥔 주먹으로 그 손을 있는 힘껏 쳐냈다.

"싫어……, 진짜 싫어, 너 같은 인간!"

소리를 지르는 동안에도 가상의 눈물은 끊임없이 흘러나와 키리토의 가녀린 가슴에 스며들었다.


어느 정도 그러고 있었을까——.

마침내 눈물도 말라, 시논은 영혼이 산산이 흩어진 듯한 허탈감과 함께 몸의 힘을 빼고 광검사의 가녀린 몸에 온몸의 체중을 맡겼다. 과거 자신에게 허용한 적이 없었던 폭발적인 감정의 해방 후에 찾아온 달콤한 둔통이 지금은 아늑하게 느껴졌으며, 이마를 그의 어깨에 기댄 채 숨만 쉴 뿐이었다.

다시 한참을 이어진 침묵을 깬 것은 시논 쪽이었다.

"……너 같은 인간은 진짜 싫지만……, 잠깐 기대고 있을게."

중얼거리듯이 말하자, 키리토는 그저 "응." 한 마디만 대답했다. 시논은 몸을 뒤척여 앞으로 뻗은 키리토의 다리 위에 누웠다. 얼굴을 보이는 것이 역시 창피해 키리토에게 등을 돌리자, 오른쪽 리어펜더에 탄흔이 남은 삼륜 버기카와 동굴 밖에서 새어 들어오는 마지막 잔조(殘照)의 빛이 눈에 들어왔다.

머릿속은 멍했지만 그것은 사총에게 습격을 당했을 때의 사고정지와는 다른, 답답하고 무거운 옷을 벗어던진 것과도 같은 부유감이 있었다. 어느샌가 입에서 말이 자연스럽게 흘러나왔다.

"나 있지……, 사람을 죽였어."

키리토의 반응을 기다리지 않고 말을 이었다.

"게임 속 이야기가 아니야. 현실세계에서 정말로 사람을 죽였어. 5년 전, 토호쿠의 작은 도시에서 일어난 우체국 강도사건인데……. 뉴스에선 범인이 우체국 직원 하나를 권총으로 사살하고 자기는 총이 폭발해 죽었다고 나왔지만, 사실은 그게 아니야. 그 자리에 있던 내가, 강도의 총을 빼앗아서 쏴 죽였어."

"……5년 전……?"

속삭이는 키리토의 물음에 고개를 끄덕였다.

"응. 난 열한 살이었어……. 어쩌면 어린애라서 그럴 수 있었을지도 몰라. 이도 두 개 부러지고, 손목은 둘 다 삐고, 등에는 타박상을 입고 오른쪽 어깨는 빠졌지만, 그 외에는 다치지 않앉어. 몸의 상처는 금방 나았지만……, 낫지 않은 것도 있었어."

"……."

"나, 그 후로도 계속 총을 보면 토하고 쓰러지고 했어. TV나 만화에서도……, 손으로 권총 모양 흉내도 못 내. 총을 보면……, 죽였을 때 그 사람의 얼굴이 눈앞에 떠올라서……, 무서워. 아주아주 무서워."

"……하지만."

"응. 하지만 이 세계에선 괜찮더라. 발작이 일어나지 않는 정도가 아니라……, 몇몇 총은……."

시선을 움직여 바로 옆의 모래 위에 올려놓은 헤카테 II의 우아한 라인을 훑었다.

"……좋아하게 된 것도 있어. 그래서 생각한 거야. 이 세계에서 제일 강해지면, 분명 현실세계의 나도 강해질 거라고. 그 기억을 잊을 수 있을 거라고……. 그런데……, 아까 사총에게 습격을 당했을 때, 발작이 일어날 것 같아서……, 너무 무서워서……, 어느샌가 《시논》이 아니라, 현실의 나로 돌아갔어……. 그래서 난 그놈과 싸워야만 해. 그놈과 싸워서 이겨야만……, 시논이 사라지지 않아."

두 손으로 몸을 꽉 끌어안았다.

"죽는 건 그야 무섭지. 하지만……, 하지만 있지, 그것과 마찬가지로 겁먹은 채 살아가는 것도 괴로워. 사총하고……, 그 기억하고 싸우지 않고 도망친다면, 난 분명 전보다도 약해질 거야. 이젠 평범하게 살아갈 수도 없어. 그러니까……, 그러니까."

갑자기 엄습한 한기에 몸을 부르르 떨었던 그 순간.

"나도……."

여느 때와 달리 약하고 풀 죽은 어린아이 같은 목소리로 키리토가 중얼거렸다.

"나도 사람을 죽인 적이 있어."

"뭐……?"

이번에는 등에 밀착한 키리토의 몸이 한순간 떨렸다.

"……전에 말했지. 난 그 누더기 망토……, 사총하고 다른 게임에서 아는 사이였다고."

"……으, 응."

"그 게임의 이름은……, 《소드 아트 온라인》. 들어본 적…… 있어?"

"……."

어느 정도 예상했던 이름이지만, 시논은 자신도 모르게 고개를 돌려 키리토의 얼굴을 올려다보았다. 광검사는 등을 동굴 벽에 기댄 채, 빛이 엷어진 눈동자를 그저 허공에 고정하고 있을 뿐이었다.

물론 시논은 키리토가 입에 담은 이름을 안다. 아마 일본의 VRMMO 플레이어라면 모르는 사람이 없을 것이다. 재작년부터 작년에 걸쳐 1만 명이나 되는 플레이어의 의식을 게임 세계에 가둬놓고, 그중 무려 4천 명의 목숨을 빼앗은 저주 받은 타이틀을.

"……그럼 넌……."

"그래. 온라인 용어로 말하자면……, 《SAO 생존자》란 거지.

그리고 그 사총도. 난 그놈과 서로 목숨을 걸고 진짜로 싸운 적이 있을 거야."

키리토의 눈이 먼 과거를 들여다보듯 넓은 바다를 헤맸다.

"그놈은 《래핑 코핀》이라는 이름의 레드 길드 소속이었어. SAO에선 커서 색깔 때문에 범죄자를 《오렌지 플레이어》, 도적 길드를 《오렌지 길드》라고 부르는데……, 그중에서도 적극적으로 살인을 즐기는 놈들을 《레드》라고 했어. 그런 놈이 잔뜩……, 정말로 잔뜩 있었지."

"하, 하지만……, 그 게임에선 HP가 없어지면 정말로 사람이 죽는 거 아니었어……?"

"맞아. 하지만……, 그렇기 때문에 그랬을까. 일부 플레이어에게 살인은 최대의 쾌락이었던 거야. 래핑 코핀은 그런 놈들의 집단이었고. 보호 코드가 없는 필드나 던전에서, 다른 파티를 습격해 돈과 아이템을 빼앗은 다음 가차 없이 죽인 거야. 물론 일반 플레이어는 엄중히 경계했지만, 놈들은 잇달아 새로운 수법을 만들어내 희생자는 좀처럼 줄질 않았어……."

"……"

"그래서 결국 대규모 토벌 파티가 편성되고……, 나도 멤버로 가담했어. 토벌이라고 해도 래핑 코핀 멤버를 죽이려는 건 아니었고, 전부 무력화시켜서 감옥에 보내기로 했던 거야. 간신히 놈들의 아지트를 알아내, 전력상으로도 절대 안전하다고 생각할 만큼 레벨이 높은 플레이어를 모아 새벽에 급습했어. 하지만……, 어디선가 정보가 샜던 거야. 그놈들은 아지트에 함정을 깔아놓고 기다렸고……, 그래도 간신히 전열을 가다듬었지만 엄청난 혼전에 빠지는 바람에……, 그 와중에, 난…….”

다시 키리토의 몸이 세게 떨렸다. 눈을 활짝 뜨고 호흡이 가빠진다.

“래핑 코핀 멤버 둘을 내 손으로 죽였던 거야. 하나는……, 검으로 목을 날렸어. 또 하나는 심장을 꿰뚫었어. 감옥에 보낼 계획이었는데, 다 잊어버린 채 무아지경으로……, 아니, 그것도 변명이겠구나. 검을 멈추려고 생각하면 멈출 수 있었는데……. 하지만 나는 공포와 분노에 몸을 맡기고 계속 검을 휘둘렀어. 따지고 보면 놈들하고 똑같았던 거야. 아니, 어떤 의미에서는 더 악질일지도 모르지. 왜냐하면…….”

숨을 크게 들이마시고 길게 내뱉은 후, 키리토는 조용히 말을 이었다.

“왜냐하면 나는, 내가 한 짓을 억지로 잊어버리고 말았으니까. 그때 죽인 두 사람, 그보다 한참 후에 베었던 또 다른 사람의 얼굴과 이름을, 현실세계에 돌아온 후로 한 번도 떠올리려 하지 않았어. 어제 총독부 대기 돔에서 그놈을……, 사충을 만날 때까지는…….”

“……그럼 사충은 네가 싸웠던……, 그 《래핑 코핀》의…….”

“그래. 토벌전에서 살아남아 감옥에 보냈던 멤버 중 하나일 거야. 분위기나 말투는 기억이 나. 조금만 더……, 조금만 계기가 있으면 당시의 이름이 떠오를 것 같은데…….”

그때 질끈 두 눈을 감고 이마에 오른손 주먹을 꾸욱 누르는 키리토의 모습을, 시논은 그의 무릎에 등을 기댄 채 빤히 바라보았다.

이 키리토라는 소년이 《소드 아트 온라인》의 플레이어였다는 것.

그리고 그 세계에서 진짜 목숨을 건 싸움의 나날을 2년이나 견디고 살아남았다는 것.

어렴풋하게 추측은 했다. 하지만 역시 직접 입으로 들은 말에는 엄청난 무게가 있었다. 귓속에 어제의 예선 결승 때 키리토가 던진 질문이 떠올랐다.

──만약 그 총의 탄환이 현실세계의 플레이어마저도 정말로 죽일 수 있다면……. 그리고 죽이지 않는다면 자신이, 어쩌면 누군가 소중한 사람까지도 죽을 수 있다면, 그래도 니는 방아쇠를 당길 수 있겠어?

키리토는 바로 그 극한상황을 뚫고 나왔던 것이다. 어떤 의미에서는 5년 전에 우체국에서 시노에게 닥쳤던 사건과 한없이 비슷하다──.

"……키리토."

시논은 몸을 일으켜 키리토의 두 어깨를 잡았다. 소년의 시선은 미미하게 초점을 잃고 아직까지 과거의 한 지점을 들여다보는 것 같았다. 그래도 시논은 얼굴을 들이대고, 억지로 상대의 눈을 보며 갈라진 목소리로 물었다.

"……난 네가 한 행동에는 아무 말도 할 수 없어. 말할 자격도 없어. 그러니 사실은 이런 걸 물어볼 권리는 없을지도 몰라……. 하지만 부탁이야, 하나만 가르쳐줘. 넌 그 기억을……, 어떻게 넘어섰어? 어떻게 과거를 이긴 거야? 어떻게 지금 그렇게 강하게 살아갈 수 있어……?"

지금 막 자신의 죄를 토로한 상대에게 너무나도 배려심이 없는 이기적인 질문인 것 같았다. 하지만 어떻게든 묻지 않을 수 없었다. 키리토는 『억지로 잊었다』고 자신을 책망하듯이 말했지만, 시논은 그것조차 불가능했던 것이다.

——하지만.

키리토는 두세 번 눈을 깜빡이더니 시논의 눈을 지그시 들여다보았다. 그리고 천천히, 고개를 좌우로 저었다.

"……넘어서지 못했어."

"뭐……."

"나는 어젯밤, 래핑 코핀 토벌전이나 내 검에 죽은 세 사람을 끊임없이 꿈에서 만나서, 거의 잠을 못 잤어. 아바타가 사라지는 순간 그들의 얼굴……, 목소리, 그들이 남긴 말을, 난 아마 평생 잊지 못하겠지……."

"그, 그럴 수가……."

시논은 멍하니 중얼거렸다.

"그럼……, 어……어떡해야 하는 거야……? 나, 나는……."

——나는 평생 이대로 살아야 해?

그것은 너무나도 무서운 선고였다.

모든 것이 소용없었던 걸까? 설령 지금 이 동굴을 나가 사총과 싸우고, 만에 하나 이긴다 해도 현실의 시노가 느낀 괴로움은 영원히——영원히 이어지는 걸까……?

"——하지만 시논."

키리토의 오른손이 움직여 자신의 어깨를 굳게 잡은 시논의 손을 살짝 덮었다.

"그건 아마 옳은 일일 거야. 난 무아지경에서 내 손으로 사람을 죽였어. 그런데도 책망을 당하기는커녕 칭찬까지 받았지. 아무도 날 심판하지 않았고, 속죄할 방법도 가르쳐주지 않았어. 그걸 빌미 삼아 난 내 행위에서 눈을 돌리고 억지로 잊으려 했던 거야. 하지만 그건 잘못이었어. 자신이 했던 일을, 내 손으로 그들을 베었던……, 죽였던 것의 의미를, 그 무게를, 난 받아들이고 계속 생각해야 했어. 하다못해 그러는 것이 내가 할 수 있는 최소한의 속죄라고, 지금은 그렇게 생각해……."

"……받아들이고……, 계속 생가해? 난……, 내겐 불가능해……."

"아무리 멀리 하려 해도 과거는 사라지지 않고, 기억도 사실은 지울 수 없어. 그렇다면……, 그걸 똑바로 보고 언젠가 받아들일 수 있도록 싸울 수밖에."

"……."

시논은 두 손에서 힘을 빼고 미끄러지듯, 다시 키리토의 다리 위에 몸을 눕혔다. 등과 머리를 기대고 동굴 천장을 올려다본다.

그 기억을 똑바로 받아들여 싸운다. 자신이 그럴 수 있으리라는 생각은 도저히 들지 않았다. 키리토가 발견한 길은 역시 키리토만의 것이고, 자신은 자신만의 해결방법을 찾을 수밖에 없으리라는 생각이 들었지만, 그래도 키리토의 말은 시논의 망설임을 단 한 가지는 풀어준 것 같았다. 어스름 속에서도 뽀얗게 빛나는 얼굴에 시선을 돌리고 중얼거렸다.

"……《사총》……."

"응?"

"그럼 그 누더기 망토 안에 있는 건 실존하는 진짜 인간이란 거구나."

"그야 그렇지. 《래핑 코핀》의 간부 플레이어였던 건 분명해. 내가 SAO 시절의 이름만 떠올리면 현실세계의 본명과 주소도 알 수 있을 텐데. 지금에서야 밝히는 거지만, 난 그러기 위해 이 세계에 온 거였어."

"……그렇구나……."

그렇다면 누더기 망토는 적어도 시노의 과거에서 되살아난 망령은 아닌 것이다. 눈살을 찡그리고, 생각하며 말했다.

"그럼 그놈은 SAO 시절을 잊지 못해서 또 PK를 하려고 GGO에 왔던 걸까……?"

"그게 다는 아닌 것 같아……. 그놈은 《젝시드》나 《명란젓》을 죽였을 때도, 이 대회에서 《페일라이더》를 없앴을 때도 반드시 수많은 사람의 눈이 있는 상황을 노렸어. 그 오버스러운 성호 긋는 동작도 그렇고, 불특정다수에게 어필을 하려는 것 같아. 아마……, 자신에게는 게임 속에서 진짜로 사람을 죽일 힘이 있다는 것을……."

"……하지만 어떻게 그럴 수가 있지……? 어뮤스피어는 초대의……, 너브 기어였던가? 그거하곤 달리 위험한 전자파는 내보내지 못하도록 설계했다며?"

"나도 그렇게 들었어. ……하지만 나더러 이 세계에 가 달라고 의뢰한 사람의 말에 따르면, 젝시드와 명란젓의 사인은 뇌 손상이 아니라 심장마비였대……."

"뭐……? 심장……?"

그 말을 들은 순간 등골이 오싹해지는 것을 느끼며 시논은 살짝 몸을 떨었다. 설마 하면서도 떠오른 생각을 입에 담고 말았다.

"……그건……, 뭔가, 저주니 초능력 같은 힘으로 죽였다는……, 거야……?"

그렇게 말하면서도 분명 비웃음을 살 거라 생각했지만, 키리토도 굳은 시선으로 돌아보았을 뿐이었다.

"……솔직히 그 누더기 망토를 조종하는 현실세계의 플레이어를 밝혀내 알아보지 않는 한, 살인 수법은 감도 못 잡겠어. 가상세계에서 상대가 누구든 총만 쏘면 진짜 플레이어의 심장을 멈추게 할 방법이 어디 있겠나 싶지만……, 아니, 잠깐……? 그러고 보니……."

키리토는 생각에 잠겼을 때의 버릇인지, 가느다란 아래턱을 손가락으로 매만지며 말을 끊었다. 시논이 무릎 위에서 고개를 갸웃하자 애매한 어조로 중얼거렸다.

"……좀 이상한걸……."

"뭐가……?"

"아까 폐허에서 싸울 때, 사총은 왜 그 검은 권총이 아니라 일부러 라이플로 바꿔들고 나를 쏜 걸까? 거리는 충분히 가까웠고, 공격력도 사실은 권총이 더 높을 텐데. 한 방이라도 맞추면 진짜로 죽잖아. 실제로 난 라이플 탄환을 피하지 못했어. 그때 권총을 썼더라면 그놈은 날 죽일 수 있었을 텐데……."

자신이 진짜 죽었으리라는 가능성을 냉정하게 검증하는 그

배짱에는 다소 어이가 없었지만, 시논은 자신의 생각을 말해 보았다.

"성호를 그을 틈이 없었기 때문……이라든가? 헤이싱을……, 아, 그 권총은 《54식 헤이싱》이라고 하는데……."

그 이름을 입에 담은 순간의 질식감을 꾹 참으면서 말을 이었다.

"……그걸 쏠 때는 꼭 성호를 긋기로 결심해서 그런 건 아닐까? 아니면 성호를 못 그으면 죽일 수 없다거나……?"

"으음……, 하지만 버기카로 쫓아왔을 때 그놈이 시논을 쐈던 건 그 헤이싱이었잖아. 말 위에서 성호를 그을 수는 없잖아?"

그 말에 시논은 흘끔 곁에 세워둔 삼륜 버기카를 보았다. 오른쪽 리어펜더에 뚫린 탄흔의 사이즈는 분명 338 라푸아 매그넘보다 조금 작은 7.62밀리 탄환의 사이즈였다. 애초에 시논은 사총이 말 위에서 헤이싱을 꺼내 성호를 긋지도 않고 쏘는 모습을 직접 보았다.

"그렇구나……. 분명 그랬어."

"다시 말해, 사총은 날 죽일 수 있었는데도 죽이지 않았던 거지. 하지만 굳이 날 살려둘 이유는 없을 텐데 말이야. 예선 토너먼트에서 우승했던 건 나였고……. 솔직히 말해 외모도 내가 더 튀고……."

"개성 없어서 미안하다, 그래."

오른쪽 팔꿈치로 키리토의 옆구리를 쿡 찌르자, 어험 하는 헛기침이 돌아왔다.

"그럼 비슷하다고 해 두자. 아무튼 놈은 날 쏘지 못한 게 아니라 뭔가 이유가 있어서 안 쐈던 거군……."

"으음……."

시논은 몸을 돌리더니, 키리토의 다리 위에 엎드려 팔짱을 끼고 그 위에 얼굴을 얹었다. 이 소년에 대한 반발이나 경계심이 사라진 것은 아니지만, 지금만은 이렇게 맞닿아 있는 아바타의 온도가 시커먼 기분을 멀리 쫓아주는 것 같았다. 어렴풋한 안도감에 휩싸이면서도 서서히 평정을 되찾아 가는 머리를 열심히 돌려보았다.

"……그러고 보니 그전에도 이상하다면 이상했는데……."

"그전이라니?"

"그 철교 말이야. 그놈이 페일라이더는 헤이샷으로 쐈으면서, 바로 옆에 무방비하게 쓰러져 있던 다인은 무시했잖아? 난 다인도 쏘지 않을까 생각했는데……."

"아……, 하지만 그 시점에서 다인이란 플레이어는 이미 죽었던 거 아냐?"

"죽었다곤 해도 HP가 0이 돼서 못 움직이는 것뿐이지 아바타는 남았는걸. 본인의 의식도 아직 접속 중이었을 테고. 게임의 틀을 넘어선 힘이 있다면 HP하곤 상관이 없을 것 같지 않아?"

시논의 지적에 키리토는 짧게 신음을 했다.

"……그러게. 그러고 보니 그러네. 폐허 때도 그렇고, 철교에서도 사총은 뭔가 이유가 있어서 페일라이더는 쏘고 다인은 쏘지 않았다는 거군……."

"다시 말해……, 이런 걸까? 너하고 다인, 그리고 나하고 페일라이더 사이에는 각각 뭔가 공통점이 있고, 그게 타깃 플레이어와 그 외의 플레이어를 나눈다는……."

곰곰이 생각하며 시논이 중얼거리자, 키리토가 고개를 끄덕이는 움직임이 몸에 전해졌다.

"응, 그렇게 생각해도 되겠어. 아마 전에 죽었던 젝시드와 명란젓, 두 사람도 그렇겠지. 너와 페일라이더와 공통된 조건이 있을 거야. ……단순히 능력치나 랭킹이었을까……?"

"하지만 페일라이더는 강하긴 해도 지난 대회에는 출장하지 않았는걸. BoB 랭킹으로 따지면 다인이 나보다 더 높고."

"그럼……, 뭔가 특정 이벤트와 관련이 있다거나?"

"그것도 아닐 거야. 왜냐하면 난 다인하곤 얼마 전까지 같은 스쿼드론에 있어서 몇 번이나 함께 필드에 나갔지만, 페일라이더는 만난 건 고사하고 이름도 몰랐으니까."

"젝시드나 명란젓은?"

키리토의 질문에 시논은 자신도 모르게 쓴웃음을 지으며 다시 몸을 뒤집었다. 미모에 떠오른 진지한 표정을 올려다보며 어깨를 으쓱하곤 대답했다.

"그 둘은 나나 다인하고는 랭킹 자릿수가 다른 유명인인걸……. 젝시드는 지난 대회 우승자고, 싱거운명란젓은 5위인가 6위였지만 서버에서 가장 큰 스쿼드론의 리더니까. 말을 나눈 것도 한두 번뿐이야."

"으음……. 그럼 역시 장비일까……? 아니면 스탯 타입……?"

"장비는 전부 달라. 난 보다시피 저격총이고, 페일라이더는 샷건, 젝시드는 아마 슈퍼 레어 아이템인 XM29 어설트 라이플, 명란젓은 엔필드 경기관총. 스탯은……, 아."

"응?"

고개를 갸웃하는 키리토에게 변명하듯이 눈썹을 움직이며 말을 이었다.

"공통점이라고 하긴 좀 그렇지만……, 억지로 뭉뚱그리자면 《모두 어질 특화 빌드가 아니다.》라는 점? 하지만 역시 억지인 것 같다……. 스트렝스에 치우친 사람도 있고, 바이탈에 올인 한 사람도 있으니……."

"으음~~……."

키리토는 매끄러운 입술을 일그러뜨리며 벅벅 머리를 긁었다.

"결국 이유 없이 타깃을 결정한 것뿐인가……? 뭔가……, 뭔가 있을 법한데 말이지……. ──아까 명란젓하곤 이야기를 나눈 적이 있다며? 무슨 이야기를 했어?"

"어……."

어렴풋한 기억을 더듬으며, 시논은 키리토의 다리와 자신의 머리 사이에 자신의 두 손을 겹쳐 베개 대신 삼았다. 이것도 흔히 말하는 '무릎베개'의 범주에 들어가는 걸까 하는 생각이 들어 새삼 멋쩍어졌지만, 비상사태라는 변명으로 일축해버렸다.

생각해 보면 타인과 이렇게 오랜 시간 살을 맞댄 경험은 최근 몇 년 동안 전혀 없었다. 마치 체중과 함께 마음의 짐까지 맡겨버리는 것 같아 이상한 따뜻함이 마음을 채워주었다. 조금만 더 이렇게 있고 싶다는 생각을 어렴풋이 하면서, 갑자기 신카와 쿄지의 심약한 미소가 떠올라 어째서인지 미안한 기분이 들었다. 만약 무사히 현실세계에 돌아간다면, 조금 더 벽을 허물고 이야기를 나눠봐야지…….

"——저기, 시논? 명란젓하곤……."

"아, 으……응."

눈을 깜빡여 한순간의 상념을 털어내고, 시논은 먼 기억을 더듬어보았다.

"……그래 봤자 정말 별 이야기 아니었는걸. 그러니까……, 지난 대회가 끝나고 총독부 1층 홀에 돌아갔을 때였어. 팝업 장소가 바로 옆이었어. 그래서 2, 3분 정도? 경품으로 뭘 받느냐는 이야기나 했는데……, 필드에선 직접 싸운 적도 없었고, 그냥 잡담이었어."

"그렇구나. 지난 대회에는 사총이 안 나왔을 테니 설마 상품을 받지 못한 원한은 아닐 테고……. ——더 이상 근거 없는 추측을 해봤자 소용도 없겠네."

키리토는 살짝 한숨을 쉬었다. 기분을 바꾸려는 듯이 몇 번인가 눈을 깜빡이곤 시논을 내려다보았다.

"그러고 보니 그것까진 신경을 못 썼는데……, 상품으론 뭘 받을 수 있어?"

갑작스럽게 화제를 바꾸는 바람에, 이런 상황에서 잘도 상품을 신경 쓸 여유가 있다고 감탄하며 시논은 대답했다.

"어~, 선택식이야. 순위에 따라 이것저것 고를 수는 있지만……, 이번엔 우리도 순위가 꽤 높으니 괜찮은 걸 받을 수 있을지도 몰라. 무사히 돌아갈 수 있다는 전제 하에."

"이를테면 어떤 게 있는데?"

"그야 당연히 총이나 방어구나……, 시내에서 안 파는 색깔의 머리 염색약이나 옷 같은 거지. 그래도 뭐, 그렇게 고성능은 아니고 외견이 좀 튀는 정도지만. 그리고 좀 뜬금없긴 한데, 게임에 등장하는 총기의 모델건도 있어."

"모델건? ……그럼 게임 내 아이템이 아니라, 현실에서 실제로 받을 수 있다는 거야?"

"응. 난 지난 대회선 순위가 낮아서 게임 아이템은 별로 좋은 걸 못 받겠더라고. 그래서 그걸로 했어. 그러고 보니 명란젓도 모델건으로 할까 그랬는데……. 장난감은 장난감이지만, 금속 부품도 들어가고 꽤 완성도가 높은 물건이래. 신……슈피겔이 그랬어. 뭐, 난……."

며칠 전에 그 모델건을 손에 들었을 때의 참상을 떠올리자 쓴웃음이 배어나왔다.

"——서랍에 처박아둔 채 제대로 보지도 않았지만."

하지만 키리토는 무언가 달리 마음에 걸린 것이 있는지, 시논의 표정은 알아차리지 못한 것 같았다.

"현실세계에서……, 상품을……?"

어렴풋한 혼잣말에 이어 매우 진지한 목소리가 날아들었다.

"그 모델건은 개발사에서 보내준 거야? 미국에서 여기까지?"

"응, EMS로. 배송비 꽤 많이 나가지, 그거? 재스커 돈 많이 버나 봐."

농담조로 말하며 다시 키리토의 얼굴을 올려다보고——시논은 눈을 깜빡였다. 광검사가 입술을 꽉 깨물고 허공의 한 점을 가만히 노려보고 있었기 때문이다. 도저히 경품으로 뭘 받을까 생각하는 얼굴로는 보이지 않았다.

"왜……왜 그래?"

"……EMS……? ——하지만 내가 GGO 계정을 만든 건 극히 최근인데, 플레이어의 현실 정보는 이메일 주소하고 성별하고 나이밖에 물어보지 않던걸? 주소는 어디서 입력하지……?"

"너, 벌써 잊어버렸어?"

약간 어이가 없어서 시논은 누운 채로 두 손을 가볍게 벌려 보였다.

"어제 총독부 1층 홀 단말기에서 BoB 예선 참가신청을 할 때 현실세계의 주소와 이름을 쓰라고 그랬잖아? 거기에 주의사항 적힌 거 못봤어? 주소 부분을 비워놓아도 참가신청은 가능하지만 상품을 못 받을 수가 있다고. 아항, 너 그거 안 썼구나? 나중에 추가 입력은 못하니까 이제 모델건은 물 건너 갔……, ——어, 어어?!"

갑자기 키리토가 오른쪽 어깨에 손을 얹더니 얼굴을 불쑥 들이대는 바람에 시논은 이상한 소리를 내고 말았다. 뭔가 괘씸한 짓을 벌이려는 생각인가 싶어 몸을 굳혔지만, 물론 그런 것은 아니고——.

광검사는 지근거리에서 이제까지 보지 못했을 정도의 진지한 표정으로 더더욱 캐물었다. 그러나 그 내용은 뭐가 그리 중요한 건지 전혀 이해할 수 없는 것이었다.

"지난 대회의 상품, 다인은 뭘 골랐지?"

"어, 응……. 게임 내 장비였어. 한 번 보여준 적이 있는데,

색이 엄청 요란한 재킷이더라."

"젝시드는?"

"그, 글쎄……? 이야기를 나눈 적도 없으니 모르겠어. 하지만……, 그 사람은 완전 효율주의자라고 들었으니 외견만 좋은 아이템은 관심이 없지 않았을까? 그렇다면 역시 모델건이었을지도. 우승이나 준우승쯤 되면 엄청 커다란 라이플을 준다고 그랬거든. 하지만……, 그게 왜?"

하지만 키리토는 대답하지 않은 채, 시논의 눈을 보면서도 마음은 사고의 바다를 헤매는 것 같았다.

"가상세계의 아이템이 아니라……, 현실세계의 모델건……. 그게 시논과 페일라이더, 젝시드와 명란젓의 공통점이라면……. EMS 배달 주소……, 총독부 홀의 단말기……. 그 장소는 분명……."

헛소리처럼 낮은 목소리로 잇달아 중얼거린다.

"……옵티컬 카모……. 만약 그게……, 필드만이 아니라……."

갑자기 오른손에 얹힌 키리토의 손이 돌처럼 딱딱하게 굳어졌다. 두 눈을 크게 뜨더니, 검은 눈동자가 가늘게 떨렸다. 그곳에 깃든 감정은——충격? 아니면 공포?

시논은 살짝 몸을 일으키며 자신도 모르게 외쳤다.

"왜……왜 그래, 무슨 일이야?!"

"아아……, 이럴 수가……, 이럴 수가."

붉고 윤기 나는 입술에서 낮고 갈라진 목소리가 새어나왔다.

"난……, 터무니없는 오해를 했어……."

"오, 오해?"

"……VRMMO를 플레이할 때는……, 플레이어의 의식은 현실세계에서 가상세계로 이동하고, 그곳에서 말하고, 뛰고, 싸우는 거라고……. 그러니까 사총도 이 세계에서 타깃을 죽이는 거라고만……."

"아……아닌 거야……?"

"아니야. 사실은 플레이어의 몸도 마음도 이동하지 않아. 가상세계와 현실세계의 차이는 뇌가 받아들이는 정보량의 차이뿐이야. 어뮤스피어를 뒤집어쓴 플레이어가 전자 펄스로 변환된 디지털 영상을 보고 소리를 듣는 것뿐이지."

"……."

"그러니까……, 젝시드 같은 사람들은 어디까지나 시체가 있던 곳, 자기 집에서 죽었던 거야. 그리고……, 진짜 살인자도……, 그곳에서……."

"무슨……, 무슨 소릴 하는 거야……."

키리토는 한순간 입을 굳게 다물더니 다시 벌렸다. 이어서 나온 말과 숨결은 그의 공포를 반영했는지, 얼어붙을 듯한 냉기가 되어 시논의 뺨을 쓰다듬었다.

**"사총은 두 사람이었어.** 하나는……, 다시 말해 그 누더기 망토의 아바타가 게임 내에서 타깃을 쏘지. 동시에 현실세계의 타깃이 있는 방에 침입한 다른 사람이, 저항도 못하고 누워 있는 플레이어를 죽이는 거야."

그 말의 의미를 금방은 이해할 수 없었다. 시논은 비척비척

몸을 일으키고 한동안 멍하니 있다가, 몇 번이나 고개를 가로저었다.

"하지만……, 어떻게……, 그럴 수가 있어? 어떻게 현실의 집을……."

"네가 아까 그랬잖아. 모델건을 보냈다고."

"그, 그럼……, 개발사가 범인이라고……? 아니면 데이터베이스에 침입해서……?"

"아니……. 그럴 가능성은 극히 낮아. 일반 플레이어라 해도 타깃의 주소를 알 수는 있어. 그 타깃이 BoB 본선 출장자고, 게다가 상품으로 모델건을 선택했을 경우에 한해."

"……."

"총독부야. 모델건을 상품으로 원하는 출장자는 그곳의 단말기에서 자기의 본명과 주소를 입력할 거야. 내가 예선 참가신청을 할 때도 조금 마음에 걸렸는데……, 그곳은 개인실이 아니라 뒤가 탁 트인 공간이었지……?"

그제야 겨우 키리토가 무슨 말을 하려는지 깨달은 시논은, 숨을 들이키면서도 고개를 열심히 가로저었다.

"설마……, 뒤에서 단말기 화면을 엿봤다는 거야? 말도 안 돼. 원근 이펙트가 있으니까 조금만 떨어져도 문자는 판독할 수 없고, 그렇게 사람이 가까이 있으면 아무리 바보여도 다 알아차릴걸."

"스코프나 쌍안경을 사용했다면? 전에 내가 아는 사람은 게임 내에서 자물쇠의 비밀번호를 알아내려고 거울을 사용했다고 그랬어. 뭔가 아이템을 이용해서 엿보면 원근 이펙트는 없앨 수 있지 않을까?"

"그거야말로 말이 안 돼. 그렇게 사람이 많이 다니는 곳에서 쌍안경 같은 걸 썼다가 GM에게 신고가 들어가면 계정까지 삭제당할걸? 미국 게임이라 그런 문제에는 아주 민감하게 대응해."

하지만 키리토는 그 반론도 이미 예상한 모양이었다. 한층 얼굴을 가까이 하더니, 극히 미미한 속삭임으로 광검사는 한 가지 가설을 입에 담았다.

"만약⋯⋯, 만약의 이야기지만. 사총의 망토가 가진 능력⋯⋯, 《메타마테리얼 옵티컬 카모》를 시내에서도 쓸 수 있다면? 총독부 홀 한가운데는 꽤 어두웠어. 장애물 뒤에서 투명화를 사용하면 아무도 못 알아차릴 거야. 그 상태로 멀리서 대형 쌍안경이나 스코프를 써서 단말기 화면을 들여다본다면⋯⋯, 참가신청 데이터에서 주소와 본명을 읽어내는 것도 가능하지 않을까⋯⋯?"

"⋯⋯!"

투명화와――망원 아이템. 그 두 가지를 사용하면 분명 가능할지도 모른다. 메뉴 윈도우는 원래 남에게 보이지 않지만, 게임 내 단말기의 터치패널은 여러 사람이 조작하기도 하므로 디폴트 사양에서는 누구나 내용을 읽을 수 있다. 시논은 지난 대회 때도 이번 대회 때도 가시 모드로 놓고 주소와 이름을 입력했다. 그걸 누군가가⋯⋯, 아니, 그 누더기 망토의 사신이 뒤에서 엿봤던 걸까? 살인명부에 이름을 올리기 위해?

그 가설을 도저히 받아들이고 싶지 않아 시논은 필사적으로 반박을 시도했다.

"……만약 현실세계의 주소를 알아냈다 해도……, 집에 숨어 들 때 문은 어떻게 열어? 가족은……?"

"젝시드와 명란젓에 한해 말하자면, 둘 다 혼자 자취를 했고……, 집은 구식 아파트였어. 아마 전자 자물쇠도 보안이 어설픈 초기형이겠지. 게다가 타깃이 GGO에 다이브한 동안에 현실의 몸은 완전히 무의식 상태가 보장되잖아. 침입하는 데 조금 애를 먹는다 해도 들킬 염려는 없어……"

키리토의 말에 다시 숨을 들이마셨다.

주택의 열쇠가 자동차와 마찬가지로 전파식 논키 엔트리(non-key entry) 식으로 바뀌기 시작한 지도 7, 8년쯤 되었다. 물리적으로 딸 수는 없지만, 초기 타입은 마스터 키, 아니, 마스터코드가 해석되어 그것을 심어놓은 해체장치가 암시장에서 비싼 값에 거래된다는 뉴스를 읽은 적이 있다. 그 후로 시논은 전파자물쇠만이 아니라 금속열쇠와 암호입력식의 자물쇠를 함께 썼지만, 그렇다고 해도 등줄기를 기어다니는 오한은 사라지지 않았다.

《사총》은 과거에서 되살아난 망령도, 수수께끼의 힘을 가진 아바타도 아닌 현실의 살인자.

그 추론이 조금씩 무게를 더함에 따라, 조금 전까지 느꼈던 것과는 다른 공포가 가슴에 스며들었다. 스스로도 이해할 수 없는 저항감에 떠밀려, 시논은 생각할 수 있는 마지막 반박을 입에 담았다.

"그, 그럼……, 사인은? 심장마비라고 그랬잖아? 경찰이나

의사도 모르는 수단으로 심장을 멈출 수 있어?"

"모종의 약품을 주사한 건……, 아닐까……."

"그건……, 조사하면 나오지 않아? 주사 흔적도……."

"……시체는 발견이 늦어져서 꽤 많이 부패가 됐다고 해. 게다가……, 유감스럽게도 하드코어 VRMMO 플레이어가 심장 발작으로 죽는 사례는 적지 않아. 제대로 먹지도 마시지도 않고 누워 있기만 하니까……. 방도 어지럽히지 않고 도난 흔적도 없다면 자연사로 판단할 확률이 높을 거라고 생각해. 그래도 일단 뇌의 상태는 면밀히 조사했다지만, 설마 약품을 주사했으리라고는……, 처음부터 그걸 의심하고 조사하지 않으면 모를 거야."

"…………그럴 수가……."

시논은 두 손으로 키리토의 재킷을 쥐고 도리질을 치는 어린아이처럼 고개를 가로저었다.

그 정도로 주도면밀히 준비를 해 그저 사람을 죽이기 위해 죽인다——. 그런 행위에 이른 사람의 심리는 완전히 이해의 범주를 벗어났다. 느껴지는 것은 무한한 어둠을 가득 채운 방대한 악의, 그것뿐이었다.

"……미쳤어."

속삭인 시논의 목소리에 키리토도 고개를 끄덕였다.

"그래……, 미쳤지. 하지만……, 이해할 수 없긴 해도 상상은 할 수 있어. 그놈은 그렇게 해서라도 계속 《레드 플레이어》이고 싶었던 거야. 나도……, 내 안에도 아직 나는 아인크라드 최전선에서 싸우던 《검사》라는 생각이 있으니까……."

귀에 익지 않은 그 고유명사가 《소드 아트 온라인》의 무대인 허공에 뜬 성을 말한다는 것은 금방 상상이 됐다. 한순간 시논은 두려움도 잊고 고개를 끄덕였다.

　"……그건 나도……, 이해할 것 같아. 나도 나는 스나이퍼라고 생각할 때가 있으니까……. 하지만 그럼 그 누더기 망토만이 아니라 또 다른 공범도……?"

　"응, 그놈도 SAO 생환자일 가능성은 높아. 좀 더 확실히 말하자면 《래핑 코핀》의 생존자일지도 모르고……. 어지간히 밀접한 연계를 취하지 않는다면 도저히 이런 살인은……. ──아아, 그렇구나, 혹시……."

　무언가를 알아차린 듯한 키리토에게 시선으로 물었다.

　"아니, 별건 아닌데……. 그 누더기 망토의 성호 긋는 제스처 말이야. 그건 관객에게 어필하는 것과 동시에 손목시계를 확인하는 행위를 위장했던 걸지도 모르겠다. 현실세계의 공범과 매우 엄밀하게 《범행시각》을 맞출 필요가 있으니까. 그렇다고 쏘기 전에 일일이 시계를 보는 것도 너무 부자연스럽잖아.

　"그렇구나……. 손목 안쪽에 소형 시계를 장비해놓으면 이마를 건드릴 때 딱 눈 위치에 오니까……."

　문득 감탄한 듯이 고개를 끄덕이고 만 시논의 두 어깨를──.

　갑자기 눈앞의 키리토가 꽉 움켜쥐었다. 한층 진지해진 표정으로 천천히 입을 열었다.

　"시논. ──넌 혼자 자취해?"

　"어……, 응."

"열쇠는……, 그리고 도어체인은?"

"일단 전파 자물쇠만이 아니라 실린더 자물쇠도 채워놨지만……, 열쇠 자체는 우리 집도 초기형 전자식이야. 체인은……."

눈살을 찡그리며 열심히 다이브 전의 기억을 되새겨보았다.

"……안 걸었을지도 몰라."

"그렇군. ──시논, 침착하게 잘 들어줘."

키리토의 얼굴에서 본 적이 없을 정도의 짙은 진지함이 느껴져, 시논의 가슴은 얼음을 채운 것처럼 차디차게 굳었다.

싫어. 그 다음 말은 듣고 싶지 않아──. 그렇게 생각했지만, 눈앞의 입술은 멈추지 않고 움직여 말을 자아냈다.

"폐허 스타디움 부근에서 사총은 마비된 널 그 권총으로 쏘려 했지. 아니……, 로봇 말로 우리를 쫓아올 때는 실제로 쏘기까지 했어. 그건 다시 말해……, 준비가 끝났다는 뜻이야."

"준비……라니, 무슨……."

거의 소리가 나지 않는 목소리로 물었다. 키리토는 살짝 간격을 두더니, 이번에도 속삭이는 목소리로 대답했다.

"……지금 이 순간, **현실세계의 네 방에 사총의 공범이 침입해서 대회 중계화면으로 네가 그 총에 맞기를 기다릴**──가능성이 있어."

선고와도 같은 그 말이 의미를 이루어서 시논의 의식으로 침투하기까지는 긴 시간이 필요했다.

주위의 광경이 스윽 흐려지더니 익숙한 자신의 방이 뇌리에 되살아났다. 환각처럼, 높은 위치에서 세 평짜리 자신의 방을 내려다본다.

꼼꼼하게 청소기를 돌려놓은 바닥. 옅은 노란색 러그 매트. 조그만 목제 테이블.

서쪽 벽에 놓아둔 검은색 책상과, 같은 검은색인 파이프베드. 시트는 수수한 흰색. 그 위에 트레이너와 쇼트 팬츠 차림으로 누운 자신. 눈을 감고, 이마에는 2중 금속고리로 구성된 기계를 쓰고 있다. 그리고——.

침대 곁에 숨을 죽이고 서서 잠든 시노를 들여다보는 검은 그림자. 온몸은 실루엣처럼 부옇지만 단 한 가지, 오른손에 쥐어진 것만은 똑똑히 보였다. 불투명 유리 실린더. 그 끝에서 드러난 은색 비늘—— 치시성 액체를 채운 주사기.

"싫어……, 싫어……."

시논은 삐걱삐걱 굳은 목을 움직이며 신음했다. 환각이 사라지고 사막의 동굴로 돌아오고도 침입자가 쥔 주사기의 번뜩이는 빛만은 망막에 남았다.

"싫어……, 그런 건……."

공포——그런 어설픈 감정이 아니었다. 엄청난 거부반응이 휘몰아치며 온몸이 억제할 수 없을 정도로 떨렸다. 움직이려 해도 주위를 인식할 수 없는 무력한 자신의 몸을, 바로 곁에서 낯선 사람이 보고 있다. 아니——그것만이 아닐지도 모른다. 피부를 건드리고……, 바늘을 찌를 자리를 찾고…….

갑자기 목 안쪽이 꽉 막히는 감각과 함께 숨을 쉴 수가 없었다. 등을 젖히며 공기를 찾아 신음했다.

"아……아아……."

빛이 멀어져 갔다. 윙윙 귀울림이 들린다. 영혼이 가짜 육체에서 떠나──.

"안 돼, 시논!!"

느닷없이 두 팔을 꽉 붙들리고, 동시에 귓가에 엄청난 음량의 고함이 들렸다.

"지금 컷 오프되면 위험해! 힘내……. 마음을 가라앉혀! 아직 괜찮아, 위험하지 않아!"

"아……윽……."

초점이 맞지 않는 두 눈을 크게 뜨며 열심히 두 손을 움직여서 목소리의 주인에게 매달렸다. 확실한 온도를 가진 그 몸에 두 팔을 감고 무아지경으로 안겼다.

금세 듬직한 팔이 등에 감기더니, 꽉 붙들어매려는 듯이 힘을 주었다. 또 다른 손이 천천히, 천천히 시논의 머리를 쓰다듬었다.

다시, 이번에는 속삭이는 목소리가 들렸다.

"사총의 그 핸드건……, 《헤이싱》에 맞을 때까지 침입자는 네게 아무 짓도 하지 못해. 그게 놈들이 직접 정한 제약이니까. 하지만 심박과 체온의 이상으로 자동 로그아웃해서 침입자의 얼굴을 보게 되면 오히려 위험해. 그러니까 지금은 침착해."

"하지만……, 하지만 무서워……, 나 무서워……."

어린아이처럼 호소하며 시논은 키리토의 어깨에 얼굴을 묻었다.

두 팔에 꽉 힘을 주고 어렴풋하게, 하지만 규칙적인 리듬을 자아내는 키리토의 고동이 전해졌다.

뇌리에 퍼진 공포의 이미지를 없애기 위해 시논은 필사적으로 그 리듬에 귀를 기울였다. 두근, 두근. 거의 1초에 한 번 속도로 박동이 몸에 스며들었다. 광소적인 알레그로로 포효하던 시논의 심장을 메트로놈처럼 안정적으로 가라앉혀준다.

정신이 들고 보니 마치 키리토의 정신에 동조된 것처럼 공황의 충동은 엷어졌다. 공포는 사라지지 않았지만, 그것을 억누르고도 남을 이성이 조금씩 돌아오는 것을 느꼈다.

"……좀 진정이 됐어?"

낮은 목소리와 함께 등에서 키리토의 팔이 떨어지려 했다. 하지만 시논은 살짝 고개를 가로저으며 중얼거렸다.

"조금만 더……, 이대로 있어줘."

대답은 없었지만 다시 몸이 단단히 안겼다. 가녀린 손이 머리를 쓰다듬을 때마다, 온기가 얼어붙은 몸속을 조금씩 녹여주었다. 시논은 깊이 숨을 들이마시더니, 눈을 감고 온몸에서 힘을 뺐다.

수십 초나 그러고 있던 후에야 시논은 띄엄띄엄 말했다. "……네 손, 엄마 같아."

"어, 엄마? 아빠가 아니고?"

"난 아빠에 대해선 아무것도 몰라. 아기였을 때 사고로 돌아가셨어."

"……그렇구나."

키리토의 대답은 짧았다. 시논은 키리토의 가슴에 뺨을 꾸욱 기댔다.

"——어떻게 해야 좋을지 가르쳐줘."

생각한 것보다도 또렷한 목소리가 나왔다. 키리토는 시논의 머리를 쓰다듬던 손을 멈추고 즉시 대답했다.

"사총을 쓰러뜨리는 거야. 그러면 현실세계에서 널 노리는 공범은 아무것도 못하고 모습을 감출 테니. ——물론 그렇다고 해도, 넌 여기서 대기하고 있으면 돼. 내가 싸우겠어. 놈의 그 총으로는 날 죽일 수 없을 테니까."

"정말로……, 괜찮아?"

"그래. 난 참가신청 때 이름도 주소도 기록하지 않았고, 애초에 집에서 다이브한 게 아니거든. 바로 옆에 사람도 있고. 그러니 난 괜찮아. 그저 게임 규칙에 따라 놈을 쓰러뜨릴 뿐이야."

"하지만……, 《헤이싱》이 없어도 그 누더기 망토는 엄청 강하던걸. 겨우 100미터에서 헤카테의 저격을 피하는 거, 너도 봤잖아? 회피력만 따져도 너와 동등할지 몰라."

"물론 100퍼센트 자신이 있는 건 아니야……. 다른 방법이라면, 아까 시논이 말했던 것처럼 출장 플레이어가 세 명 남을 때까지 여기 숨어 있다가 우리 둘이 자살하는 방법도 있지만……."

그때 키리토는 흘끔 시계를 보았다. 시논도 그 문자반을 엿보았다. 오후 9시 40분. 어느샌가 9시 반의 새틀라이트 스캔도 지나가고 말았다. 이 동굴에 숨은 지 거의 25분이 지났다는 계산이다.

시논은 키리토의 얼굴로 시선을 옮기곤 살짝 고개를 가로저었다.

"아마 나도 이대로 여기에 숨어 있을 수만은 없을 거야. 슬슬 우리가 사막 동굴에 있다는 걸 다른 플레이어도 알아차렸을 테니까. 동굴은 그리 수가 많지 않아서, 언제 그레네이드로 공격을 당해도 이상하지 않아. 오히려 30분 가까이 무사했던 게 운이 좋았지."

"——그렇구나……."

키리토는 입술을 깨물고 동굴 입구 방향을 노려보았다. 그 옆얼굴에 살짝 말을 걸었다.

"어차피 이제까지 콤비를 짰잖아. 마지막까지 둘이서 싸우자."

"……하지만……, 만약 네가 그 권총에 맞는다면……."

"그딴 건 어차피 구식 싱글액션 권총인걸."

그런 말이 자신의 입에서 미끄러져 나오자 시논은 내심 약간 놀랐다. 그 권총——《54식 헤이싱》은 시노를 오랫동안 잠식하던 모든 공포의 상징이었는데도.

아니, 두려움이 사라진 것은 아니었다. 사총이 자신의 분신으로 헤이싱을 고른 것이 우연이라고 하면, 역시 그 총은 시노의 인생에 따라붙는 저주 그 자체다. 하지만 적어도 이 게임에 등장하는 아이템인 54식은 그리 강력한 무기가 아니다. 실체보다도 겁을 먹어서는 싸울 수 있는 것과도 싸우지 못한다.

"——만일 내가 맞는다 해도 네가 그 검으로 쉽게 막아줄 거 아냐? 연사 속도는 어설트 라이플에 비하면 수십분의 1이니까."

떨림을 억누르고 그렇게 말하는 시논에게, 키리토는 우려와

안도가 섞인 작은 웃음을 지었다.

"그래……. 절대 네가 맞게 놔두지 않겠어. 하지만 그걸 확실히 하기 위해, 역시 넌 사총 앞에 몸을 드러내지 않는 편이 좋겠어."

반론하려던 시논을 손으로 저지하고 말을 이었다.

"아니, 함께 싸워달라는 네 제안은 고맙게 받아들일게. 하지만 시논, 넌 스나이퍼잖아. 원거리 저격이 특기 아냐?"

"그야 그렇지만……."

"이렇게 하자. 다음 새틀라이트 스캔 때는 나만 일부러 맵에 모습을 드러내 사총을 유인하겠어. 아마 놈은 우선 멀리서 몸을 숨긴 채 라이플로 날 쏘려 하겠지. 그 사격으로 놈의 위치를 알아내서 네가 쏘는 거야. 어때?"

"……직접 미끼가 되어 스포터(spotter, 관측병) 노릇을 하겠다고?"

너무나도 대담한 작전에 어이가 없어 시논은 중얼거렸지만, 분명 두 사람의 빌드를 생각해보면 그것이 최선책일지도 모른다. 초 근거리형과 초 원거리형이 함께 있으면, 어느 한쪽의 전력이 깎이는 것은 자명한 이치였다.

크게 숨을 마시고 시논은 고개를 끄덕였다.

"알았어. 그렇게 하자. 하지만 미리 말하겠는데, 사총에게 한 방에 죽으면 안 돼."

"노, 노력은 하겠지만……. 그래도 그 자식의 라이플은 소리도 안 나고, 처음에는 불릿 라인도 안 보이잖아."

"예측 라인을 예측한다고 했던 게 누구셨더라?"

여전히 밀착한 채 그런 말을 주고받는 동안에는 등에 달라붙은 두려움도 약간이나마 멀어지는 것 같았다.

현실세계의 자기 방에 살인자가 침입했을지도 모른다는, 너무나도 무시무시한 추측에서는 솔직히 그저 눈을 돌리고 생각하지 않으려 할 뿐이었다. 지금은 사층을 쓰러뜨리면 놈들이 아무것도 하지 못할 거라는 키리토의 말에 매달릴 수밖에 없었다. 아니, 말만이 아니라 맞닿은 가상의 체온에도 매달린 것 아닐까. 동굴을 나와 키리토와 헤어져 혼자 저격태세로 들어가면 지금의 정신상태를 유지할 수 있을지 어떨지 알 수 없다. 그러면 하다못해 조금이라도 아바타의 온도를 나눠 받고자, 시논은 마지막으로 한 번 더 몸을 기댔다.

키리토가 의아한 목소리로 중얼거린 것은 그때였다.

"저기……, 그건 그렇다 쳐도, 시논. 아까부터 시야 오른쪽 밑에 이상한 빨간 동그라미가 깜빡거리는데……."

"응……?"

시선을 돌리니 정말 그 말대로 표시가 있었다. 이게 뭐였더라 싶어 잠시 생각에 잠긴 후, 시선을 벌떡 위로 들었다. 예상했던 것을 동굴 천장에서 발견한 시논은 반사적으로 키리토의 발 위에서 몸을 치우려 했지만, 금세 이제 와서는 소용없다고 마음을 고쳐먹고 한숨을 쉬며 관두었다.

"에휴……, 일 났네. 방심했다……."

상공에 떠 있던 것은──기묘한 하늘색 동심원이었다. 실체는 없었으며 게임 시스템상 말하자면 단색 발광 오브젝트. 똑같은 것을 발견했는지 키리토도 크게 고개를 갸웃했다.

"어……, 이게 뭐였더라……."

어깨를 으쓱하며 시논이 대답했다.

"라이브 중계 카메라야. 평소에는 전투 중인 플레이어만 따라 다니는데, 남은 사람이 얼마 안 되니까 이런 데까지 왔나 봐."

"엑……. 그럼 안 되잖아. 지금 우리가 나눈 대화도……."

"괜찮아. 큰 소리로 고함을 치지 않는 한 음성은 캐치하지 않으니까. ――아예 손이라도 흔들어주지 그래? 아니면……."

어딘가 서늘해진 목소리로 말을 이었다.

"이 영상을 보여주면 안 될 만한 사람이라도 있어?"

그러자 키리토는 언뜻 신시하게 겁벅은 표정을 보였지만, 금세 뻣뻣한 미소로 얼버무렸다.

"어~……, 아니……, 그건……, 그렇게 따지면 네가 더 문제 겠지. 사실 이거 보는 사람들은 둘 다 여자라고 생각할 가능성이 높지 않아?"

"윽……."

듣고 보니 정말 그렇다. 언젠가 시논은 귀찮은 변명을 하느라 시달리게 될지도 모른다. 하지만――그것도 모두 이 상황을 무사히 넘어선 후의 일이다.

시논은 짧게 코웃음을 치며 말했다.

"――뒤늦게 카메라를 알아차리고 허둥대는 게 더 꼴사납지. 됐어, 상관없어. 그……그런 취향인 걸로 소문이라도 난다면 귀찮게 찝쩍대는 놈들도 줄 테니."

"그럼 나는 계속 여자로 행세해야 해?"

"잊어버렸다고 하면 가만 안 둘 거야. 너, 처음엔 여자인 척하고 나한테 길 안내를……, 아, 사라졌다."

외부 관객들에겐 이렇게 독설 어린 응수를 나누는 걸로는 보이지 않겠지, 하고 생각하던 그 순간, 라이브카메라의 시점을 나타내는 오브젝트는 새로운 타깃을 찾아 떠나갔다.

시논은 휴우 한숨을 내쉬더니 이번에야말로 몸을 일으켰다.

"자……, 슬슬 시간 됐다. 다음 새틀라이트 스캔까지 겨우 2분 남았어. 난 이대로 여기 있고, 너만 동굴 밖에서 단말기를 체크하는 거지?"

그렇게 말하며 천천히 일어나, 이제까지 계속 의자를 대신했던 키리토에게 손을 내밀어 일으켰다.

한 걸음 뒤로 물러나자, 사막의 냉기가 몸을 감싸 자신도 모르게 몸을 움츠렸다. 발밑에서 애총을 집어들어, 냉기 속에서도 어렴풋한 온기를 간직한 강철을 끌어안았다.

"아……, 그러고 보니……."

그런 키리토의 목소리에 고개를 들자, 광검사는 살짝 미간에 주름을 짓고는 무언가 생각하는 것 같았다.

"왜, 또? 이젠 작전을 변경할 시간은 없어."

"아니……, 작전은 그대로 갈 거야. 그게 아니고……, 결국 사총의 본명, 이라기보다 정식 캐릭터네임은 《스티븐》이었구나 싶어서."

"아……, 그러네. 그렇게 되겠네. 무슨 뜻으로 붙인 이름인지……."

"만약 근접전이 벌어지면 직접 물어보지 뭐. 그럼 잠깐 밖에 다녀올게."

그리고 흑발의 광검사는 시논의 눈을 한 번 보고 고개를 끄덕이더니, 가녀린 몸을 돌려 동굴 출구로 걸어가기 시작했다.

　헤카테를 끌어안고 있어도 아직까지 사라지지 않는 오한이 눈앞에 임박한 최종결전의 긴장에서 비롯된 것인지, 현실의 자신에게 닥친 위험 탓인지——아니면 키리토와 떨어진 불안함 탓인지, 시논은 알 수 없었다.

　어깨를 웅크리고 메마른 사막의 공기를 들이마신 후, 시논은 멀어져 가는 등을 향해 살짝 한 마디를 던졌다.

　"……조심해."

　대답은 어깨너머로 치켜든 오른손에서 곧게 치켜든 엄지였다.

## 13

아스나는 가슴속에서 한없이 커져만 가는 불안감과 싸우며 조용히 그 순간을 기다렸다.

위그드라실 시티의 자택에서 한 번 현실세계의 다이시 카페 2층으로 로그아웃해, 휴대단말로 어떤 번호를 불러낸 것이 3분 전. 전화를 받은 상대를 힐문해 ALO로 즉시 다이브하도록 억지로 요청하고 곧바로 돌아왔으니, 다시 다이브한 지 1분 정도밖에 지나지 않았지만 1초 1초가 몇 배나 길게 느껴졌다.

"아스나, 좀 진정해……라고 해봤자 무리겠구만."

소파 옆자리에 앉은 리즈벳이 그렇게 말을 걸자, 간신히 살짝 숨을 내뱉으며 굳은 목소리로 대답했다.

"응……, 미안해. 하지만 뭐랄까……, 불길한 예감이 들어. 키리토가 우리에게 《래핑 코핀》에 대해서는 아무 말도 안 하고 그 세계로 컨버트한 건, 분명 무언가 큰일이 일어났기 때문일 거야. 그냥 우연이 아니고……, 현실의 위기 같은 것이……."

"지나친 생각이라곤 나도 말 못하겠다. 아까 그걸 봤으니……."

리즈벳이 말한 그것이란, 소파 정면 벽의 거대 스크린에 비친 이세계 《건 게일 온라인》의 대회 이벤트 중에 발생한 기괴한 현상이었다.

다 해진 망토를 걸친 플레이어가 대전 상대를 시시한 피스톨로 한 방 쏘았다. 그러자 총에 맞은 상대는 회선이 단절되며 사라지고 말았다. 그리고 누더기 망토는 중계화면을 보던 무수한 플레이어에게 말했다. 『아직 끝나지 않았다, 아무것도 끝나지 않았다. 잇츠 쇼 타임.』——이라고.

그 말을 들은 순간, 바 카운터에 앉아 있던 클라인이 경악하면서도 단언했다. 누더기 망토의 플레이어는 옛 SAO 시절의 레드 길드 《래핑 코핀》의 멤버라고.

부유성에서 보냈던 2년 동안 아스나는 수많은 대규모 전투를 체험했다. 그중에서도 가장 끔찍했던 싸움이라고 단언할 수 있는 것이 래핑 코핀을 토벌하기 위한 공략파 합동부대의 기습전이었다. 플레이어와 플레이어의 집단전에서 서른 명도 넘는 사망자가 나온 사례는 이것이 유일하다.

솔직히 말해 자세한 기억은 매우 흐릿했다. 가장 선명하게 기억나는 것은, 기습을 받아 한번은 무너질 뻔했던 토벌대 선두에서 악귀처럼 검을 휘둘러대던 《검은 검사》의 등이었다. 그의——키리토의 분전이 없었더라면 토벌대는 전멸했을지도 모른다.

플로어 보스 공략전에 비하면 압도적인 단시간의 사투 끝에 토벌대에서는 십여 명, 그리고 래핑 코핀에서는 스무 명도 넘는 사망자가 나왔다. 살인 길드의 생존자는 모두 흑요궁의 감옥에 가두고, 전투의 희생자는 소소한 장례식을 치르고——그 전투에 대해 이야기하려는 사람은 아무도 없었다. 아스나도, 클라인도, 그리고 키리토도. 모두 자신만의 방법으로 잊어버렸다. 모든 것을. 분명 잊어버렸는데.

……그런데 설마 SAO가 클리어되어 모든 플레이어가 해방된 지 1년이 지나, 피에 젖은 과거가 이렇게 되살아날 줄이야.

방에 있던 아스나, 클라인, 리즈벳, 시리카, 그리고 직접 관계는 없는 리파마저도 그 이상 아무 말도 못한 채 그저 기다리고만 있었다. 지금 무엇이 일어난 것인지 어느 정도 알고 있을 인물이 등장하기만을.

방문을 노크하는 소리가 들린 것은 아스나가 다시 로그인한 후약 1분이 지난 다음이었다. 연락을 받고 가급적 재빨리 ALO에 다이브했던 것이겠지만, 문이 열린 순간 리즈가 외쳤다.

"왜 이리 늦었어!"

그 한 마디는 나머지 네 사람의 내심을 대변해준 것이기도 했다.

"……이, 이래 봬도 세이브 포인트에서 초특급으로 날아온 거라고. ALO에 속도제한이 있었으면 면허 정지 먹었을걸."

입을 열자마자 그런 느긋한 소리를 내뱉은 것은 아스나와 같은 운디네 종족의 마법사였다. 늘씬한 장신을 간소한 로브로 감싸고, 마린 블루 컬러의 긴 머리는 수수하게 한쪽으로 가르마를 탔으며, 독기 없는 가느다란 얼굴에 둥근 은테 안경을 끼었다.

그의 캐릭터네임은 《크리스하이트》. 아스나 일행과 파티를 짜서 ALO를 플레이하기 시작한 지 이미 넉 달 정도가 지났다. 하지만 그 이름이 영어로 국화(菊, 키쿠)를 뜻하는 《크리샌서멈》과 언덕(岡, 오카)을 뜻하는 《하이트》의 조합이라는 사실을 아는 사람은 아스나와 키리토뿐이다.

현실세계의 이름은 키쿠오카(菊岡) 세이지로. 총무성 《가상과》의 직원이며, 구 《SAO 사건대책팀》의 에이전트. 현실세계에 귀환한 후의 키리토에게 이것저것 편의를 봐주고, 결과적으로 아스나를 구출하는 데에도 힘을 빌려준, 말하자면 은인이다. 그런 사람이 어째서 ALO에 캐릭터까지 만들었는가.

"VRMMO를 플레이해 키리토 일동과 좀 더 친해지고 싶어서."

본인은 그런 기특한 소리를 했지만,

"정보수집활동의 일환이겠지."

정작 키리토는 늘은 척노 하지 않았나. 하시만 아스나는 키쿠오카에게 어딘가 수상한 면을 느끼면서도 무조건 거절할 이유도 없으므로, 빈도는 낮지만 동료로 함께 싸우곤 했다. 오늘 이 순간까지는.

크리스하이트 아니, 키쿠오카 세이지로는 손을 뒤로 돌려 문을 닫고는, 4개월 전에 비하면 풀 다이브에 매우 익숙해진 걸음걸이로 방 한가운데까지 이동했다.

아스나는 부츠 뒷굽을 울리며 그의 바로 앞에 나서더니, 현실세계의 키쿠오카와 어딘가 닮은 온화한 눈을 응시하며 본론만 따졌다.

"무슨 일이 일어났죠?"

다이시 카페에서 전화를 걸었을 때는 "키리토가 GGO에 컨버트한 건에 대해 당장 묻고 싶은 것이 있으니, 위그드라실의 우리 집으로 오세요."라고만 했다. 물론 지금이 일요일 밤이며 키쿠오카가 독신 공무원이기 때문에 가능한 약간 억지스러운 요청이었지만, 다행히 그는 자택에 있었는지 그 이상 억지를 부릴 필요는 없었다. 자택이라고 했던 것치고는 전화 감이 조금 멀었으며, 게다가 목소리 뒤에서 이상한 중저음을 들었던 것도 같지만 이를 따질 여유는 없었다.

사실 그는 이렇게 2분도 걸리지 않아 날아왔으며, 오히려 아스나는 갑작스러운 호출에 대해 사죄해야 할지도 모른다. 하지만 가슴을 가득 메운 초조함이 이를 가로막았다.

아스나의 단도직입적인 질문에 크리스하이트는 유머러스한 둥근 안경 너머로 가느다란 눈을 두세 번 깜빡였다. 그저 어이없어하는 것이 아니라, 그런 동작 뒤에서 열심히 머리를 굴리고 있는 것이다. 아스나도 그 정도는 간파할 만큼 키쿠오카라는 사람을 알고 있다.

"음, 음."

작게 헛기침을 하더니, 교사와 같은 태도로 메이지가 말했다.

"다 설명하려면 좀 시간이 걸릴지도 모르겠는걸. 게다가 애초에 어디부터 설명해야 좋을지⋯⋯."

얼버무리려는 거냐고 아스나가 따지기 직전, 테이블에 늘어선 잔과 컵 뒤에서 나타난 조그만 그림자가 의연히 키쿠오카를 올려다보며 말했다.

"그럼 그 역할은 제가 대신하겠어요."

목소리의 주인은 물론 유이였다. 평소에는 사랑스럽다고밖에 표현할 수 없는 얼굴에 키리토에게서 물려받은 엄격한 빛을 띠고, 픽시는 영롱한 방울 같은 목소리로 이야기를 시작했다.

"《건 게일 온라인》 세계에 《사총》 혹은 《데스 건》을 자칭하는 플레이어가 처음 출현한 건 2025년 11월 9일 심야였어요. 그는 GGO 수도 《SBC 글록켄》 내의 술집 존에서 TV 모니터를 향해 총을 쏘았고……."

그러한 도입부로부터 약 2분에 걸쳐 유이가 설명한 내용은 너무나도 무시무시했다.

대인공격이 무효화된 《범죄 방지 코드 구역》 내에서 벌어진 두 번의 무의미한 총격. 하지만 그에 따라 일어났다고밖에는 볼 수 없는 갑작스런 회선 단절. 총에 맞은 두 플레이어가 그 후로 한 번도 로그인하지 않았다는 사실. 그리고——총격이 있었던 날짜와 사망 추정시각이 겹치는 두 건의 변사 사례.

"……언론 보도에선 사망자가 다이브 도중 VRMMO를 플레이했다는 것밖에 언급되지 않아서 그 타이틀이 GGO인지 어떤지는 판단할 수 없어요. 하지만 사망 상황이 너무나도 흡사한 점을 통해, 부검을 담당한 감찰의무원의 네트워크에 침입을 시도하지 않고도 그들이 《젝시드》와 《싱거운명란젓》이라는 추측은 가능했어요. 그래서 저는 6분 40초 전에 《사총》에게 회선이 단절된 플레이어 《페일라이더》도 현실세계에서 이미 죽었으리라고 생각해요."

그러더니 유이는 입을 다물고 곁의 잔으로 몸을 옮겼다. 아스나는 재빨리 팔을 뻗어 픽시의 조그만 몸을 두 손바닥으로 감싸 가슴에 안았다.

온라인에 공개된 매스컴의 보도와 개인 발신기사를 통해 눈 깜짝할 사이에 이만한 결론을 이끌어낸 유이의 정보처리능력과, 이를 정확한 일본어로 정리해 언어화하는 AI의 완성도는

"압권" 한 마디로밖에는 표현할 수 없었다. 그러나 그 능력에 반해 유이의 정보회로 그 자체는 결코 강인하다고 할 수 없다. SAO의 《멘탈 헬스 카운슬링 프로그램》이었을 무렵에는 무수한 플레이어가 시스템에 흘려보내는 공포와 욕망, 악의와 같은 어두운 감정을 처리하지 못해 반 이상 붕괴되고 말았을 정도였다.

그런 그녀에게 《사총》에 관계된 정보를 모조리 모아 선별하는 일은 큰 부담이었을 것이다. 그녀가 설명한 사태의 중대함에 충격을 받으면서도, 아스나는 손 안의 유이에게 살짝 입을 맞추며 고맙다고 속삭였다.

충격의 여파는 실내에 있던 리파, 리즈벳, 시리카, 클라인도 마찬가지인 듯, 한동안 아무도 입을 열지 못했다.

침묵을 깬 것은 크리스하이트의 조용한 속삭임이었다.

"……이거 정말 놀랍군. 그 아가씨는 ALO 서브시스템인 《내비게이션 픽시》라고 들었는데……. 이렇게 짧은 시간에 그만한 정보를 모아 그런 결론을 이끌어내다니. 너 혹시 우리……, 어, 《가상과》에서 아르바이트할 생각은 없니?"

시치미를 딱 떼고 말하는 안경 메이지를 아스나는 눈을 부릅뜨고 노려보았다. 그러자 키쿠오카는 냉큼 두 손을 들더니 항복하겠다는 듯이 어조를 바꾸었다.

"아, 미안해. 이제 와서 얼버무릴 마음은 없어. 아가씨의 설명은……, 사실이야. 모두. 《젝시드》와 《싱거운명란젓》은 《사총》의 총을 맞은 그 시각을 전후해서 급성심부전으로 사망했어."

"……이보셔, 크리스 나리. 당신이 키리토 자식에게 알바를 부탁했다며? 그럼 뭐야, 그 살인사건을 알고도 키리토를 그 게임에 컨버트하게 만들었던 거야?!"

바 카운터에서 뛰어나와 달려들려는 클라인을 크리스하이트는 오른손을 가볍게 들어 막았다. 안경에 빛이 번뜩 반사하며 그 안의 표정을 감추었다.

"잠깐 기다려, 클라인. **살인사건이 아니야.** 그건 이 두 사례를 놓고 한참 이야기를 나눈 끝에 나와 키리토가 내린 결론이라고."

"뭐……라고……?"

"생각해 보라고. 어떻게 죽이지? 어뮤스피어는 너브 기어가 아니야. 그걸 가장 잘 아는 건 너희지. 온갖 안전장치를 설정하고 설계한 어뮤스피어로는 그 어떤 수단을 써도 뇌에 털끝만큼도 상처를 줄 수 없어. 하물며 기계와 직접 연결되지 않은 심장을 멈추다니, 불가능하지. 나와 키리토는 지난 주 오프라인에서 한참 의논한 끝에 그런 결론을 내렸어. 게임 내에서 총을 쏴 현실의 육체를 죽일 방법은 없다고."

흥분한 학생을 달래는 선생님처럼, 냉정하고도 논리적인 키쿠오카의 말에 클라인은 끄응 신음하며 자리에 돌아갔다.

다시 찾아온 침묵을 이번에는 리파가 갈라진 목소리로 깼다.

"크리스. 그럼 크리스는 왜 오빠에게 GGO에 가라고 부탁했나요?"

떡잎색 큐롯 스커트에서 드러난 늘씬한 다리로 바닥을 쾅 차며 일어나더니, 실프 종족 최고의 검사는 검도 시합을 하듯 키쿠오카에게 스윽 다가섰다.

"······크리스도 느꼈던 거······, 아니, 지금도 느끼고 있겠죠? 우리하고 마찬가지로 무언가가 있다는 걸. 그 사총이란 플레이어에겐 뭔가 무시무시한 비밀이 있다는 걸."

"······."

마침내 입을 다문 키쿠오카에게, 아스나는 키쿠오카도 모를 정보를 던져보았다.

"······크리스. 《사총》은······, 우리와 같은 SAO 생환자예요. 게다가 최악이라 불렸던 레드 길드 《래핑 코핀》의 멤버였고요."

메이지의 긴 몸이 꿈틀 하더니 얇은 입술이 예리하게 공기를 들이마셨다.

유능한 커리어 관료도 이번만큼은 정말로 놀란 듯, 여느 때는 부드럽던 실눈이 한순간 크게 벌어졌다. 2초 정도가 지나 조용한 목소리가 흘러나왔다.

"······사실인가, 그게."

"예. 이름까지는 생각나지 않지만, 나와 클라인은 《래핑 코핀 토벌전》에 참가했으니까요. 다시 말해······, 사총이 게임 안에서 사람을 죽인 건 이번이 처음이 아니에요. 그래도 아직 전부 우연이라고 우길 생각이에요?"

"하······하지만······. 그럼 아스나, 자네는 이렇게 주장할 텐가? 초능력이나 저주가 실제로 존재한다고. 사총은 SAO 시절에 무언가 초자연적인 힘을 얻어 그 힘으로 이제까지 사람을 죽인 거라고."

"······그건······."

즉시 고개를 끄덕일 수도 없어 아스나는 입술을 깨물었다.

이번엔 리즈벳이 끼어들었다.

"저, 저기, 아스나. 크리스하이트는 SAO를 알아? 오프라인에선 뭔가 온라인 관련 일을 하는 공무원이고, VRMMO 연구 때문에 ALO를 하는 거라고 들었는데⋯⋯."

의외로 제일 먼저 고개를 끄덕인 것은 키쿠오카 본인이었다. 원래부터 엄밀히 감출 생각은 없었는지, 매끄럽게 자신의 처지를 설명했다.

"리즈벳, 그건 사실이지만 옛날에는 다른 일도 했지. 난 총무성 《SAO 사건대책팀》의 일원이었거든. ⋯⋯말은 그렇게 해도, 대책다운 대책은 아무것도 세우지 못한 이름뿐인 조직이었지만⋯⋯."

그 말을 들은 리즈벳은 눈을 크게 뜨더니, 어딘가 복잡한 표정을 지었다.

크리스하이트의 말은 자조적이었으나, 그것은 사실이 아니다. 《대책팀》은 2022년 11월의 SAO 사건 발발 직후부터 적극적으로 움직여, 피해자 1만 명을 신속히 전국의 병원으로 이송했다. 병석과 예산 확보에 당초 난항을 겪었다고 하나, 강경책과 회유책을 적절히 사용한 터프한 교섭으로 관계부처를 움직인, 그 중심인물이 바로 눈앞의 키쿠오카였다고 아스나는 키리토에게 들은 적이 있다. 지금은 SAO 생환자 모두가 《대책팀》의 분투를 알고 있으며, 감사는 할지언정 원망하는 사람은 없을 것이다.

키리토에게 위험한 의뢰를 했다는 분노와 도움을 받았다는 사실의 틈바구니에서 입을 다물고 만 리즈와 클라인을 대신

해, 아스나는 조용히 키쿠오카에게 말했다.

"……크리스하이트. 나도 사총이 어떻게 사람을 죽였는지는 몰라요. 하지만 그렇다고 키리토 혼자 과거의 업과 싸우도록 내버려둘 수는 없어요. 크리스라면 사총을 자칭하는 플레이어의 현실세계 주소와 이름을 알아낼 수 있지 않나요? 쉽진 않겠지만 《래핑 코핀》에 소속된 생환자를 전부 추려내, 지금 자택에서 GGO 서버에 접속했는지 회선업체에 조회하면……."

"자, 잠깐만. 그런 짓을 하려면 재판소의 영장이 필요하고, 수사 당국에 사정을 설명하는 데도 몇 시간이 걸릴지……."

아스나를 달래듯 두 손을 벌리던 키쿠오카는 다시 무언가를 깨달았다는 듯이 눈을 깜빡이더니, 한층 강하게 고개를 가로저었다.

"아니, 그 이전에 불가능해. 가상과에 있는 SAO 플레이어 제군의 데이터는 본명과 캐릭터네임, 그리고 최종 레벨뿐이니까. 소속 길드명과 그……, 살인 횟수는 일절 알 수 없어. 그러니 《래핑 코핀》이라는 정보만으로 현실의 주소와 이름까지는 알아내지 못해."

"……."

아스나는 입술을 꽉 깨물었다. 《사총》의 말투와 몸짓은 분명 기억이 있다. 토벌전과 그 전후처리 와중에 얼굴을 맞댔던 것은 아마도 확실하다. 그러나 어떻게 해도 이름을 떠올릴 수 없었다. 아니, 애초에 알려고 했는지도 의심스러웠다. 그 집단에 얽힌 기억 전부를 가급적 일찍 지워버리기 위해…….

"──오빠는 분명 그 이름을 떠올리기 위해 지금 저 전장에 있는 거예요."

갑자기 리파가 중얼거렸다.

어떤 의미에서 이 자리에 있는 그 누구보다도 현실세계의 키리토——카즈토와 가까운 곳에 있는 소녀는 몸 앞에서 두 손을 굳게 맞잡고 말을 이었다.

"어젯밤에 돌아왔을 때, 오빠는 굉장히 무서운 표정이었어요. 아마 어제 예선 때 알았을 거예요. GGO에 《래핑 코핀》 사람이 있다는 걸. 그리고 그 사람이 어째서인지 또 사람을 죽이고 있을지도 모른다는 걸. ⋯⋯그러니까 분명, 결판을 내러 간 거예요. 옛날 이름을 밝혀내고 《PK》를 막기 위해."

그 말을 들은 순간 아스나는 살짝 숨을 들이마셨다.

조금 분했지만 리파의 추측은 분명 옳을 것이다. 아니, 키리토는 《자신의 책임》이라고까지 느끼고 있을 것이다. 래핑 코핀 토벌대의 일원으로서, 그들의 악행을 이번에야말로 완전히 끝내는 것이 자신의 의무라고.

——키리토, 너는⋯⋯, 너는 언제나, 언제고 그렇게⋯⋯.

"그⋯⋯, 바보 자식!!"

클라인이 소리를 지르며 왼손을 힘껏 카운터에 내리쳤다. 수염이 덥수룩한 입가를 일그러뜨리며 계속 외쳤다.

"서운하게 이게 뭐야! 말만 해줬으면⋯⋯, 한 마디만 해줬으면 어디로 가든 나도 컨버트했을 텐데⋯⋯."

"맞아요⋯⋯. 하지만 키리토 오빠는 말하지 않았을 거예요. 조금이라도 위험이 있다고 생각했으면, 우릴 말려들게 하지 않을 테니까. 그런 사람이니까⋯⋯."

울며 웃는 듯한 표정으로 그렇게 중얼거리는 시리카에게, 곁에 선 리즈벳이 미소를 지으며 고개를 끄덕였다.

"……그래, 맞아. 옛날부터 그런 놈이었지……. 그뿐 아니라, 이번 대회 동안에도 적이어야 할 누군가를 지키고 있을지도 몰라."

그 말을 듣고 전원이 빨려들듯이 벽의 대형 스크린을 보았다.

멀티 화면 여기저기에서 총구가 눈부신 광원 이펙트를 뿜어낸다. 하지만 여전히 키리토의 이름은 비치지 않았으며, 그 후론 《사총》을 자칭하는 누더기 망토도 보이지 않았다.

생각해 보면 이 자리의 그 누구도 GGO에서 키리토의 아바타가 어떻게 생겼는지를 모르므로, 가령 어디선가 이름이 붙은 주관 캐릭터가 아닌 그냥 대전상대로 표시되면 알아볼 수 없을 것이다. 하지만 그래도 화면 오른쪽 구석의 플레이어 리스트에는 Kirito라는 이름이 있으며, 다른 출장자들이 순식간에 【DEAD】 스탯으로 바뀌어 가는 도중에도 그는 【ALIVE】 상태였다. 그렇다면 전장이 된 광대한 섬 어디선가 분명 《사총》과 조용히 싸움을 벌이고 있을 것이다.

만일 지금 아스나가 GGO에 컨버트한들, 대회에는 참가할 수 없으니 키리토를 돕지는 못한다. 하지만 무언가 해주고 싶었다. 하다못해 그를 지탱하고, 지키고, 격려하고 싶었다.

가슴 가득 퍼지는 그 마음에 떠밀리듯, 아스나는 우선 리파를 보며 물었다.

"리파, 키리토는 자기 방에서 다이브한 게 아니지?"

"네, 맞아요. 하지만 저도 시내 어디선가 다이브한다는 말밖에는 못 들었어요."

그 이야기는 아스나도 이미 알고 있었다. 그러므로 대회 종료 후에 곧장 키리토와 합류할 수 있도록, 세타가야의 자택이 아니라 오카치마치의 다이시 카페에서 ALO에 다이브했던 것이다. 한 차례 고개를 끄덕이고, 이번에는 키쿠오카를 돌아보았다.

"……크리스하이트. 당신은 알죠? 키리토가 어디서 다이브했는지."

"어~. ……그건, 뭐……."

로브 차림의 마도사는 바다색 머리카락을 미묘한 각도로 찰랑이며 우물거렸다. 하지만 아스나가 한 발 다가서자 이번에는 고개를 끄덕였다.

"──그래, 알지. 사실은 내가 준비해준 곳이라서. 보안장치는 철벽이고 모니터링은 반석 같은 곳이야. 바로 옆에 사람도 있으니, 키리토의 몸에 위험이 없다는 건 책임을 지고 보장……."

"어디죠?"

"…………어~, 그건 뭐냐……, 치요다 구 오차노미즈 병원인데……, 하지만 병원이라고 해서 불안해하지는 마. 심박 모니터링 장치를 준비하기 위해서 그랬던 거지, 몸의 이상을 예상했던 건 절대로……."

키쿠오카는 변명 같은 말을 늘어놓으려 했지만, 아스나는 손짓 한 번으로 말허리를 끊고는 더더욱 캐물었다.

"치요다 구에 있는 병원? 그럼 혹시 키리토가 재활치료를 받으러 입원했던 곳인가요?!"

"응, 그런데……."

──가깝다. 오카치마치의 다이시 카페와 오차노미즈 사이에는 스에히로쵸밖에 없으니 지척이다. 택시를 잡으면 5분도 걸리지 않는다.

그 사실을 깨달은 직후, 아스나는 딱 부러지게 말했다.

"전 가겠어요. 현실세계의 키리토가 있는 곳으로."

# 14

시논과 떨어져 혼자 동굴을 나오자, 하늘에서는 저녁놀의 붉은 기운이 거의 사라지고 마지막 잔조가 어렴풋한 보라색을 한 줄기 흘려놓을 뿐이었다.

GGO 세계는 항상 황혼 무렵이라고 생각했던 나는, 이 세계에도 밤이 온다는 데 조금 놀라 머리 위를 올려다보았다. 하지만 생각해 보니 현실세계 시간은 이미 밤 10시가 다 되었으니 오히려 어두운 게 당연하다.

하늘에 별은 거의 보이지 않았다. 이 세계에선 먼 옛날에 대규모 우주전쟁이 벌어져 문명이 쇠퇴하고, 인류는 과거의 기술유산에 의지해서 살아간다고 한다. 설마 은하의 별을 모조리 파괴하고 말았던 것은 아니겠지만, 그런 의심이 들 정도로 공허한 밤하늘이었다.

그런 무한한 어둠을 남서 방향에서 고속으로 가로지르는 조그만 빛이 있었다.

유성——은 아니다. 인공위성이다. 지난 문명에서 쏘아 올려, 관리하는 사람이 사라지고서도 우직하게 정보를 보내고 있다.

오후 9시 45분. 제3회 불릿 오브 불리츠 본선이 시작된 후 일곱 번째의 《새틀라이트 서치》가 시작될 무렵.

나는 밤하늘에서 고개를 되돌려 벨트 파우치에서 얇은 단말기를 꺼내 표면을 터치했다. 패널이 깜빡이고 주위의 맵이 표시되었다. 대회 필드가 된 이 섬의 북쪽은 거의 전체가 사막인 듯, 여기저기 바위산이며 오아시스가 점점이 자리한 것 외에는 밋밋하고 변화가 없는 지형이었다. 저격에 적합하다고는 하기 힘들다——내 짐작이지만.

지금 막 나온 바위산의 벽에 등을 기대고 최대한 몸을 감출 수 있도록 주의하면서 나는 단말기를 노려보았다. 몇 초 후, 맵 한가운데에 소리도 없이 하나의 광점이 떠올랐다. 건드려 볼 필요도 없이 나——키리토의 것이다. 바로 곁의 동굴 안에 대기한 시논의 위치는 당연히 표시되지 않는다.

그리고 의외로 주위의 사막 에이리어 반경 5킬로미터 이내에는 다른 생존 플레이어의 광점이 존재하지 않았다. 《옵티컬 카모》로 스캔을 회피할 수 있는 《사총》, 다시 말해 《스티븐》이 비치지 않는 것은 당연하다 쳐도, 나와 시논이 사막의 바위산에 숨어 있다고 간파한 플레이어들이 우르르 동굴에 그레네이드를 투척하러 몰려올 거라고 예상했는데.

그 대신——이라고 하기는 뭣하지만, 사막 에이리어 여기저기에 진회색으로 물든 광점이 흩어져 있었다. 이미 퇴장한 자들이겠지만, 이렇게 많은 《시체》가 있는 것치고는 조금 전부터 전투하는 음성이 전혀 들리지 않았던 것이 이상하다면 이상했다.

서둘러 단말기의 배율을 낮추었다. 그러자 남서쪽으로 6킬로미터 정도 떨어진 장소에 깜빡이는 빛이 하나 나타났다. 손가락으로 터치해 보니 표시된 이름은 《야미카제》. 들어본 적이 있는 이름이다.

그보다도 더 남쪽의 도시 폐허 에이리어에서도 접근하는 광점 두 개와 어두운 점이 몇 개 보였다. 생존자는 《No—No》와 《페르네이》. 더욱 배율을 낮춰 섬 전체를 패널에 표시했다. 그러나——놀랍게도 그 외에는 이미 광점이 존재하지 않았다. 대회 개시 직후부터 남쪽 바위산의 꼭대기에 자리를 잡아 시논이 《캠핑하리치》라는 별명을 붙였던 플레이어도 어느샌가 회색으로 광점이 물들었다. 근처에 같은 색 점이 두 개 있는 것을 보면 집단으로 몰려와 공략했던 모양이다.

다시 말해, 현재 이 광대한 배틀필드에 남은 것은 화면에 비치지 않은 시논과 사총을 포함해도 겨우 여섯 명이라는 소리다.

물론 그 외에 동굴과 물속에 숨은 플레이어가 있을지도 모르지만, 사총처럼 특수한 어빌리티가 없는 한 위성정보를 수신할 수도 없을 테니 이 중요한 국면에서 진행상황을 파악하지 않으려는 자는 별로…….

"……아."

단말기를 노려보며 거기까지 생각했을 때, 화면에 큰 변화가 발생해 나는 살짝 소리를 냈다.

광점이 늘어난 것은 아니었다. 그 반대였다. 폐허에서 인접했던 두 사람의 도트가 느닷없이 어두워진 것이다.

아마 새틀라이트 스캔이 시작될 때까지 두 사람 모두 상대의 존재를 알아차리지 못했던 게 아닐까. 화면을 보고 처음으로 바로 옆에, 이를테면 벽 한 장을 사이에 두고 옆방에 적이 있다는 것을 깨달아 서로 황급히 그레네이드라도 투척해 공멸——그런 상황은 아니었을까. 그렇다면 이렇게 후반까지 살아남을 수 있었던 용자 치고는 매우 어이없는 퇴장이었을 것이다. 나도 모르게 '나무아미타불'을 읊을 뻔했지만 관뒀다.

아무튼——이제는 30명으로 시작했던 배틀로열은 4명만이 남았다. 게다가 표시된 것은 나와 야미카제 둘뿐이다.

마지막으로 나는 섬 전체에 흩어진 빛나는 점과 어두운 점의 합계를 재빨리 세어보았다.

그리고 이번에야말로 낮은 신음을 냈다.

"어라⋯⋯."

황급히 다시 센다. 다시 한 번. 그러나 몇 번을 체크해도 수가 맞지 않았다. 단말기에 표시된 도트 수는 생존자인 흰색이 두 개, 패배자인 회색이——스물 네 개.

수가 맞지 않았다. 표시되지 않는 시논과 사총을 합해도 28명밖에 안 되는 것이다. 이미 사총의 검은 권총에 쓰러져 회선 절단으로 사라진 《페일라이더》를 더하면 29. 한 명이 모자란다.

내 추측을 배신하고 누군가가 동굴이나 물속에 숨은 것일까? 아니면.

사총이 그 후로 한 사람을 더 《없앤》 것일까.

아니, 후자일 가능성은 낮다. 왜냐하면 사총의 분신, 현실세계의 공범은 지금 시논의 집 혹은 그 주변에서 대기하고 있을 테니까. 시논을 미끼로 삼을 생각은 없지만, 사총이 그녀를 노리는 한 공범은 다른 타깃의 집으로 이동할 수 없지 않을까.

——아니. 아니, 어쩌면⋯⋯, 나는 무언가 중대한 실수를⋯⋯⋯.

틀렸다. 지금은 망설일 때가 아니다. 나는 질끈 한 차례 눈을 감고 밀려드는 한기를 떨쳐냈다.

눈을 뜨자 화면에 표시된 도트가 일제히 깜빡이기 시작했다. 상공의 위성이 지나가고 있는 것이다. 어쩌면 아니, 아마 다음 스캔은 이제 필요 없을 것이다. 위성에도 마음속으로 수고했다고 말을 걸어준 후 잽싸게 주위로 시선을 돌렸다. 어스름 속에 잠긴 사막에 움직이는 것, 빛나는 것은 없다. 정보가 사라진 단말기를 파우치에 다시 넣고 일단 동굴 안으로 돌아갔다.

거대한 라이플을 끌어안은 저격수 소녀는 버기카를 숨긴 가장 안쪽이 아니라, 모퉁이를 조금 돌아간 곳에서 나를 기다리고 있었다.

"어땠어, 상황은?!"

얼굴 양옆으로 묶어놓은 하늘색 쇼트 헤어를 찰랑이며 서둘러 묻는 시논. 간결하게, 그러나 빠짐없이 설명을 시작했다.

"스캔 도중에도 두 사람이 더블 KO로 퇴장했고, 남은 건 아마 넷일 거야. 너, 나, 《야미카제》, 그리고 화면에 비치지 않은 《사총》. 야미카제는 여기서 6킬로미터 남서쪽. 사총도 이 사막 어딘가에서 이 장소로 접근하겠지. 그리고 어쩌면 또 한 사람이 우리와 마찬가지로 동굴에 숨어 있을지도 몰라."

그 한 사람이 어쩌면 사총의 두 번째 희생자일지도 모른다는 추측은 도저히 입에 담을 수 없었다. 시논도 그 점은 깨닫지 못했는지, 조금 의외라는 듯이 중얼거렸을 뿐이었다.

"……남은 게 겨우 네다섯 명……."

하지만 이내 고개를 살짝 끄덕였다.

"하지만 이미 1시간 45분이나 지났는걸. 지난 대회가 2시간

남짓해 결판이 났다는 걸 생각해 보면 페이스는 대체로 비슷해. 아무도 이곳에 그레네이드를 투척하러 오지 않았던 게 신기하지만……."

"응……. 어쩌면 우리를 찾으려고 돌아다니다가 사총이 모조리 그 라이플로 해치웠을지도 몰라. 사막 여기저기 회색 점이 몇 개 있더라고."

"……그렇다면 맥스 킬(max kill) 상은 틀림없이 그놈 거겠네."

복잡한 표정으로 어깨를 으쓱한 시논은 분위기를 바꾸려는 듯이 다시 말했다.

"그건 그렇다 치고, 문제는 《야미카제》야. 그 사람 단말기에 표시된 생존자는 너 하나였을 테니 틀림없이 다가오고 있을걸."

"들어본 적이 있는 이름인데……, 강해?"

그렇게 묻자 시논은 어이없다는 표정으로 대답했다.

"지난 대회 준우승자라구. 완전히 어질에만 집중한 빌드여서, 별명이 《런건 귀신》이야."

"러……런건?"

"《Run&Gun》. 뛰고 쏘고 또 뛰는 스타일. 무장은 초경량 서브머신건 《캘리코 M900A》. 전에는 젝시드의 레어 총과 레어 방어구에 밀려서 2위였지만, 플레이어 스킬로는 야미카제가 훨씬 높다는 이야기도 있어."

"그……그건 다시 말해, GGO JP 서버 최강일지도 모른다는 소리구나……."

생각해 보면 이런 최종국면까지 살아남았으니 강한 건 당연하지. 어떻게 할까 눈살을 찌푸리고 있으려니, 시논의 어딘가 결연한 목소리가 귀에 들렸다.

"저기……. 실제로 사람을 죽이는 건 현실 쪽 공범이라는 네 추리가 옳다면, 《사총》이 지금 죽일 수 있는 사람은 나뿐이라는 뜻이지? 왜냐하면 공범은 우리 집에 붙어 있어야 하니까."

"……."

나는 조금 아니, 상당히 놀라며 눈앞의 어딘가 고양이를 연상케 하는 조그만 얼굴을 바라보았다.

현실세계에 놔둔 자신의 몸을 낯모르는 살인자가 노리고 있다. 그 무서운 상황은 어떤 의미에서는 내가 체험했던 너브 기어와 데스 게임 규칙의 구속보다 끔찍한 것이다. 하지만 시논의 진남색 눈동자에는, 물론 공포는 있지만 그에 맞서려는 의지의 빛도 함께 보였다.

입을 다문 내게 시논은 침착한 목소리로 말을 이었다.

"다시 말해 야미카제가 사총에게 진짜로 죽을 걱정은 없다는 뜻이잖아. 그렇다면 야미카제에게는 미안하지만, 이젠 야미카제까지 미끼로 삼을 수도 있지 않을까? 사총이 L115로 야미카제를 쏘면 위치를 알 수 있어. 너 혼자 미끼가 되는 것보다 확실해. ……게다가 생각하기에 따라서는 나도 비슷한 짓을 하고 있는 셈이니까."

마지막 한 마디는 현실세계의 자신이 사총의 공범을 묶어놓고 있다는 뜻이리라. 말꼬리가 어렴풋이 떨리기는 했지만, 그렇게 말할 수 있는 정신력은 정말 훌륭했다.

"……강하구나, 시논은."

내가 중얼거리자, 스나이퍼 소녀는 두 눈을 깜빡거리더니 입술의 힘을 아주 살짝 풀었다.

"……별로, 그냥 생각하지 않으려는 것뿐이야. 무서운 것에 눈을 감는 건 옛날부터 특기였거든."

어딘가 자조적인 말을 금방 이어진 말로 덧씌운다.

"아무튼 지금 이 작전은 어때? 이젠 쓸 수 있는 건 뭐든 써야 할 상황이라고 생각하는데."

"그래……, 네 말이 맞아. 나도 찬성……이긴 한데……."

짧게 입술을 깨물며 나는 몇 분 전부터 마음 한구석에 걸렸던 의구심을 설명했다.

"……다만 한 가지 마음에 걸리는 점이 있어. 아까 새틀라이트 스캔으로 생존자와 퇴장자를 전부 세어봤더니 28명밖에 안 되더라고. 나머지 둘 중 하나는 페일라이더라 쳐도, 한 사람이 부족해."

"……설마 사총이 그 후로 또 누구를 죽였단 소리야?"

시논은 눈을 크게 뜨더니 금세 고개를 가로저었다.

"그……그건 불가능해! 왜냐하면 공범은 나를 노리고 있다며? 가상세계가 아니니까 그렇게 빠르게 이동할 수는 없을 텐데? 설마 나와 같은 아파트에 우연히 다른 출장자도 살고 있었다는 거야?"

"그래……, 이상하긴 한데……. 하지만 생각해 보면 조금 부자연스럽거든……."

나는 흘끔 시계를 보고 스캔으로부터 이미 2분이 지났다는 것을 확인한 후, 뇌리에 자리 잡은 의구심을 가능한 재빠르게 설명했다.

"사총이 철교에서 페일라이더를 쏘고, 다음에 스타디움 부근에서 널 쏘려 했을 때까지 30분밖에 지나지 않았어. 다시 말해, 현실세계의 페일라이더는 너희 집에서 30분이면 이동이 가능한 범위 내에 있다는 뜻이야. 있을 수 없는 일이라고는 못 하겠지만, 너무 그럴듯하지 않아?"

"……하지만 그렇게밖에 생각할 수 없잖아?"

눈살을 찡그리는 시논에게 나는 위성 스캔 도중 밀려들었던 또 한 가지의 망설임을 털어놓았다.

"아니, 그렇지 않아. 잘 들어……. **사총의 공범이 한 사람이라는 법은 없어.** 만일 여러 명의 《실행부대》가 있다면, 한 사람이 너를 노리고 대기하는 동시에 다른 누군가가 죽을 수도 있다는 거야. 쉽게 말해……, 야미카제 또한 사총의 타깃이 될 가능성도 부정할 수 없어."

"아…………!"

시논은 숨을 들이키더니 거대한 저격총을 한층 더 꽉 끌어안았다. 어스름 속에서 어렴풋이 빛나는 얼굴이 가늘게 떨렸다.

"그, 그럴 수가……. 그런 무시무시한 범죄에 세 명 이상이 얽혔단 말이야?"

"……《래핑 코핀》 생존자는 적어도 열 명이 넘었어. 게다가 그놈들은 반년 가까이 같은 감옥 에이리어에 갇혀 있었지. 현실세계에서 연락할 수단을 상담하거나……, 극단적으로 말해 이번 계획 그 자체를 짜냈을 시간도 충분히 있었을 거야. 설마 열 명 전원이 얽혔으리라고는 생각하지 않지만……, 공범이 한 명뿐이라고 단언할 근거는 없어."

"…………그렇게까지 해서……, 왜 그렇게까지 해서 《PK》를 계속해야 하는 거야……? 기껏 데스 게임에서 해방되었는데도, 왜……."

떨리는 속삭임에 나는 메마른 목으로 간신히 답을 밀어냈다.

"……어쩌면 내가 《검사》이기를, 네가 《저격수》이기를 바라는 것과 같은 이유일지도 모르지……."

"……."

화를 내지 않을까 생각했지만, 시논은 그저 입술을 깨물 뿐이었다. 가느다란 몸에서 떨림이 사라지고, 진남색 눈동자에 강한 빛이 돌아왔다.

"……그렇다면 그딴 놈들에게는 절대 질 수 없어. 난 아까 《PK》라고 했지만, 그 말 취소할래. 이 게임에서도 PK를 하는 사람은 많고 나도 그런 스쿼드론에 들어갔지만, PK에게는 PK 나름의 긍지와 각오가 있을 거야. 풀 다이브 도중 의식이 없는 인간을 독약으로 죽이다니, 그런 건 PK가 아니야. 그냥 비열한 범죄……, 살인이지."

"그래……, 맞아. 더 이상 놈들이 멋대로 설치도록 놔둘 수는 없어. 이 전장에서 《사총》을 물리치고, 현실세계의 공범과 함께 죗값을 치르게 하자."

그것은 반쯤 자신에게 한 말이었다.

그렇다──. 그것은 내가 치러야 할 첫 책무이다. 나는 여기서부터 다시 한 번 시작해야만 한다. 그날 밤, 광란 속에서 두 사람을 죽이고 훗날 또 한 사람의 목숨을 빼앗았던 나 자신의 속 죄를.

원래는 혼자 맞서야 할 이 싸움에 끌어들여버린 스나이퍼 소녀를 나는 가만히 바라보았다.

그녀의 안전을 최우선으로 생각해서 행동한다면, 야미카제와 사총을 싸우게 하고, 어느 한 쪽이 이긴 시점에서 둘이 나란히 자살해 대회를 끝내야 할 것이다. 하지만 최악의 경우 지도에서 보이지 않았던 한 사람이 사총의 희생자가 아닌 강이나 동굴에 숨어 있는 경우이다. 대회는 거기서 끝나지 않고 야미카제를 쓰러뜨린 사총이 나타나, HP만 없는 가짜 시체가 되어 움직이지 못하는 시논을 내 눈앞에서 쏠지도 모른다. 게다가 야미카제가 사총의 타깃이었을 경우에는 희생자를 늘리는 꼴이 될 수도 있다.

역시 싸워야만 한다. 시논을 지키고, 야미카제를 해치우고, 사총도 쓰러뜨린다. 간단하지는 않겠지만 어떻게든 해내야만——.

여기까지 생각했을 때, 시논이 결연한 목소리로 말했다.

"야미카제는 내가 상대하겠어."

"뭐……?"

"그 사람은 강해. 설령 너라 해도 순식간에 해치울 수는 없어. 싸우는 도중에 사총의 타깃이 될 거야."

"그……그야 그럴지도 모르지만……."

말을 우물거리는 내게 시논은 총에서 뗀 오른손을 뻗어 내 가슴을 가볍게 툭 두드렸다.

"말 안 해도 뻔해. 너, 날 지켜야겠다고 철석같이 생각했겠지?"

정곡을 찔리는 바람에 나도 모르게 입을 다물고 말았다. 저격수의 조그만 입술에 웃음이 퍼지더니, 이어서 뾰로통하게 튀어나왔다.

"웃기지 마. 난 스나이퍼고 네가 스포터라고. 적의 위치를 판별하는 것만 도와주면 야미카제도 사총도 내가 해치울 거야."

일부 단어는 의미를 알 수 없었지만, 나는 쓴웃음을 짓고 이어서 고개를 끄덕였다.

"그렇구나. 그럼 네게 맡길게. ······슬슬 양쪽 모두 상당치 접근했겠지. 우선 내가 버기카로 뛰쳐나갈 테니, 넌 나중에 여길 나와서 저격을 할 만한 위치로 가줘."

결국 아까 계획했던 작전을 전하자, 시논은 고개를 끄덕여 대답하더니.

진지함이 돌아온 얼굴로 내 시선을 똑바로 받아들이며 짧은 한 마디만을 입에 담았다.

"잘 부탁해, 파트너."

\* \* \*

암시(暗視) 모드로 변경한 애총 헤카테 II의 스코프를 시논은 오른쪽 눈으로 들여다보았다.

넓은 사막에 현재 움직이는 것이라고는 없다. 하지만 남서쪽에서는 야미카제가, 그리고 어딘가에서는 누더기 망토가 이곳을 향해 접근하고 있을 것이다.

시논이 저격 위치로 선택한 곳은, 아까까지 잠복했던 동굴이 있는 낮은 바위산 정상이었다. 지상에서는 발견하기 어려우며, 주위를 멀리까지 내려다볼 수 있다. 그러나 물론 위험도 있다. 낮다고는 하나 꼭대기다 보니 지면까지는 10미터 이상이나 되므로, 바이탈이 낮은 시논은 함부로 뛰어내릴 수 없다. 오르내릴 수 있는 루트도 하나뿐이어서, 만일 적이 몰래 접근한다면 도망치지 못한 채 당할 수밖에 없다.

그러나 지금은 부정적인 생각은 버려야 할 때다. 평정심을 유지하며 라이플을 살짝 오른쪽으로 돌려보았다.

그러자 시야 한가운데 커다란 모래언덕 꼭대기에 오도카니 선 그림자가 보였다.

이따금 몰아치는 바람이 등까지 늘어뜨린 검은 흑발을 흔든다. 가녀린 몸을 감싼 검은색 전투복은 어둠에 녹아드는 것 같아서, 총을 든 병사라기보다는 환상세계의 사막에 선 요정 검사처럼 보였다.

키리토의 너머로 폐허도시에서 이곳 사막까지 두 사람을 데려온 말——삼륜 버기카가 보였다. 동굴을 뛰쳐나갔을 때는 가솔린이 거의 없었으니 아마 이제는 움직이지 않을 것이다. 그래도 버기카는 최후의 역할을 꿋꿋하게 수행해주고 있다. 커다란 차체가 엄폐물이 되므로, 발견은 쉬워도 북쪽에서 저격하기는 어렵다.

그리고 남쪽에는 시논이 잠복한 바위산이 있으며, 이쪽도 시야를 제한한다. 따라서 사총이 L115를 쏠 수 있는 곳은 서쪽이

나 동쪽 뿐. 그러나 서쪽에서 야미카제가 접근 중이라는 사실을 고려해보았을 때, 아마도 동쪽이 될 것이다. 키리토도 그렇게 판단했는지, 멀리서는 소녀로밖에 보이지 않는 얼굴을 짙은 구름 틈으로 떠오르기 시작한 창백한 달쪽으로 향하고 있었다.

사총은 아마 키리토를 전자 스턴 탄이 아닌 실탄——필살의 위력이 담긴 338 라푸아 매그넘으로 저격할 것이다. 머리나 심장에 명중하면 즉사. 손발이라 해도 임팩트 대미지로 HP의 절반은 빼앗을 수 있다. 회피도 쉽지 않다. 사총의 초탄은 불릿 라인이 존재하지 않는 데다, 적은 《메타마테리얼 옵티컬 카모》 능력으로 투명화한 채 저격태세에 들어갈 수 있다. 물론 모래 위를 걸으면 발자국이 남으므로 필중거리까지 접근하는 것은 불가능하겠지만, 그렇다 해도 압도적으로 유리하다는 데는 의심의 여지가 없다.

——하지만 너라면.

한 번 보고 《언터처블 게임》을 클리어했으며, 눈앞에서 쏜 헤카테의 탄환을 베었던 너라면 피할 수 있겠지, 키리토.

시논은 속으로 그렇게 속삭이며 라이플의 방향을 되돌렸다.

자신의 역할은 키리토가 최대의 집중력을 발휘할 수 있도록 해주는 것. 그러기 위해 그의 배후에서 접근하는 최강의 어질리티 타입 어태커 야미카제를 신속히 제거할 것이다.

만일 시간이 충분하고 상황이 안전하다면, 야미카제에게 사정을 설명하고 피난시키거나 도움을 청할 수 있을지도 모른다. 그러나 이 BoB 본선을 무대로 진짜 살인사건을 일으키는 놈이 있다는 이야기를 수긍하기는 힘들 것이다. 시논도 사총과 눈앞에서 조우해 헤이싱의 총구를 눈앞에서 보고 그 오싹한 냉기를 느끼지 못했더라면, 그 후 키리토에게 들은 이야기를 모두 코웃음으로 일축했을 것이다.

그러므로 지금은 쏠 수밖에 없다. 젝시드가 없는 이 대회에서는 누구나 우승후보 필두라 인정하는 상대를 일격에 해치워야만 한다.

……내가, 해낼 수 있을까.

광대한 사막을 스코프와 육안 양쪽으로 내려다보며, 시논은 밀려드는 망설임과 두려움에 열심히 저항했다.

폐허에서 도주할 때 버기카 위에서 했던 저격은 매우 처참했다. 누더기 망토를 맞추지 못한 것도 당연하다. 트럭의 가솔린 탱크에 맞았던 것은 단순한 우연이었다. 이제까지 쌓았던 자존심이 그 순간 모조리 박살났다.

저격수가 되어 수많은 킬 스코어를 쌓고 실력을 갈고 닦아서, 언젠가 BoB에서 우승한다면 현실세계의 아사다 시노도 진정한 강함을 얻을 수 있으리라고, 총에 대한 두려움도 벗어버리고 과거의 사건을 떠올리지도 않으며 평범하게 살 수 있으리라고, 신카와 쿄지에게 이끌려 GGO를 시작한 후부터 줄곧 그렇게 믿었다.

그러나 아마 그 바람은 약간 조준이 엇나갔던 것일지도 모른다.

언제부터인가 《시논》과 《시노》를 마음속으로 다른 존재라고 선을 긋고 말았다. 강한 시논과 약한 시노, 그런 식으로 구분하고 말았다. 하지만 그것은 착각이었다. 시논의 내면에도 시노의 약함은 분명히 남아 있었다. 그러니 사총의 헤이싱에 겁을 먹고 그 저격을 실패한 것이다.

양쪽 모두 같은 《자신》. 키리토라는 신비한 소년을 만나고서 겨우 그 사실을 깨달았다. 그는 분명 현실세계에서도 똑같은 사람일 것이다. 자신의 약함에 저항하고, 강해지기 위해 매일 싸울 것이다. 설령 허리에 광검은 없다 해도.

그렇다면 분명 시노의 내면에도 처음부터 시논의 강함은 존재했을 것이다.

──나는 이 탄환을 시노로서 쏘겠어. 5년 전 그 사건 때 그랬듯.

줄곧 그 순간으로부터 도망치기만 했다. 잊으려고, 지워버리려고, 그저 눈을 감고 기억을 한없이 그림물감으로 덧칠하려 했다.

하지만 이젠 그러지 않을 것이다. 정면에서 기억을, 죄를, 다시 한 번 바라볼 것이다. 나는 그 순간으로 돌아가 그곳에서 걸음을 내디뎌야 한다. 아마 그 순간이 오기를, 나는 줄곧 기다렸을 것이다.

그렇다면──.

지금, 지금이 바로 그 순간이다.

시논의 오른쪽 눈이 스코프 저 너머에서 고속으로 이동하는 그림자를 포착했다. 《야미카제》였다.

방아쇠에 손가락을 걸쳤다. 아직 힘은 주지 않는다. 이 저격의 기회는 오직 한 번. 재이동해 위치정보 리셋을 기다릴 여유는 없다.

만일 빗나간다면 야미카제는 우선 키리토를 급습할 것이다. 아무리 키리토라 해도 사총과 야미카제를 동시에 상대할 수는 없다. 어느 한쪽의 공격으로 쓰러질 수밖에 없다. 그 후 사총이 야미카제를 쓰러뜨리면, 그 사신은 드디어 시논에게 다시 한 번 헤이싱을 들이대겠지. 가상의 7.62밀리 탄환이 시논을 포착하고 그 광경이 외부에 중계된 순간, 현실세계의 공범이 시노에게 치사성 약물을 주입하여 심장을 멈춘다.

다시 말해 이 탄환에는 시노의 진짜 목숨이 걸린 것이다. 그때와 마찬가지로.

하지만 마음은 이상하게도 고요했다. 그저 상황을 정확히 파악하지 못한 것일지도 모른다. 하지만 그것만은 아니었다. 무언가가, 누군가가 힘을 빌려주고 있다. 얼어붙고 마비된 것 같은 오른손 손가락에 살짝 온기를 전해주는 이 열은——…….

헤카테 Ⅱ. 수많은 전장을 함께 누볐던 둘도 없는 분신.

…………아아, 그렇구나. 너는 계속 거기 있었던 거구나. 시논의 품안이 아니라……, 시노의 곁에서도 언제나, 줄곧. 모습은 보이지 않았어도 날 격려해주었던 거구나.

…………부탁이야. 약한 내게 힘을 빌려줘. 이제부터 다시 한 번 일어나 걸음을 내디디기 위한 힘을.

\* \* \*

이제는 사라진 부유성 아인크라드에서 전투로 하루하루를 보내던 시절, 공략파 검사들은 수많은 《시스템 외 스킬》을 창안하고 수련했다.

듀얼 때 검의 위치와 아바타의 무게중심을 통해 상대의 다음 수를 읽는 《선견》. 원거리형 몬스터나 인간의 시선을 통해 공격 궤도를 추측하는 《간파》. 환경 효과음 속에서 적의 효과음만을 읽어내 위치를 파악하는 《청음》. 몬스터의 AI 학습을 유도하고 급격한 부하를 주어 허점을 만드는 《미스리드》. 여러 명이 미스리드를 사용하며 동시에 HP 회복을 노리는 《스위치》.

스탯 윈도우에는 표시되지 않는 이런 스킬 중에서도 가장 습득이 어려운 비기로 여겨졌으며, 사람에 따라서는 미신 취급마저 당하는 것이 《기를 느끼는》 기술——그 이름은 바로 《하이퍼 센스》였다.

자신을 노리는 적의 존재를 눈으로 보고 귀로 듣기도 전에 느낀다. 《살기를 느끼는》 기술이라고 해도 과언이 아니다.

존재부정파의 말에 따르면, 살기란 가상세계에서는 원리상 있을 수 없다고 한다. 왜냐하면 풀 다이브 환경의 인간은 너브기어가 뇌에 보내는 디지털 데이터로만 세계를 인식하기 때문이다. 모든 정보는 코드로 변환이 가능해야만 하며, 여기에는 살기나 육감처럼 애매한 개념이 존재할 여지가 없다는 것이다.

그들의 주장은 그야말로 정론이다. 나도 《하이퍼 센스》 스킬을 적극 긍정하는 것은 아니다.

그러나 2년에 걸친 부유성의 전투 속에서 나는 몇 번인가 살기를 느꼈다——그밖에 형언할 수 없는 경험을 했다. 무언가를 보거나 들은 것도 아닌데 남이 나를 노린다는 것을 직감하거나, 던전에서 전진하는 것이 저어되거나. 그 결과, 그 덕에 목숨을 건진 적도 없지는 않다.

올해 들어 나는 딱 한 번 《딸》유이에게 그 이야기를 해 보았다. 유이는 과거 SAO를 움직이는 《카디널 시스템》의 하위 프로그램이었다. 그녀는 SAO와 그 복제 시스템인 《더 시드》에 다른 플레이어와 몬스터의 존재를 오감 정보 외의 다른 것으로 알려주는 시스템은 없다고 단언했다.

——그러니까 시선이 미치지 못하는 장소에서 완전히 소리도 없이 잠복한 적을 알아차릴 방법은 없을 텐데 말이죠.

그렇게 말하며 고개를 갸웃하는 그녀에게, 나는 오랫동안 속으로 품었던 어떤 상상을 들려주었다.

VRMMO에 다이브하는 플레이어는 멀리 떨어진 게임 서버에 존재하는 《자신》의 스탯 데이터와 항상 신호를 주고받는다. 황야나 던전에 혼자 있을 때 그 데이터를 참조하는 것은 자신뿐이다. 그러나 만일 누군가가 매복 상태에서 기습을 시도한다면, 스탯 데이터 액세스는 두 배 혹은 그 이상으로 늘어난다. 그만큼 처리가 무거워지고, 여기서 발생한 미미한 랙을 《살기》로 인지하는 것은 아닐까——.

내 가설을 들은 유이는 매우 회의적인 표정을 짓더니, 그 정도 부하에 처리가 느려지는 서버는 조약돌보다 못하다고 말하곤, 가능성으로서는 있을 수 있을지도 모른다고 말을 덧붙였다.

결국 미신설이 그나마 설득력이 있을지 모른다.

하지만 사태가 이 지경에 이른 만큼, 이론은 아무래도 상관없다.

나는 지금, 전 VRMMO 플레이 경력을 통틀어 처음으로

《하이퍼 센스》스킬 이외에는 의지할 것이 없는 상황에 처했으니까.

　마지막 잔조가 어렴풋이 남은 하늘 저편에 흐릿한 청백색 원반이 떠올랐다. 보름달이다. 하지만 두꺼운 구름에 가려진 탓인지 알브헤임의 달밤에 비하면 매우 어둡다. 모래언덕의 능선은 반쯤 밤하늘에 녹아들어, 군데군데 튀어나온 그림자가 선인장인지 바위인지를 판별하는 것조차 힘들었다.

　만일 그런 곳 뒤에서 누군가가 몸을 숨기고 내게 필살의 총구를 겨누었다 해도 눈으로는 움직임을 알아낼 수 없을 것이다. 그런데도 지금 나를 노리고 있을 적은, 몸을 투명하게 만드는 말도 안 되는 우위마저 차지했다. 시각정보에서 기대할 수 있는 것이라고는 모래 위에 새겨지는 발자국뿐. 1킬로미터나 떨어지면 그런 건 묘사조차 되지 않을지도 모른다. 보려 해봤자 소용없다. 마찬가지로 이동에 따른 노이즈도 바람소리에 가려 들리지 않으리라.

　──그렇다면 아예 눈을 감고 귀를 막자.

　두려움을 떨치고 나는 눈을 감았다. 바람소리를, 메마른 냉기를, 발밑의 모래가 서벅이는 감촉을 의식에서 배제한다.

　그러자 아득히 멀리서 느껴지는 미미한 진동. 누군가가 엄청난 속도로 뛰고 있다. 사총──은 아니다. 방향은 남서쪽. 이것은 분명 《야미카제》일 것이다.

　돌아서서 그 모습을 확인하고 싶다는 충동을 참았다. 야미카제는 시논의 타깃이다. 그녀가 막아줄 것이다. 의식 속에서 배후의 발소리까지도 지웠다. 모든 감각을 전방에 집중하고, 모종의 《변화》를 받아들이기 위해서만 집중력을 쥐어짜냈다.

아아……, 그렇구나. 나는 이제야 떠올렸다. 그 래핑 코핀 토벌전 때도 놈들의 기습을 가장 먼저 전해주었던 것은 움직임도 소리도 아니었다. 그저 《불길한 예감》이었다. 나는 직감에 따라 돌아보았고, 동굴 갈림길에서 소리도 없이 다가오는 그림자를 발견한 것이다.

기습부대의 선두에서 달리던 그자의 이름이 뭐였더라. 래핑 코핀의 수령 《PoH》는 아니다. 놈은 아마도 그 자리에 없었을 것이다. 그러므로 다른 간부다. 바늘처럼 가느다란 검 《에스톡》이 그의 무기였다. 칼날이 없는 찌르는 데 특화된 무기. 휘어지며 날아드는 예리한 칼날의 미미한 광채…….

내가 그놈을 죽였던가? 아니, 아니다. HP가 절반 이하로 떨어졌을 때, 놈은 동료와 스위치해 슬금슬금 뒤로 물러나고 말았다.

물러나면서 내게 무언가를 속삭였다. 허세로 내뱉는 말이 아니었다. 슈욱슈욱, 귀에 거슬리는 토막난 단어들.

『……키리토. 넌, 나중에, 반드시 죽여주마.』

——그 어조. 그 기척. 후드 안에서 빛나던, 이상하게 새빨간 두 눈————.

찌리릿. 무언가가 미간에 닿았다.

**그 느낌.** 나를 노리는 무미건조한, 그러면서도 끈적끈적한 듯 싸늘한——살기.

나는 두 눈을 크게 떴다.

사막 저편, 정확히 동쪽에서 약간 북쪽으로 치우친 선인장 아래에서 조그만 빛이 번뜩였다.

에스톡의 칼날. 혹은 라이플의 머즐플래시.

몸을 오른쪽으로 기울였다. 아니, 기울이려 했을 때는 이미 무시무시한 밀도로 응축된 공격력의 덩어리가 내 이마 바로 옆까지 육박했다. 시간의 흐름이 바뀌었다. 무겁게, 무겁게, 공기조차도 얼어붙었으며——.

고속으로 회전하는 총탄의 끝이 얼굴을 살짝 눕힌 내 관자놀이를 스치고, 머리카락을 가르고, 뒤로 날아갔다.

"하아……아아아!!"

한 다발의 흑발을 허공에 남기고, 포효와 함께 나는 모래를 박찼다.

\* \* \*

————빠르다!!

마침내 스코프에 들어온 《야미카제》. 그러나 그의 질주는 시논의 예상을 뛰어넘는 속도였다. 상한을 찍은 어질리티와 극에 달한 대시 스킬의 뒷받침이, 이름 그대로 어둠색 바람이라고 부를 만한 강렬한 이동속도를 실현했다.

조그만 몸을 감싼 것은 최저한의 프로텍터만을 걸친 암청색 컴뱃 슈트. 보조무장은 없었으며, 허리에 플라즈마 그레네이드를 하나 장착했을 뿐이다. 헬멧조차 쓰지 않고 각진 얼굴을 그대로 드러냈다. 조그만 M900A를 든 두 팔과 앞으로 구부린 상체는, 대시 도중임에도 불구하고 거의 흔들림이 없다. 두 다리만 흐릿하게 보일 정도로 빠르게 움직이는 그 모습은 병사라기보다는 마치 《닌자》 같았다. 게다가——한시도 멈추지 않는다.

제아무리 스피드에 자신이 있는 플레이어라 해도, 보통은 조금 달렸다가 장애물 뒤에 숨어 주위를 살핀 후 다시 뛰는 법이다. 시논과 같은 저격수에게는 그 정지시간이 최대의 기회가 된다.

하지만 야미카제는 선인장이나 바위 같은 오브젝트를 엄폐물로 이용하면서도 전혀 속도를 늦추지 않았다. 속도가 생명인 어질리티 타입에게는 대시할 때가 가장 안전하다는 사실을 알고 있는 것이다.

……어떻게 할까. 움직임을 읽어 예측사격을 할까? 하지만 야미카제의 대시는 일직선이 아니었다. 모래언덕을 우회하고, 때로는 뛰어오르는 랜덤 궤도를 읽는 것은 불가능하다. 아니면 초탄은 일부러 발밑을 쏘아 적이 당황해 엎드린 틈에 해치우는 방법도 없지는 않다. 그러나 야미카제만한 베테랑에게 그렇게 낡은 테크닉이 통할지 어떨지. 게다가 무엇보다 초탄 이후의 저격은 적에게 《불릿 라인》을 주고 만다. 저격수 최대의 무기인 불릿 라인 없는 초탄을 그렇게 낭비해도 될까——.

시논은 망설였다. 그러나 그 망설임은 버기카 위에서 느꼈던 두려움과 망설임에 찌든 것이 아니었다. 머리는 냉정하고 맑았다. 뺨을 가져다 댄 헤카테의 매끄러운 목제 개머리판과, 시논을 우직하게 믿으며 야미카제에게 등을 돌린 채 서 있을 소년이 그녀에게 힘을 보내준다.

……대시 중인 야미카제를 이판사판으로 쏠 수밖에 없어.

찰나의 망설임 끝에 그런 결론을 내린 시논은 검지를 살짝 늦추었다.

그런 건 저격이 아니야. 쏠 때는 100퍼센트의 확신을 가져야만 해. 야미카제는 키리토를 M900A의 사정거리에 포착하기 직전에 단 한 번 멈출 거야. 그럴 가능성이 있어.

그렇다면 그 순간을 한계까지 기다리자.

진남색 닌자는 이미 키리토의 1킬로미터 안으로 접근했다. 그러나 키리토가 등을 보인 채 움직이지 않는다면, 자신을 알아차리지 못했으리라 판단하고 어질리티 타입의 주무대인 100미터 거리까지 다가서려 하겠지.

──그때까지는 나도 참아야 해. 그러니 너도 견뎌줘, 키리토. 나를 믿고.

통신기 아이템을 쓸 수 없는 배틀로열 필드에선 그저 그렇게 기도할 수밖에 없었다. 하지만 무언가가 전해진 기분이 들었다. 그것을 끝으로 생각은 완전히 멈추었다. 자신의 모든 존재가 헤카테와 하나가 되고, 시각은 스코프에, 감각은 방아쇠에 녹아들었다. 호흡과 심박조차 멀어졌다. 느껴지는 것은 질주하는 타깃과 그 심장을 조준한 십자조준선뿐.

그 상태로 얼마나 시간이 지났는지도 알 수 없었다.

그리고 그 순간이 찾아왔다.

시야 끄트머리를 하얀빛이 오른쪽 아래에서 왼쪽 위로 가로질렀다. 총탄. 물론 헤카테의 총탄은 아니다. 사막 동쪽에서 사총이 발사한 338 라푸아 탄이다. 키리토가 이를 피했고,

L115의 너무나 긴 사정거리 때문에 서쪽에서 접근하는 야미카제의 근처까지 도달한 것이다.

자신을 보지 못했으리라고 생각했던 키리토 쪽에서 갑자기 거대한 탄환이 날아들다니. 아무리 야미카제라 해도 예측하지 못한 사태였으리라. 그 자리에서 배를 깔고 엎드리지는 않았을망정, 몸을 움츠리고 제동을 걸며 부근의 바위 뒤로 방향을 바꾸려 했다.

처음이자 마지막 저격 기회.

반쯤 헤카테의 의지에 따르듯, 손가락이 방아쇠를 당기기 시작했다. 시야에 연록색 《불릿 서클》이 표시되고, 그것은 한순간에 바늘귀만한 도트로 수축되었다. 조준점은 가슴 한복판. 방아쇠를 당기자, 격철이 뇌관을 때리고 50BMG 탄의 장약이 약실에서 작렬, 거대한 탄두를 순식간에 초음속까지 가속하여——.

헤카테의 머즐플래시를 본 야미카제의 두 눈과 시논의 오른쪽 눈동자가 스코프 너머에서 충돌했다. 그의 눈에서 놀라움과 분함, 그리고 확실한 찬탄의 빛을 읽은 것 같았던, 그 직후.

우승후보 선두였던 닌자의 가슴에 눈부신 광원 이펙트가 번뜩였다. 아바타는 몇 미터도 넘게 날아가고, 모래 위를 몇 차례나 구르더니 등을 바닥에 깔며 누워 멈추었다. 곁에는 오른손에서 빠져나간 M900A와 허리에서 풀려난 그레네이드가 떨어졌다. 배 위에 떠오른 【Dead】 태그가 돌기 시작——했을 때 시논은 이미 헤카테와 함께 몸의 방향을 180도 돌리고 있었다.

————키리토!!

소리 없는 외침으로 그 이름을 부른다.

검은 검사는 지평선 너머에 솟기 시작한 창백한 달을 향해 일직선으로 달리고 있었다.

야미카제의 콤팩트한 주행 폼과는 완전히 다른, 가슴을 펴고 턱을 당기고, 넓은 보폭으로 질주하는 그 모습은 그야말로 춤을 추는 것 같았다. 오른손을 움직여 허리에서 광검을 빼낸다. 순식간에 뻗은 자청색 칼날이 어둠을 선명하게 물들였다.

키리토가 나아가는 방향에서 오렌지색 빛이 언뜻 번뜩였다. 머즐플래시.

날아든 탄환을 광검이 그리는 원호가 튕겨냈다. 다시 한 번. 그리고 다시 한 번. 초탄을 회피했던 키리토에게는 이미 불릿 라인이 보인다. 볼트 액션 라이플을 몇 발 연사하더라도 광검사의 어마어마한 반응력을 꿰뚫을 수는 없었다.

시논은 스코프의 암시 모드를 끄고는, 동시에 배율을 한계까지 올려 총탄이 발사된 위치를 포착했다.

————있다. 커다란 선인장 밑. 너덜너덜한 천 밑에서 튀어나온 특징적인 서프레서와 총신 밑에 달린 클리닝 로드. L115A3《사일런트 어쌔신》을 구사하는 진정한 살인자《사총》.

그 모습을 본 순간 치미는 공포에 시논은 오른쪽 눈을 크게 뜬 채 저항했다.

……너는 유령이 아니야.《소드 아트 온라인》속에서 수많은 사람을 죽였고, 현실세계에 돌아와서도 이런 무시무시한 계획을 꾸밀 수 있는 정신을 가진 자로, 살아서 숨을 쉬고, 심장이 뛰는 인간이지. 그렇다면 싸울 수 있어. 나와 헤카테의 힘이

너와 L115의 힘을 웃돌 거라 믿어.

볼트 핸들을 당겨 탄환을 장전한 애총의 조준을, 시논은 몸을 웅크린 누더기 망토의 후드 안쪽으로 향했다.

어둠에 번뜩이는 붉은 눈이 보였다. 그러나 그것도 결코 죽은 이의 도깨비불이 아니었다. 풀페이스형 고글의 렌즈였다. 그 너머에 존재하는 것은 지극히 평범한 아바타의 얼굴일 뿐이다.

방아쇠에 손가락을 걸고, 살짝 쥐어짰다.

순간 사총의 머리가 꿈틀 움직였다. 불릿 라인을 봤다. 조금 전 야미카제를 저격했으니 시논의 위치도 이미 드러난 것이다. 그러나 이로서 조건은 대등해졌다. 자아————.

승부!!

사총이 스코프 안에서 L115를 움직여 시논에게 총구를 들이댔다. 그 검은 턱주가리에서 튀어나온 핏빛 라인이 이마를 오싹하게 쓰다듬었다. 시논은 불릿 서클이 수축되기를 기다리지 않고 방아쇠를 당겼다.

핑음. 동시에 사총의 라이플도 조그만 불꽃을 뿜어냈다. 시논은 스코프에서 얼굴을 떼고 자신이 쏜 탄환과 날아오는 탄환을 육안으로 보았다. 양측의 궤도는 완전히 동일선상에 있는 것 같았다.

한순간 탄환끼리 충돌하리라 예감했으나, 아무리 그래도 그런 기적은 일어나지 않았다. 그러나 거의 맞닿을 정도의 간격을 두고 스쳐 지나가면서, 양쪽 모두 극히 미미하게 궤도를 바꾸었다.

까가앙! 찢어질 듯한 충격음이 귀 바로 옆에서 울려 퍼지고——헤카테에 장착한 대형 스코프가 형체도 없이 날아갔다. 오른쪽 눈을 계속 댔더라면 즉사했을 것이다. 사총의 338 라푸아 탄은 그대로 시논의 오른쪽 어깨를 스치고 뒤로 사라졌다.

그리고 헤카테가 뿜어낸 50BMG 탄은, 마찬가지로 조준이 살짝 빗나가 L115의 총몸에 명중했다.

GGO의 총기는 큼지막한 부품 단위로 내구도가 설정되어 있다. 보통은 전투에서 사용해 소모되는 것은 총신뿐이며 이것도 정비를 거치면 회복되지만, 탄환의 직격을 받거나 하면 그 부위에 큰 손상을 입는다. 그래도 어지간해서는 0으로 떨어지지 않으며, HP만 남아 있으면 수리도 가능하지만——상대적으로 약한 기관부에 대구경탄 직격을 받으면 그렇지도 않다. 이를테면, 지금처럼.

사총의 품 안에서 조그만 불덩어리가 터지고, L115의 기관부는 폴리곤 덩어리가 되어 흩어졌다. 개머리판이며 스코프, 총신 같은 부품이 후둑후둑 모래에 떨어졌다. 저런 부품은 다시 쓸 수 있겠지만 잃어버린 기관부를 재생할 수는 없다. 다시 말해 이 순간, 《사일런트 어쌔신》은 죽은 것이다.

············미안해.

소유자가 아니라, 희귀하면서도 고성능인 총기를 위해 가슴 한구석으로 명복을 빌어주며 시논은 다시 볼트 핸들을 당겼다. 듬직한 금속성과 함께 다음 탄환이 장전되었지만, 스코프가 부서진 이상 원거리 저격은 불가능하다.

"뒷일 부탁해, 키리토."

질주하는 광검사의 등에 그렇게 속삭였다.

키리토와 사총의 거리는 이미 200미터도 남지 않았다. 설령 옵티컬 카모를 발동한다 해도 이 지형에서 이탈하기란 불가능하다. 모래 위에 뚜렷하게 발자국이 남기 때문이다.

발버둥 칠 생각은 없는지, 선인장 밑에서 기어나온 누더기 망토는 흐느적 일어났다. 오른손에 L115가 남긴 길다란 총신을 든 채, 미끄러지듯이 앞으로 나오기 시작했다. 설마 저 쇠막대로 싸울 생각일까? 헤카테의 탄환조차 벤 키리토의 광검이면 단번에 두 쪽을 낼 것이 분명한데도.

두 사람의 거리는 무시무시한 기세로 줄어들었다. 높이 모래먼지를 차올리며 돌진하는 키리토. 발을 끌듯이 자국을 새기며 걷는 사총. 스코프가 없어도 호크아이 스킬을 가진 시논의 눈에는 두 사람의 움직임이 뚜렷이 보였다.

키리토가 뛰면서 오른손의 광검을 어깨 위까지 번쩍 들어 올렸다. 동시에 왼손을 앞으로 내민다. 예선 토너먼트에서 몇 번인가 보았던 강렬하기 그지없는 찌르기 기술의 자세였다.

그에 반해 사총은 검게 번들거리는 총신을 왼손으로 옮겼다. 이어서 오른손으로 총구 언저리를 매만진다. 교차까지 앞으로 5초. 두 사람의 후방에는 중계 카메라의 빛이 하나씩 떠 있었다. GGO 내의 술집이며 외부세계에서 생중계를 보는 시청자들은, 물론 사총의 범죄도 키리토의 목적도 모르겠지만 그래도 지금은 손에 땀을 쥐며 숨을 죽이고 있겠지. 시논도 지금만은 모든 것을 잊고 그저 눈을 크게 뜰 뿐이었다.

키리토가 사막을 찢어발길 듯이 발을 내디뎠다.

사총이 두 손으로 총신을 수평으로 들었다.

그 손에서 번뜩 날카로운 빛이 태어난 순간―――.

"앗……!!"

시논이 날카롭게 신음했다.

사총이 두 손을 크게 좌우로 벌렸다. 왼손에서 총신이 떨어지고, 회전하며 뒤로 날아간다.

그리고 오른손에는――총신 밑에서 뽑아든 가느다란 금속봉. 클리닝 로드가 있었다. 설마 저게 최후의 무기란 말인가. 로드는 단순한 정비용 도구일 뿐인데. 그 자체는 공격력조차 없으며, 설령 남을 때린다 해도 HP는 1도트도 줄지 않을…….

―――아니다.

그렇지 않다. 저건 총신을 청소하기 위한 막대가 아니었다. 불룩하고 구멍이 뚫려 있어야 할 끄트머리가, 마치 바늘처럼 날카롭고 뾰족했다. 검? 하지만 직경은 가장 굵은 손잡이 부분이라 해도 1센티미터 정도였다. 저런 것으로 대미지를 줄 수 있을까? 그 이전에 GGO 세계에는 컴뱃나이프 외의 금속검은 존재하지 않을 텐데.

멍하니 눈을 깜빡이던 시논의 눈동자에 비친 키리토의 등이 한순간 긴장으로 굳은 것처럼 느껴졌다.

그러나 광검사는 움직임을 멈추지 않고 오른손에서 빛나는 에너지 블레이드를 곧게 전방으로 내질렀다. 제트엔진과도 같은 금속성 사운드가 시논이 있는 바위산 위까지 들렸다. 필살의 위력을 간직한 칼날이 누더기 망토의 가슴으로 빨려든다. 다가가서 닿으려 한다――그러나 닿지 않았다. 사총이 윗몸을 한껏 뒤로 젖혔기 때문이다. 마치 키리토의 기술을, 그 타이밍을 완벽하게 읽었던 것 같은 회피.

키리토의 한손 찌르기는 공기만을 태우고 지나갔다.

큰 기술이 빗나간 탓인지 광검사의 몸이 다시 한순간 굳었다. 즉시 움직여 오른쪽 전방으로 뛰려 했지만, 그때 이미 몸을 젖힌 사총의 오른손이 독자적인 생물이라도 되는 것처럼 흐느적 앞으로 뻗어나갔다. 손에 쥔 길이 80센티미터 정도의 가느다란 금속바늘 끝이——.

검은 전투복의 왼쪽 어깨를 깊이 꿰뚫었다.

"…………키리토!!"

시논의 목소리와 동시에 진홍색 광원 이펙트가 마치 피처럼 어둠 속으로 흩어졌다.

\*\*\*

휴대단말을 지불 패드에 대고 정산 사운드가 울린 1초 후, 유우키 아스나는 벌써 "고맙습니다!" 한 마디와 함께 택시에서 뛰어내리고 있었다.

교차로 정면에는 밤 열 시가 조금 안 된 이 시각까지도 아직 조명을 일부 켜놓은 대형 출입구가 있었다. 아무리 그래도 자동문은 전원을 꺼놓은 것 같았지만, 그 옆에 설치된 야간 면회용 출입구의 표시가 있는 유리문에 주저하지 않고 뛰어들었다.

문을 밀어 열고, 소독약 냄새가 나는 차가운 공기 속을 달려 우선 면회 접수 카운터에 다가갔다. 이미 키쿠오카 세이지로

가 병원에 연락을 해 두었을 테니, 고개를 든 여성 간호사에게 미리 준비해 둔 말을 재빨리 외쳤다.

"7025호실 면회 예약한 유우키입니다!"

동시에 주머니에서 내민 학생증을 카운터에. 간호사가 이를 받아 사진과 아스나의 얼굴을 조합하는 동안 정면 벽의 관내 안내도를 머릿속에 새겨두었다.

"예, 유우키 아스나 씨죠? 여기 면회자 패스. 돌아가실 때 잊지 말고 반납하세요. 병실은 오른쪽 엘리베이터로……."

"알겠습니다, 고맙습니다!"

패스카드를 받아드는 시간조차 아까워하며 꾸벅 인사하고, 놀란 표정의 간호사를 뒤로한 채, 종종걸음과 달리기의 중간 속도로 엘리베이터에 다가갔다. 병원 시스템 상 키리토──키리가야 카즈토는 치료나 입원이 아니라 그냥 검사로 되어 있을 테니 남이 보기엔 아스나의 초조함이 부자연스럽겠지만, 지금은 신경 쓸 때가 아니다.

엘리베이터 앞에는 역의 자동개찰구와 비슷한 게이트가 있었다. 패스카드를 찍고 금속 바가 열리자마자 지나갔다. 위로 가는 버튼을 누르고, 열린 문 안으로 뛰어든 후에야 겨우 한숨을 돌렸다.

──분명 1년 전 ALO의 새장에서 해방되었던 아스나에게 달려온 카즈토도 이런 기분이었을 테지. 무사할 것이다. 아무 일도 없을 것이다. 이성으로는 그렇게 확신하는데도 조급한 마음을 억누를 수가 없었다.

포옹. 포옹. 엘리베이터가 한 층, 한 층을 통과할 때마다 조용한 전자음을 냈다. 겨우 7층밖에 안 되는 높이가 한없이 느리게 여겨졌다.

『괜찮아요, 엄마.』

갑자기 두 손에 꼭 쥔 휴대단말의 스피커에서 어린 목소리가 들렸다.

카즈토와 아스나의 《딸》인 AI 유이였다. 코어 프로그램은 카즈토의 방에 설치된 전용 거치형 머신 안에 있으며, 필요에 따라 ALO에 내비게이션 픽시로 다이브하거나 현실세계에서도 이렇게 단말기 너머로 대화를 나눌 수 있다. 배터리 용량에 한계가 있기에 항상 접속할 수는 없지만, 지금만큼은 나이시 카페에서 나왔을 때부터 계속 켜놓았다.

『아빠는 아무리 강한 적이 와도 안 져요. 아빠인걸요.』

"⋯⋯응, 그렇지?"

단말의 마이크에 입술을 가져다 대며 그렇게 속삭였다. 싸늘하게 마비된 손가락이 간신히 녹아들기 시작한 것 같았지만 긴장이 완전히 풀린 것은 아니었다.

키쿠오카의 의뢰로 키리토가 GGO까지 조사하러 간 기괴한 플레이어 《사총》. 그 아바타를 조종하는 자는 과거 SAO에서 레드 길드 《래핑 코핀》에 소속했던 누군가였다. 그리고——사총에게 게임 내에서 총을 맞은 사람이 두 명이나 현실세계에서 변사했다.

무언가가 일어나고 있다. 그것은 틀림이 없다. 다이브 중인 카즈토에게는 아무런 위험이 없다고 키쿠오카는 단언했지만, 그도 두 건의 변사가 단순한 우연이라고 믿지는 않았다.

포옹. 엘리베이터가 6층을 지나 완만한 감속을 거쳐 마지막 전자음과 함께 7층에서 정지했다.

『오른쪽으로 15미터, 왼쪽으로 돌아 8미터예요.』

문이 열린 것과 동시에 유이가 내비게이션을 해 주었다. 이를 따라 아무도 없는 복도를 이번에야말로 온 힘을 다해 뛰었다.

같은 간격으로 늘어선 슬라이드 도어 옆의 금속 플레이트를 눈으로 훑으며 체크했다. 7023······, 24······, 25! 플레이트에 패스카드를 댄 붉은 인디케이터가 푸른색으로 바뀐 순간 문을 열었다.

베이지색 기조의 실내는 1인실이었다. 거의 한가운데에 과거 아스나도 크게 신세를 졌던 밀도 자동조정형 젤 베드가 있었다. 주위의 커튼은 열려 있다. 바로 앞에는 자못 위압적인 모니터 기계. 접속된 코드가 수도 없이 갈라지며 침대에 누운 소년의 맨 가슴에 달라붙어 있었다. 소년의 머리에는 눈에 익은 은색 원관——어뮤스피어.

——키리토!

그렇게 소리를 치려고, 아스나는 제법 높은 온도로 난방이 설정된 공기를 한껏 들이마셨다. 그러나 그보다도 한순간 먼저.

"······키리가야!"

누군가가 그렇게 외치는 목소리가 실내에 울려 퍼지는 바람에 가볍게 휘청했다. 고개를 오른쪽으로 돌리니 이제까지 모니터 장치에 가려져 보이지 않았던 침대 안쪽에 파이프 의자가 있었고, 그곳에 사람이 앉은 모습이 눈에 들어왔다.

가운에 간호모자. 세 갈래로 가지런히 땋은 머리와 패셔너블

한 디자인의 안경. 간호사였다. 생각해 보니 키쿠오카도 카즈토의 곁에 사람이 있다고 했다.

그러나 그것이 묘령의, 게다가 상당히 미인인 여성이며, 거기에 더해 상반신을 벗어젖힌 카즈토를 덮치듯이 몸을 내밀고 있으니 어딘가 발끈하는 심정이 드는 것은 어쩔 수가 없었다. 하지만 그것도 한순간뿐. 아스나가 들어온 것을 알아차리고 고개를 든 간호사의 표정이 어딘가 긴박했기 때문이었다.

"아, 유우키 양이지? 얘기 들었어. 이쪽으로 와요."

몸을 일으키고 약간 허스키한 목소리로 빠르게 말한 간호사는 왼손으로 침대 옆을 가리켰다. 시키기도 전에 달려와 꾸벅 인사를 한 후 다시 카즈토의 얼굴을 보았다.

물론 눈은 감고 있다. 그러나 자는 것도 기절한 것도 아니다. 그의 오감은 지금 어뮤스피어에 의해 현실세계에서 차단되어 아득한 이세계로 간 것이다. 동시에 뇌에서 육체로 전해지는 운동신호도 차단되므로 얼굴이나 몸은 일절 움직이지 않는다. 그것을 알면서도, 아스나는 카즈토의 얼굴을 본 순간 그 내면이 온화함과는 거리가 먼 상황임을 금세 깨달았다.

"키⋯⋯카즈토 군에게 무슨 문제라도 있나요?!"

고개를 든 아스나의 물음에, 가슴에 《아키》라는 명찰을 단 간호사는 미간에 주름을 잡은 채 살짝 고개를 가로저었다.

"괜찮아, 몸에 위험이 생긴 건 아니니까. 하지만 아까 갑자기 심박수가 130까지 올라가서⋯⋯."

"심박⋯⋯."

그렇게 중얼거리고 곁의 모니터 장치를 들여다보았다. 액정

화면에는 흔히 드라마 같은 데서 볼 수 있는 파형 그래프와 【132bpm】이라는 숫자가 표시되었다. 아스나의 시선 너머에서 그래프는 잇달아 날카로운 피크를 새겼다.

VRMMO 플레이 중에 심박이 상승하는 것 자체는 이상한 일이 아니다. 풀 다이브 환경에서 무시무시한 몬스터와 싸우면, 당연히 긴장하며 맥박도 빨라진다. 오히려 그 상황을 즐기기 위한 게임이라고도 할 수 있다.

하지만──카즈토는 그 키리토인 것이다. 부유성 아인크라드에서 공략파 솔로 플레이어로서, 아마 그 누구보다 많은 사선을 넘나들었고 사지를 헤쳐나왔던 사람. 그런 사람이 이제와서 평범한 게임 속에서 이렇게나 긴장을 할 이유가 있을까? 사실 최근 1년 동안 ALO를 함께 플레이하며, 아스나는 키리토가 여유를 잃은 모습을 본 적이 한 번도 없었다.

──대체 무슨 일이 일어난 거지?

카즈토의 이마에 솟은 땀방울을 손가락으로 훔치면서 아스나는 입술을 깨물었다.

그때 왼손에 쥔 휴대단말에서 다시 유이의 목소리가 들렸다.

『엄마, 벽의 패널 PC를 보세요! 회선을 《MMO 스트림》의 라이브 영상으로 연결할게요!』

흠칫 고개를 들었다. 침대 발치의 벽에는 40인치 정도의 초박형 모니터가 설치되어 있었다. 유이가 휴대단말에서 무선으로 접속했는지 까맣기만 하던 화면이 혼자서 켜지고, 즉시 브라우저가 풀 스크린으로 기동되었다.

표시된 영상은 ALO의 자택에서 보았던 중계와 완전히 똑같은 것이었다.

왼쪽 위에는 건 게일 온라인의 투박한 로고. 그 옆으로 가늘고 길게, 제3회 불릿 오브 불리츠 본선 배틀로열! 독점생중계! 라는 문자.

화면 오른쪽에는 출장 플레이어 명단의 기둥. 그리고 면적 대부분을 차지한 것은 멀티 시점의 다채널 중계 화면. 그러나 지금은 커다란 창이 가로로 두 개 있을 뿐이었다.

양쪽 모두 창백한 달빛에 비춰진 밤의 사막이었다. 아무래도 하나의 접근전을 각 플레이어의 배후에서 촬영하는 모양이었다. 왼쪽 창에 비친 것은 온 몸을 어둠보다도 깊은 검은색 전투복으로 감싸고 긴 머리카락을 바람에 휘날리는 조그만 아바타. 자청색으로 빛나는 칼날을 지닌 검을 오른손으로 들고, 왼손은 축 늘어뜨렸다. 그 어깻죽지에는 진홍색의 대미지 이펙트가 끊임없이 빛났다. 발밑에 작은 폰트로 플레이어 이름이 표시되고 있었다. 【Kirito】.

"저게……, 키리토……."

아바타의 인상은 SAO 시절의 《검은 검사》하고도, ALO에서 사용하는 스프리건하고도 완전히 달랐다. 가녀린 뒷모습은 소녀로밖에 보이지 않았다. 하지만 자세와 무게중심은 틀림없는 키리토의 것이었다.

침대 반대쪽에서 마찬가지로 모니터를 들여다보던 아키 간호사가 약간 당황한 듯이 입을 열었다.

"저기 비친 게 키리가야의 아바타야? 지금 여기 있는 키리가야가 실시간으로 저걸 움직이는 거란 말이지?"

"맞아요. 전투 중이어서……, 그래서 심박수가 올라갔을 거예요."

아스나는 즉시 그렇게 대답했다. 하지만 쉽게는 설명할 수 없는 것이 있었다. 키리토가 이미 왼쪽 어깨에 상당한 대미지를 입었으며——게다가 그 상대는 아마도 같은 SAO 생환자이자 레드. 동시에 GGO에서도 실제로 두 플레이어를 죽였을지도 모르는 존재.

조심스럽게 시선을 오른쪽의 창으로 돌렸다.

똑같이 등을 돌리고 선 것은 예상대로 그 누더기 망토의 플레이어였다. 생기가 없는 이완된 뒷모습. 그러나 아스나는 알 수 있었다. 저것은 가상세계에 완벽히 적응한 자의 자세였다. 숨을 들이마시며 누더기 망토에서 살짝 드러난 오른손을 보았다.

"아……."

그리고 자신도 모르게 신음했다.

그가 쥔 것은 아까 철교 필드에서 사용했던 커다란 라이플도 검은 권총도 아니었다. 그저 가느다란 금속 막대————.

아니다. 그렇지 않다. 손잡이 쪽부터 완만하게 가늘어져, 끄트머리는 마치 바늘처럼 예리한 저것은 검이다. 아스나의 주특기인 레이피어와도 비슷하지만 완전히 다른, 칼날을 없애고 찌르기에만 특화된 무기.

"에스톡……? 아……, 앗……!"

자신이 그 말을 했다는 것도 아스나는 깨닫지 못했다. 먼 기억이 마치 화면 속의 에스톡에 찔린 것처럼 시큰거렸다. 있었다. 분명히 있었다. 《래핑 코핀》의 간부 중에 에스톡의 달인이.

이름은——이름은 뭐였지——?

물론 누더기 망토는 키리토와 달리 SAO 시절과 같은 이름을 사용하지는 않았을 테지만, 그래도 아스나는 빨려들듯이 아바타의 발밑을 보았다.

표시된 플레이어 이름은 이쪽도 알파벳이었다.

【Sterben】.

금방은 읽지 못해 아스나는 더듬더듬 중얼거렸다.

"스테……, 스티……벤? 스티븐(Steven)을 잘못 쓴 걸까……?"

『아니에요……, 그렇지 않아요, 엄마.』

유이가 단말에서 대답한 것과 아키 간호사가 "아니야."라고 말한 것은 거의 동시였다. 아스나가 시선을 돌리자, 간호사는 모양 좋은 눈썹을 찡그리면서 이제까지보다 더 긴장된 얼굴로 말을 이었다.

"저건 독일어야. 동시에 의료현장에서 쓰는 용어이기도 해. 발음은……, 《슈터벤》."

"슈터……벤."

들어본 적이 없는 단어였다. 고개를 갸웃거리는 아스나에게, 아키 간호사는 한순간 망설이더니 약간 갈라진 목소리로 말했다.

"뜻은……, 《죽음》. 병원에서는……, 환자가 임종했을 때 쓰는 말이야……."

두 팔에서 등줄기까지 단숨에 소름이 돋아, 아스나는 화면에서 눈을 돌리고 바로 옆에 누운 소년의 얼굴을 바라보았다.

"키리토……, 군."

새어나온 그 목소리는 자신의 것이라고는 생각할 수 없을 정도로 떨렸다.

\* \* \*

GGO는 완전 무료 VRMMO 개발지원 패키지 《더 시드》를 이용해 구축하고 운영하는 게임이다.

더 시드는 매우 범용성이 높은 시스템이지만 개발자도 손을 댈 수 없는, 말하자면 블랙박스도 존재한다. 오픈 후 3개월이 지난 타이틀은 세계의 벽을 넘어 캐릭터를 이동하는 《컨버트》 기능을 항상 ON으로 해놓아야 하며, 플레이어에게 가상의 통각을 주는 것을 금지하고 착각에 따른 통각까지도 소거하는 《페인 업소버》 기능도 레벨 조절은 가능하지만 완전히 끌 수는 없다.

다시 말해 GGO 세계에서는 아무리 총탄을 맞더라도——설령 팔이나 다리가 날아간다 해도 플레이어는 마비감을 넘어서는 아픔은 느끼지 못한다.

그러므로 지금 내 왼쪽 어깨에서 근질거리는, 얼음바늘로 꿰뚫린 듯한 고통은 착각이다. 아니, 페인 업소버는 착각마저도 캔슬할 수 있으니 이것은 진짜 아픔이 아니다. 기억이다. 과거 이곳이 아닌 다른 세계에서 같은 무기로 같은 곳을 찔렸을 때의 감각이 되살아난 것이다.

5미터 정도 떨어진 위치에 선 누더기 망토——《사총》은 오른손에 늘어뜨린 검고 번들거리는 에스톡의 끄트머리를, 마치 무언가 박자라도 맞추듯이 하늘하늘 흔들었다. 놈은 저 자세에서 아무런 예고도 없이 찌르기를 날린다. 검을 보아서는 피할 수 없다.

그렇다. 《래핑 코핀》의 아지트였던 동굴 안에서 나는 이것과 똑같은 생각을 했다. 이어서 신기한 무기를 쓰는 놈도 다 있다고 생각했다. 하지만 격전 도중에 도저히 소리를 낼 여유는 없었다.

그때 말하지 못했던 것을, 1년 반의 세월을 거쳐 나는 입에 담았다.

"……신기한 무기를 다 쓰는군. 아니……, GGO에 금속검이 있다는 말은 못 들어봤는걸."

그러자 사총은 깊이 눌러쓴 후드 안에서 슈욱슈욱 갈라진 웃음소리를 흘렸다. 이어서 토막토막 이어지는 말.

"네가, 이렇게, 공부가 부족할 줄이야, 《검은 검사》. 《나이프 제작》 스킬의, 상위 파생, 《총검 제작》 스킬로, 만들 수 있다. 길이와, 무게는, 이 정도가, 한계지만."

"……그렇다면 유감스럽게도 내 취향에 맞는 검은 못 만들겠군."

그렇게 대꾸하자 다시 웃음소리가 들렸다.

"여전히, 스트렝스 요구치가, 높은 검을, 좋아하는군. 그렇다면, 그딴 장난감은, 매우, 성에, 안 차겠는걸."

내 오른손에서 낮게 으르렁거리는 광검 《카게미츠》가 장난감이라 불려 불만이었는지, 파직파직 가느다란 스파크를 뿜어냈다. 어깨를 으쓱하며 애검의 목소리를 대변해주었다.

"별 불만은 없어. 이런 것도 한번 써보고 싶었거든. 게다가……."

부웅. 진동음을 울리며 낮게 치켜든 칼을 중단으로 들었다.

"검은 검이지. 널 베고 HP 게이지를 날려버리면 그걸로 충분해."

"큭, 큭, 큭. 허세도, 대단하군. 할 수 있을까, 네가."

후드 안에서 붉은 안광이 불규칙하게 깜빡였다. 스컬페이스 모양으로 조형한 금속 마스크가, 기분 탓인지 씨익 웃음을 짓는 것 같았다.

"《검은 검사》, 넌, 현실세계의, 썩은 공기를, 너무 많이 마셨다. 아까 보여준, 무디기 짝이 없는 《보팔 스트라이크》를, 옛날 네가 봤다면, 실망했을 거다."

"……그럴지도. 하지만 그건 너도 마찬가지일 텐데. 아니면, 그래도 너는 아직까지 《래핑 코핀》이라는 거냐?"

"호오, 거기까진, 떠올렸군."

슈욱슈욱. 사총은 삐걱거리는 숨소리를 흘리며 박수를 치듯이 두 손을 완만하게 움직였다. 오른손의 썩은 붕대를 감아놓은 듯한 글러브가 비껴나가고, 손목 안쪽으로 언뜻언뜻 《웃는 관》의 문장이 보였다가는 사라졌다.

"……그렇다면, 이젠, 이해했겠지. 나와, 네, 차이를. 나는, 진정한, 레드지만, 너는, 아니다. 너는, 공포에 사로잡혀, 그저 살아남기 위해, 죽였을 뿐이다. 그 의미를, 생각도 하지 않고, 모든 것을, 잊으려 했던, 비겁자다."

"……!!"

너무나도 정곡을 찌른 그 말에 나는 한순간 말을 잃었다.

――어떻게. 어떻게 그걸 알지? 래핑 코핀 토벌전 때 칼을 마주한 후로, 어제 대기 돔에서 재회할 때까지 나는 이자와 한 번도 접촉하지 않았는데.

――설마……, 설마 정말로 이놈은 무언가 초능력을 가진 걸까? 살인 방법을 알아냈다고 생각한 건 내 얕팍한 착각이었 나……?

구불텅 일그러지려는 시야를 모든 정신력을 쥐어짜내 털어 냈다. 광검 끝이 떨리지 않았던 것은 기적이었다. 만약 그런 허점을 보였다면 사총은 다시 모션 없는 찌르기 기술로, 이번 에는 내 몸을 꿰뚫었을 것이 분명하다.

가볍게 악다문 이 틈으로 숨을 들이마시며 나는 나직하게 대 답했다.

"……그럴지도 모르지. 하지만 너도 더 이상은 레드가 아닐 텐데. 네가 어떻게 《젝시드》와 《싱거운명란젓》을, 그리고 《페 일라이더》와 어쩌면 또 한 사람을 죽였는지는 이미 짐작이 가 니까. 그 검은 권총의 힘도, 하물며 네 자신의 능력도 아니지."

"호오? 그렇다면, 뭐지? 말해봐라."

지금이 고비다.

한껏 힘을 담은 두 눈으로 상대의 눈을 노려보며――내가 진 상이라 믿었던 것을 모조리 말로 옮겼다.

"……너는 그 위장 망토를 이용해 총독부의 단말기로 BoB 출 장자의 주소를 알아냈다. 그리고 집에 미리 공범을 보내, 총격 의 타이밍에 맞춰 약물을 주사하고 심장마비로 변사한 것처럼 연출했겠지. 이것이 진실이다."

"．．．．．．．．．．．．．．．．．．．．．．．"

드디어 사총은 침묵했다.

후드 안의 어둠에서 붉은 두 눈이 스윽 가늘어졌다. 그 반응에서는 추측이 옳은지 그른지까지 판단할 수 없었다. 뿜어져 나오는 농밀한 살의를 받아내며 다시 입을 움직였다.

"너는 모를 수도 있겠지만, 총무성에는 전 SAO 플레이어의 캐릭터네임과 본명을 조합한 데이터가 있다. 네 옛날 이름만 알아내면 지금의 본명도, 주소도, 네가 행한 범죄 수법도 모두 밝혀질걸. 이젠 끝을 내라. 로그아웃하고 가장 가까운 경찰서에 가서 자수해."

여전히──침묵.

메마른 밤바람을 받아 누더기 망토의 표면이 작은 동물의 무리처럼 술렁술렁 꿈틀거렸다. REC 마크가 깜빡이는 중계 카메라는 초조한 듯이 고도를 높였다. 나와 사총이 대치한 지 이미 3분가량 지났다. 관객은 우리의 대화를 들을 수 없을 테니 그들의 당황과 짜증은 최고조에 달했겠지. 하지만 지금은 말로 싸움을 계속할 수밖에 없다. 사총이 내 추측을 긍정한다면 이젠 검을 마주할 의미도 없다.

그러나──.

몇 초 후, 후드 밑에서 새어나온 것은 이제까지와 전혀 다를 바 없는 슈욱슈욱 하는 조소였다.

"……그렇군, 재미있는, 상상이야. 하지만, 아깝구나, 《검은 검사》. 너는, 날, 막지 못한다. 왜냐하면, 너는, 내 옛날 이름을, 절대로 떠올릴 수 없기, 때문이다."

"뭐……라고? 어떻게 확신하지?"

"큭, 큭. 넌, 자신이 그걸 잊어버린 이유조차, 잊었군. 잘 들어라……. 그 전투가 끝나고, 포탈로 감옥에 들어가기 전, 나는 네게 이름을 대려 했다. 하지만, 너는 이렇게 말했지. 『이름 따위, 알고 싶지도 않고, 알 의미도 없어. 너하고 만날 일은, 이제 두 번 다시 없을 테니까.』라고."

"――――!!"

말을 잃고 그저 눈을 크게 뜬 내게 사총은 조소하듯이 속삭였다.

"너는, 내 이름을, 모른다. 그러므로, 기억할 수 없다. 너는, 아무것도 할 수 없다. 여기서 내게 **쓰러져**, 비참하게 드러누운 채――내가 그 여자를 **죽이는** 모습을, 그저 지켜보는 것 말고는……."

풋. 무언가가 공기를 베는 소리. 어스름하게 빛나는 은색의 원호.

"아무것도, 못해!!"

용수철 인형처럼 갑작스러운 움직임으로, 사총은 오른손의 에스톡을 내질렀다.

정확히 심장을 노리고 뻗어드는 그 바늘을, 나는 무의식중에 광검으로 받아내려 했다.

부웅. 에너지 블레이드가 울부짖으며 칼끝이 아슬아슬하게 에스톡의 궤도에 맞물렸다. 금속검의 옆배에 창백한 플라즈마가 파고들었다.

베었다. 분명 베었을 것이다. 광검 카게미츠는 시논의 라이플이 뿜어내는 총탄조차 절단했다. 저렇게 가느다란 막대기를 베지 못할 리가 없다. 나는 그대로 검을 치켜올려 사총의 왼쪽 어깻죽지를 대각선으로 베려고——.

불길한, 한없이 불길한 소리가 아바타의 내부에서 울려 퍼졌다.

나는 멍하니 눈을 크게 뜨고 자신의 명치를 꿰뚫은 금속 막대를 바라보았다.

사총의 에스톡은 일부가 검게 그을리기는 했지만 완전히 형태를 유지했다. 절대의 위력을 가진 에너지 블레이드를 뚫은 것이다. 어떻게——그럴 수가.

사총은 아직도 깊게 파고든 채 에스톡을 뿌리까지 박으려 했다. 금속이 움직임에 따라 내 HP 게이지도 무시무시한 기세로 줄어들었다. 이를 악물고 오른발에 온 힘을 담아 뒤로 뛰었다. 칼날이 빠져나가고 대미지 이펙트의 빛줄기가 허공에 진홍색 라인을 그렸다.

두 걸음, 세 걸음을 백점프해 다시 거리를 벌린 내게 사총은 에스톡의 도신을 핥듯이 끈적끈적 하게 입가로 가져갔다.

"……큭, 큭. 이 검의, 소재는, 이 게임에서 입수할 수 있는, 최고급 금속이다. 우주전함의, 장갑판, 이었다더군. 큭큭, 큭."

그리고 더 이상 대화를 나눌 마음은 없다는 듯이, 사총은 망토를 크게 펄럭이며 일직선으로 달려들었다. 오른손이 뿌옇게 잔상을 남길 만한 속도로 움직이며 검끝의 빛이 허공에 무수한 잔상을 그렸다. 이제까지 보지 못했던 연속 찌르기. 스르스트 계열 상위 소드 스킬 《스타 스플래시》 8연격——.

검으로 막지도 못한 채, 발밑이 모래인 까닭에 스텝도 힘든 내 온몸을 예리한 바늘이 잇달아 도려냈다.

*＊＊＊*

————키리토!

시논은 목구멍에서 치미는 절규와, 방아쇠에 손가락을 걸치려는 양쪽의 충동을 열심히 참았다.

약 700미디 떨어진 전장에서는 검은 옷의 광검사가 온몸에서 대미지 이펙트의 빛을 뿌리며 날아가는 참이었다. 그 상처를 만든 사총의 칼놀림은, 총 이외의 무기는 건드려본 적도 없는 시논이 봐도 무시무시했다. 설마 저 연속공격에 HP가 모두 날아간 것은 아닐까 싶어 숨을 들이마셨지만, 다행히 키리토는 Dead 태그를 띄우지 않은 채 사막을 한 번 박차 뒤로 물러나더니 한층 거리를 두었다.

하지만 사총은 태세를 재정비할 생각이 없는지 유령처럼 흐늘흐늘 망토를 펄럭이며 간격을 좁혔다. 자동제어 중계 카메라가 결판을 예감하고 잇달아 나타났다. 눈 깜짝할 사이에 열 개 가까이 늘어난 카메라는 두 사람을 모든 방향에서 에워싸, 사막 한곳을 콜로세움으로 바꿔놓았다.

헤카테의 스코프만 무사하다면 저격으로 키리토를 지원할 수 있겠지만, 이 거리에서는 아무리 시논이라 해도 육안으로는 불릿 서클을 줄일 수 없다. 무턱대고 쏘았다간 최악의 경우 키리토에게 맞을 수도 있다.

————힘내. 힘내, 키리토.

현실의 자신에게 닥친 위험도 잊고, 시논은 바위산 위에서 무릎으로 선 채 두 손을 꽉 쥐고 그렇게 기도했다.

키리토는 과거 전설의 데스 게임 《소드 아트 온라인》에서, 자신과 다른 누군가를 지키기 위해서라고는 하지만 사람을 죽였다. 그 경험은 시노가 짊어진 과거와 놀라울 정도로 비슷하다. 그렇다면 그의 고뇌도 어느 정도는 시노의 것과 닮은꼴일 터.

괴로운 기억을 넘어서고 어딘가로 치워버릴 수는 없다고, 키리토는 말했다. 앞으로도 계속 그 사실을 지켜보며, 받아들이고, 생각할 수밖에 없다고.

키리토는 지금 자신의 말을 행동으로 바꾸려는 것이다. SAO 세계의 어둠을 끌고 나온 사총이라는 이름의 범죄자를 자신의 손으로 막으려는 것이다.

그럴 수 있는 것은 키리토가 강하기 때문이 아니다. 강해지려 하기 때문이다. 자신의 약함을 받아들이고, 고민하고, 괴로워하고, 하지만 그래도 여전히 앞을 보려 하는 사람이기 때문이다. 강하다는 것은 아마——결과가 아니라 무언가를 추구하는 과정 그 자체일 것이다.

——지금 당장 너와 이야기하고 싶어. 내가 깨달은 것을, 느낀 것을, 네게 전하고 싶어.

——무언가, 내가 아직 할 수 있는 것이 무언가 없을까? 바위산에서 내려가 접근하는 건 역효과야. 내게 헤이싱을 들이댄 순간 키리토는 움직이지 못할 테니까. 그렇다고 스코프도 없

는 저격은 그저 도박일 뿐. 보조무장인 MP7으로는 사정거리가 너무 부족해. 다른……, 다른 무언가 지원해줄 수단이 없을까………….

"……!"

순간 시논은 꿈틀 온몸을 떨었다.

있다. 단 하나, 지금 자신이 능동적으로 할 수 있는 《공격》이. 어디까지 효과가 있을지는 모르겠지만——하지만 해볼 가치는 있다.

크게 숨을 들이마시고, 어금니를 꽉 악문 시논은 멀리 전장을 노려보았다.

＊ ＊ ＊

————키리토!!

아스나는 간신히 목구멍 바로 앞에서 비명을 억눌렀다.

광원 이펙트는 보이지 않았지만 사총이 사용한 기술은 틀림없이 《스타 스플래시》 8연격. 과거 《섬광》 아스나도 즐겨 사용했던 상위 소드 스킬이다. 기본적으로는 《레이피어》 카테고리의 검기지만, 참격 동작이 포함되지 않으므로 파생무기인 《에스톡》으로도 사용할 수 있다.

벽걸이 패널 안에서 연속기에 온몸을 꿰뚫린 키리토는 몇 번이나 백대시를 해 거리를 벌리려 했다. 그러나 오른쪽 화면의 누더기 망토가 미끄러지듯이 기이한 동작으로 바짝 달라붙는다. 에스톡의 간격에 들어갈락말락한 거리를, 키리토는 열심히 물러나고 있었다.

바로 곁의 모니터 장치에서 들리는 전자음의 템포가 올라가자 아스나는 흘끔 눈을 돌렸다. 심박은 이미 160bpm까지 올라갔다. 화면에서 눈을 떼고 침대에 누운 카즈토의 얼굴을 보았다.

이마에선 구슬 같은 땀이 배어나왔으며, 기분 탓인지 표정도 괴로운 것 같았다. 약간 벌어진 입에서 잦은 호흡을 되풀이했다. 아키 간호사도 그 모습을 보더니 안경 안의 눈동자에 의심의 빛을 띄웠다.

"……풀 다이브 전에 수분을 많이 섭취하라고 시키기는 했는데……. 벌써 네 시간도 넘게 지났으니 이렇게나 땀을 흘리면 탈수 위험이 있겠어. 한 번 로그아웃 해달라고는……, 못하겠지?"

간호사의 말에 아스나는 입술을 가볍게 깨물며 고개를 끄덕였다.

"여기서 무슨 말을 해도 키리토에게는 들리지 않고……, 애초에 PvP 대회 중이니까 로그아웃 기능이 유효할지는……."

ALO의 대회 이벤트에서도 형세가 불리한 플레이어의 《기브 업 아웃》을 방지하기 위해——VRMMO에서 이랬다간 분위기가 완전히 식어버린다——자발 로그아웃을 일시 금지하는 일이 있다.

"……일단 어뮤스피어가 뇌내 혈류를 감시하니, 위험할 정도로 탈수에 빠지기 전엔 자동으로 컷 오프가 될 거예요……."

아스나가 그렇게 덧붙이자 간호사는 가볍게 고개를 끄덕이더니 말했다.

"알았어. 조금만 더 지켜보자. 환자도 아닌데 수액으로 수분을 보급해줄 수도 없으니."

"그러……게요."

목소리가 자신도 모르게 굳어졌다. 이 상태에서 수액까지 맞는다면 마치 SAO 시절로 되돌아가는 것 같지 않은가.

아니──. 그 무렵과는 큰 차이가 하나 있다. 지금 카즈토가 사용하는 것은 죽음의 함정이 설치된 너브 기어가 아니라 안전성이 보증된 어뮤스피어다. 그러므로 여기서 아스나가 카즈토의 머리에 쓴 은색 고리를 억지로 벗겨낸다 해도 아무 위험이 없을 것이다. 중계화면의 사막에서 키리토가 사라지고, 즉시 침대 위로──아스나의 곁으로 돌아올 것이다. 《슈터벤》, 《죽음》이라는 이름을 가진 무시무시한 적의 검은 결코 카즈토에게 닿지 않는다.

그러고 싶다는 충동을 아스나는 열심히 억눌렀다.

키리토/카즈토는 지금 검사로서 자신의 모든 것을 걸고 싸우는 중이다. 그것을 아스나가 방해할 수는 없다.

하지만 무언가──하다못해 무언가 할 수 있는 일이 없을까. 바로 곁에 있으면서도 아득한 이세계에서 싸우는 그에게, 무인가 전해줄 수는 없을까.

『엄마, 손을.』

갑자기 휴대단말에서 조그만 목소리가 들렸다. 유이였다.

『아빠의 손을 잡아주세요. 어뮤스피어의 체감각 인터럽트는 너브 기어만큼 완전하지는 않아요. 엄마의 온기라면 분명 아

빠에게 전해질 거예요. 제 손은 그쪽 세계에 닿지 않지만……,
제 몫까지…….」

뒷말은 크게 떨리고 흔들렸다. 아스나는 그 말에 가슴이 옥
죄는 듯해 크게 고개를 가로저으며 대답했다.

"아니……, 그렇지 않아. 유이의 손도 분명 닿을 거야. 함께
아빠를……, 키리토를 응원하자."

침대에 힘없이 늘어진 카즈토의 왼손에 휴대단말을 쥐어주
고, 그 위를 두 손으로 감쌌다.

카즈토의 손은 더울 정도로 난방을 틀어놓았는데도 얼음처
럼 싸늘했다. 너무 꽉 쥐면 자동 컷 오프 기능이 발동하므로
살짝, 하지만 온 체온과 마음을 담아 따뜻하게 해주고자 했다.

아스나는 이제 중계화면을 보지 않은 채 눈을 감고, 그저 빌
었다.

──힘내, 키리토. 네가 믿는 것을 위해. 나는 언제든 곁에
있으니까. 계속 네 등을 지켜주고 지탱해줄 테니까.

카즈토의 싸늘한 왼손이 어렴풋이, 그러나 분명히 꿈틀 움
직였다.

* * *

강하다.

스피드, 밸런스, 그리고 타이밍. 모든 것이 완벽했다. 공략파
에서도 이만한 기술을 가진 검사는 별로 없었다.

하지만 어떻게. 이 《사총》 아바타에 깃든 《래핑 코핀》의 옛

간부 플레이어는 그 토벌전 때는 내 검을 보지도 못했을 텐데. 그리 고생하지 않고 HP를 절반으로 떨어뜨려 후방으로 물러났는데.

말하자면 그 후 이 사내가 변한 것이리라. 아마도 흑철궁 감옥에 갇힌 반년 동안. 래핑 코핀을 괴멸로 몰아넣은 공략파──그 일원인 나에 대한 복수심을 에너지로 삼아 기술을 갈고 닦았다. 설령 콜과 경험치는 가산되지 않더라도, 소드 스킬의 반복연습만으로 얻을 수 있는 강함도 분명 존재한다. 어두컴컴하고 싸늘한 감옥 안에서 이놈은 대체 몇천 번──몇만 번 같은 동작을 반복했을까. 그의 신경회로에는 에스톡이라는 무기에서 뽑어져 나오는 기술의 움직임이 완전히 새겨진 것이다.

검을 휘두른 횟수로 따지면 나도 뒤지지 않을 것이다. 하지만 지금 내 손에 쥐어진 것은 왕년의 애검에 비하면 너무나도 가벼운 포톤 소드다. 움직임의 감각이 완전히 다르다. 《보팔 스트라이크》와 같은 단발기라면 모를까, 연속기를 재현하기란 매우 어렵다. 그리고 사총은 앞으로 내게 큰 기술을 퍼부을 만한 허점을 일절 보이지 않을 것이다. 밀착상태를 유지하고 잇달아 다채로운 찌르기 기술을 퍼붓는다. 열심히 회피는 했지만, 이따금 날카로운 칼끝에 아바타의 여기저기를 깨물려 HP가 조금씩 조금씩 감소했다. 세이지는 이미 30퍼센트도 남지 않았다.

만일 이대로 저 예리한 칼날에 HP를 계속 깎여나가 쓰러졌을 때 검은 권총에 맞는다 해도, 사총은 정말로 나를 죽일 수는 없다. 왜냐하면 나는 총독부 단말기에 주소와 이름을 입력하지도 않았고, 내 현실 신체의 위치를 밝혀낼 방법은 놈에게 없을 테니까.

나는 그 사실──《안전권에 있다.》는 인식에 어딘가 몸을 기 댔던 것이 아닐까. 검은 권총에 눈을 빼앗긴 나머지 그것을 쥔 플레이어의 강함을 정말로는 보지 않았던 것이 아닐까. 그렇 다면 이 상황은 당연한 귀결이다. 놈은 아직 그 데스 게임 속 에 있는데, 나는 몸도 마음도 멀리 떨어지고 말았으니까.

지금 그 사실을 깨달았다 해도 너무 늦었다.

하지만 그렇다고 이대로 패배할 수는 없다. 분명 나는 현실 의 몸에 아무런 상처도 입지 않을 것이다. 하지만 놈이 조금 전 입에 담았듯이 뒤의 바위산에 대기한 시논은 그 검은 권총 의 사정거리에 들어간 것이다. 내가 쓰러진다면 사총은 시논 을 습격한다. 전투 중에 한 발이라도 검은 총에 맞는다면, 사 총의 공범이 현실의 시논에게 손을 댄다.

한순간. 정말 한순간이면 된다.

이 연속기의 러시를 한순간이라도 깰 수 있다면.

무기의 위력 자체는 가느다란 에스톡보다 광검이 훨씬 높다. 묵직한 단발기를 크리티컬로 맞춘다면 사총의 HP를 날려버리 리라는 확신이 있었다. 하지만 그 간격을 만들 수 없다. 어설 픈 페인트는 통하지 않을 테고, 광검의 에너지 블레이드는 적 의 에스톡이 뚫고 지나가니 검을 강하게 휘둘러 브레이크 포 인트를 만들 수도 없다. 어떻게 하지? 어떻게 해야──.

슈슈슉 울부짖은 3연속기의 마지막 일격이 내 뺨을 가르고, HP 게이지가 마침내 붉게 물들었다.

내 뺨에서 흐른 빛줄기가 시야를 붉게 비추었다.

승리를 확신했는지 사총의 붉은 두 눈이 한층 격렬하게 깜빡였다.

붉은색——. 《래핑 코핀》의 에스톡 전사도 아이컬러가 붉은색이었다. 기억이 격렬하게 삐걱거리며 단단하고 무거운 뚜껑에 균열이 생겼다.

그렇다……. 나는 분명히 이놈의 이름을 듣지 않으려 했다. 두 번 다시 얽히고 싶지 않았다. 광기와 선혈, 비명과 원한에 사로잡힌 그날 밤을 1초라도 빨리 잊고 싶었다.

하지만 사실은 그럴 수가 없었다.

나는 모든 것을 잊은 것이 아니었다. 잊은 척했을 뿐이니. 자기 자신을 속이려 했을 뿐이다. 한 덩어리의 기억과 이어진 회로만을 차단해, 분명히 그곳에 존재한 것을 보이지 않는다고 덮어놓았을 뿐이었다…….

내 숨통을 끊기 위해 사총이 에스톡을 날카롭게 끌어당겼다. 그 끝에 맺힌 싸늘한 광채가 블록된 기억을 단편적으로 비춰주었다.

토벌대가 출발하기 직전, 길드 《성룡연합》의 본부에서 마지막 미팅을 했다.

회의석상에서 《래핑 코핀》 진영에 관한 정보를 다시 검토했다. 수령인 《PoH》의 전투능력. 놈의 곁을 지키는 간부들의 무장과 스킬. 외견과——이름.

간부 중 이미지 컬러를 고정한 놈이 둘 있다는 이야기가 나왔다. 하나는 검은색. 독나이프를 즐겨 사용하는 자로, 이름은……, 그렇다. 《조니 블랙》이었다. 클라인이 나를 보며 진지한 얼굴로 말했다.

『넌 그놈하고 싸우지 마라. 누굴 엄호해야 좋을지 헷갈릴 테니까.』

그리고 또 하나는 붉은색. 그렇다고 해도 온몸이 붉은 것은 아니다. 눈과 머리를 진홍색으로 커스텀하고, 회색 후드 망토에도 붉은 역십자를 물들여놓은 에스톡 전사. 길드 《혈맹기사단》의 컬러와 문장을 야유하는 듯한 모습에 KoB 서브리더인 《섬광》 아스나가 기분 나쁜 표정을 지었다. 내가 개전 직후에 검을 나누었던 것이 놈이었다. 후방으로 물러날 때 『언젠가, 죽이겠다.』라는 말을 남기고, 전후 처리 중에 내게 이름을 말하려던 것이 그놈이었다.

그리고 1년 반의 시간과 이세계의 벽을 넘어, 마침내 내 앞에 나타나 선언대로 에스톡을 찌르려는 이 누더기 망토——《사총》이야말로 그놈이다. 이름은———…….

"《XaXa(자자)》."

내 입에서 새어나온 그 짧은 목소리가, 지금 막 내 심장을 꿰뚫으려던 강철의 궤적을 뒤틀었다.

가슴을 엷게 가르고 뒤로 비껴나간 칼날의 감촉을 의식하지도 못한 채, 나는 말을 이었다.

"《붉은 눈의 자자》. 그게 네 이름이다."

그 직후——잇달아 수많은 무언가가 일어났다.

내 뒤에서 날아든 한 줄기 붉은 라인이 사총의 후드 한복판에 소리도 없이 박혔다.

실탄——이 아니라 불릿 라인. 시논이다. 찰나에 나는 그녀의 의도를 깨달았다. 이것은 불릿 라인 그 자체를 이용한 공격이다. 그녀의 경험과 영감에서 비롯된, 그리고 모든 투지를 쏟아부은 라스트 어택. 환영의 총탄——팬텀 불릿.

사총이 강대한 포식자의 살기를 느낀 짐승처럼 본능적인 움직임으로 크게 뒤를 향해 뛰었다.

스컬마스크 밑에서 나직한 분노의 음성이 새어나왔다. 놈도 금세 시논이 나를 오인사격할 위험을 범하면서까지 쏠 리가 없다는 사실을 깨달았으리라. 그러나 아마도 이름을 불린 데 동요했기 때문에 판단이 늦어졌겠지. 그 결과 몸이 멋대로 환영의 총탄에 반응해 회피행동을 취했다.

이것이 마지막 기회. 이제 두 번 다시 불릿 라인 페인트는 통하지 않는다. 시논이 준 이 기회를 헛되이 할 수는 없다. 나는 크게 한 걸음 내디디며 사총을 쫓아가려 했다.

아아——그러나 이럴 수가. 놈의 모습이 사라져 간다. 《옵티컬 카모》. 발자국은 남으니 놓치지는 않겠지만, 광검을 정확히 크리티컬 포인트에 꽂아넣을 정도로 조준을 할 수가 없다. 일격으로 끝내지 못한다면 카운터로 내 HP가 날아간다.

그때, 또 한 가지 한층 놀라운 현상.

내 왼손이 누군가에게 이끌리듯이 혼자서 움직였다. 긴장에 얼어붙었던 손을 누군가가——너무나도 잘 아는 누군가의 손이 나를 잡고 따뜻하게 감싸, 이끌어, 왼쪽 허리로 가져간다. 무언가를 꽉 쥐게 한다. 나 자신도 그 존재를 잊어버렸던 두 번째 무기. 핸드건——《파이브세븐》. 홀스터에서 매끄럽게 뽑아든 그 무게감을 팔에 느낀 순간, 나의 의식에 새겨진 하나의 회로가 뇌리를 태울 듯이 발화했다.

"이야……아아아아————!!"

포효. 전진. 한 차례 강하게 왼쪽으로 틀었던 온몸을 탄환처럼 나선회전하며 돌진한다.

정면의 사총은 완전히 모습을 감추기 직전이었다. 일렁이는 실루엣의 윤곽을 향해 우선 왼손을 크게 휘둘렀다.

원래 이 이도류 검기에선 먼저 왼손의 검이 지면에 끌릴 듯이 튀어오르며 적의 방어를 무너뜨리지만, 지금 내 손에 들린 것은 검이 아닌 권총이다. 그러나 소드 스킬에 총을 써선 안 된다고 누가 정해놓았단 말인가? 왼손의 검으로 베어올리는 이미지 그대로 방아쇠를 잇달아 당겼다.

허공에 비스듬한 라인을 그리며 날아간 탄환들이 눈에 보이지 않는 무언가에 명중해 격렬한 스파크를 흩뿌렸다. 뇌광 안쪽에서 사총의 몸이 다시 한 번 나타났다. 옵티컬 카모가 깨지며 끌려나온 그 아바타에——.

나는 시계방향으로 선회하던 몸의 관성과 중량을 모조리 실은 오른손의 광검을 왼쪽 위에서 내리꽂았다.

이도류 중돌진기(重突進技), 《더블 서큘러》.

에너지 블레이드는 사총의 오른쪽 어깻죽지를 깊이 찢고 그대로 몸통을 비스듬히 갈라 왼쪽 옆구리로 빠져나왔다. 거기에 장착된 홀스터 안에 그 《검은 권총》이 있었지만, 이것도 광검에 절단되어 선명한 오렌지색 섬광을 흩뿌리며 폭발했다.

분단된 아바타와 찢겨나간 누더기 망토, 그리고 불꽃의 궤적이 창백한 만월 속에서 천천히 춤추었다.

길고 긴 비상도 마침내 끝나고——.

쿠쿠웅. 무거운 소리를 순서대로 내며 사총의 상반신과 하반신은 조금 떨어진 곳에 떨어졌다. 약간 뒤늦게 두 아바타의 한가운데로 가늘고 긴 금속바늘——에스톡이 꽂혔다.

바로 옆에 털썩 무릎을 꿇은 내 귀가 극히 미미한 속삭임을 포착했다.

"…………아직, 끝나지……, 않았다. 끝나게 두지……, 않아……. 그 사람이……, 널……."

하지만 분단된 아바타 사이에 떠오른 【Dead】 태그가 사총이라는 플레이어의 활동을 완전히 차단하고 말을 가로막았다. 나는 천천히 몸을 일으켜 드러누운 《시체》를 내려다보았다.

어떤 의미로는 아바타의 본체이기까지 했던 누더기 망토를 잃은 사총은, 해골을 본뜬 고글마스크 이외에는 별로 특징도 없는 모습이었다. 붉은빛을 잃은 렌즈를 바라보며, 나는 낮게 대답했다.

"아니……. 끝났어, 자자. 공범도 곧 밝혀낼 테니까. 《래핑 코핀》의 살인은 이로서 완전히 끝난 거다."

그리고 등을 돌려 나는 만신창이가 된 몸을 끌며 사막을 서쪽으로 걷기 시작했다.

몇백 걸음, 몇백 미터를 걸었을까. 마침내 땅을 향했던 내 시야에 조그만 부츠를 신은 두 발이 들어와 고개를 들었다.

그곳에는 스코프를 잃은 대형 라이플을 안은 저격수 소녀가 부드러운 미소와 함께 서 있었다.

＊＊＊

 시논은 무언가 말하려고 입을 열었지만 금방은 말을 찾지 못했다.

 자신이 지금 어떤 감정을 품고 있는지도 똑똑히 자각할 수는 없었다. 그저 뜨거운 응어리가 잇달아 가슴에 치밀어 헤카테를 한층 더 꽉 끌어안았다.

 멍하니 선 시논에게 키리토는 처음으로 조용한 미소를 지었다. 왼손의 파이브세븐을 홀스터에 넣고는 주먹을 쥐어 쭉 내밀었다.

 시논도 오른쪽 주먹을 들어 키리토의 주먹에 툭 부딪쳤다.

 "……끝났구나."

 광검사는 주먹을 내리고 그렇게 짧게 중얼거리더니 똑바로 머리 위를 올려다보았다. 시논도 함께 시선을 들었다.

 어느샌가 크게 구름이 걷히고, 그 너머에서 하늘 가득한 별이 앞을 다투듯 빛을 쏟아내고 있었다. 생각해 보니 이 세계에서 별을 본 것은 이번이 처음인 것 같았다.

 GGO 세계의 하늘은 과거 최종전쟁의 영향으로 항상 두꺼운 구름에 뒤덮여 있다. 낮에는 우울한 황혼색이 사라지지 않으며, 밤하늘이라 해도 어딘가 탁한 핏빛이 돈다.

 하지만 시내의 장로 NPC가 말하는 예언의 일설에 따르면, 언젠가 땅의 독기가 정화되고 하얀 모래로 돌아갈 때, 구름은 사라지고 별과 우주선의 빛이 밤하늘에 돌아올 것이라고 한다. 물론 그렇게 판에 박힌 말을 곧이곧대로 듣는 플레이어는

없었지만, 어쩌면 이 사막은 원래 플레이어들이 헤매는 황야
가 아니라 아득한 미래에 약속된 곳일지도 모른다.

시논은 한동안 말을 잃은 채, 투명한 밤하늘을 장식한 수많
은 스펙트럼의 빛과 그 사이를 강처럼 흐르는 우주선의 잔해
가 빛나는 모습을 바라보았다.

이윽고 키리토가 말했다.

"……슬슬 대회도 끝을 내야지. 갤러리들이 화내겠어."

"……응, 그러게."

밤하늘 여기저기에선 하늘색 중계 카메라들이 왠지 짜증을
내듯 REC 마크를 빛내고 있었다. 똑같이 그것을 깨달았는지
키리토가 살짝 쓴웃음을 지었지만, 금세 표정을 다잡고 한 걸
음 다가서선 목소리를 한층 낮추고 말했다.

"……이 대회의 위험은 일단 사라졌어. 사총이 쓰러진 지금,
널 노리던 공범도 사라졌을 거야. 놈들의 계획은 《GGO에서
그 검은 총에 맞은 플레이어는 현실세계에서도 죽는다.》는 전
설을 만드는 거지, 함부로 살인을 되풀이하는 게 아니니까. 그
러니 로그아웃해도 이젠 위험은 없을 테지만……, 만약을 위
해 당장 경찰을 부르는 게 좋겠어."

"……하지만 경찰에 전화해서 뭐라고 설명해? VRMMO 안
과 밖에서 동시에 살인을 꾀하는 사람들이 있다고 해봤자 분
명 당장은 믿어주지 않을 텐데."

시논의 물음에 키리토도 한순간 입술을 깨물더니 금세 고개
를 끄덕였다.

"그것도 그렇구나……. 내 의뢰주는 일단 공무원이니 그 사

람을 움직이는 방법도 있겠지만⋯⋯, 아무리 그래도 여기서 네게 주소나 이름을 물을 수는 없고⋯⋯."

광검사는 주저하듯이 시선을 돌렸다. VRMMO 안에서 남의 현실정보를 묻는 행위는 엄청난 매너 위반이라는 것을 그도 당연히 인식하고 있을 테니까.

하지만 시논은 한순간 생각했을 뿐 고개를 끄덕였다.

"좋아. 가르쳐줄게."

"뭐⋯⋯? 하, 하지만⋯⋯."

"어쩐지 새삼스럽다는 생각도 들고. 난⋯⋯, 내가 나서서 옛날 사선을 남에게 얘기했던 세 처음이었거든⋯⋯."

그렇게 중얼거리자 키리토는 살짝 눈을 크게 뜨더니 금세 고개를 끄덕였다.

"그것도⋯⋯, 그렇구나. 생각해 보니 나도 그런 것 같아⋯⋯."

여기서 조금이라도 망설인다면, 낯을 가리는 시노가 고개를 내밀고 "역시 관둘래."라고 할 것 같아서 시논은 헤카테를 어깨에 기댄 채로 기세에 몸을 맡기고 한 걸음 나섰다. 키리토의 귀에 입술을 대고, 아무에게도 들리지 않을 만한 볼륨으로 속삭였다.

"내 이름은──아사다 시노. 주소는 도쿄도 분쿄 구 유시마 4번가의⋯⋯."

아파트 이름과 방 번호까지 알려준 순간, 키리토가 놀란 듯이 속삭였다.

"유시마?! 놀랐다⋯⋯. 내가 지금 다이브한 곳은 치요다 구 오차노미즈야."

"뭐……뭐어?! 코앞이잖아."

그 말에는 시논도 놀라 자신도 모르게 소리를 지를 뻔했다. 시노의 아파트와 키리토의 다이브 장소 사이에는 카스가도오리와 쿠라마에바시가 있을 뿐이다. 키리토는 놀랐던 두 눈을 슬쩍 가늘게 뜨더니 잠시 신음소리를 내고 말했다.

"그럼 아예 로그아웃하면 내가 그대로 달려가는 게 빠를지도 모르겠네……."

"어……? 와……."

와줄 거야? 라고 말할 뻔했지만 금세 입을 다물었다. 가벼운 헛기침을 하고 다시 말했다.

"아, 아니, 괜찮아. 근처에 믿을 수 있는 친구가 살거든……."

시논을 이 세계에 데려와준 슈피겔, 신카와 쿄지는 인접한 혼고 4번가에 사는 개업의의 차남이다. 전화하면 곧장 와줄 테고, 애초에 그는 이 대회의 중계영상을 처음부터 끝까지 봤을 테니, 이렇게 키리토와 몇 번이나 접촉한 것을 어떻게 설명해야 좋을지 변명도 생각해야만 한다.

"……그리고 걔는 의사 아들이니까, 만에 하나의 경우엔 도움도 받을 수 있을 거야."

멋쩍음을 감추듯이 그렇게 덧붙이자, 키리토는 진지한 얼굴로 받아쳤다.

"그, 그 말은 좀 걱정되는데……. 아무튼 그럼 괜찮겠지. 나는 로그아웃하면 즉시 의뢰주에게 연락해서 경찰에게 상황을 설명하라고 그럴게. 아무리 늦어도 15……, 아니, 10분이면 경찰차를 보내줄 거야."

"응, 알았어. 그렇게 해서 공범을 잡을 수 있다면 좋겠는데……."

"그러게……."

걱정이 되는 듯이 고개를 끄덕이는 키리토를 시논은 가볍게 노려보았다.

"그건 그렇고, 나만 개인정보 털어놓고 끝나는 거야?"

"어, 아, 미……미안. 내 이름은 키리가야 카즈토. 다이브한 곳은 오차노미즈지만, 집은 사이타마 현의 카와고에 시야."

황급히 주워섬기는 광검사의 말을 음미하며, 시논은 긴박한 상황임에도 불구하고 가볍게 웃음을 터뜨렸다.

"키리가야 카즈토, 그래서 키리토구나. 정말 안이한 네이밍이네."

"네……네가 할 소리가 아닐 텐데?"

동시에 엷은 웃음을 지었다. 키리토는 다시 머리 위의 카메라에 시선을 보내더니 어조를 바꾸었다.

"그러면……, 로그아웃하려면 어쨌거나 대회를 마무리해야겠지. 어쩔까, 시논? 다시 한 번 어제처럼 결투 형식으로 승부를 낼까?"

그 질문을 받자, 시논은 자신이 그렇게나 집착했던 키리토와의 재결투를 깔끔하게 잊어버렸다는 사실을 깨달았다. 코앞의 아름다운 얼굴을 바라보며, 한순간 생각하고 중얼거렸다.

"……강함은 결과가 아니라……, 그곳을 향하는 과정 속에서……."

"응? 뭐라고 그랬어?"

"아니, 아무것도 아니야. ──그보다 너, 온몸이 만신창이잖아. 그런 사람에게 이겨봤자 자랑거리도 안 되거든? 그러니 다음 BoB 본선까지 승부는 미뤄놓겠어."

시논의 말에 키리토는 놀란 듯이 눈썹을 꿈틀하더니, 이내큰 쓴웃음을 지었다.

"그건 제4회가 있을 때까지 원래 게임으로 다시 컨버트하지 말라는 소리야?"

"딱히 컨버트를 해도 상관은 없지만, 그래서야 다음에도 나한테 이길 수 있을까? ……자, 아무튼 슬슬 제3회를 끝내야지."

"하지만 어떻게? 배틀로열이니까 어느 한쪽의 HP가 0이 되기 전엔 승자를 정할 수 없잖아?"

"희귀한 경우이긴 하지만, 북미 서버의 제1회 BoB는 2인 공동우승이었대. 이유는 우승할 뻔했던 사람이 방심하는 바람에 《저승길 그레네이드》라는 얄팍한 수법에 걸렸거든."

"저승길 그레네이드? 그게 뭔데?"

"싸우다 질 것 같으면 동반자살을 노리고 죽기 직전에 그레네이드를 던지는 거야. ──자. 이거 너 가져."

시논은 파우치에 손을 대더니, 끄집어낸 검은 구체를 키리토가 반사적으로 내민 오른손에 쥐어주었다. 위에서 과일의 꼭지처럼 튀어나온 뇌관의 타이머 노브를 끼리릭 5초 정도 돌려놓았다.

그것은 키리토가 사총을 쓰러뜨리리라 확신한 후, 시논이 바위산 서쪽에 쓰러진 야미카제의 품에서 서둘러 회수했던 플라즈마 그레네이드였다. 그 시점에서 시논은 이미 이 폐막을 결심했던 것이다.

자신이 무엇을 받았는지 겨우 깨달은 키리토는, 놀라서 눈을 크게 뜨고 반사적으로 집어던지려 했다.

이를 저지하기 위해, 시논은 두 팔을 키리토의 등에 감고 꽉 고정했다.

두 사람의 아바타 사이에서 눈까지 멀 정도로 강렬한 빛이 태어나더니, 키리토의 쓴웃음과 시논의 미소를 순백의 스크린이 물들였다.


시합 시간 2시간 4분 37초.

제3회 불릿 오브 불리츠 본선 배틀로열, 종료.

결과──【Sinon】및【Kirito】공동 우승.

## 15

　BoB 본선 전장이 된 고도 《ISL 라그나로크》에서 전송되어 잠시 대기 공간에 돌아온 시논은, 눈앞에 떠오른 순위표와 로그아웃까지 걸리는 카운트다운을 바라보며 열심히 생각을 가라앉히려 했다.

　마침내 대회는 끝났지만 《사총》 사건 자체는 아직 끝난 것이 아니다. 현실세계 시노의 근처에는 아직 사총의 공범이 얼쩡거릴 가능성이 있다. 키리토는 즉시 경찰이 오도록 수배해 주겠다고 했지만, 그도 로그아웃한 것은 시노와 동시였으니 그때부터 의뢰인이라는 사람에게 연락을 취한다 해도 역시 10분은 넘게 걸릴 것이다. 그동안은 스스로 자신을 지켜야만 한다.

　우선 방의 안전을 확인하고, 다음으로 신카와 쿄지에게 연락을 해서 집까지 와달라고 하자. 그가 공범과 맞닥뜨릴 가능성도 있지만, 사총 일당이 사용하는 무기는 총이나 나이프가 아닌 독을 채운 주사기——라는 것이 키리토의 견해였다——이므로 설마 의식이 있는 사람에게 길거리에서 느닷없이 독을 주사하지는 않을 것이다. 물론 오는 길에 조심하라는 말은 해둘 생각이었다.

　커다란 폰트의 카운트다운은 무시무시한 기세로 줄어들었으며, 마침내 로그아웃까지는 10초만이 남았다.

　마지막으로 다시 한 번 순위표를 바라보았다.

제일 위에 공동우승한 시논과 키리토의 이름이 형형히 빛났다. 그곳에 이름을 올리는 것이 GGO를 플레이하는 궁극의 목적이었는데, 유감스럽게도 이번엔 노카운트로 쳐야만 할 것 같다. 상황이 지나치게 이질적이었다. 목표는 제4회 대회까지 미뤄두었다.

준우승은 없으며, 3위는 사총의 등록명인 《스티븐》. 실제로는 알파벳으로 《Sterben》이니 어쩌면 다르게 읽어야 하는 걸지도 모르겠지만, 그 누더기 망토에게는 《사총》 혹은 《데스건》이야말로 본명이었으며, 등록명은 위장 이상의 의미가 없을 것이다.

4위는 《야미카제》. 우승후보 필두였던 그에게 판돈을 걸었던 플레이어들도 많았을 테니, 지금쯤 공식 갬블은 대혼란에 빠졌을 것이다. 5위 이하에도 유명 플레이어들이 줄줄이 이어졌으며, 《다인》과 《하후돈》의 이름을 거쳐——리스트는 28위까지 이어졌다.

제일 밑에는 회선단절자 2명. 《페일라이더》와 《가레트》.

역시 사총의 피해자는 이번 대회에 두 명이 나왔던 셈이다. 다시 말해 공범도 두 명 있다는 뜻일까? 대체 VRMMO 내에서 어떤 집단에 속해 어떤 경험을 하면, 세 명이나 되는 사람이 이런 무시무시한 범죄에 가담하게 되는 걸까……

카운트다운이 0이 된 순간, 시논이 느꼈던 것은 승리의 고양감이 아니라 깊고 싸늘한 전율이었다.


한순간의 부유감각이 찾아오고 사라졌을 때, 이미 시논은 시노가 되어 현실세계의 자택에서 침대에 혼자 누워 있었다.

아니——혼자라고 단언할 수는 없다. 당장 눈을 떠서는 안 된다, 움직여서는 안 된다고 자신에게 되뇌었다.

꼼짝도 하지 않은 채 눈을 가만히 감고 시노는 조용히 주위의 기척을 살폈다.

귀에는 어렴풋이 몇 가지 소리가 들렸다. 우선 자신의 숨소리. 그리고 두근두근 빠른 페이스로 뛰는 심장 고동.

천장 부근에서 낮게 소리를 내는 것은 난방 모드로 돌아가는 에어컨 소리. 보골보골 거품 터지는 소리를 내는 것은 가습기. 창밖의 거리에서 멀리 울리는 자동차의 주행음. 같은 아파트의 다른 방에서 들리는 오디오의 우퍼 소리.

——그것뿐이었다. 방 안에 이질적인 소리를 내는 것은 없었다.

이번엔 천천히, 가늘고 길게 공기를 들이마셨다. 코가 포착한 냄새의 입자는 역시 방향제 대신 침대 머리맡에 놓아둔 허브 비누의 은은한 향기뿐이었다.

방 안에는 자신 말고 아무도 없다.

그렇게 생각해도 시노는 도저히 눈을 뜰 수 없었다. 침대 왼쪽 옆에 가만히 서서 자신을 들여다보는 누군가가 있지 않을까——그런 공포는 좀처럼 사라지지 않았다.

아니, 설령 방 안에 없다 해도 부엌, 혹은 화장실……, 베란다……, 좁은 실내라 해도 마음만 먹는다면 모습을 감출 장소는 얼마든지 있다. 어쩌면 침대 밑에 숨었을 가능성도 있지 않은가. 싫다. 움직이고 싶지 않다.

지금쯤 키리토――키리가야 카즈토가 관계자를 통해 경찰에
연락을 하고 있을 것이다. 앞으로 15분 만 지나면 경찰차의 사
이렌이 울릴 테지. 그러면 그때까지 이대로 움직이지 않고 기
다리는 것이 현명할지도 모른다.

그렇게 생각하고 질끈 두 눈을 감으려던 그 순간――.

구식 에어컨이 콜록거리듯이 토해낸 가열되지 않은 공기 덩
어리가 시노의 노출된 허벅지를 쓰다듬었다. 한기가 몸을 내
달리고 갑자기 코 안에 불온한 기척.

저항할 수 있었던 것은 겨우 2초뿐이었다. 미간과 콧등이 한
껏 수축하고, 이어서 의지를 배신한 호흡기관이 살짝, 하지만
확실한 소리를――에치! 하고 터뜨렸다. 시노는 몸을 굳힌 채
방 어디선가 무언가 반응이 돌아오기를 기다렸다.

하지만 여전히 움직이는 것은 없었다.

시노는 살짝, 아주 가늘게 오른쪽 눈을 떠보았다.

조명을 낮춘 실내는 커튼 틈으로 새어드는 가로등 불빛으로
어렴풋이 밝았다. 우선 안구가 움직이는 범위 내를 확인하고,
이어서 목을 조금씩 기울여 방 안을 살폈다.

일단 시야 안에 사람은 없는 것 같았다. 새삼스럽지만 소리
가 나지 않도록 주의하며, 머리에서 어뮤스피어를 벗어 베개
옆에 놓았다. 복근의 힘만으로 상체를 일으켜 재빨리 다시 한
번 방안을 살폈다.

――모든 것이 몇 시간 전에 풀 다이브 했을 때 그대로, 인
것 같았다.

테이블 위의 생수병. 그 옆에 놓인 약간 큼지막한 스테레오

컴퍼넌트. 바닥에 놓아둔 통학용 가방. 어느 것 하나 움직인 흔적은 없다.

시노는 시트에 손을 짚고 침대 가장자리까지 이동해 꼴깍 침을 한 번 삼킨 후, 몸을 내밀어 바닥과 침대 사이를 살펴보았다. 당연하지만 무엇 하나 눈에 뜨이지 않았다.

고개를 들고 커튼 틈으로 보이는 알루미늄 새시의 잠금쇠가 단단히 내려진 것을 확인했다.

맨발로 바닥에 내려와 한껏 목을 뻗어, 이번엔 부엌을 살폈다. 하지만 두 평도 안 되는 공간에 사람이 숨을 만한 장소는 없다.

자리에서 일어나 자기도 모르게 발소리를 죽이며 벽까지 걸어가 조명 스위치를 켰다. 금세 하얀빛이 방에 넘쳐나고, 부엌 너머에 있는 현관까지 비추었다.

가만히 응시하니 현관 자물쇠의 레버가 여전히 수평으로 누운 것이 보였다. 시노는 한동안 그곳에 선 채 벽 하나 건너편——화장실의 기척을 살폈다. 역시 이상한 소리는 없었다. 다시 발끝으로 서서 부엌으로 이동했다.

싱크대 반대쪽에 있는 화장실 문은 단단히 닫혀 있었다. 잠기지는 않았으며, 조명도 꺼졌다.

식은땀에 젖은 오른손으로 알루미늄 손잡이를 쥐고——.

한껏 숨을 들이마신 다음 꾹 참고, 왼손으로 조명 스위치를 켜자마자 단숨에 문을 열었다.

“…….”

시노는 한동안 말없이 내부를 응시한 후,

"……바보 같아."

툭 내뱉었다. 베이지색으로 통일된 플라스틱 욕조 안에는 물론 아무도 없었다.

이제야 겨우, 이번에야말로 목덜미와 두 어깨에서 몸 아래쪽을 향해 힘이 쭈욱 빠져나갔다. 시노는 몸을 돌려선 벽에 등을 기대며 슬슬 미끄러져 주저앉았다.

집에는 아무도 없었다. 침입한 흔적조차도 아직까지는 발견하지 못했다.

물론 구식 전자자물쇠를 따고 들어온 누군가가, 방 안에서 휴대단말을 이용해 GGO 내의 중계 동영상을 보다가 사총이 패배한 것과 동시에 떠났──을 가능성은 아직 남았다.

그렇다면 침입자는 아직 이 아파트 부근에 있을 것이다. 돌아올 가능성이 없지는 않은 이상, 재빨리 신카와 쿄지에게 연락해 도움을 청하는 것이 좋겠다고 생각하면서도 일어날 기력은 좀처럼 나지 않았다.

흘끔 냉장고 위에 놓아두었던 부엌용 알람시계를 올려다보았다. 시계 기능도 있는 이 디지털 숫자는 오후 10시 7분이 지나고 있음을 알려주었다.

──참으로 긴 3시간이었다. 다이브 전에 요구르트를 먹고 눈앞의 쓰레기통에 버렸던 것이 아득한 옛날 일인 것 같았다.

자신의 무언가가 변한 것 같기도 하고, 아무것도 변하지 않은 것 같기도 했다.

하지만 적어도 시노의 마음속에 오랫동안 자리했던 초조감은 이제 멀게 느껴졌다. 강해지고 싶다, 강해져야만 한다는 조바심이 얼마나 허무한지는 배운 것 같다. 모든 것은 첫걸음부터.

"영……차!"

살짝 기합을 내며 일어나자 새삼스레 목이 엄청나게 말랐다. 싱크대로 걸어가 정수기에서 받은 물을 잔에 따르고 단숨에 들이켰다.

한 잔 더 따라 마시려던 그때——.

딩동. 고풍스러운 소리로 현관 초인종이 울렸다.

시노는 반사적으로 흠칫 몸을 굳힌 후 문을 응시했다. 당장이라도 문이 혼자 열리는 건 아닐까 생각하니 숨이 멎을 것 같았다.

아니면 벌써 경찰이 온 걸까 생각하고 시계를 보았지만, 로그아웃한 지 아직 3분도 지나지 않았다. 너무 빠르다.

가만히 있으려니 다시 차임이 울렸다. 시노는 숨을 죽이고 발소리도 내지 않은 채 문으로 다가갔다.

우선 도어체인을 걸자. 그렇게 생각하고 조심스럽게 왼손을 뻗었지만 손가락이 닿기 전에——.

『아사다, 있어? 나야, 아사다!』

인터폰 기능이 있는 전자자물쇠에서, 귀에 익은 약간 톤이 높은 소년의 목소리가 들렸다.

시노는 어깨에서 힘을 쭉 뺐다. 샌들을 발판삼아 문에 얼굴을 가져가고, 만약을 위해 도어뷰 렌즈를 들여다보았다. 어안 효과에 일그러진 복도에 서 있던 것은 분명 곧 전화를 하려고 생각했던 당사자——옛 급우였으며 시노를 GGO로 데려와준 신카와 쿄지였다.

"신카와……?"

그래도 인터폰 너머로 그렇게 말을 건네자, 금세 주저하는 목소리가 돌아왔다.

『어……, 아무래도 우승 축하 인사를 하고 싶어서……. 이거 편의점제라 미안하지만 케이크 사왔어.』

그 말에 다시 한 번 렌즈를 들여다보니, 쿄지는 정말로 케이크가 든 것으로 보이는 조그만 상자를 들고 있었다.

"어……엄청 빨리 왔네."

자신도 모르게 그렇게 말했다. 대기 공간에서 기다리던 시간을 포함해도 아직 대회가 끝난 시 5분도 지나지 않았다. 자택이 아니라 근처 공원에서 중계를 보다가, 결판이 나자마자 편의점을 들러 달려왔을지도 모른다. 그 성급한 면모가 어질리티 타입인 슈피겔답기도 하지만.

하지만 직접 연락할 수고를 던 것은 사실이다. 안도의 한숨을 내쉬며 자물쇠에 손을 가져갔다.

"잠깐만 기다려. 지금 문 열게."

그렇게 말하면서 문득 자신의 몸을 내려다보니, 위는 헐렁한 트레이너, 아래는 맨발에 쇼트 팬츠 차림이었다. 조금 불안하긴 하지만 뭐 어떠랴 싶어 어깨를 으쓱하고, 시노는 자물쇠 손잡이를 90도 돌렸다.

문을 열자, 그곳에는 멋쩍은 웃음을 지은 신카와 쿄지가 서 있었다. 청바지 위에 보어가 달린 밀리터리 재킷을 걸친 중무장이었지만, 바깥 기온은 그래도 모자랄 것처럼 싸늘했다.

맨발에 감겨드는 냉기에 몸을 옹송그리며 시노가 말했다.

"우와, 엄청 춥네. 얼른 들어와."

"으, 응. 실례합니다."

쿄지는 꾸벅 고개를 숙이곤 현관에 발을 들이더니, 시노를 보며 눈부신 듯이 눈을 가늘게 떴다.

"……왜, 왜 그래? ……바람 드니까 얼른 들어와서 문 닫아. 아, 자물쇠 잠그고."

쿄지의 시선에 부끄러워진 시노는 멋쩍음을 감추듯이 재빨리 말하곤 돌아서서 방으로 향했다. 찰칵. 문을 잠그는 금속성이 뒤에서 들렸다. 세 평짜리 방으로 돌아온 시노는 테이블에서 리모컨을 들어 난방을 강하게 했다. 에어컨이 요란한 소리를 울리며 한층 따뜻한 공기를 뿜어내 한기를 몰아냈다.

털썩 침대에 앉아 고개를 들어 보니, 쿄지는 하릴없이 방 입구에 서 있기만 했다.

"아무 데나 앉아. 아……, 뭐 좀 마실래?"

"어, 아니, 괜찮아."

"지금 좀 피곤해서, 그렇게 말하면 정말 아무것도 안 줄 거야."

농담처럼 말하자 쿄지는 그제야 어렴풋이 미소를 짓더니, 케이크가 든 상자를 티 테이블에 놓고 그 옆의 쿠션에 앉았다.

"……미안해, 아사다. 갑자기 쳐들어와서. 하지만……, 아까도 말했다시피 조금이라도 일찍 축하를 하고 싶었거든."

어린아이처럼 무릎을 끌어안고 시노를 가만히 올려다본다.

"저기……, BoB 우승, 정말로 축하해. 대단해, 아사다는……, 시논은. 드디어 GGO 최강 거너가 됐잖아. 하지만……, 난 알았어. 아사다라면 언젠가 그렇게 되리란 걸. 아사다에게는 아무도 못 가진 진짜 강함이 있으니까."

"……고마워."

시노는 간지럽게 느끼면서 움츠린 목을 살짝 움직였다.

"하지만 우승이라고 해봤자 공동이니까……. 게다가 중계 봤으면 알겠지만, 이번 대회에선 좀 이상한 일이 많아서……. 어쩌면 대회 자체가 무효로 처리될지도 모르겠어……."

"응……?"

"있지……, 음……."

고개를 갸웃하는 쿄지에게 《사총》에 대해 어떻게 설명할까 시노는 고민했다. 논리적으로 이야기할 만큼 시노는 사건에 대해 잘 아는 것도 아니었으며 게다가――지금 와서는 마치 그 사건 자체가 환상이었던 것 같기도 했다.

어쩌면…….

역시 모두 우연의 산물은 아니었을까……? 가상세계에서 총격을 한 상대를 현실세계에서도 동시에 독살한다는 것이 정말로 가능할까? 실제로 시노가 본 것은 페일라이더가 회선 단절로 사라지는 장면뿐이었다. 그와 또 다른 단절자가 정말로 죽었다면 역시 사총과 그의 범죄는 실존하는 것이겠지만, 그것이 판명될 때까지는 무엇 하나 확실하지 않다.

아무튼 앞으로 10분 만 있으면 경찰이 온다. 쿄지에게는 그때 사정을 설명해도 될 것이다. 시노는 그렇게 생각하고 화제를 바꾸었다.

"으응……, 아무것도 아니야. 좀 이상한 플레이어가 있었다는 얘기였어. 그건 그렇고 너, 엄청 빨리 왔다. 대회 끝난 지

겨우 5분밖에 안 지났는데."

"아, 그게……, 사실은 근처까지 와서 휴대단말로 중계를 보고 있었거든. 곧장 와서 축하하려고."

허둥지둥 그렇게 말하는 쿄지에게 시노는 살짝 웃음을 지었다.

"그럴 줄 알았어. 추운데 감기 걸릴라. 역시 차라도 끓여야겠네."

하지만 쿄지는 고개를 가로저어 시노를 말렸다. 그 얼굴에서 웃음이 흐려지고, 대신 절박한 표정이 떠오르는 것을 보며 시노는 눈을 깜빡였다.

"저기……, 아사다……."

"으, 응?"

"중계 때……, 사막 동굴 안이 보였는데……."

그 말과 쿄지의 표정을 통해, 시노는 그가 무슨 말을 하려는지 금세 깨달았다. 그 동굴에서 일어났던 일을 떠올리고, 억제할 틈도 없이 뺨부터 귀까지 확 달아올랐다.

"그……그, 그건……."

이제까지 깜빡——혹은 일부러 잊어버리고 있었지만, 바위벽에 기대앉은 키리토의 무릎 위에 앉아 한참 울고불고 했던 것이다. 그 장면을 쿄지도 봤다. 그 사실을 전혀 염두에 두지 않았던 것은 멍청했다고 할 수밖에.

멋쩍은 나머지 고개를 숙인 시노에게 다시 쿄지의 말이 날아들었다. 분명 관계를 캐물을 것이라 생각했지만, 그 내용은 시노의 예상을 배신하는 것이었다.

"그거……, 그놈에게 협박당했던 거지? 뭔가 약점을 잡혀서 어쩔 수 없이 그랬던 거지?"

"뭐, 뭐어?"

아연실색해 고개를 들었다.

두 눈에 어딘가 기이한 빛을 띠고, 쿄지는 엉거주춤 일어나 몸을 내밀었다. 불규칙하게 떨리는 입술에서 갈라진 목소리가 잇달아 흘러나왔다.

"협박당해서 그놈이 싸워야 할 상대를 저격해주고. 하지만 마지막에는 놈을 방심하게 만들어서 그레네이드로 함께 자폭해 쓰러뜨린 거지? 하지만……, 그것만 가지곤 부족해, 아사다. 전에도 말했지만……, 좀 더 확실하게 혼을 내줘야지……."

"어……, 으음……."

시노는 한동안 입을 다물었다가, 어떻게 말해야 좋을지 열심히 말을 골랐다.

"저기……, 그게 아니야. 협박을 당했다거나 그런 게 아니야. 대회 중에 그랬던 건 좀 안 좋았다고 생각하지만……, 다이브 중에 그 발작이 일어날 것 같아서……, 그래서 정신이 없어서 키리토……, 그 녀석에게 화풀이했어. 오히려 내가 이것저것 신한 소리를 했는걸."

"……."

쿄지는 눈을 가만히 뜬 채 말없이 시노의 말을 듣고 있었다.

"하지만……, 그 자식. 열 받는 놈이긴 해도, 그래도 뭐랄까……, 엄마랑 비슷하더라. 그 덕분일까? 어린애처럼 엄청 울고……, 아, 창피해라."

"……아사다……. 하지만……, 그건 발작 때문에 어쩔 수 없었던 거지? 그 자식을……, 딱히 어떻게 생각하는 건 아니지?"

"뭐……?"

"아사다가 나한테 그랬잖아. 기다려 달라고."

무릎으로 일어나더니 한층 더 몸을 내미는 쿄지의 두 눈에서 어딘가 팽팽한 빛이 배어나왔다.

"그랬잖아. 기다리면 언젠가 내 것이 돼주겠다고. 그래서……, 그래서 난……."

"……신카와……."

"말해줘. 그놈은 아무것도 아니라고. 싫어한다고."

"왜……왜 그래……, 갑자기……."

대회 전, 근처 공원에서 쿄지에게 기다려 달라고 했던 것은 기억한다.

하지만 그것은 언젠가 자신을 옭아맨 것을 뛰어넘겠다는 뜻으로 한 말이었다. 그랬을 때 비로소 평범한 여자아이로 돌아갈 수 있다고.

"아……아사다는 우승했으니까 이젠 충분히 강해졌어. 이젠 발작도 일어나지 않을 거야. 그러니까 그만 놈은 필요 없을 거야. 내가 계속 곁에 있어줄게. 내가 계속……, 평생 널 지켜줄 거야."

헛소리처럼 중얼거리면서 쿄지는 일어났다. 그대로 휘청휘청 두 걸음, 세 걸음 시노에게 다가와——갑자기 두 팔을 벌리더니, 가차 없는 힘으로 시노를 끌어안았다.

"…………?!"

시노는 경악한 나머지 온몸을 굳혔다. 두 팔과 옆구리에서 뼈가 신음하고 폐에서 공기가 밀려나갔다.

"……시……카와……."

충격과 압력 탓에 숨이 막혔다. 하지만 쿄지는 더더욱 힘을 주며 침대에 밀어붙이듯이 체중을 실었다.

"아사다……, 좋아해. 사랑해. 나의 아사다……, 나의 시논."

메마르고 갈라진 쿄지의 목소리는 사랑의 고백과는 거리가 멀었으며, 오히려 저주의 주문처럼 방 안에 메아리쳤다.

"그……마……."

시노는 필사적으로 두 팔을 침대에 짚으며 몸을 지탱했다. 다리에 힘을 주어 오른쪽 어깨를 쿄지의 가슴에 밀어붙이고──.

"……그만!"

목소리는 갈라져 속삭임 정도밖에 되지 않았지만, 간신히 쿄지의 몸을 밀어낼 수 있었다. 헐떡이듯이 공기를 들이마셨다.

비틀비틀 물러난 쿄지는 바닥의 쿠션에 발이 걸려 엉덩방아를 찧었다. 그 바람에 테이블에서 케이크가 든 상자가 떨어지면서 축축한 소리를 냈다.

하지만 쿄지는 그 사실도 알아차리지 못했는지 그저 시노를 응시할 뿐이었다. 그 얼굴에는 시노의 거부를 믿을 수 없다는 듯한 순수한 경악의 빛이 떠올랐다.

휘둥그렇게 뜬 두 눈에서 마침내 스윽 빛이 옅어지고──한층 격한 경련을 시작한 입술에서 공허한 목소리가 새어나왔다.

"이러면 안 돼, 아사다. 아사다는 날 배신하면 안 돼. 아사다를 구해줄 수 있는 건 나뿐인데, 다른 남자는 쳐다보면 안 돼."

다시 느릿느릿 일어나 다가온다.

"……시, 신카와……."

아직도 충격이 가시지 않아 시노는 멍하니 중얼거렸다.

분명 예전에도 집에 초대해 요리를 대접했을 때, 혹은 공원에서 갑자기 안겼을 때, 쿄지의 내면에 언뜻 보인 충동에서 어딘가 위험한 것을 느끼지 못했던 것은 아니었다. 하지만 남자니까 어느 정도는 당연하다고 생각했으며, 얌전하고 심약한 면이 있는 쿄지는 자제력을 잃지 않을 거라 믿었다.

하지만 침대에 앉은 채 움직이지 않는 시노의 앞에 서서 말없이 내려다보는 쿄지의 눈에는, 전에 본 적이 없는 일탈된 빛이 도사리고 있었다.

설마, 신카와, 여기서, 날…….

사고의 단편이 띄엄띄엄 뇌리를 가로지르고, 간신히 시노의 내면에서 충격을 웃도는 공포가 배어나왔다.

그러나——.

시노의 상상은 정확한 방향으로, 그러나 질량에서는 압도적인 차이를 보이며 빗나갔다.

입술을 살짝 벌리고 조급한 숨소리를 내뱉으며, 쿄지는 밀리터리 재킷 주머니에 오른손을 넣었다. 무언가를 쥐는 듯한 움직임.

그가 손에 꺼내든 것은 기묘한 물건이었다.

전체 길이는 20센티미터 정도. 광택이 있는 크림색 플라스틱으로 이루어졌다.

끄트머리에 가느다란 원뿔이 달린 평균 3센티미터 정도 굵기의 원통에서는 비스듬히 손잡이 모양의 돌기가 나와 있었으며, 쿄지의 오른손이 이를 쥐었다. 손잡이와 원통의 접합부에는 녹색 버튼이 보였고, 쿄지의 검지가 여기에 걸쳐져 있었다.

원통 끄트머리엔 은색의 금속 부품이 붙어 있었으며, 약간 뾰족한 끄트머리에는 가느다란 구멍이 뚫린 것 같았다. 전체적으로는 어린아이가 가지고 노는 장난감 광선총 같은 모양이었지만, 일절 장식이 없는 밋밋한 그 모습에선 명확한 목적을 위한 기능성이 느껴졌다.

쿄지는 그것을 쥔 오른손을 느릿느릿 움직이더니, 끄트머리를 시노의 목덜미에 아무렇게나 가져다 댔다. 얼음처럼 싸늘한 감촉에 모골이 송연해졌다.

"신……카와……?"

뻣뻣하게 굳은 입술을 움직여 간신히 소리를 냈지만, 그 말이 끝나기도 전에 쿄지가 낮은 목소리로 속삭였다.

"움직이면 안 돼, 아사다. 소리도 내지 마. ……이건 말이지, 무침고압주사기라고 해. 내용물은 《석시닐콜린》이라는 약물. 이게 몸에 들어가면 근육이 움직이지 않아서 말이지, 금방 폐와 심장이 멈추거든."

정신의 껍질이란 것이 머리 어딘가에 있다면, 그것의 바닥이 빠져나가는 듯한 충격을 맛본 경험이 오늘만 벌써 몇 번째인지 시노는 알 수 없었다.

목덜미에서 냉기가 퍼져 손발의 끄트머리까지 침투해 그곳이 저릿저릿 마비되기 시작하는 것을 의식하며, 시노는 쿄지의 말을 간신히 의미가 있는 것으로 처리하기 위해 필사적으로 머리를 움직였다.

다시 말해——쿄지는, 시노를, 죽이겠다고 한 것이다. 말을 듣지 않으면, 손에 든 장난감 같은 주사기에서, 어려운 이름을 가진 약을 주입해, 시노의 심장을 멈추겠다고.

그 생각과 나란히, 전부 농담이지? 신카와가 그런 일을 할 리가 없잖아? 하는 자신의 목소리도 머리 한구석에서 되풀이해 들렸다. 하지만 실제로는 시노의 입은 바짝 마른 나무로 바뀐 것처럼 움직이려 하질 않았다. 게다가 목덜미——정확하게는 왼쪽 귀에서 5센티미터 정도 밑에 들이댄 금속 원뿔의 감촉은, 이것이 모종의 농담이리라는 가능성을 모래알만큼도 허용하지 않는 냉혹한 강도와 온도를 가지고 있었다.

역광 탓에 표정이 잘 보이지 않는 쿄지의 얼굴을 시노는 그저 멍하니 바라볼 뿐이었다. 앳된 인상이 남은 동그스름한 턱이 살짝 움직이고, 억양 없는 목소리가 흘러나왔다.

"괜찮아, 아사다. 무서워할 필요 없어. 이제부터 우리는……, 하나가 되는 거야. 내가 처음 만났을 때부터 계속 간직했던 마음을, 지금 아사다에게 전부 줄게. 사알짝, 부드럽게 주사해줄 테니까……, 그러니까 하나도 아프지 않아. 걱정하지 않아도 돼. 나한테 맡기기만 하면 돼."

그 말을 시노는 전혀 이해할 수 없었다. 일본어와 비슷한 발음을 가진 다른 나라의 말처럼 느껴졌다. 하지만 귀 안에서 두 개의 문장만이 몇 번이고 몇 번이고 메아리쳤다.

무침고압주사기라고 해. 심장이 멈추거든.

주사기. 심장. 그 두 단어를……, 극히 최근에 어디선가 듣지 않았던가.

이제는 아득한 환상 속에서 일어난 일인 것 같기도 했다. 달밤의 사막, 조그만 동굴 속에서 소녀처럼 생긴 소년이 분명 그렇게 말했다. 《젝시드》와 《싱거운명란젓》은 모종의 약품 주사를 맞고, 심장이 멎어 죽었다고…….

그렇다면——설마——설마.

자신의 입술이 경련하듯 움직이고, 갈라진 목소리가 새어나오는 것을 시노는 들었다.

"그럼……, 네가……, 네가 또 다른 《사총》이었어?"

목덜미에 들이댄 주사기가 꿈틀 떨렸다. 쿄지의 입가에 평소 시노와 이야기할 때 지었던 것 같은, 동경을 감춘 웃음이 배어나왔다.

"……헤에, 대단한걸. 역시 아사다야……. 《사총》의 비밀을 간파했구나. 맞아, 내가 《사총》의 한쪽 팔이야. 하기야 말은 이렇게 해도, 이번 BoB 전까지는 내가 《슈터벤》을 움직였지만. 글록켄 숲집에서 젝시드를 쏘는 동영상을 네가 봤다면 좋겠는데 말이야. 하지만 오늘만은 내가 현실 쪽을 맡아야 했어. 왜냐하면 다른 남자가 아사다를 건드리게 놔둘 수는 없잖아. 아무리 형제라고 해도."

이제는 몇 번째인지 헤아릴 수도 없는 충격에 시노는 몸을 굳혔다.

쿄지에게 형이 있다는 말은 한 번 언뜻 들은 적이 있다. 하지만 쿄지는, 형이 어렸을 때부터 몸이 약해 자주 입원과 퇴원을 반복했다는 것 말고는 이야기를 꺼내려 하지 않았다. 시노도 굳이 물은 적은 없었다.

"혀······형······제? ······옛날 SAO에서 레드 길드 멤버였다는 게······, 너희······, 형이었어?"

이번에야말로 쿄지의 눈이 놀라움에 크게 떠졌다.

"헤에, 그것도 알아? 대회 때 쇼이치 형이 거기까지 얘기했나? 어쩌면 형도 아사다가 마음에 들었던 걸지도 모르겠네. 하지만 안심해. 아사다는 아무도 건드리지 못하게 할 테니까. 사실은······, 오늘 아사다에게는 이걸 주사하지 말아야겠다고 생각했어. 형은 화를 내겠지만······, 그래도 아사다가 공원에서 내 것이 돼 주겠다고 했으니까."

그때 문득 쿄지는 입을 다물었다. 입술에 떠오른 도취된 듯한 웃음이 흐려지더니, 다시 표정이 공허해졌다.

"······그런데······, 아사다는 그딴 놈하고······. 속은 거야, 아사다. 그놈이 무슨 소리를 했는지는 모르겠지만, 당장 내가 쫓아내줄게. 잊어버리게 해줄게."

주사기를 들이댄 채, 쿄지는 왼손으로 시노의 오른쪽 어깨를 꽉 붙들었다. 그대로 힘을 실어 침대 시트 위에 짓누르더니, 자신도 침대에 올라와 시노의 허벅지에 올라탔다. 그러는 동안에도 헛소리처럼 끊임없이 중얼거리고 있었다.

"······안심해, 아사다를 혼자 두진 않을 테니까. 나도 금방 갈 거야. 둘이서 GGO 같은······, 아니, 더 판타지 같은 것도 좋지.

그런 세계에서 다시 태어나는 거야. 부부가 돼서 함께 살자. 함께 모험을 하고……, 아이도 낳고. 재미있을 거야, 분명."

완전히 상식을 벗어난 쿄지의 말을 들으며, 시노는 마비된 사고의 일부로 그래도 어떻게든 두 가지만을 끊임없이 생각하고 있었다. ──이제 곧 경찰이 온다. 그러니 무언가 말을 계속 해야만 한다.

"하지만……, 파트너인 네가 사라지면 형이 난처할 텐데……? 게, 게다가 난 GGO에서 사총에게 총격을 당하지도 않았어. 그런데 내가 죽으면, 기껏 만든 사총의 전설을 다들 의심할 거야."

완전히 메마른 혀를 간신히 움직여 시노가 말했다. 쿄지는 오른손의 주사기를 트레이너 깃에서 엿보이는 시노의 쇄골 아래에 누르면서 뻣뻣한 웃음을 띠었다.

"괜찮아. 오늘은 타깃이 세 사람이나 돼서, 형이 실행대원을 한 사람 더 데려왔거든. SAO 시절 길드 멤버래. 앞으로는 그 사람이 날 대신하면 돼. 게다가, 아사다를 젝시드나 명란젓 같은 쓰레기랑 똑같이 만들 수는 없잖아. 아사다는 사총이 아니라 나만의 것이야. 아사다가……, 여행을 떠나면, 어딘가 멀리……, 사람이 없는 신속 같은 곳으로 옮기고, 그곳에서 나도 금방 따라갈게. 그러니 중간에서 기다려줘."

쿄지의 왼손이 마치 두려워하는 것처럼, 조심조심 트레이너 위에서 시노의 복부로 옮겨갔다. 두세 번 손가락을 내린 후, 차츰 손바닥 전체로 쓰다듬기 시작했다.

혐오와 공포에 소름이 돋는 것을 느끼면서도, 시노는 열심히 말을 걸려 했다. 갑자기 움직이거나 소리를 지르면 눈앞의 무해해 보이는 소년은 망설임 없이 주사기 버튼을 누를 것이다. 유감스럽게도 쿄지의 목소리와 표정에는 그 사실을 확신케 할만한 무언가가 있었다. 살짝, 최대한 조용히 말을 꺼냈다.

"……그, 그럼……, 넌 아직 현실세계에서 그 주사기를 쓴 적이 없구나……? 그럼 아직……, 아직은 늦지 않았어. 다시 시작할 수 있어. 안 돼, 죽는다는 생각을 하면……. 고시도 치를 거잖아? 학원도 다니잖아? 의사가 될 거라며……?"

"고시……?"

쿄지는 고개를 갸웃하더니, 모르는 단어를 들었다는 것처럼 되풀이했다. 이윽고 그 입에서 "아~……." 하는 목소리가 나오고, 왼손이 시노를 떠나 재킷 주머니에 들어갔다.

그가 꺼낸 것은 가늘고 긴 종잇조각이었다.

"볼래?"

어딘가 자조가 느껴지는 웃음과 함께 그것을 시노의 눈앞에 내민다.

무언가 프린트물인 듯한 그 종잇조각은 시노에게 굉장히 익숙한 것——모의고사 성적표였다. 하지만 여기에 나타난 점수와 석차 퍼센티지는 어떤 과목도 눈을 의심할 만큼 처참한 숫자였다.

"시……신카와……, 이건……."

"웃기지? 석차 퍼센티지에서 이런 숫자도 나올 수 있다니."

"하지만……, 부, 부모님이……."

이 성적을 보고 쿄지의 부모님이 어떻게 어뮤스피어 사용을 허가해주었던 것일까. 그런 뜻으로 입에 담은 한 마디를 쿄지는 민감하게 이해한 모양이었다.

"후후, 이딴 용지 정도는……, 프린터로 얼마든지 만들 수 있어. 애초에 부모에겐 어뮤스피어로 원격강의를 듣는다고 했거든. 아무리 그래도 GGO 이용료까지 내주지는 않았지만, 그 정도는 게임 안에서 얼마든지 벌 수 있었어……. 벌 수 있었는데……."

갑자기 쿄지의 얼굴에서 웃음이 사라졌다. 콧날에 주름이 지고 악다문 이가 드러났다.

"……이젠 이런 같잖은 현실 따위 아무래도 상관없었어. 부모노……, 학교 놈들도……, 구제힐 수 없을 정도로 어리석은 놈들뿐이야. GGO에서 최강이 되면……, 난 그러면 만족했어. 될 수 있었어……. 《슈피겔》은 최강이 될 수 있었는데……."

목덜미에 들이댄 주사기를 통해 쿄지가 손을 부들부들 떠는 것이 전해져, 당장이라도 버튼을 누르는 것은 아닐까 시노는 숨을 들이마셨다.

"그런데……, 젝시드 그 쓰레기 자식이……, 어질 타입이 최강이라고 거짓말을……. 그 비겁자 때문에 슈피겔은 M16도 장비하지 못한다고……. 빌어먹을……, 빌어먹을……."

쿄지의 목소리에 깃든 원망의 감정은, 그것이 어디까지나 게임 이야기라는 사실을 훨씬 초월한 것이었다.

"이젠……, 이용료도 제대로 못 벌어……. GGO는……, 내 전부였는데……, 현실을 죄다 희생했는데……."

"……그래서……, 그래서 젝시드를 죽였어……?"

설마 그런──그런 이유로. 그렇게 생각하면서 시노는 물었다. 쿄지는 질끈 한 차례 눈을 감더니, 다시 도취된 듯이 웃었다.

"맞아. 《사총》으로, 이번에야말로 GGO……, 아니, 전 VRMMO에서 최강의 전설을 만들기 위한 희생양으로 그놈만큼 어울리는 놈은 없잖아? 젝시드와 명란젓, 게다가 이번 대회에서 페일라이더와 가레트를 죽였으니, 아무리 플레이어 놈들이 바보라 해도 이제 사총의 힘은 진짜란 걸 깨달았을 거야. 최강……, 내가 최강이라고……."

억제할 수 없는 쾌감 때문인지 쿄지의 온몸이 부르르 떨렸다.

"……이젠 더 이상 이딴 하찮은 현실에는 볼일이 없어. 자……, 아사다, 함께 《다음》으로 가자."

"시……신카와."

시노는 필사적으로 고개를 가로저으며 호소했다.

"안 돼. 아직……, 아직은 돌이킬 수 있어. 넌 아직 다시 시작할 수 있어. 나와 함께 경찰에……."

"……."

하지만 쿄지는 어딘가 먼 곳을 보는 듯한 눈빛으로 고개를 가로저을 뿐이었다.

"……이젠 현실 같은 건 아무래도 상관없어. 자, 나와 하나가 되자, 아사다……."

공허한 목소리와 함께 왼손이 움직이고, 시노의 뺨을 쓰다듬으며, 머리카락을 손가락에 얽었다.

"아아……, 아사다, 아름다워……. 너무 아름다워……."

쿄지의 손가락은 바짝 메말랐다. 귓가의 부드러운 피부에 손가락의 거스러미가 걸려 작고 예리한 아픔이 달렸다. 하지만 시노의 표정도 알아차리지 못한 채 쿄지는 헛소리처럼 끊임없이 속삭였다.

"아사다……, 나의 아사다……. 오래 전부터 좋아했어……. 학교에서……, 아사다의 그 사건을……, 들은 후로……, 계속……."

"……뭐……?"

쿄지의 그 말이 미미한 타임 랙을 수반해 의식에 도달한 순간, 시노는 자신도 모르게 눈을 부릅떴다.

"그……그게……, 무슨 소리야……."

"좋아했어……, 동경했어……, 계속……."

"……그럼……, 넌……."

그럴 수가. 설마. 마음속으로 중얼거리면서 시노는 꺼질 듯한 목소리로 물었다.

"넌……, 그 사건 때문에……, 내게 말을 걸었던 거였어……?"

"그럼. 물론."

쿄지는 왼손으로 마치 어린아이를 어르듯이 시노의 머리를 쓰다듬으며 몇 번이고 뜨겁게 고개를 끄덕였다.

"진짜 핸드건으로 악당을 사살한 적이 있는 여자아이라니, 그런 사람은 전국을 다 뒤져도 아사다밖에 없을 거야. 정말 대단해. 내가 말했잖아. 아시다에게는 진짜 힘이 있다고. 그래서 내가 《사총》의 전설을 만들 무기로 《54식》을 선택한 거였어. 아사다는 내 동경의 대상이니까. 사랑해……, 사랑해……, 그 누구보다도……."

"……그럴……수가……."

──이 얼마나 큰 괴리. 이 얼마나 엄청난 거리감이란 말인가.

눈앞의 소년을, 한때는 이 현실세계에서 육친을 제외하면 유일하게 마음을 터놓을 수 있는 사람이라고 믿은 적도 있다. 하지만——그의 정신은 시노와 같은 세계에 있는 것이 아니었다. 처음부터 멀리, 무시무시할 정도로 멀리 떨어져 있었던 것이다.

마침내 시노의 마음속에서 검고 깊은 절망의 물이 차올랐다. 시각, 청각, 오감 모두가 의미를 잃고 세계가 멀어져 갔다.

시노는 온몸의 힘을 뺐다.

초점을 잃고 멍해진 시야 속에서, 자신의 몸을 덮은 쿄지의 두 눈만이 검은 구멍처럼 떠올랐다. 전혀 빛이 없는, 어둠의 세계로 이어진 통로와도 같은 그 눈은——.

그 사내의 눈이다.

결국 돌아온 것이다. 밤길의 그림자, 문 틈새, 그리고 《사총》의 후드 속, 온갖 어둠에 숨어 기회를 엿보던 그 사내가.

손가락이 싸늘해졌다. 말단부터 몸과 의식의 접촉이 분리되었다. 영혼이 축소되었다.

육체라는 껍질의 가장 깊은 곳, 따뜻하고 좁은 어둠 속에서 어린아이로 돌아간 시노는 한껏 손발을 오그린 채 몸을 말았다. 이젠 아무것도 보고 싶지 않았다. 아무것도 느끼고 싶지 않았다.

이제까지 16년을 살았던 너무나도 차갑고 가혹한 세계. 그것은 얼굴도 모르는 아버지를 빼앗고, 어머니의 마음을 빼앗고, 끊임없이 악의를 들이밀어 시노의 영혼 일부를 데려갔다.

희귀동물을 보는 듯한 관심과 이를 웃도는 혐오를 감춘 어른들의 시선. 동년배 아이들의 가차 없는 매도.

그러고도 모자라 아직도 시노에게서 무언가를 빼앗아 가려는 이 세계를 이젠 유일한 《현실》이라고는 인정하고 싶지 않았다.

그렇다——이것은 현실이 아니다. 무수히 겹쳐진 세계 중 단 하나의 형상에서 일어난 시시하기 짝이 없는 사건일 뿐이다. 분명 이러한 세계 속에는 《모든 것이 일어나지 않은 세계》도 있을 것이다.

신카와 쿄지와 만나지 않고, 우체국 사건도 일어나지 않고, 아버지를 죽인 교통사고도 일어나지 않고, 평범하지만 행복한 삶을 보내는 아사다 시노도 어딘가에는 분명히 있을 것이다. 어둠 속에서 한껏 손발을 오그려 작게 응고된 무기질로 변화하며, 시노의 영혼은 한없이 따뜻한 빛 속에서 웃고 있는 자신의 모습을 찾아 헤맸다.

얼마 남지 않은 이성 속에서 시노는 문득 어렴풋한 아이러니를 느꼈다.

현실의 가혹함에 견디지 못하고 몽상 속으로 도망치려는 자신은, 어떤 의미에서는 신카와 쿄지와 닮은꼴이다.

학교에서 받은 괴롭힘, 부모님의 기대, 입시의 중압감, 그러한 《현실》을 내팽개치고 쿄지는 가상세계에서 구제를 추구했다. 가상세계에서 최강이라는 칭호를 얻는다면, 그것은 현실 세계에서 자신이라는 공허한 구멍을 메워주고도 남을 만한 가치를 가지는 것이라 믿었다. 그러나 그 바람조차 끊어지자 그는 망가졌다.

시노도 건 게일 온라인이라는 이름의 세계에서 쿄지와 똑같이 강함을 추구했다. 그리고 한 번은 무언가를 깨닫고 길을 발견한 것 같았다.

하지만 기억의 늪에서 뻗어나온 싸늘한 손이, 지금 마침내 시노를 붙들고 잡아가려 하는데도 조금도 저항할 수 없다. 눈을 뜰 수조차 없다. 모든 것이 소용없었다.

깊은 물 밑바닥에서 솟아난 조그만 거품처럼 조각조각 끊어진 사고 속에서 문득 생각했다.

그 소년은, 어땠을까.

2년 동안 가상의 감옥에 사로잡혀 그곳에서 몇 명의 목숨을 빼앗았다는 소년. 긴 싸움 속에서 소중한 사람을 잃은 적도 있겠지. 그도 분함을 억누르고 있을까. 자신에게서 많은 것을 빼앗아간 가상세계를 증오할까.

아니다. 그럴 리가 없다. 그는 설령 그 어떤 역경이 찾아와도 자신이 짊어진 것을 내팽개치려 하지 않을 것이다. 그런 사람이기 때문에 사총과의 절망적인 싸움에서도 이길 수 있었다.

──넌 강하구나, 키리토.

깊은 어둠 속에서 시노는 문득 중얼거렸다.

──기껏 구해줬는데……, 다 망쳐버려서 미안해…….

키리토는 로그아웃하면 즉시 경찰이 오도록  수배해 주겠다고 말했다. 그로부터 몇 분이 지났는지는 모르겠지만, 아무래도 때가 늦은 것 같았다. 시노가 살해당했다는 것을 알면 그는 어떻게 느낄까. 그것만이 조금 마음에 걸…….

여기까지 생각했을 때, 연쇄반응처럼 어떤 의구심이 어렴풋한 불빛이 되어 어둠을 비추었다.

키리토는──그 광검사는 의뢰주에게 연락을 마치고 그걸로 끝내려 할까? 어쩌면 자기도 시노의 아파트로 서둘러 달려오지 않을까? 그렇다 해도 이미 시노를 구하기에는 너무 늦었겠지만, 이 방에서 키리토와 신카와 쿄지가 맞닥뜨린다면 쿄지는 어떻게 할까. 도망칠까, 포기할까……, 아니면 손에 든 주사기를 그에게도 들이댈까. 조금 전 쿄지가 키리토에게 드러냈던 증오를 생각한다면 충분히 있을 법했다.

자신이 여기서 죽는 것은 정해진 운명으로 받아들여야만 할지도 모른다.

하지만——그 소년이 말려드는 것은——그것은——.

그것은 다른 문제다.

……그렇다고 해도 이젠 어쩔 방법이 없는걸.

드러누운 채 손발을 오그리고 눈과 귀를 막은 어린 시노가 중얼거렸다. 그 곁에 무릎을 꿇고, 가녀린 어깨에 손을 앉으며 모래색 머플러를 감은 시논이 속삭였다.

……우리는 이제까지 계속 자신밖에 보지 않았어. 자신을 위해서만 싸웠어. 그러니 신카와가 외쳐댔던 마음의 소리도 듣지 못한 거야. 하지만——이젠 다 늦었을지도 모르지만, 하다 못해 마지막으로 한 번만, 남을 위해 싸워보자.

시노는 어둠 밑바닥에서 천천히 눈을 떴다. 눈앞에 하얗고 가녀린, 하지만 어딘가 힘이 넘치는 손이 보였다. 조심스럽게 팔을 뻗어 그 손을 잡았다.

시논은 생긋 웃더니 시노를 잡아 일으켰다. 색이 엷은 입술이 움직이더니, 짧지만 또렷한 말이 울려 퍼졌다.

자, 가자.

두 사람은 어둠의 바닥을 박차고 아득한 수면에 일렁이는 빛을 향해 상승하기 시작했다.


한층 강하게 눈을 깜빡인 것과 동시에 시노는 현실세계에 재접속했다.

쿄지는 오른손의 주사기를 시노의 목에 들이댄 채 상반신의 트레이너를 벗기려는 중이었다. 하지만 한쪽 손만으로는 잘 되지 않는지 얼굴에 조바심이 역력했다. 마침내 옷을 찢으려는 듯이 힘껏 잡아당기기 시작했다.

그 움직임에 맞춰 마치 몸이 끌려간 것처럼 가장해, 시노는 몸을 왼쪽으로 기울였다. 그 순간 주사기 끝이 주룩 미끄러지더니 시노의 몸에서 떨어져 시트 위에 박혔다.

그 순간을 놓치지 않고 시노는 왼손으로 주사기 실린더를 꽉 쥔 채, 동시에 오른손 손바닥으로 쿄지의 턱을 세게 내질렀다.

컥 하고 짓이겨진 듯한 목소리를 내며 쿄지의 몸이 뒤로 꺾였다. 몸을 누르던 무게가 사라졌다. 시노는 연신 오른쪽 손바닥을 내지르면서 필사적으로 주사기를 잡아당겼다. 지금 이것을 빼앗지 못하면 희망은 사라진다.

하지만 오른손으로 그립을 쥔 쿄지와, 미끄러지기 쉬운 실린더를 왼손으로 쥔 시노의 줄다리기는 아무래도 시노에게 불리했다. 태세를 고친 쿄지는 억지로 오른손을 잡아당기며 괴성과 함께 왼손을 휘둘렀다.

"윽……!!"

그 주먹이 시노의 오른쪽 어깨를 강하게 후려쳤다. 왼손에서 주사기가 주룩 빠져나간 것과 동시에 시노는 침대 머리 쪽에서 옆으로 굴러 떨어져 등을 책상에 부딪쳤다. 그 바람에 서랍이 빠지며 안에 든 것들이 바닥에 흩어졌다.

등을 세게 부딪친 시노는 숨이 막혀 공기를 찾아 헐떡였다. 쿄지도 침대 위에서 얻어맞은 턱을 쥐고 있었지만, 이내 고개를 들고 시노를 응시했다.

쿄지의 두 눈은 크게 벌어졌으며 타액으로 빛나는 입술은 요란하게 경련했다. 혀를 깨물었는지 작은 핏줄기가 보였다. 이윽고 그 입에서 갈라진 목소리가 새어나왔다.

"왜……?"

믿을 수 없다고 말하듯이 천천히 좌우로 고개를 가로젓는다.

"왜 이런 짓을 해……? 아사다에게는 나밖에 없어. 아사다를 이해해줄 수 있는 건 나밖에 없어. 계속 구해줬는데……, 지켜봐줬는데……."

그 말을 듣자 시노는 며칠 전에 있었던 일이 떠올랐다. 학교에서 돌아오는 길에 엔도 패거리가 앞을 가로막고 돈을 요구했을 때, 지나가던 쿄지가 구해주었던——.

그렇다면 그건 우연이 아니었던 것이다.

아마도 쿄지는 매일 하교하는 시노의 뒤를 따라 귀가하는 것을 지켜보고, 그 후 집에 돌아가 GGO에 로그인해 시논을 기다렸을 것이다.

망집(妄執)——이라고밖에는 형언할 도리가 없었다. 그의 위험성을 어렴풋이 느꼈으면서도 본질은 전혀 깨닫지 못했다.

사람과 정면으로 마주한 적이 없었던 대가일까 싶어, 이 상황에서도 시노는 씁쓸한 기분을 느꼈다.

"……신카와."

굳은 입술을 움직여 시노는 말했다.

"……괴로운 일밖에 없었지만……, 그래도 난 이 세계를 좋아해. 앞으로는 더 좋아할 수 있을 거야. 그러니……, 너와 함께는 갈 수 없어."

일어나려고 오른손을 바닥에 짚자, 그 손가락이 무언가 무겁고 싸늘한 것이 닿았다.

시노는 순식간에 그것의 정체를 깨달았다. 조금 전 빠져나온 서랍 안에 계속 감추어 두었던 것. 현실세계에서 모든 공포를 상징하는 것. 제2회 BoB 참가상으로 받았던 모델건——《프로키온 SL》.

손을 더듬어 그립을 쥐고, 시노는 천천히 무거운 핸드건을 들어 총구로 쿄지를 조준했다.

총은 마치 얼음덩어리를 깎아 만든 것처럼 매우 차가웠다. 금세 오른손의 감각이 둔해지고, 마비가 팔을 따라 기어올라 왔다.

현실의 냉기가 아니란 것은 시노도 알고 있었다. 심리적인 거부반응이 가져온 느낌이란 것을 알면서도 저항할 수가 없었다. 형언할 수 없는 공포가 검은 물처럼 가슴속에 퍼져 갔다.

얼룩 하나 없는 하얀 벽지가 일렁일렁 물웅덩이처럼 흔들리고, 그 안에서 균열이 간 회색 콘크리트가 솟아났다. 바닥은 빛바랜 녹색 타일로, 창문은 목제 카운터로 각각 변모하며, 정신이 들고 보니 시노는 낡은 우체국 안에 있었다.

가늠쇠 한가운데에 포착한 쿄지의 얼굴도 갑자기 일그러지며 녹아내렸다. 피부가 기름처럼 흙빛을 띠고, 깊은 주름이 새겨진 여기저기 갈라진 입술 틈에서 누런 덧니가 드러났다. 오른손에 쥔 주사기는 어느샌가 둔중한 검은빛을 발하는 구식 자동권총으로 바뀌었다. 그리고──시노의 손에 들린 총 또한.

그 후 나타날 광경을 예상하고 시노는 몸을 움츠렸다. 얻어맞은 것처럼 위장이 수축되고 등줄기가 굳었다.

싫어. 보고 싶지 않아. 지금 당장 오른손의 헤이싱을 내팽개친 채 도망치고 싶다.

하지만 여기서 도망치면 모든 것이 허사가 된다. 목숨과 동시에 똑같이 소중한 무언가를 잃고 만다.

시노로서 발작의 공포와 싸우고, 시논으로서 수많은 강적과 싸웠던 것이 결과를 가져올 날은 영원히 찾아오지 않을지도 모른다. 그러나──.

모든 강함은 오로지 과정에 있는 것.

시노는 소리가 날 정도로 어금니를 악물며 엄지로 총의 격철을 세웠다. 딱딱하고 밀도 있는 소리에 찢겨나간 것처럼 모든 환상이 한순간에 사라졌다.

침대 위에서 무릎으로 일어난 쿄지는, 시노가 자신에게 들이댄 프로키온 SL을 응시하더니 살짝 후퇴했다. 겁을 먹은 탓인지 요란하게 눈을 깜빡인다.

그 입술이 움직이며 갈라진 목소리가 흘러나왔다.

"……뭐 하려는 거야, 아사다. 그건……, 그건 모델건이잖아.

그런 걸로 날 막을 수 있을 것 같아?"

시노는 왼손을 책상 가장자리에 짚고 비틀거리는 다리에 힘을 주어 일어나며 대답했다.

"네가 그랬지. 내게는 진짜 힘이 있다고. 권총으로 남을 쏠 수 있는 여자아이는 나 말고 없다고."

"……."

쿄지는 종잇장처럼 새하얗게 물든 얼굴을 긴장으로 굳히며 다시 물러났다.

"그러니까 이건 이제 모델건이 아니야. 방아쇠를 당기면 실탄이 나가서 널 죽일 거야."

쿄지를 겨눈 채 조금씩 발을 움직이며 바닥을 가로질러 부엌으로 향한다.

"나, 나……, 나를 죽인다고……?"

헛소리처럼 중얼거리며 쿄지는 느릿느릿 고개를 가로저었다.

"아사다가, 나를……, 죽여……?"

"그래. 다음 세계는 너 혼자 가야 해."

"싫어……, 싫어……. 그런 건, 싫어……."

쿄지의 눈에서 스윽 의지의 빛이 사라졌다. 퀭한 표정으로 허공을 바라보며, 털썩 침대 위에 정좌하듯이 주저앉는다.

오른손도 풀려서 고압주사기가 반쯤 미끄러져 떨어지는 것을 보고, 시노는 한순간 이 기회에 저것을 빼앗아야 하나 망설였다. 하지만 자극했다간 이번에야말로 이성을 내팽개치고 덮칠 것 같았으므로, 그대로 천천히 이동해 부엌으로 발을 옮겼다.

시야에서 쿄지의 모습이 사라진 순간, 시노는 바닥을 박차고 문으로 달려갔다.

겨우 5미터밖에 안 되는 거리가 한없이 길었다. 최대한 발소리를 내지 않도록, 그러면서도 힘껏 다리를 벌리며 부엌을 내달려 현관으로 나서려 했을 때.

매트를 밟은 발이 주르륵 미끄러져 시노의 자세가 무너졌다. 균형을 잡으려고 휘적거린 오른손에서 모델건이 날아가 싱크대 안에 떨어지며 요란한 소리를 냈다.

간신히 쓰러지지는 않았지만, 왼쪽 무릎을 바닥에 부딪치는 바람에 심한 통증이 느껴졌다. 그래도 한껏 몸을 뻗어 오른손으로 손잡이를 쥐었다.

그러나 문은 열리지 않았다. 자물쇠 손잡이가 가로로 누워 있다는 것을 깨닫고 이를 갈면서도 그것을 수직으로 세웠다.

찰칵 자물쇠 풀리는 소리가 손끝에 전해진 것과 거의 동시에——.

뒤쪽에 늘어졌던 오른발 복사뼈를 싸늘한 손이 콱 붙들었다.

"…………!!"

숨을 들이키며 돌아보니, 엉금엉금 기어온 쿄지가 영혼이 빠져나간 듯한 표정으로 두 손을 내밀어 시노의 발을 잡고 있었다. 주사기는 보이지 않았다.

뿌리치려고 발을 마구 휘저으면서도, 시노는 필사적으로 손을 뻗어 문을 열려 했다. 그러나 손가락은 문손잡이를 건드렸을 뿐 쥐지는 못했다. 쿄지가 무시무시한 힘으로 시노의 발을 잡아당겼던 것이다.

수십 센티미터나 부엌으로 끌려들어갔으나, 시노는 왼손으로 현관 턱을 붙잡고 저항했다.

여기서는 밖에도 소리가 들릴 것이다. 그렇게 생각하고 고함을 지르려 했지만, 목이 메어 공기를 제대로 빨아들이지 못해 새어나온 것은 힘없이 갈라진 목소리뿐이었다.

쿄지의 힘은 인간의 힘을 초월한 것 같았다. 시노와 체격도 거의 비슷한 가녀린 그 몸 어디에 이런 힘이 있을까 싶을 정도의 완력으로 끌려가, 결국 왼손이 턱을 놓쳤다. 그 순간 시노는 빠른 속도로 부엌까지 끌려가고 말았다.

쿄지의 몸이 시노에게 엎혔다. 다시 턱을 노려 오른손 주먹을 날렸지만, 살짝 빗나갔을 뿐 쿄지의 왼손에 붙들렸다. 바이스처럼 꽉 조여드는 손목이 삐걱 소리를 내며 격통이 머릿속에서 스파크를 일으켰다.

"아사다아사다아사다아사다."

그 기괴한 소리가 쿄지의 입에서 새어나온 자신의 이름이란 사실을 한동안 깨닫지 못했다. 입술 끝에서 허옇게 거품을 일으킨 타액을 늘어뜨리며, 두 눈의 초점을 잃은 쿄지의 얼굴이 흐느적 내려왔다. 입이 크게 벌어져 그대로 드러난 위아랫니가 시노의 피부를 물어뜯을 것처럼 다가왔다. 왼손으로 밀쳐 내려 했지만 그 손목도 쿄지의 오른손에 붙잡히고 말았다.

두 손을 단단히 붙들리기는 했지만, 쿄지의 얼굴이 조금만 더 다가오면 되레 목덜미를 물어뜯어 주리라 생각하고 시노가 입가에 힘을 준──그 찰나.

차가운 공기가 쏟아져 시노의 어깨를 쓰다듬었다. 쿄지가 흠칫 고개를 들어 시노의 뒤쪽을 노려보았다. 그의 눈과 입이 멍하니 벌어졌다.

그렇게 생각한 다음 순간, 언제 문이 열렸는지 검은 돌풍처럼 뛰어든 무언가가——누군가가 쿄지의 안면에 무릎을 꽂았다.

콰당탕 소리를 내며 한덩어리가 된 채 안쪽 방으로 굴러들어간 쿄지와 의문의 난입자를 시노는 멍하니 바라보았다.

코와 입에서 피를 흘리며 쓰러진 쿄지를 낯선 젊은 남자가 누르고 있었다.

약간 긴 흑발. 마찬가지로 검은색인 라이더 재킷. 순간적으로 아파트의 다른 방에 사는 주민일까 생각했지만 그 남자——아니, 소년이 약간 고개를 돌리고 소리친 순간 시노는 그의 정체를 깨달았다.

"도망쳐, 시논! 가서 사람을 불러!"

"키리……."

멍하니 중얼거린 시노는 황급히 몸을 일으켰다. 재빨리 일어나려 했지만 다리가 말을 듣지 않았다.

싱크대 가장자리에 손을 걸치고 간신히 몸을 잡아당겼다. 역시 그는 다이브했던 오차노미즈에서 이곳까지 직접 와주었다. 그렇다면 금세 경찰도 나타날 것이다. 비틀거리는 발을 질타하며 몇 걸음 문으로 뛰어가려 했을 때——.

시노는 중요한 사실을 깨달았다.

쿄지는 치명적인 무기를 가지고 있었다. 그것을 키리토에게 알려줘야만 한다.

돌아서서 키리토에게 주사기 이야기를 하려던 순간.

키리토에게 붙들렸던 쿄지가 완전히 이성을 잃은 짐승 같은 포효를 쩌렁쩌렁 울렸다. 키리토의 몸이 휙 날아가고 두 사람의 형세가 뒤바뀌었다.

"너구나……, 너였구나아아아아!!"

쿄지의 절규는 거대한 스피커가 하울링을 일으키는 것처럼 고막을 찢어발길 만한 음량이었다.

"나의 아사다에게 접근하지 마아아아앗!!"

몸을 일으키려던 키리토의 뺨에 쿄지의 왼손 주먹이 파고들며 둔중한 소리를 냈다. 동시에 오른손이 재킷 주머니로 파고들더니, 그 끔찍한 총 모양 주사기를 꺼냈다.

"키리토──!!"

시노가 소리친 것과,

"죽어버려어어어어!!"

쿄지가 울부짖은 것은 동시였다.

고압주사기가 키리토의 가슴, 라이더 재킷 틈에서 드러난 티셔츠에 꽂히고,

푸슉!! 작고 날카롭지만 확실한 소리를 냈다.

그것은 무섭게도 고성능 서프레서를 장착한 총의 발사음과 매우 흡사했다.

물론 시노가 아는 것은 어디까지나 건 게일 온라인 내에서 가상의 총기가 내는 효과음일 뿐이며, 실제 서프레서가 어떤 소리를 내는지는 알 리가 없다. 그러나 귀에 익은 그 소리는 시노에게 맞서야 할 위협을 나타내는 것이었다. 정신이 들었을 때는 이미 발이 바닥을 박차고 있었다.

몇 걸음 만에 부엌을 가로질러 방으로 뛰어들자마자 무의식

중에 가장 효과적인 무기가 될 만한 것을 찾았다. 테이블 위의 컴퍼넌트를 선택해 오른손으로 핸들을 붙들었다.

시노가 오랫동안 애용했던 그 기계는 상당히 구식으로, 최신형 벽걸이 스테레오와 비교하면 너무나 거대했다. 최소 3킬로그램은 나갈 법한 금속 직방체의 중량을 허리로 지탱하며 뒤로 힘껏 젖히고——.

도취된 웃음을 입가에 띤 채 멍하니 고개를 든 쿄지의 왼쪽 옆머리를 향해, 반회전하는 몸의 체중까지 실어 있는 힘껏 후려쳤다.

충돌 순간의 소리도, 손에 전해지는 감촉도 거의 느껴지지 않았다. 하지만 무시무시한 기세로 날아간 쿄지의 머리가 침대 프레임 모서리에 파고들었을 때의 묵직한 충격음은 확실히 귓속에 남았다.

0.5초 정도의 시간차를 두고 머리 왼쪽과 오른쪽을 잇달아 강타당한 쿄지는 신음소리를 내면서 엎드려 쓰러졌다. 그의 오른손이 풀어지고 고압주사기가 반쯤 미끄러져 떨어졌다.

과연 그 무기가 약품을 연속으로 발사할 수 있는지 어떤지는 알 수 없었지만, 시노는 일단 그것을 쿄지의 손에서 빼앗았다. 주사기의 주인은 눈을 까뒤집고 낮은 신음소리를 내기는 했지만, 더 이상 움직일 기색은 보이지 않았다.

벨트 같은 것을 이용해서 손을 묶어놔야 하지 않을까 한순간 망설였지만, 그 전에 할 일이 있었다. 시노는 돌아서서,

"키리토……!!"

가늘게 외치며 바닥에 드러누워 있는 소년에게 몸을 숙였다.

어딘가 게임 내의 캐릭터와 공통된 가는 선을 가진 소년은, 가늘게 눈을 뜬 채 시노를 보더니 갈라진 목소리를 냈다.

"당했어……. 설마 그게……, 주사기였다니……."

"어디?! 어디에 맞았어?!"

주사기를 옆에 내팽개친 시노는 키리토의 라이더 재킷 지퍼를 뜯어버릴 듯이 내렸다.

구급차를 불러야 해, 그 전에 응급처치를, 하지만 가슴에 독을 주입한 걸 어떻게──혼탁한 사고가 잇달아 떠오르며 손가락이 떨렸다.

재킷 안의 색 바랜 푸른색 티셔츠의 일부, 심장 바로 위로 보이는 언저리에 불길하게 젖은 얼룩이 보였다. 주사기가 발사한 약물의 《관통력》이 어느 정도인지는 모르겠지만, 아마 얇은 셔츠의 원단으로는 막아낼 수 없을 것 같았다.

"죽지 마……, 이렇게 죽지 마!!"

시노는 비명 같은 목소리를 흘리면서 셔츠 자락을 청바지에서 빼내 힘껏 젖혔다.

남자치고는 색소가 적고, 깎아낸 듯이 얇은 복근과 가슴 근육이 드러났다. 그 한복판에서 약간 오른쪽, 얼룩졌던 부근에──이상한 것이 붙어 있었다.

"……!"

시노는 아연실색해 그것을 응시했다.

직경 3센티미터 정도 되는 원형. 얇은 은색 원반 주위에 고무로 된 빨판 같은 것이 비어져 나온 것이 보였다. 원반 가장자리에는 소켓으로 보이는 돌기가 있지만, 그곳에 접속된 것은 아무것도 없었다.

　금속 원의 표면은 전체적으로 젖어 한 줄기 물방울이 아래쪽으로 흘러내리고 있었다. 투명한 그 액체가 아마 쿄지가 말했던 《석시닐콜린》이라는 치명적인 약품일 것이다.

　시노는 황급히 바닥을 살피고 티슈통을 찾아 두 장을 뽑아선 신중하게 액체를 닦았다. 몇 센티미터 거리까지 얼굴을 들이대곤, 의문의 패치가 붙은 주위의 피부를 면밀히 살펴 고압 액체가 유입된 흔적이 없는지 살폈다.

　아무리 응시해도 키리토의 가슴에는 상처 하나 없었다. 아마 고압주사기의 끄트머리는 티셔츠 너머로 직경 몇 센티미터밖에 안 되는 이 금속 원반에 닿았고, 발사된 약품은 모두 단단한 벽에 가로막혔던 모양이다. 혹시 몰라 패치 위에 손을 대보니 두근두근, 빠르긴 하지만 힘차게 움직이는 심장 박동이 전해졌다.

　시노는 깜빡깜빡 두 눈을 감았다 뜬 후, 시선을 들자 여전히 눈을 감고 신음하는 키리토의 얼굴이 보였다.

　"저기……, 잠깐."

　"으으……, 틀렸어……. 숨이……, 가빠……."

　"아니, 잠깐만."

　"……젠장……, 갑자기 유언을……, 어떻게 생각해……."

　"여기 붙은 이거, 뭐야?"

　"……응?"

　키리토는 다시 눈을 뜨더니 자기 가슴을 내려다보았다. 의아한 표정으로 눈썹을 세우고, 오른손을 들어 금속 원을 만져보았다.

"……혹시……, 주사, 여기에 맞은 거였어?"

"아마……, 그런 것 같아. 이게 뭔데?"

"……어……, 아마 심전도 모니터 장치의 전극……일 거야……."

"에……에엥? 그건 왜……? 너, 심장 나빠?"

"아니, 전혀……. 《사총》대책으로 모니터링하던 거였는데……. 그, 그렇구나. 허겁지겁 떼어내다 보니 코드만 빠져서 한 개가 남았구나……."

키리토는 휴우우 커다란 한숨을 쉬더니 중얼거렸다.

"나 원……, 사람 놀라게 하고 있어."

"그건……."

시노는 두 손으로 키리토의 목을 꽉 붙잡고 졸라댔다.

"──내가 할 소리야! 주……죽는 줄 알았단 말이야!!"

소리를 지르자마자 긴장이 단숨에 풀렸는지 눈앞이 어두컴컴해졌다. 고개를 휙휙 가로저은 다음, 조금 떨어진 곳에 엎드린 채 쓰러져 있는 쿄지에게 시선을 돌렸다.

"걔는……, 괜찮아?"

키리토의 말에 조심스럽게 손을 뻗어 축 늘어진 쿄지의 오른손 손목을 잡아보았다. 다행히 이쪽도 뚜렷한 고동이 전해졌다. 새삼 묶어놔야 할까 생각했지만, 눈을 감고 있으니 어딘가 천진난만해 보이는 쿄지의 얼굴을 그 이상 바라볼 수가 없어 시노는 고개를 돌렸다. 지금은 그에 대해 생각하고 싶지 않았다. 분노도 슬픔도 느끼지 않았지만, 그저 공허한 것이 가슴에 퍼졌다.

시노는 바닥에 주저앉은 채 바닥에 굴러다니던 무침고압주 사기——혹은 진정한 《사총》을 몇 초 동안 하릴없이 바라보았다. 이윽고 입이 열리고 가만히 중얼거렸다.

"아무튼……, 와줘서, 고마워."

키리토는 한쪽 뺨만 치켜올리는, 눈에 익은 웃음을 보이더니 고개를 가로저었다.

"아니……, 결국 아무것도 못했는걸. 게다가 늦어서 미안해. 키쿠……의뢰인이 내 설명을 영 이해하질 못해서……. 다친 데는 없고?"

시노가 고개를 끄덕였다.

그때 갑자기 두 눈에서 굴러 떨어지는 것이 있었다.

"어……어라……?"

머릿속은 솜을 가득 우겨넣은 것처럼 멍해서 아무것도 생각할 수 없는데, 뺨을 타고 흐르는 눈물은 기세를 더해 잇달아 떨어졌다.

시노는 입을 다물고 꼼짝도 하지 않은 채, 그저 눈물이 넘치도록 내버려두었다. 무언가 입을 열려 하면 그 순간 큰 소리로 울부짖을 것 같았다.

키리토도 말없이 움직이려 하지 않았다.

이윽고 멀리서 사이렌 소리가 다가오는 것을 들었지만, 눈물은 그칠 줄 몰랐다. 조용히 차례차례 굵은 눈물방울을 흘리며, 시노는 가슴을 가득 채운 공허함의 원천이 깊은 상실감이라는 사실을 강하게 의식하고 있었다.

## 16

 그 너머의 우주를 느낄 수 있을 정도로 높은 하늘이었다.

 이 《하늘의 높이》만은 그 어떤 VR 세계에서도 재현할 수 없다. 지나간 가을이 잃어버리고 간 듯, 짙고 맑은 푸른 하늘 속에서 조그만 양털구름과 엷은 실구름이 층을 이루며 지나갔다. 가느다란 전선 위에는 참새 두 마리. 아득한 고도를 지나는 군용기가 언뜻 햇빛을 반사했다.

 정신이 빨려들 것처럼 어마어마한 깊이를 가진 퍼스펙티브를 시노는 질리지도 않고 바라보았다.

 12월 중반 치고는 바람도 따뜻했으며, 수업을 막 마친 학생들의 환담도 이곳 학교 뒤뜰까지는 닿지 않았다. 여느 때 같으면 엷은 회색이 낀 것처럼 보이는 도쿄 도심의 하늘이, 오늘만은 고향인 북쪽 도시와 비슷한 색으로 보였다. 검은 흙이 그대로 드러난 살풍경한 화단 가장자리에 앉아 무릎 위에 통학용 가방을 끌어안고, 시노는 벌써 10분 가까이 무한한 공간에 마음을 띄우고 있었다.

 하지만 이윽고 찢어지는 웃음소리와 함께 여러 개의 발소리가 다가와 시노를 하늘에서 지상으로 끌어내렸다.

 뻣뻣한 목의 각도를 되돌려 하얀 머플러를 한껏 추켜올리고 난입자들을 기다렸다.

 교사 북서쪽 모퉁이와 대형 소각로 사이의 통로에서 모습을 나타낸 엔도와 두 똘마니는, 시노를 보더니 일제히 입술을 일 그러뜨리며 가학적인 웃음을 지었다.

왼손으로 가방을 들고 일어나며 시노는 말했다.

"불러놓고 사람 기다리게 하지 마."

그 말을 들은 똘마니 중 하나가 두툼한 눈꺼풀을 요란하게 깜빡인 후 웃음을 지우며 소리쳤다.

"아사다, 너~, 요즘 진——짜 건방지거든?"

나머지 하나도 비슷한 억양으로 맞장구를 쳤다.

"진짜~. 친구에게 그거 좀 너무하는 거 아냐?"

시노에게서 2미터 정도 떨어진 곳에 멈춰선 셋은, 각자 효과적이라고 생각하는 각도에서 위압하듯이 시선을 보냈다. 시노는 일단 한가운데 선 엔도의 육식곤충 같은 가느다란 눈을 가만히 바라보았다.

침묵은 몇 초밖에 이어지지 않았다. 금세 엔도는 씨익 웃더니 턱을 내밀며 말했다.

"뭐, 상관없어. 친구니까 무슨 소릴 하면 어때. 그러니까 우리가 힘들 때는 도와줄 거지? 사실 지금 엄청 힘들거든."

그 말을 듣고 양쪽의 둘이 짧게 웃었다.

"일단 2만 정도면 돼. 빌려줘."

지우개 좀 빌려줘, 라고 하듯이 아무렇지도 않게 요구 사항을 제시한다.

시노는 도수 없는 NTX 폴리머 렌즈 안경을 벗어 스커트 주머니에 넣었다. 두 눈에 온 힘을 주며, 한 어절씩 또박또박 끊어 대답했다.

"전에도, 말했지만. 네게, 돈 빌려줄 생각 없어."

그 순간 엔도의 눈이 한껏 가늘어지며 거의 실처럼 되었다. 그 틈으로 끈적거리는 안광을 뿜어내며 한층 낮은 목소리로 말했다.

"……자꾸 그렇게 건방 떨래? 미리 말해 두지만, 오늘은 진짜 오빠한테 그거 빌려왔거든? 나중에 눈물 짜지 마라, 아사다."

"……맘대로 하든가."

설마 진짜 그렇게까지 할까 싶었지만, 놀랍게도 엔도는 입술 양끝을 한껏 치켜세우더니 가방에 오른손을 넣었다.

수많은 마스코트가 주렁주렁 달린 통학용 가방에서 갑자기 시커먼 자동권총이 나타나는 광경을 보니 모종의 블랙 유머를 느꼈다. 서툰 손놀림으로 대형 모델건을 꺼낸 엔도는 오른손에 쥔 그걸 시노에게 척 들이댔다.

"이거 종이박스에 구멍도 뚫는 거야. 절대 사람에게 겨누지 말라고 했지만, 아사다는 괜찮지? 이런 거 좋아하잖아."

시노의 눈은 자연스럽게 검은 총구에 빨려 들어갔다.

그 순간 심장 고동이 빨라졌다. 이명이 주위의 소리를 차단하기 시작했다. 호흡이 가빠지고, 손끝에서 냉기가 밀려든다——.

하지만 시노는 어금니를 꽉 악물고 온 정신력을 쥐어짜내, 눈을 총 내부의 어둠에서 돌렸다. 그립을 쥔 엔도의 오른손에서 팔을 따라 시선을 움직인다. 어깨에서, 탈색한 머리카락, 그리고 얼굴에 도달한다.

엔도의 눈은 흥분 탓인지 모세혈관이 튀어나왔으며, 홍채는 시커멓고 탁했다. 추한 눈빛이었다. 그저 폭력에 도취된 자의 눈인 것 같았다.

정말로 두려워해야 할 것은 총이 아니다. 그것을 든 사람이다.

시노가 기대한 만큼의 반응을 보이지 않은 탓인지, 엔도는 짜증을 내듯 입술을 일그러뜨리며 내뱉었다.

"얼른 울어, 아사다. 무릎 꿇고 빌어. 정말 쏜다, 너."

그러더니 정말 모델건을 시노의 왼쪽 허벅지에 겨누고 씨익 웃었다. 어깨와 팔이 살짝 흔들리며 방아쇠를 당기려는 기척을 시노는 알아볼 수 있었다. 하지만 탄환은 나가지 않았다.

"에이 씨, 이거 왜 이래!"

두 번, 세 번 쏘려 했지만 플라스틱이 삐걱거리는 소리를 낼 뿐이었다.

시노는 크게 숨을 들이마시고 배에 힘을 준 후, 가방을 발밑에 떨어뜨리며 두 손을 뻗었다.

왼손 엄지로 엔도의 오른손 손목을 꽉 눌러, 악력이 느슨해진 틈에 오른손으로 총을 빼앗았다. 트리거 가드에 검지를 끼워 휘릭 돌리자 그립이 손에 쏙 들어온다. 플라스틱으로 만들었을 텐데도 묵직하다.

"1911 거버먼트구나. 오빠 취향 참 중후하네. 내 취향은 아니지만."

그렇게 중얼거리며 총 왼쪽 옆을 엔도에게 보여주었다.

"거버먼트는 섬 세이프티(thumb safety) 외에 그립 세이프티(grip safety)도 있기 때문에, 여기하고 여기를 해제해야 쏠 수 있어."

짤각, 짤각. 소리를 내며 두 곳의 안전장치를 푼다.

"그리고 싱글액션이니까 처음에는 스스로 코킹을 해야 하지."

엄지로 격철을 젖히자 딸깍 소리와 함께 방아쇠가 살짝 올라간다.

아연실색해 눈과 입을 딱 벌린 엔도 패거리에게 시선을 돌려 시노는 주위를 둘러보았다. 6미터 정도 떨어진 소각로 옆에 파란 플라스틱 쓰레기통이 늘어서 있고, 그중 하나에 주스 깡통이 얹힌 것이 눈에 들어왔다.

왼손을 그립에 대고 기본적인 아이소셀레스 스탠스로 겨누었다. 오른쪽 눈과 가늠쇠가 그리는 직선상에 빈 깡통을 놓는다. 조금 생각한 후 살짝 총을 위로 들어, 숨을 멈춘 후 방아쇠를 당겼다.

픽, 하는 약한 소리와 함께 미미한 반동이 손에 전해졌다. 놀랍게도 거버먼트 모델건은 슬라이드의 움직임까지 재현하며 오렌지색의 조그만 탄환을 발사했다.

아직 총의 특성을 모르는 상태라 초탄은 빗나가리라 생각했지만, 운 좋게 탄환은 깡통 위를 간신히 맞추었다. 시노는 내심 조금 놀랐다. 티잉 높은 소리를 내며 알루미늄 깡통은 빙글빙글 팽이처럼 돌다가, 마침내 쓰러져 쓰레기통 위에서 떨어졌다.

시노는 후우 숨을 내쉬며 총을 내렸다. 몸의 방향을 돌려 정면으로 엔도를 보았다.

가학적인 웃음은 형체도 없이 사라졌다. 엔도는 완전히 독기가 빠져나간 듯 아연실색했지만, 시노가 계속 눈을 바라보자 겁을 먹은 듯이 입가가 굳더니 반 걸음 물러났다.

"아……안 돼…….."

갈라진 목소리가 새어나오는 것을 들은 시노는 시선에서 힘을 풀었다.

"……정말 사람에게는 겨누지 말아야겠다, 이거."

그렇게 말하며 격철을 눕히고 두 군데의 안전장치도 원래대로 되돌렸다. 그립 쪽을 내밀어주자, 엔도는 흠칫 몸을 떨었지만 조심스럽게 손을 뻗어서 모델건을 받아들었다.

시노는 돌아서서 가방을 들고 머플러를 쭉 올렸다.

"그럼 안녕."

어깨 너머로 인사를 건네고 걸어가기 시작했지만, 엔도 패거리는 움직이지 않았다. 건물 모퉁이를 빠져나와 시야에서 모습이 사라질 때까지, 세 사람은 말없이 얼어붙은 채 서 있었다.

엔도 패거리의 시야를 벗어난 순간, 두 다리에서 힘이 쭉 빠져나가 시노는 그 자리에 털썩 주저앉을 것 같았다. 학교 건물 벽에 손을 짚고 간신히 버텼다.

귓속이 윙윙 울렸으며 관자놀이에서 혈류가 요란하게 맥박치는 것을 느꼈다. 위액이 치밀어 목구멍 안쪽이 시큰거렸다. 당장 같은 짓을 한 번 더 하라고 시키면 절대로 못할 것이다.

그래도——이것이 첫걸음이었다.

힘이 빠져나가려는 다리를 열심히 놀려 시노는 억지로 다시 걸어갔다. 모델건의 싸늘한 무게감은 끈덕지게 손바닥에 달라붙어서 떨어지지 않았지만, 메마른 찬바람에 몸을 맡기고 있으려니 조금씩 옅어지기 시작했다. 마비감이 가신 손가락으로 안경을 꺼내 다시 썼다.

교사 서쪽 입구와 체육관을 잇는 연결통로를 가로질러 한동안 걷자 운동장 끝으로 나왔다. 운동부 학생이 구령과 함께 운동장을 도는 옆을 지나쳐, 트랙 남쪽의 조그만 숲을 가로지르자 정문 앞 광장이 보인다.

학생들이 삼삼오오 모여 귀가하는 틈을 빠른 걸음으로 누비며 교문을 향하려 했을 때, 시노는 문득 고개를 갸웃했다.

학교 부지를 에워싼 높은 담장 안쪽, 몇몇 여학생 집단이 발을 멈춘 채 흘끔흘끔 교문 쪽을 보며 얼굴을 맞대고 무언가 이야기를 나누는 것이다.

그중 두 사람이 같은 반이고 그럭저럭 이야기를 나누며 지내는 아이들임을 알아본 시노는 그녀들에게 다가갔다.

검은 테 안경을 걸친 롱헤어의 학생이 시노를 보고 웃으며 손을 들었다.

"아사다, 지금 집에 가는 거야?"

"응. ──저거 뭐야?"

물어보니 밤색 머리카락을 두 갈래로 묶은 나머지 한 학생이 어깨를 으쓱하며 웃음을 지었다.

"저거? 교문 앞에 이 부근 교복이 아닌 남학생이 있거든. 바이크 세워놓고 헬멧을 두 개 들고 있으니, 우리 학교 애를 기다리는 게 아닐까 싶어서. 어떤 용자가 저런 애랑 사귀는 건지, 악취미지만 궁금하잖아?"

그 말을 들은 순간, 시노는 자신의 얼굴에서 핏기가 싸악 가시는 것을 느꼈다. 황급히 시계를 확인한다. 아니, 설마. 속으로는 필사적으로 부정했다.

분명 이 시간에 학교 밖에서 만나기로 약속은 했고, 전철비가 아까우니 바이크로 마중을 오겠다고 했다. 하지만 설마 교문 한복판에 바이크를 세워놓고 기다리는 대담무쌍한 짓을 하리라고는——.

……그놈이라면 그럴 법하지.

조심스럽게 담장에 몸을 기대고 교문 너머의 주차용 회전장치 쪽을 살펴본 시노는 어깨를 축 늘어뜨렸다. 스탠드를 내린 화려한 색깔의 소형 바이크를 세워놓은 채 헬멧을 두 손에 들고 멍하니 하늘을 바라보는 낯선 교복의 남학생은, 틀림없이 그저께 처음 만났던 소년이었다.

열 명도 넘는 학생들의 주목을 받는 상황에서, 제 발로 나서서 그를 부르고 바이크 뒤에 타는 모습을 생각하니, 귀 끝까지 불에 타는 것처럼 뜨거워졌다. 이 자리에서 로그아웃하고 싶다고 속으로 중얼거리며, 시노는 한껏 배짱을 쥐어짜내 곁의 동급생들을 돌아보았다.

"어……, 저, 저거……, 내가……, 아는 사람이야."

꺼질 듯한 목소리로 말하자, 여학생의 안경 안에서 눈이 활짝 뜨였다.

"뭐……? 아사다였어?!"

"어, 어떤 사이인데?!"

나머지 하나도 놀라 소리를 지른다. 그 목소리에 주위의 시선이 모여드는 것을 의식하고 시노는 가방을 끌어안더니 한계까지 어깨를 움츠리고,

"미……미안해!"

어째서인지 사과하며 종종걸음으로 뛰어나갔다.

등 뒤에서 "내일 설명해줘!" 하는 목소리가 들려오는 가운데, 고풍스러운 청동 교문을 지나 바이크에 다가갔다.

바로 옆까지 접근했는데도, 대담무쌍한 방문자는 멍하니 파란 하늘만 볼 뿐이었다.

"……저기."

말을 걸자 눈을 깜빡깜빡하며 겨우 시선을 되돌리더니 느긋한 웃음을 지었다.

"여. 안녕, 시논."

이렇게 밝은 태양 아래에서 새삼 보니 현실세계의 키리토는 어딘가 초연하고 투명한 분위기를 가진 소년이었다. 살짝 긴 흑발, 대조적으로 색소가 옅은 피부, 깜짝 놀랄 정도로 가녀린 몸은 어딘지 모르게 가상세계에서 보았던 버추얼 아바타와 공통된 소녀 같은 면모가 풍겼다.

이 희박한 분위기, 바꿔 말하자면 병적인 기척이 그가 경험한 2년의 포로생활을 그대로 연상케 해, 시노는 요란하게 퍼부어주려던 말들을 자신도 모르게 거두었다.

"……안녕. ……오래 기다렸지."

"아니, 지금 막 도착했어. ──그런데……, 어째……."

키리토는 그제야 교문 주위에서 이쪽을 지켜보는 학생들을 알아차린 듯이 시선을 돌렸다.

"……주목을 받고 있는 것 같기도 하고……."

"이……이봐아……."

그래도 조금 어이없는 목소리를 내며 시노는 말했다.

"교문 한복판에 다른 학교 학생이 바이크를 세워놨는데 눈에 뜨이는 게 당연하지 않아?"

"그……그런 건가? 그럼……."

갑자기 소년은 가상세계에서도 자주 보았던, 한쪽 뺨만 올리는 시니컬한 웃음을 지었다.

"여기서 조금 더 버티면 생활지도 선생님 같은 사람이 달려와 호통을 치기도 하려나? 그거 좀 기대되는데."

"자……장난해?!"

사실 있을 수 없는 일은 아니다. 시노는 반사적으로 교문 쪽을 돌아본 후 목소리를 낮춰 외쳤다.

"어, 얼른 가!"

"네, 네."

여전히 웃음을 지은 채, 키리토는 핸들에 걸어놓았던 연녹색 헬멧을 집어 시노에게 건넸다.

이 녀석의 알맹이는 GGO 세계에서 시논을 한껏 놀려댔던 자신만만한 니힐리스트와 똑같다. 외견에 속아서는 안 된다——그렇게 생각하면서도 시노는 헬멧을 받았다. 가방을 비스듬히 걸치고 오픈페이스 타입의 헬멧을 푹 눌러썼을 때, 턱 밑의 잠금장치 채우는 법을 몰라 손을 멈추었다.

"잠깐 실례."

그러자 키리토의 손이 나와 재빨리 시노의 턱 밑에서 벨트를 고정해주었다. 다시 얼굴이 뜨거워져 황급히 시트에 앉았다. 내일 교실에서 질문 공세에 시달릴 것이 분명하다.

자기도 검은 헬멧을 쓰고 시트에 휙 올라탄 키리토가 문득 고개를 갸웃했다.

"……시논, 그 뭐냐……, 스커트는 괜찮아?"

"체육용 레깅스 입었어."

"그, 그럼 괜찮은 건가?"

"어차피 너한테는 안 보일 거 아냐."

키리토에게 한 방 먹여주고 시노는 바이크의 리어시트에 힘껏 걸터앉았다. 어릴 때 할아버지의 낡은 슈퍼 커브 90의 뒷자리에 자주 탔기 때문에 요령은 잘 안다.

"그럼, 어……, 꽉 잡으라고."

키리토가 열쇠를 돌리자, 오래 선에 한물 긴 내연기관의 드높은 폭음이 울려 퍼져 다시 고개를 움츠렸다. 하지만 허리에 전해지는 진동과 배기가스 냄새는 그립기도 해, 자신도 모르게 바이저 안에서 미소를 지으며, 시노는 키리토의 가느다란 몸에 꽉 팔을 감았다.

학교가 있는 분쿄 구 유시마에서 목적지인 츄오 구 긴자까지는, 지하철을 갈아타면 조금 길이 복잡하지만 지상으로 가면 의외로 가깝다.

오차노미즈에서 치요다도오리 거리를 하행해 황거로 나오자, 바이크는 안전운전으로 느릿느릿 해자를 따라 달렸다. 다행히 겨울 치고는 따뜻한 날이라 스치는 바람도 기분이 좋았다. 황거 정문을 지나 해자를 따라 하루미도오리 거리로 좌회전해 JR 고가도로 밑을 지나니 긴자 4번가가 나왔다.

삼륜 버기카로 사총에게서 도망칠 때의 스피드에 비하면 거

북이 걸음마 같았지만, 그래도 15분이 채 못 되어 목적지에 도착해 키리토는 바이크를 세웠다.

벗은 헬멧을 손에 든 채 안내를 받은 곳은, 시노가 한 번도 경험하지 못했던 분위기의 매우 비쌀 법한 카페였다. 문을 밀어 열자마자 하얀 셔츠에 검은 나비넥타이를 맨 웨이터가 깊이 고개를 숙이는 바람에 살짝 당황했다.

"두 분이십니까?"

웨이터의 질문을 받고 이건 마치……, 하고 더더욱 당황했을 때, 가게 안쪽에서 중후한 분위기를 다 망치는 방약무인한 고함 소리가 들렸다.

"여어, 키리토! 여기야, 여기!"

"……아……, 저기랑 일행인데요."

"알겠습니다."

키리토의 말에 웨이터는 표정 하나 바꾸지 않고 대답하며 걷기 시작했다. 쇼핑을 다녀온 부인들로 넘쳐나는 가게에서 교복 차림의 고등학생은 매우 튀어 보여, 시노는 몸을 웅크린 채 반짝반짝 잘 닦인 널빤지 바닥 위를 걸었다.

그들이 향한 테이블 맞은편에서 일어난 것은, 암청색 고급 정장과 레지멘틀 스트라이프가 들어간 넥타이 차림에 검은 테 안경을 낀 키가 큰 사내였다. 공무원이라는 말을 듣기는 했지만, 전형적인 화이트칼라의 분위기와 동시에 어딘가 학자 같은 인상도 느껴졌다.

오른손으로 의자를 권하는 사내의 몸짓에 따라 맞은 편 창가 자리에 앉자, 즉시 김이 모락모락 나는 물수건과 가죽 장정 메뉴가 나왔다.

"자자, 마음대로 주문하세요."

사내의 목소리에 떠밀리듯이 메뉴를 열어보고, 시선을 떨어뜨린, 시노는 아연실색했다. 샌드위치와 파스타 같은 경양식은 물론 디저트에 이르기까지, 모조리 네 자리 숫자가 적혀 있었다.

시노는 얼어붙었지만, 옆자리에서 키리토가 콧방귀를 뀌며 말했다.

"정말 가차 없이 시켜도 돼. 어차피 국민의 혈세로 지불하는 돈이니까."

흘끔 시선을 들자, 안경을 낀 사내도 방글방글 웃으며 고개를 끄덕였다.

"그, 그럼……, 이거, 레어 치즈 케이크 크램베리 소스……랑 얼그레이."

우와악합계이천이백엔——내심 창백해지며 시노가 주문을 하자,

"그럼 난 사과 시부스트랑 몽블랑이랑 에스프레소."

옆에서 키리토가 무시무시한 주문을 했다. 합계 얼마인지는 싱싱조치 두려웠다.

웨이터가 깊이 허리를 꺾어 인사한 후 멀어지자, 안경 사내는 정장 안주머니에서 검은 가죽 케이스를 꺼내더니, 명함 한 장을 꺼내 시노에게 내밀었다.

"처음 뵙겠습니다. 저는 총무성 종합통신기반국의 키쿠오카라고 합니다."

조용한 테너 음성으로 이름을 밝히자 시노도 황급히 명함을 받고 인사를 나누었다.

"처, 처음 뵙겠습니다. 아사다……, 시노예요."

인사가 끝난 순간, 키쿠오카라는 사내는 입을 꾹 다물더니 고개를 깊이 숙였다.

"이번에 저희의 불찰로 아사다 양에게 큰 위험을 겪게 하여 정말로 죄송합니다."

"아……아니에요."

다시 황급히 시노가 고개를 숙이자, 키리토가 농담하듯이 끼어들었다.

"확실하게 사과 받아놔. 키쿠오카 아저씨가 더 성실하게 조사했더라면, 나랑 시논도 그런 꼴은 당하지 않았을 테니까."

"……그렇게 말하면 나도 할 말이 없다만."

키쿠오카는 부모님의 추궁을 받는 어린아이처럼 고개를 푹 숙이면서도, 흘끔흘끔 이쪽을 쳐다보고 말을 이었다.

"하지만 키리토도 전혀 예상하지 못했잖아? 설마 《사총》이 팀이었다니."

"그야……, 뭐, 그렇지만요."

키리토는 골동품 같은 의자에 삐걱 소리를 내며 기댔다.

"……아무튼 이제까지 알아낸 사실을 들려줘요, 아저씨."

"그렇다고 해도……, 아직 그 애들의 범죄가 밝혀진 지 이틀밖에 안 됐거든. 전모를 해명하려면 아직 시간이 더 필요하지만……."

자신의 앞에 놓인 커피잔을 들어 한 입 머금더니 키쿠오카는 말을 이었다.

"아까 팀이라고 했는데, 정확히는 세 명이었지. 적어도 리더였던 신카와 쇼이치의 진술에 따르면 그래."

"그 쇼이치란 자가, 나랑 시논을 BoB 본선에서 습격했던 누더기 망토였죠?"

키리토의 물음에 키쿠오카는 가볍게 고개를 끄덕였다.

"그건 거의 틀림없을 거야. 그 친구의 자택 아파트에서 압수한 어뮤스피어 로그에도 해당 시각에 건 게일 온라인에 접속했다는 기록이 있었거든."

"자택 아파트……. 신카와 쇼이치란 자는 어떤 사람이었어요? 그가 주모자인가요?"

"……그걸 설명하려면 2022년의 SAO 사건 이전부터 시작해야 해. 하지만 우선 그 전에……."

마침 그때 웨이터가 가녀린 왜건에 수많은 접시를 얹고 돌아왔다. 그 접시들이 소리도 없이 테이블에 올라오고, 웨이터가 물러가기를 기다렸다가 키쿠오카는 손짓으로 시노와 키리토에게 권했다.

그다지 식욕이 들지 않았지만, 작은 케이크 한 조각 정도는 들어갈 것 같았다. 키리토도 동시에 '잘 먹겠습니다'라고 말하더니 금색 포크를 들었다.

윤기 나는 붉은 소스를 뿌린 유백색 구체를 한 스푼 떠내 입에 머금었다. 치즈를 한층 더 농축한 것처럼 밀도 있는 맛이 퍼졌으며, 그런데도 혀 위에서 미끄러지듯 녹는 데 놀랐다. 레시피를 알고 싶다는 생각이 잠시 들었지만 물어봐도 가르쳐주지는 않겠지.

정신없이 절반 정도 먹어치운 후에야 포크를 놓고 홍차가 담긴 잔을 들었다. 감귤계 향이 어렴풋이 맴도는 뜨거운 액체를 입에 머금자, 마음속의 응어리진 부분이 조금씩 풀어지는 것을 느꼈다.

"……맛있네요."

고개를 들며 시노가 중얼거리자 키쿠오카는 기뻐하며 말했다.

"맛있는 건 더 즐거운 이야기를 나누며 먹는 게 좋겠지만, 그건 다음 기회에 하지요."

"네……, 네에."

그러자 몽블랑의 금갈색 덩어리를 거의 먹어치운 키리토가 웃음 섞인 목소리로 비아냥거렸다.

"관둬, 시논. 이 아저씨의 《즐거운 이야기》는 징그럽거나 지저분한 거니까."

"너, 너무하는구나. 동남아시아 먹거리 여행담은 나도 자신이 있다구. ……뭐, 그 전에 사건 이야기를 해야지."

키쿠오카는 곁에 놓인 서류가방에서 얇은 태블릿 PC를 꺼내더니 긴 손가락으로 화면을 터치하기 시작했다.

시노는 살짝 몸을 긴장하며, 어딘지 선생님 같은 분위기가 나는 사내의 말을 기다렸다.

이 《사총》 사건에 관한 모든 사실을 알고 싶다는 생각은 물론 있었다. 하지만 동시에 더 이상 진실을 접하고 싶지 않다는 마음의 소리도 있었다.

아마 자신은 아직도 어떤 부분에서는 신카와 쿄지를 믿는 것이다. 그 무서운 주사기를 들이댄 후에도 완전히는 쿄지를 증오하지는 못했으며, 완전히는 쿄지에게 품었던 호의를 버리지는 못했다. 그것은 그가 아니라 그의 머릿속에 파고든 누군가의 소행이라고——그렇게 믿고 싶은 자신이 있었다. 시노는 그렇게 느꼈다.

　일요일 심야에 일어난 그 사건으로부터 거의 40시간이 지났다.

　그날 밤——키리토의 권유로 화장실에서 세수를 하고 트레이너를 갈아입은 직후, 시노의 방에 경찰이 도착했다.

　머리를 얻어맞아 의식이 몽롱했던 신카와 쿄지는 그 자리에서 체포되어 구급차로 경찰 병원에 호송되었다.

　시노와 키리토도 만약을 위해 다른 병원에 실려가 그곳에서 한 차례 검사를 받았다. 몇몇 가벼운 찰과상 외에는 별 이상이 없다는 당직 의사의 말을 들은 후, 병실에서 사정청취가 시작되어 시노는 멍한 머리를 간신히 굴리면서 방에서 실제로 일어났던 일만 들려주었다.

　자각은 없었지만, 시노의 정신적 스트레스가 한계에 이르렀디고 판단한 의사 덕에 경찰의 청취는 오전 2시에 일단 종료되었다. 그날 밤은 그대로 병실에서 하룻밤을 묵고, 오전 6시 반에 눈을 뜬 시노는 의사의 권유를 거절하고 아파트로 돌아가 학교에 나갔다.

　월요일, 다시 말해 어제 수업은 꾸벅꾸벅 졸면서 버렸다. 등교거부 중이기는 해도 어엿한 학적이 있기 때문에, 쿄지가 일으킨 사건은 이미 학교에도 전해졌으리라 생각했지만, 그 소문을 수군거리는 학생은 하나도 없었다.

엔도 패거리의 호출을 깔끔하게 무시하고 아파트로 돌아가자 경찰차가 있었다. 갈아입을 옷가지를 챙겨 향한 곳은 어제와 같은 병원이었으며, 의사에게 간단한 문진을 받은 후 두 번째 사정청취가 시작되었다. 이번에는 시노도 이것저것——주로 쿄지에 관한 것을 물어보았지만, 다친 곳은 별로 대단치 않으며 경찰에게는 거의 묵비로 일관한다는 정도만 들을 수 있었다.

《경비상의 이유》로 시노는 그날 밤에도 병원에서 자게 되었다. 식사와 샤워를 마치고 친가의 할아버지와 할머니, 어머니에게 짧게 연락을 한 후, 배정받은 병실의 침대에 드러누웠다. 그 순간 푹 잠들었는지 깔끔하게 기억이 끊어졌다. 어쩐지 긴 꿈을 꾼 것 같기도 했지만 내용은 기억나지 않았다.

다음 날 화요일——즉, 오늘 아침, 다시 복면 패트롤카가 아파트까지 바래다주고 차에서 내렸을 때 형사가 말했다.

"이제 사정청취는 더 없을 겁니다."

그 말은 고마웠지만, 앞으로 사건에 대해서는 어떻게 알아내야 좋을까……, 생각하며 등교 준비를 하고 아침을 위해 토마토를 썰 때 휴대전화가 울렸다. 키리토의 연락이었다. 전화를 받자마자 대뜸 한 말은, 오늘 방과 후에 시간이 있냐는 것이었다. 반사적으로 그렇다고 대답했다.

그리고 지금 시노는 그의 옆자리에 앉아, 키리토가 말한 《의뢰인》인 국가공무원의 말을 기다리고 있다.

키쿠오카는 태블릿에서 고개를 들더니 주위를 의식하며 낮은 목소리로 말을 시작했다.

"종합병원 소유주 원장의 장남인 신카와 쇼이치는 어렸을 때부터 병약해, 중학교를 졸업할 무렵까지 입원과 퇴원을 반복했다는군요. 고등학교 입학도 1년 늦어졌고……, 그래서 부친은 쇼이치를 자신의 후계자로 삼으려는 생각을 일찌감치 포기하고, 세 살 어린 동생 쿄지에게 그 역할을 떠넘겼다고 합니다. 부친은 쿄지에게 초등학교 때부터 가정교사를 붙여주고 자신도 직접 가르치는 한편, 쇼이치는 거의 돌보질 않았지요. 형은 기대를 받지 않는다는 데, 동생은 기대를 받는다는 데 시달렸던 걸지도 모릅니다……. 아, 이건 사정청취를 받았던 부친 본인의 말이었지만요."

여기서 잠깐 말을 멈추고 키쿠오카는 커피로 입을 적셨다.

시노는 시선을 테이블에 떨어뜨린 채 《부모의 기대》라는 말을 상상해보려 했다. 하지만 실감하기는 도저히 어려웠다.

그렇게 가까이 있으면서도 쿄지가 그런 압박감에 시달렸다는 것은 전혀 몰랐다. 자신의 처지에만 급급해 남을 진심으로 보지 않으려 했다──또 다시 그런 의식에 시달리며 시노는 가슴에 괴로운 통증을 느꼈다.

키쿠오카의 말이 이어졌다.

"──하지만 그랬는데도 형제 사이는 나쁘지 않았다고 합니다. 쇼이치는 고등학교를 중퇴한 후 마음의 위안을 온라인에서, 특히 MMORPG에서 찾았고, 그 취미는 금방 동생에게도 전파되었죠. 그리고 형은 《소드 아트 온라인》의 포로가 되었고, 2년 동안 부친의 병원에서 혼수상태에 빠졌지만 생환한 그는 쿄지에게 일종의 우상……, 영웅화라고 해도 좋을까요? 아무튼 그런 존재가 됐던 모양입니다."

곁에 앉은 키리토의 호흡에 살짝 긴장이 감도는 것을 시노는 알아차렸다. 하지만 키쿠오카의 낮고 매끄러운 목소리는 잠시 간격을 두었을 뿐 담담하게 이어졌다.

"쇼이치는 생환 후 한동안은 SAO 시절의 이야기를 일절 꺼내지 않으려 했다지만, 재활치료가 끝나고 자택으로 돌아오자 쿄지에게만은 들려주었다고 합니다. 자신이 그 세계에서 얼마나 많은 플레이어를 해쳤고, 진정한 살육자로서 두려움의 대상이 되었는가 하는 이야기를……. 그 무렵 이미 성적 저하와 상급생의 공갈에 중압감을 받았던 쿄지에게 쇼이치의 이야기는 혐오가 아니라 해방감, 쾌감을 가져다주는 것이었겠지요."

"……저어."

시노가 살짝 소리를 내자, 키쿠오카는 고개를 들고 다음 이야기를 기다리듯이 가볍게 고개를 갸웃했다.

"그런 이야기를……, 신카와 아니, 쿄지가 했나요?"

"아뇨, 이건 형의 진술에 따른 이야기입니다. 쇼이치는 경찰의 취조에선 질문에 모두 대답했다는군요. 동생의 심정을 추측한 것까지 포함해서요. 하지만 쿄지는 대조적으로 완전히 침묵할 뿐입니다."

"……그렇군요."

쿄지의 영혼이 어떤 지평을 헤매는지, 시노는 이제 상상할 수도 없었다. 그럴 리는 없겠지만, 지금 GGO에 로그인하면 대기 장소로 쓰던 술집 한구석에 슈피겔이 있지 않을까······, 그런 생각마저 들었다.

"아, 말씀······, 계속하세요."

시노의 말에 고개를 끄덕이며 키쿠오카는 다시 태블릿을 흘끔 쳐다보았다.

"형제의 《돌이킬 수 없는 지점》이 어디였는지는 추측할 수밖에 없지만, 쇼이치가 건 게일 온라인을 시작한 것은 쿄지의 권유였다고 합니다. 쇼이치에게는 다른 수많은 SAO 생환자에게서 보이는 VR 월드 거부증상은 없었지만, 처음에는 그리 열심히 플레이를 하지는 않았다는군요. 필드에 나오는 것보다는, 시내에서 다른 플레이어를 관찰하며 죽이는 방법을 상상하는 게 즐거웠다고 직접 밝혔습니다. 하지만 그 태도가 바뀐 것은 이른바 현거래로 《투명해질 수 있는 망토》를 손에 넣은 다음이었다는군요."

"현거래······."

시노는 자신도 모르게 소리를 냈다. 사총이 걸쳤던 《메타마테리얼 옵티컬 카모》 기능이 있는 누더기 망토는, 아마 보스몬스터만이 엄청나게 낮은 확률로 드롭하는 레어 중의 레어 아이템일 것이다. 시논의 헤카테 II보다도 비싼 가격이 붙었으리라 쉽게 상상할 수 있었다.

"그럼······, 가격이 엄청났을 텐데요······."

그 말에 키쿠오카는 고개를 끄덕이고, 믿을 수 없다는 듯이 고개를 가로저으며 대답했다.

"엔화로 30만 엔이 조금 넘었다더군요. 하지만 쇼이치는 아버지에게서 한 달에 50만 엔이나 되는 생활비를 받았다고 하니까요."

"그렇다면……, 그 커다란 라이플이나 레어 소재 에스톡도 현거래로 산 거였나……? SAO에 아이템 과금정책이나 현거래가 없어서 다행이군."

그렇게 중얼거리는 키리토의 얼굴에는 별로 농담을 하는 기색이 없었다. 키쿠오카도 진지하게 고개를 끄덕이고는 말을 이었다.

"누가 아니래냐. ──아무튼 쇼이치는 그 망토로 모습을 감출 수 있게 되자, 시내에서 다른 플레이어에게 들키지 않도록 스토킹하는 기술을 갈고 닦았다더군요. 그 시점에선 그저 뒤만 따라가는 것이 재미있었다지만……, 어느 날 그는 총독부 홀이라는 곳까지 미행했던 상대가 게임 내 단말기를 조작하는 모습을 본 겁니다. 퍼뜩 쌍안경을 꺼내 기둥 뒤에서 화면을 들여다보니, 그곳에 상대의 현실세계 주소와 본명 같은 개인정보가 있었던 거죠……."

"……다시 말해 정보를 얻기 위해 투명 망토를 입수했던 게 아니라 그 반대……, 망토를 먼저 얻었던 거였군……."

한숨 섞어 말한 키리토는 등을 의자에 깊숙이 기댔다.

"……옛날부터 어떤 MMO든 《하이딩》은 꼭 등장하는 스킬이었어. 없는 게임이 드물다고 해야 할지도 모르지. 하지만……, VRMMO에서 하이딩은 악용의 여지가 너무 크다고 생각해. 적어도 시내에서는 사용을 금지해야 하는데……, 라고 다음에 재스커에 투서 좀 보내줘, 시논."

느닷없이 화살을 돌리는 바람에 시노는 황급히 대꾸했다.

"네, 네가 해. ……하지만 그럼 《사총》이 태어난 계기 자체는 그 누더기 망토였던 거네요."

뒷말은 키쿠오카에게 한 말이었다. 안경을 쓴 공무원은 고개를 끄덕이더니 태블릿에 시선을 떨어뜨렸다. 그 온화한 얼굴을 보던 시노는 어라, 싶었지만 지금은 별로 상관도 없는 생각이었으므로 아무 말도 하지 않았다. 키쿠오카의 말이 저녁 햇살을 받은 테이블에 낮게 흘러나왔다.

"……그런 셈이지요. 쇼이치는 훔쳐본 개인정보를 반사적으로 기억하고 로그아웃해 옮겨 적었지만, 그 시점에선 구체적으로 뭘 어떻게 하겠다는 생각은 없었다고 합니다. 플레이어의 현실세계 정보를 훔쳐보는 행위 그 자체가 그를 흥분에 빠뜨렸고, 그 후 매일 몇 시간씩 총독부 홀에 잠복해서는 주소를 입력하는 플레이어를 기다려, 마지막에는 무려 열여섯 명의 본명과 주소를 입수했다고 합니다. 그러니까……, 아사다 시노 양의 정보까지 포함해서."

"……"

시노는 살짝 고개를 끄덕였다. 9월 초, 그러니까 제2회 BoB 직전이었다. 선수 등록을 마친 플레이어는 적게 잡아도 500명은 있었을 것이며, 그중 모델건을 받고 싶어 진짜 주소와 이름을 입력한 사람이 절반 정도라 해도, 열여섯 명의 정보를 훔치는 것은 불가능하지 않다.

키쿠오카의 설명이 이어졌다.

"10월 모일. 동생 쿄지는 쇼이치에게 자신의 캐릭터 육성이 궁지에 몰렸다는 사실을 털어놓았습니다. 《젝시드》라는 플레이어가 퍼뜨린 거짓 정보 탓이라고 엄청나게 원망을 늘어놓았다더군요. 그리고 쇼이치는 젝시드의 본명과 주소를 입수했던 기억을 떠올리고 쿄지에게 그 사실을 가르쳐준 겁니다."

그거다. 아마도 그 순간, 쿄지의 내면에서 가상과 현실을 가로질렀던 벽은 조금씩 녹기 시작했을 것이다.

"쇼이치의 말에 따르면, 어느 한쪽이 먼저 생각했던 것은 아니라고 합니다."

키쿠오카의 목소리가 매끄럽게 시노의 귓가를 지나갔다.

"둘이서 개인정보를 토대로 어떻게 젝시드를 숙청할지, 이것저것 상의하던 사이에 《사총》 계획의 골자가 완성된 것 같습니다. 하지만 그것도 처음에는 단순한 장난이었다고 쇼이치는 설명하더군요. 게임 내에서 총을 쏘는 것과 동시에 현실에서 플레이어를 죽인다……. 말로 하기는 쉽지만, 실현에는 수많은 난점이 따릅니다. 두 사람은 매일같이 의논해 하나씩 하나씩 책상 위의 허들을 해결했지요. 가장 어려운 문제는 전자자물쇠를 풀 마스터코드, 주사기와 약품을 입수할 방법이었는데……."

"대형 병원에는 응급환자의 집에 들어가기 위한 합법 마스터키가 있잖아요. 아마 그놈들 아버지의 병원에도……."

키리토의 말에 키쿠오카는 소리 없이 휘파람을 불듯 입술을 가늘게 모아보였다.

"역시 키리토야. 사실 국가에서 주택용 논키 엔트리 보급을 추진한 것도, 오랫동안 불가침의 영역이었던 개인주택에 관리력을 강화하려……, 아차차, 이건 비밀인데. 아무튼 두 사람은 마스터코드와 고압주사기, 그리고 극약인 석시닐콜린을 아버지의 병원에서 훔쳐낼 계획을 세웠어. ——그렇게 계획을 진행하는 과정 그 자체가 게임이었다고 쇼이치는 진술했지. SAO에서 타깃 파티의 정보를 모으고, 필요한 장비를 갖추고, 습격을 실행한 것과 전혀 다를 바가 없었다고. 자기를 심문하던 형사에게 '댁도 마찬가지잖아?' 라고 했다던걸. NPC의 이야기를 듣고, 정보를 모으고, 현상범을 잡아 넘기고, 돈을 번다. 경찰이 하는 일도 게임과 다를 바가 없지 않느냐는 거지."

"액면대로 받아들이지는 말아요."

갑자기 키리토가 툭 내뱉었다. 키쿠오카가 살짝 눈썹을 움직였다.

"그래?"

"그럼요. 그 쇼이치는 어떤 부분에서는 정말로 그렇게 생각했겠지만, 《붉은 눈의 자자》였을 때의 그놈은 이건 게임이라고 자신과 주위에 강변하면서도, 플레이어의 죽음이 현실이란 것을 이해했기 때문에 그렇게까지 살인행위에 빠져들었던 거예요. 가상세계에 있을 때도, 현실세계에 있을 때도. 자신에게 불리한 부분만 현실이 아니라고 믿어버리는 거죠. VRMMO의 다크사이드……일지도 모르겠네요. 현실이 엷어진다는 건."

"흐음. 넌……, 네 현실은 어떠냐?"

키쿠오카의 질문을 받은 키리토는 여느 때처럼 염세적인 웃음을 지을 거라고 생각했지만, 매우 진지한 표정으로 허공을 바라보았다.

"……그 세계에 두고 온 것도 분명 있어요. 그러니 그만큼 현실의 제 질량은 줄어들었겠죠. 그런 생각은 들어요."

"돌아가고 싶어?"

"에이, 그런 것 좀 물어보지 말아요. 악취미라니까."

이번에야말로 키리토는 쓴웃음을 짓더니 시노를 흘끔 보았다.

"──시논은 어때, 그 점에서?"

"어……."

갑자기 화살이 돌아오자 시노는 한동안 당황했다. 사고를 언어로 바꾼다는 행위에는 영 익숙하지 못했다. 그래도 어찌어찌 느꼈던 것을 그대로 입에 담아보고자 노력했다.

"으음……. 키리토, 너, 예전하고 말이 달라."

"응……?"

"가상세계 같은 건 없다고 그랬잖아. 그 사람이 있는 장소가 현실이라고. VRMMO 게임은 많지만, 그 세계마다 플레이어가 따로 있는 게 아니잖아? 지금 내가 있는 여기……."

오른손을 내밀어 손가락으로 가볍게 키리토의 왼팔을 건드렸다.

"이 세계가 유일한 현실인걸. 만약 여기가 사실은 어뮤스피어가 만들어낸 가상세계라 해도, 내게는 현실……이라고 생각해."

키리토는 눈을 크게 뜨고 시노가 멋쩍어질 만큼 오랜 시간 동안 계속 시선을 마주쳤지만, 이윽고 웬일로 시니컬함은 한 점도 없는──것 같은 미소를 입가에 머금었다.

"……그래. 그러네."

흘끔 키쿠오카를 보았다.

"지금 시노가 한 말, 똑똑히 메모해요. 이 사건에서 유일하게 가치가 있는 진리일지도 몰라요."

"──놀리지 마."

오른손으로 키리토의 어깨를 퍽 쥐어박고 정면을 보았다. 어째서인지 키쿠오카도 시노를 빤히 보고 있어서, 안절부절못하고 빈 케이크 접시에 시선을 떨어뜨렸다.

"아니, 정말로 키리토의 말이 맞습니다. 쇼이치에게는──, 그게 완전히 반대였던 걸까요? 자신이 없는 징조야말로 현실이라고……."

"그놈은 『아직 끝나지 않았다.』는 말을 언제나 되풀이했죠. 어쩌면 그놈도 아직 아인크라드에서 완전히 돌아오지 못했을지도 몰라요……. ──세계창조, 라는 카야바 아키히코의 목적은 그 성이 붕괴된 후에야말로 실현된 걸지도."

"무서운 소릴 다 하는구나. 카야바의 죽음에는 아직도 의문점이 많지……만, 이번 사건하곤 관계가 없지. 이야기를 다시 돌리자면……, 쇼이치에게는 계획 실현을 위한 준비가 완료된 단계에서, 실제로 목표의 방에 침입해 약을 주사하는 단계로 옮겨가면서 심리적 장벽은 거의 없었다고 합니다. 첫 희생자……, 《젝시드》, 그러니까 시게무라 타모츠 씨를 죽인 것은 쇼이치 자신이었죠. 11월 9일 오후 11시경, 마스터코드를 이용해 문을 열고 아파트에 침입해, 11시 30분 《MMO 스트림》의 인터뷰 프로에 출연하려고 어뮤스피어를 사용했던 시게무라

씨의 턱 밑에 고압주사기로 약을 주입했죠. 이때 쓰인 것은 염화 석사메토늄, 또는 석시닐콜린이라 불리는 근육이완제였고, 시게무라 씨의 호흡과 심박이 갑자기 멈춰 죽음에 이르렀던 겁니다. 다시 말해 같은 시각, GGO에서 젝시드를 총으로 쏜 것은 동생 쿄지였던 거죠……."

쿄지의 이름을 듣고 시노는 흠칫 어깨를 떨었다. 그저께 밤, 시노의 위에 올라타 젝시드에 대한 원망을 쏟아내던 그의 목소리가 귓가에 되살아났다.

젝시드가 흘린 정보 때문에 스탯을 잘못 찍고 《최강》이 되지 못했던 것이——실제로는 극단적인 어질리티 타입이었음에도 불구하고 그렇게나 강했던 《야미카제》의 존재가 그 생각을 부정하지만——현실세계에서 그를 괴롭히고 돈을 갈취하던 상급생들보다도 더 용서할 수 없었던 걸까.

아니——그게 아니라……, 그때 쿄지의 현실은 이미…….

"두 번째 희생자 싱거운명란젓 때도 현실세계의 실행자는 쇼이치였습니다. 수법은 완전히 동일. 그들은 타깃으로 몇 가지 조건이 일치하는 일곱 명을 선택했습니다. 수도권에 살고, 혼자 자취하며, 전자자물쇠는 해제 로그가 남지 않는 구식이거나 문 근처에 스페어 키를 놔뒀을 것……."

"그것만 조사하는 데도 고생 좀 했겠네요."

키리토의 탄성에 키쿠오카도 얼굴을 찡그리며 고개를 끄덕였다.

"엄청난 시간과 노력을 허비했겠지. ——하지만 두 사람의 목숨을 빼앗은 후에도 《사총》에 대한 소문을 진지하게 받아들이는 플레이어는 거의 없었지."

"네……. GGO에선 다들 말도 안 되는 헛소문이라고 생각했으니까요. ——저도 포함해서."

시노가 중얼거리자 키쿠오카가 크게 끄덕거렸다.

"그렇겠죠. 저와 키리토도 수많은 가능성을 고려했지만, 소문의 산물일 것이라는 결론을 내리고 말았으니까요. 물론 추측의 접근법부터 잘못되긴 했지만……."

"하다못해……, 하루만 일찍 진실을 알아차렸더라면 본선 대회에서 희생자가 나오는 건 막았을 텐데……."

통렬함이 느껴지는 키리토의 말에 시노는 고개를 들지 못한 채 중얼거렸다.

"——하지만 나는 구해줬는걸."

"아니, 난 아무것도 못했어. 네 자신의 힘이야."

흘끔 키리토에게 시선을 보내며, 그러고 보니 아직 고맙다는 인사도 제대로 못했다는 것을 생각하고 있을 때 키쿠오카가 다시 입을 열었다.

"두 사람의 노력이 없었더라면, 사건이 발각되기 전에 리스트의 일곱 명은 모두 희생당했을 거라고 쉽게 짐작할 수 있습니다. 너무 자신을 책망하지 말아요."

키리토가 등받이에 몸을 기대며 탄식했다.

"뭐 딱히 책망하는 건 아닌데……. 그래도 이번 사건 때문에 또 VRMMO의 평판이 나빠질 거라 생각하면 유감이에요."

"이 정도로 말라 죽을 만큼 《더 시드》라는 씨앗에서 태어난 싹은 약하지 않을 텐데? 이젠 무수한 묘목이 모여서, 그야말로 세계수처럼 자라났잖아? 나 원. 대체 누가 그딴 걸 뿌렸는지."

"……그러게 말이죠. 그보다 이야기나 계속하세요."

키리토가 헛기침을 하며 키쿠오카를 채근했다.

"아, 그랬지……. 하지만 그 다음은 다 아는 이야기일 텐데. ――사총의 위협이 좀처럼 퍼지지 않아 답답해진 형제는, 아예 요란하게 시위행동에 나서기로 했어. 제3회 최강자 결정전, 속칭 불릿 오브 불리츠 본선에서 단숨에 셋을 충격할 계획을 세웠던 거야. 타깃은……, 플레이어명 《페일라이더》, 《가레트》, 그리고 《시논》……, 아사다 양이었죠."

"……"

시노는 고개를 끄덕였다. 네 번째 희생자가 된 가레트의 이름은 물론 알고 있었다. 고풍스러운 윈체스터 라이플을 애용하는 스타일리스트였다. 그의 트레이드 마크였던 카우보이모자를 떠올리며 마음속으로 명복을 빈 후, 시노는 어떤 사실을 깨닫고 입을 열었다.

"아……, 그리고 보니 이건 우연일지도 모르겠지만요……."

"뭐죠?"

"타깃 일곱 명의 공통 조건이 한 가지 더 있을지도 몰라요. 저를 포함해서 대상이 된 사람들은 모두 어질 타입이 아니에요."

"호오……? 구체적으로는요?"

"신카와……, 아니, 쿄지는 순수한 어질 타입 빌드여서, 그 때문에 플레이에 난항을 겪었어요. 아마 다른 타입……, 특히 스트렝스에 여유가 있는 플레이어에게는 복잡한 감정을 품지 않았을까요."

"흐으음……."

키쿠오카는 입을 다물고 한동안 태블릿 화면을 바라보았다.

"다시 말해……, 동기는 어디까지나 게임에서 기인됐다……, 그거군요. 이거, 검찰도 기소하려면 고생 깨나 하겠는걸……. 하지만……."

믿을 수 없다는 듯이 고개를 가로젓는다. 그때 키리토가 탄식하듯 말했다.

"아니……, 있을 수 있어요. MMO 플레이어에게 캐릭터 스탯이란 절대적인 가치기준이니까요. 윈도우를 조작하던 친구의 팔을 장난으로 밀쳐 스탯을 1점 잘못 찍게 했다고 몇 달이나 살육전을 벌이기도……. 아, 물론 게임 내 이야기지만요. 아무튼 그 정도로 싸움을 벌인 놈들도 알거든요."

그건 시노도 충분히 수긍이 가는 이야기였다. 하지만 키쿠오카는 눈을 휘둥그레 뜨더니 다시 고개를 가로저었다.

"이젠 검찰에 변호사에, 게다가 형사와 재판원도 VRMMO에 다이브해 봐야겠는걸. 아니……, 이젠 법 정비도 고려해야 할 때일까……? 뭐, 그건 우리가 생각할 일이 아니지만. 어~, 어디까지 이야기했더라?"

태블릿을 터치히며 가볍게 고개를 끄덕인다.

"맞아맞아. 세 사람을 타깃으로 선택했다는 데였지. ──하지만 지난 두 건과는 달리 BoB 본선 계획을 실행하려면 큰 장벽이 있었습니다. 게임 안의 《사총》과 게임 밖의 실행대원이 서로 연락을 할 수 없으니, 양쪽의 사격 시간을 맞추기가 어렵다는 점이죠. 그걸 해결해준 것이 게임 밖에서도 시청할 수 있는 라이브 중계였는데……."

"그래도 어려움은 있었을걸요. 이동 문제가."

끼어든 키리토는 씁쓸한 얼굴로 눈살을 찡그렸다.

"전 그 점을 간과했어요. 처음엔 사총이 둘이라고만 생각해서……."

"그래, 그거야. 타깃으로는 자택에서 가장 가까운 셋을 택했지만……. 페일라이더의 자택이 있는 오오다 구 오오모리와, 가레트가 사는 카와사키 시 무사시코즈키는 그리 멀지 않다 해도, 아사다 양이 사는 곳은 멀리 떨어진 분쿄 구의 유시마였으니 말이지. 게다가 이제까지는 사총 역할을 원했던 쿄지가 이번에만 현실 쪽 실행대원을 고집했다더군. 쇼이치는 전동스쿠터가 있지만 쿄지는 운전을 할 수 없었어. ——그래서 쇼이치는 새 동료를 계획에 끌어들이기로 했지. 어, 이름은 카나모토 아츠시, 19세. 쇼이치의 옛 친구——라기보다는……."

흘끔 키리토에게 시선을 던지고는 말을 이었다.

"SAO 시절의 길드 멤버였다더군. 캐릭터네임은……,《조니 블랙》. 들어본 적……."

"있어요."

키리토는 눈을 감고 살짝 고개를 끄덕였다.

"《래핑 코핀》에서 자자와 콤비로 활동하던 독나이프 전사였죠. 당시에도 둘이서 수많은 플레이어를 습격해 죽였어요……. 빌어먹을……, 이럴 줄……, 이럴 줄 알았으면 그때……."

그 다음 말이 나오기 전에 시노는 재빨리 오른손을 뻗어 키리토의 왼손을 꽉 쥐었다. 동시에 가만히 상대의 눈을 바라보며 고개를 천천히 좌우로 저었다.

 그것만으로도 하고 싶은 말은 전해진 모양이었다.

 키리토는 한순간 어린아이가 눈물을 참으며 웃는 듯한 표정을 짓더니 시선으로 수긍했다. 그 표정은 금세 사라지고, 여느 때와 같은 포커페이스로 바뀌었다. 서늘한 그의 손에서 손가락을 떼고 시노는 다시 앞을 보았다. 맞은편에서 가만히 둘을 지켜보던 키쿠오카가 다시 해설을 재개했다.

 "——이 조니 블랙, 그러니까 카나모토 아츠시가 적극적으로 계획에 가담했는지 어떤지는 쇼이치의 진술만 가지고는 잘 모르겠어. 쇼이치도 카나모토라는 사는 이딘가 이해하기 힘든 구석이 있는 인물이라고 했으니……."

 "그럼 그 카나모토 본인에게 물어보면 되잖아요."

 키리토의 지극히 당연한 지적에, 키쿠오카는 짧게 고개를 가로저었다.

 "그는 아직 체포되지 않았어."

 "네……?"

 "아사다 양의 아파트에서 신카와 쿄지를 체포하고, 40분 후에는 형 쇼이치도 자택에서 신병을 구속했지만, 쇼이치의 진술로부터 두 시간 후, 오오다 구에 있는 카나모토의 자택 아파트로 수사원이 달려갔을 때 집에는 아무도 없었지. 지금도 감시 중이기는 하지만, 체포 소식은 아직 없어."

 "……카나모토가 본선 대회에서 《페일라이더》와 《가레트》를 살해한 건 확실해요?"

 "거의 틀림없을걸. 쇼이치가 건네주었다는, 쿄지가 소지한 것과 같은 고압주사기와 약품 카트리지는 아직 찾지 못했지만, 희생자의 방에서 카나모토의 자택에서 채취한 것과 DNA가 일 치하는 모발이 나왔거든."

"카트리지……."

총의 실탄을 연상케 하는 그 단어에 시노는 으스스한 느낌을 받았다. 주사기를 시노에게 들이대고, 이거야말로 진정한 사 총이라고 속삭이던 쿄지의 말이 귓전에 되살아났다.

키리토도 같은 감상을 품었는지 얼굴을 찡그리며 말했다.

"약품은 타깃 두 명에게 사용해 전부 사라졌나요?"

하지만 키쿠오카는 이번에도 고개를 가로저어 부정했다.

"아니……. 석시닐콜린 카트리지 하나만 해도 치사량을 가볍 게 웃돌지만, 쇼이치는 만약을 위해 세 개를 건네줬다고 해. 아직 하나가 남았을 가능성이 있어. 월요일부터 오늘 아침까 지 너희, 특히 아사다 양에게 경찰 경호를 부탁했던 건 그 때 문이었지."

"……조니 블랙이 아직 시논을 노리고 있다고요……?"

"아니, 어디까지나 만약을 위해서야. 경찰도 그렇게는 생각 하지 않아. 왜냐하면 그들의 사총 계획 자체가 붕괴된 거니 말 이지. 습격해봤자 아무런 이익도 없고, 카나모토와 아사다 양 사이에는 이해관계도 원한도 없으니까. 도쿄 도심에는 자동식 별 감시카메라망이 시험 운용되기 시작했으니, 그리 오랫동안 도망칠 수도 없을 테지."

"……그게 뭔데요?"

"속칭 S2 시스템. 카메라가 포착한 사람의 얼굴을 컴퓨터가 자동으로 해석해 수배범을 발견한다는……, 뭐, 자세한 건 비밀이다만."

"거 찜찜한 이야기네요."

키리토는 얼굴을 찡그리며 커피를 마셨다.

"그건 나도 동감이야. 아무튼 카나모토가 체포되는 것도 시간문제겠지. 사건 이야기로 돌아가자면……."

키쿠오카는 태블릿에 손가락을 미끄러뜨리더니, 금세 어깨를 으쓱하며 고개를 들었다.

"남은 건 너희가 더 잘 알 거다. 신카와 쿄지는 본선이 끝난 직후 아사다 양의 자택을 습격했지만 다행히 목적은 이루지 못한 채 체포되었고, 그 직후에는 신카와 쇼이치도 체포되고, 나머지 카나모토 아츠시는 수배 중. 형제는 현재 경시청 모토후지 서에 있고, 취조가 이어지고 있지. ……오래 걸렸지만 이상이 사건의 개요였습니다. 제가 입수할 수 있는 정보는 이 정도였는데……, 뭔가 질문이라도 있나요?"

"……저어."

대답할 수 있는 질문이 아닐지도 모른다고 생각하면서도 시노는 묻지 않을 수 없었다.

"신카와는……, 쿄지는 이제부터 어떻게 되는 건가요……?"

"으음……."

키쿠오카는 손가락으로 안경을 밀어올리며 낮게 신음했다.

"쇼이치는 19세, 쿄지는 16세니까 소년법이 적용될 테지만……. 네 명이나 죽은 대사건이니, 당연히 가정재판소에서 검찰로 역송치될 겁니다. 아마 그때 정신감정을 받겠지요. 그 결과에 따라 다르지만……, 그들의 언동을 보면 의료소년원에 수용될 가능성이 높지 않을까, 저는 그렇게 봅니다. 사실 둘 다 현실이라는 걸 가지지 않았으니까요……."

"아뇨……, 저는 그렇지 않다고 생각해요."

시노가 중얼거리자 키쿠오카는 눈을 깜빡이더니 시선으로 다음 말을 재촉했다.

"형 쪽은 저도 모르겠지만……. 쿄지는……, 쿄지에게 현실은 건 게일 온라인이었다고 생각해요. 그 세계를——."

치켜든 오른손 손가락을 뻗었다가 금방 내렸다.

"전부 버리고, GGO만이 진정한 현실이라고, 그렇게 단정했을 거예요. 그건 단순한 도피라고……, 세상 사람들은 그렇게 생각하겠지만, 그래도……."

신카와 쿄지는 시노의 목숨을 빼앗으려 한 사람이다. 그가 주었던 공포와 절망의 크기는 헤아릴 수 없다. 하지만 그래도 시노는 어쩐지 쿄지를 증오할 수 없었다. 남은 것은 그저 깊은 무력감 뿐. 그 애석한 아픔이 시노의 입을 움직였다.

"하지만 온라인 게임이란 에너지를 쏟다 보면 어느 시점부터는 오락거리를 넘어서는 것 같아요. 강해지기 위해 한없이 경험치와 돈만 버는 건 귀찮고 괴롭죠. ……어쩌다 가끔 친구들과 떠들며 플레이하면 즐겁지만……, 쿄지처럼 최강을 목표로 매일 몇 시간이나 작업처럼 플레이를 계속하는 건 엄청난 스트레스가 됐을 거예요."

"게임 때문에……, 스트레스? 하지만……, 그건 앞뒤가 바뀐 것 아닌가요……?"

아연실색하는 키쿠오카에게 고개를 끄덕였다.

"예. 쿄지는 말 그대로 바꿨던 거예요. 이 세계와……, 그 세계를."

"하지만……, 왜죠? 왜 그렇게까지 최강을 추구해야만 하는 걸까요……?"

"저도……, 그건 모르겠어요. 아까도 말씀드렸지만, 제게는 이 세계도 게임 세계도 연속된 것이었으니까……. 키리토, 넌 이해하겠어……?"

시선을 오른쪽 옆으로 돌리자, 키리토는 의자 등받이에 깊이 몸을 기댄 채 눈을 크게 떴지만, 이윽고 조용히 중얼거렸다.

"강해지고 싶으니까."

시노는 입을 다물고 한동안 그 짧은 말의 의미를 생각해본 후, 천천히 고개를 끄덕였다.

"……그렇겠네. 나도 그랬으니까. VRMMO 플레이어는 누구든 같을지도 몰라. ……그저 강해지고 싶은 거야."

몸을 돌려 정면으로 키쿠오카를 보았다.

"저어……, 쿄지하곤 언제부터 면회가 가능할까요?"

"음……. 송검 후에도 한동안은 구치될 테니, 감별소에 이송된 후가 아닐까요?"

"그렇군요. ──전 쿄지를 만나러 가겠어요. 만나서 제가 이제까지 무엇을 생각했는지……, 지금 무엇을 생각하는지, 이야기를 나누고 싶어요."

설령 너무 늦었다 해도, 설령 말이 전해지지 않는다 해도, 그것만은 꼭 해야만 한다고 생각했다. 키쿠오카는 살짝──이번만은 아마도 진심에서 우러난 것으로 보이는 미소를 짓더니 말했다.

"아사다 양은 강한 사람이군요. 예, 꼭 그렇게 해 주십시오. 금후의 자세한 일정은 나중에 메일로 보내드리겠습니다."

그리곤 흘끔 왼팔의 손목시계를 보더니 말한다.

"——죄송하지만 슬슬 일어나야 할 것 같습니다. 한직이라고는 해도 잡무에 시달려서 말이지요."

"수고 끼치게 해서 미안해요."

키리토에 이어 시노도 고개를 꾸벅 숙였다.

"오늘……, 감사했습니다."

"아뇨아뇨. 여러분을 위험에 빠뜨렸던 건 저희 책임이니까요. 이 정도는 해야죠. 또 새로운 정보가 있으면 전해드리겠습니다."

옆 의자의 서류가방으로 손을 뻗어 태블릿 PC를 챙기더니, 키쿠오카는 의자에서 일어났다. 테이블 위의 전표에 손을 뻗으려다가——문득 움직임을 멈추었다.

"맞아, 키리토."

"……왜요?"

"이거, 부탁했던 거."

정장 안주머니에 손을 넣더니, 조그만 종잇조각을 꺼내선 테이블 너머로 키리토에게 건넨다.

"사총……, 아니, 붉은 눈의 자자, 신카와 쇼이치는 수사관이네 질문이라고 전하자 주저하지 않고 대답해 줬다는구나. 다만, 자기 말도 전해달라는 조건을 제시했어. 물론 그걸 네가 꼭 들을 필요는 없고, 애초에 취조 중인 피해자의 메시지는 외부로 흘리지 못하니 공식적으로는 경찰 내에서만 처리됐지만…… 어때, 들어볼래?"

키리토는 한없이 쓰디쓴 커피를 마신 것 같은 표정을 짓더니 살짝 끄덕였다.

"어차피 신세 진 김에 들어보죠, 뭐."

"그래. 어디……."

키쿠오카는 주머니에서 두 번째 메모를 꺼내더니 시선을 떨어뜨렸다.

"……『이것이 끝이 아니다. 네게는 끝낼 힘이 없다. 너도 금방 그 사실을 깨달을 거다. 잇츠 쇼 타임.』——이상이야."


"……나 원. 방심하면 안 될 아저씨라니까."

키쿠오카가 싱글싱글 손을 흔들며 모습을 감추고 약 10분 후.

카페를 나와 바이크를 향해 걸으며 키리토가 나직하게 투덜거렸다.

"……그 사람, 대체 정체가 뭐야? 총무성 공무원이라고는 했지만……, 어쩐지……."

어딘가 종잡을 수 없는 사람이라고 생각하면서 시노가 묻자, 키리토는 어깨를 으쓱하며 대답했다.

"뭐, 총무성의 VR 월드 감시부서에 소속된 건 틀림없겠지. 지금은."

"지금은?"

"생각해 봐. 사건이 터지고 이제 겨우 이틀 지났는걸. 그런 것치고는 경찰 내부 정보에 너무 훤한 것 같지 않아? 행정부서 사이에 지독히 골이 깊은 이 나라에서?"

"……무슨 뜻이야?"

"원래 소속은 따로 있지 않을까 싶어. 경찰청이나……, 혹은 설마 싶긴 해도……."

"……?"

"나, 전에 여기서 아저씨랑 만났을 때 돌아가는 걸 미행해봤거든."

시노는 옆에서 걸어가는 키리토를 어이없다는 표정으로 쳐다봤으나, 소년은 태연하게 말을 이었다.

"그랬더니 근처 지하주차장에서 커다랗고 까만 차가 기다리고 있더라고. 운전수도 보통 사람은 아닌 것 같았어. 짧은 머리에 까만 양복에. 간신히 바이크로 쫓아가봤는데, 그쪽은 알아차리지 못했겠지만……. 키쿠오카는 이치가야 역 앞에서 내렸고, 바이크 세울 곳을 찾는 동안 놓쳤어."

"이치가야? 카스미가세키가 아니고?"

"그래. 총무성은 카스미가세키에 있잖아……. 하지만 이치가야에 있는 건, 방위성이지."

"바……."

시노는 입을 딱 벌리더니 눈을 여러 차례 깜빡였다.

"그럼……, 자위대란 말이야?"

"그러니까 설마 싶다는 거야. 애초에 경찰하고 자위대는 총무성보다 훨씬 사이가 안 좋고."

키리토는 슬쩍 어깨를 으쓱였지만, 시노는 그때 문득 떠오른 사실이 있었다.

"아……, 그러고 보니 아까 키쿠오카 씨 안경을 보고 생각났는데……. 굉장히 도수가 약하거나, 아니면 도수가 없을지도 몰라. 렌즈의 굴절이 거의 안 보였어."

"아하……, 그랬군."

무언가 알아차렸다는 듯이 고개를 끄덕이는 소년을 가만히 보며 물었다.

"하지만……, 설령 그 사람이 자위대 관계자라고 해도 왜 VRMMO를 조사하는 걸까? 전혀 상관없을 것 같은데?"

"으음……. 이건 미군 이야기지만, 풀 다이브 기술을 군대 훈련에 이용하는 계획이 있대."

"뭐, 뭐어?!"

이번에야말로 시노는 경악해서 자신도 모르게 발을 멈추었다. 키리토도 멈춰서서 오른손을 까닥 움직였다.

"이를테면……, 아, 으음……. 총 이야기 괜찮아?"

"어, 응……. 이야기 정도라면."

"그렇구나. 이를테면 시논 앞에 지금 진짜 스나이퍼 라이플이 있다고 하면, 실제로 장탄에서 발사까지 할 수 있을 것 같아?"

"……."

시노는 몇 시간 전에 거버먼트 모델건을 쐈을 때를 떠올리며 살짝 고개를 끄덕였다.

"아마……, 할 수 있을 거야. 쏘는 것까진. 하지만 현실에서 과연 반동을 받아낼 수 있을지는 모르겠어. 물론 타깃에 맞추는 건 무리일 테고."

"하지만 난 탄환 장전하는 법조차 모르지. 병기의 기본 조작법을 가상세계에서 훈련할 수 있다면, 그것만 해도 탄환이나 연료가 얼마나 절약될지 모르잖아."

"그⋯⋯그렇기는 하지만⋯⋯."

무의식중에 자신의 오른손에 시선을 떨어뜨렸다. 키리토의 이야기는 너무나 스케일이 달라서 도저히 실감이 나지 않았다.

"어디까지나 가능성일 뿐이지만. 지난 1년 동안 풀 다이브 기술의 새로운 이용법은 얼마든지 등장했어. 앞으로 뭐가 나와도 이상하지 않지. 아무튼——그 아저씨를 조심해서 나쁠 거 없다는 얘기였어."

태연히 그 말만을 입에 담은 키리토는 바이크로 다가가 뒷바퀴에 채운 U자 자물쇠를 풀었다. 들고 있던 헬멧 한쪽을 내밀더니, 시노에게 무언가를 말하려는 듯, 웬일로 망설이는 기색을 보였다.

"어⋯⋯, 있지."

"⋯⋯? 왜?"

"⋯⋯시논, 지금 시간 좀 있어⋯⋯?"

"딱히 다른 일은 없는데? GGO에도 당분간은 로그인하지 않을 거고."

"그렇구나. ——미안하지만 좀 도와줬으면 하는 게 있어서⋯⋯."

"뭔데?"

"BoB 본선 생중계 때, 동굴에서 찍혔던 그 장면 말이야. 아니나 다를까 옛날……, SAO 시절 친구들에게 들켰거든. 《키리토》가 나라는 것도 금방 들통이 나서……. 그러니까 친구들에게 절대 너랑 내가 이상한 사이가 아니라고 설명하는 걸 도와주면 엄청 고맙겠는데 말이지."

"……흐음."

시노는 살짝 재미있어져서 입가에 웃음을 지었다. 그때 일을 떠올리면 여전히 멋쩍기는 했지만, 그 이상으로 언제나 특유의 분위기를 무너뜨리지 않는 이 소년이 자신과의 관계를 의심받아 곤경에 처했다는 말을 듣자 한 방 먹여줬다는 기분이 드는 것이었다.

"하지만 이름만 가지고 용케도 너라는 걸 알아봤네. 아무리 오래 사귄 친구라 해도."

"응……. 소드 스킬 때문에 들켰어."

"흐, 흐음. ——뭐, 딱히 상관은 없지만, 이건 외상으로 달아둘게. 나중에 케이크라도 사줘."

그 말을 듣자 키리토는 매우 처량한 표정을 지었다.

"서……설마 아까 그 가게에서……?"

"그렇게까지 무자비하진 않아."

"그, 그거 다행이다. 그럼……, 오카치마치까지 같이 가줄래? 그렇게 시간을 많이 잡아먹진 않을 거야."

"뭐야, 유시마 바로 옆이네. 마침 돌아가는 길인걸."

헬멧을 받아 머리에 썼다. 다시 키리토가 턱끈을 채워주기를 기다리며, 이럴 줄 알았으면 GGO에서도 그렇게 질색하지 말고 헬멧형 방어구에 적응해놓을 걸 그랬다는 생각을 했다.

긴자 중앙대로에서 쇼와도오리 거리로 나와 한동안 북쪽으로 달린 후, 아키하바라 역 동쪽의 재개발지구로 접어들었다. 어딘가 글록켄 시가와 비슷한 은색 고층건물의 계곡을 누비며 오카치마치 변두리에 접어들자, 이번엔 갑자기 향수를 불러일으키는 풍경으로 바뀌었다.

터덜터덜 저속으로 달리는 바이크는 가느다란 골목길을 좌로 우로 꺾더니, 이윽고 한 조그만 가게 앞에서 멈추었다.

시트에서 뛰어내려 헬멧을 벗으며 올려다본다. 검게 빛나는 투박한 목조 건물로, 그곳이 카페라는 사실을 알 수 있는 요소라고는 문 위에 걸린 두 개의 주사위를 합쳐놓은 도안의 금속판뿐이었다. 그 밑에는 가게 이름인지 《DICEY CAFE》라는 글자가 새겨져 있었다. 하지만 투박한 문에 걸린 플레이트는 《CLOSED》 쪽으로 뒤집어진 채였다.

"……여기?"

"응."

키리토는 고개를 끄덕이더니 바이크에서 열쇠를 뽑아 주저하지 않고 문을 밀었다. 딸랑딸랑 가벼운 종소리에 이어 느릿한 재즈 음악이 흘러나왔다.

향긋한 커피 냄새에 이끌리듯 시노는 가게 안으로 들어섰다. 오렌지색 조명에 비춰진 윤기 있는 널빤지를 깐 가게는, 좁지만 뭐라 형언하기 힘든 온기로 가득해서 긴장했던 어깨에서 슬쩍 힘이 빠져나갔다.

"어서오세요."

훌륭한 바리톤 목소리로 그렇게 말한 것은, 카운터 너머에 선 초콜릿색 피부의 거한이었다. 역전의 병사 같은 용모와 맨들맨들한 대머리는 박력 있었지만, 새하얀 셔츠 깃에 묶은 조그만 나비넥타이가 유머러스했다.

가게 안에는 먼저 온 손님이 두 명 있었다. 카운터 자리의 스툴에 학교 교복을 입은 소녀들이 보였다. 시노는 두 사람의 블레이저가 키리토의 교복과 같은 색이라는 것을 알아차렸다.

"왜 이리 늦었어!"

어깨까지 머리를 늘어뜨려 살짝 안쪽으로 말아놓은 소녀가 스툴에서 내려오며 키리토에게 말했다.

"미안미안, 크리스하이트 이야기가 길어져서."

"기다리는 동안 애플파이를 두 개나 먹었잖아. 살찌면 키리토 책임이야."

"왜, 왜 내가."

나머지 한 사람, 살짝 갈색이 도는 생머리를 등까지 늘어뜨린 소녀는 두 사람의 대화를 생글생글 듣고 있었지만, 이윽고 바닥에 내려오더니 익숙한 태도로 끼어들었다.

"그보다 얼른 소개해줘, 키리토."

"어, 응……, 그랬지."

키리토에게 등을 떠밀려 시노는 가게 한가운데까지 이동했다. 초면인 상대와 접할 때 항상 느껴지는 두려움을 억누르고 꾸벅 고개를 숙였다.

"여기는 건 게일 온라인 제3대 챔피언 시논, 아사다 시노 양."

"과, 관둬."

생각지도 못한 소개를 받고 작은 목소리로 항의했지만 키리
토는 웃으며 말을 이었다. 조금 전까지 말다툼을 하던 기세등
등한 소녀를 가리키더니,

"이쪽은 바가지 대장장이 리즈벳, 본명은 시노자키 리카."

"얀마……."

또 화를 내는 리카라는 소녀의 공격을 슬쩍 피하고, 다른 한
쪽 소녀에게 왼손을 내민다.

"그리고 저쪽이 버서커 치유사 아스나, 본명은 유우키 아스
나."

"너, 너무해~."

항의하면서도 미소를 지우지 않으며, 아스나는 투명감 있는 예
쁜 눈동자로 시노를 바라보더니 부드러운 동작으로 인사했다.

"그리고, 저쪽이……."

키리토는 마지막으로 카운터 안쪽의 마스터를 향해 턱짓을
했다.

"철판 에길, 본명은 에길."

"야, 난 철판이냐?! 그리고 나도 엄마에게 받은 어엿한 이름
이 있어!"

놀랍게도 마스터까지 VRMMO 플레이어인 모양이다. 거한
은 씨익 웃음을 짓더니, 두툼한 가슴 근육에 오른손을 대며 말
했다.

"처음 뵙겠습니다. Andrew Gilbert Mills라고 합니다. 앞으
로 잘 부탁해요."

이름 부분은 네이티브 영어 발음이었으나, 나머지는 완벽한

일본어라 시노는 자신도 모르게 눈을 깜빡였다. 황급히 고개를 숙인다.

"뭐, 일단은 다들 앉자고."

키리토는 두 개 있는 4인석 테이블 한쪽으로 다가가더니 의자를 끌어당겼다. 시노와 아스나, 리카가 앉기를 기다려 마스터를 향해 손가락을 딱 울린다.

"에길, 난 진저에일. 시논은 뭐 마실래?"

"아……, 그럼 같은 걸로."

"여기, 엄청 매워."

씨익 웃으며 키리토는 카운터에 "둘!" 하고 덧붙이더니, 테이블 위에서 두 손을 맞잡았다.

"자, 그럼 일요일에 무슨 일이 있었는지 리즈랑 아스나에게 간단하게 설명 부탁해."


BoB 본선에서 일어난 일 플러스 키쿠오카에게 들은 사건 개요를 키리토와 시노가 번갈아 보충해가며 설명을 마칠 때까지는 다이제스트로도 10분이 넘게 걸렸다.

"──그래서 뭐, 아직 매스컴에는 발표되지 않았으니 실명이나 세부사항은 비밀이시만, 그렇게 됐던 거였습니다."

이야기를 마무리한 키리토는 힘이 빠진 듯이 의자에 깊이 봄을 기대며 새로 시킨 진저에일을 들이켰다.

"……넌 참, 뭐랄까……. 진짜 별 사건에 다 말려드는 체질이구나."

리카가 고개를 설레설레 흔들며 한숨을 섞어 감상을 말했다.

그러나 키리토는 시선을 내리깔더니 살짝 고개를 가로저었다.

"아니……, 그렇다고도 할 수 없어. 이 사건은 내 업이기도 했으니까."

"……그렇겠네. ──아~아. 나도 그 자리에 있었으면 좋았을 텐데. 사충이란 자식에게 해줄 말이 잔뜩 있어서."

"그놈이 마지막 하나는 아닐 테지. SAO 때문에 영혼이 일그러진 사람은 아마 아직 더 있을 거야."

한순간 그 자리에 가득 찬 무거운 공기를 아스나가 부드러운 미소로 밀어냈다.

"하지만 영혼을 구원받은 사람도 많이 있는걸. 나처럼. SAO를……, 단장님이 했던 일을 옹호하려는 건 아니지만……, 사람이 너무 많이 죽었으니까……. 그래도 난 그 2년을 부정하거나 후회하고 싶진 않아."

"……그래, 맞아. 사충과 마지막으로 싸울 때, 아스나가 내 손을 잡아주지 않았더라면 난 그 기술을 쓰지 못했겠지. SAO의 2년이 있었기 때문에 닿을 수 있었던 것……이었을 거야……."

시노는 키리토의 그 말이 무슨 뜻인지 알아듣지 못했다. 고개를 갸웃하자, 조금 멋쩍은 듯이 웃으며 설명했다.

"대회 때 내가 오차노미즈의 병원에서 다이브했다는 이야기는 했지? 그 장소는 아무에게도 안 가르쳐줬는데, 여기 아스나가 아까 그 키쿠오카 아저씨를 협박해서 불게 만들었어."

"그, 그건 아니다, 뭐."

볼을 부풀리는 아스나에게 키리토는 장난스러운 미소를 지으며 말을 이었다.

"그리고 자기가 다이브했던 이 가게에서 병원까지 달려와선, 그 뭐냐……, 마침 그때 사막에서 사총과 싸우던 내 손을 현실 세계에서 잡아줬던 거야. 이상하게도……, 난 그 순간 분명히 아스나의 손길을 느꼈거든. 존재도 잊고 있었던 파이브세븐을 뽑아든 건 그 덕이었을 거야."

"…………그랬구나……."

시노는 살짝 고개를 끄덕였다. 내심 둘이 사귀는 걸까 상상하고 말았지만, 금세 그 생각은 옆으로 밀어놓았다. 다행히 그 사실을 깨달은 기색도 없이 키리토는 천천히 말을 이었다.

"그것만이 아니었어. 대회가 끝나고 내가 로그아웃한 다음 아스나가 가르쳐줬거든. ……사총의 캐릭터명 《Sterben》은 정확히는 《슈터벤》이라는 독일어인데, 뜻은 《죽음》이래. 게다가 일본에서는 주로 의사나 간호사밖에 안 쓰는 말이라고 해서……, 네가 근처에 사는 의사 아들에게 연락할 거라던 말이 떠오르더라고. 그래서 불길한 예감이 들었어. 경찰은 늦을지도 모르겠다 싶어서 유시마까지 바이크로 달려오고……. 뭐, 결국 아무것도 못하긴 했지만……."

그 이야기는 시노에게 모종의 조용한 충격을 주었다.

"……슈터벤. 스티븐이 아니었구나……."

속삭이듯이 말하더니, 한순간 눈을 감고 곰곰이 생각한 끝에 말을 이었다.

"……병원용어로 죽음……. 그럴 생각으로 그런 이름을 지었던 걸까……?"

"의사인 아버지에 대한 반발 같은 것도 어쩌면 있었을지 모르지. ──뭐, 그리 쉽게 상상할 수 있는 이유는 아니겠지 만······."

키리토가 탄식하자 그 대각선 맞은편, 시노의 정면에 있던 아스나가 또박또박한 목소리로 말했다.

"VRMMO의 캐릭터네임에 필요 이상의 의미를 찾으려 할 필요는 없어. 알아차리는 것보다 놓치는 것이 분명 더 많을 테니까."

그러자 금세 옆자리의 리카가 웃으며 대꾸했다.

"오~. 본명을 캐릭터네임으로 한 사람이 말하니 역시 설득력이 다른데~."

"정말!"

아스나가 오른쪽 팔꿈치로 공격하고 리카가 엄살을 떨었다. 그 모습에 시노는 언제부터인가 미소를 짓고 있었다. 그때 문득 아스나가 이쪽을 똑바로 보았다. 그 밝은 갈색의 홍채를 띤 눈동자는 눈부실 정도로 빛을 냈으며, 조심스러운 태도 속에 있는 굳은 심지를 느낄 수 있었다.

"저기······, 아사다 양."

"아, 네."

"제가 이런 말을 하는 것도 이상할지 모르겠지만······, 미안해요. 무서운 일을 겪게 해서."

"아뇨······, 뭘요······."

시노는 황급히 고개를 가로젓고 이어서 한 마디씩 천천히 대답했다.

"이번 사건은 분명 제가 끌어들였던 거예요. 제 성격이며, 플레이 스타일이며……, 과거가. 그 때문에 대회 때 혼란을 일으켰고……, 키리토가 저를 달래준 거였어요. 그때 중계됐던 건 그런 상황이었으니까……."

그러자 키리토가 펄쩍 뛰듯 몸을 일으키더니 재빨리 주워섬겨댔다.

"마, 맞아, 중요한 걸 빼먹었네. 그건 그러니까 긴급피난이랄까, 살인귀에게 쫓기는 상황이었던 거야. 이상한 오해는 말아줘."

"……뭐, 일단은 이해해 주겠지만 앞으로는 과연 어떨지……."

리카는 빠안히 키리토를 노려보며 무언가 중얼거렸지만, 이내 두 손을 짝 마주치더니 씨익 힘찬 미소를 지었다.

"아무튼 여자 VRMMO 플레이어와 오프에서 알게 돼서 기쁜걸."

"그러게. GGO 이야기도 많이 듣고 싶어. 우리 친구해요, 아사다 양."

아스나도 조용한 미소를 보이더니, 테이블 위에서 오른손을 내밀었다. 그 새하얗고 부드러운 손을 보며──.

갑자기 시노는 몸을 움츠렸다.

친구, 라는 말이 가슴에 스며든 순간, 그곳에서 타는 듯한 갈망이 솟는 것을 느꼈다. 동시에 날카로운 아픔을 수반한 불안도.

친구. 그 사건 이후 몇 번이나 바라고, 배신당하고, 그리고 두 번 다시 원하지 않겠노라 마음속에서 자신에게 경계를 새겼던 존재.

친구가 되고 싶다. 아스나라는 깊은 자애가 느껴지는 이 소녀의 손을 잡고 온기를 느끼고 싶다. 함께 놀기도 하고, 잡담으로 시간을 보내고, 평범한 여자아이가 하는 것들을 해보고 싶다.

하지만 그렇게 되면 언젠가 그녀도 알게 되리라. 시노가 과거에 사람을 죽였던 것을. 자신의 손이 배어든 피로 더럽혀졌다는 것을.

그때 아스나의 눈동자에 떠오를 혐오의 빛이 두려웠다. 타인과 접촉하는 것은——자신에게는 허용되지 않는 행위인 것이다. 아마도, 영원히.

시노의 오른손은 테이블 밑에서 굳게 얼어붙은 채 움직이려 하질 않았다. 아스나가 눈동자에 의아한 빛을 띠고 고개를 살짝 갸웃하는 것을 보며 시노는 눈을 내리깔았다.

이대로 돌아가자. 그런 생각이 들었다. 친구가 된다는 그 말의 온도만이라도 한동안은 가슴을 따뜻하게 해줄 것이다.

미안하다고 사과하려던 그 순간——.

"시논."

매우 나직한 목소리가 겁을 먹고 움츠러들었던 시노의 의식을 흔들었다. 흠칫 몸을 떨고 왼쪽 옆에 앉은 키리토를 보았다.

시선이 마주치자 키리토는 작게, 그러나 확실한 몸짓으로 고개를 끄덕였다. 괜찮아. 그 눈이 그렇게 말하고 있었다. 재촉하듯이 다시 아스나에게 시선을 돌린다.

소녀는 미소를 지우지 않은 채, 조금도 흔들림 없이 오른손을 여전히 내밀고 있었다.

시노의 팔은 납을 매달아놓은 것처럼 무거웠다. 하지만 시노는 그 족쇄에 저항하며 천천히, 천천히 손을 들어 올렸다. 타인을 의심하고 배신당하는 것을 두려워해 멀리 하는 괴로움보다도, 믿고 상처 입는 아픔이 낫다. 사건 이후 처음으로 시노는 그렇게 생각했다.

아스나의 오른손까지 남은 거리는 한없이 멀었다. 다가감에 따라 공기의 벽이 밀도를 더해가며, 시노의 손을 튕겨내는 것처럼 느꼈다.

하지만, 마침내 손끝이 닿았다.

다음 순간, 시노의 오른손은 아스나의 오른손에 스르륵 갔다.

그 온기를 말로 표현할 수 없었다. 부드럽게 전해지는 열이 손가락에서 팔로, 어깨로, 온몸으로 스며들어 얼어붙은 피를 녹여주었다.

"아……."

시노는 의식하지 못한 채 살짝 숨을 토해냈다. 이 얼마나 따뜻한가. 사람의 손이란 것이 이렇게나 영혼을 뒤흔드는 감촉을 가졌다는 것을 시노는 잊고 있었다. 이 순간 시노는 현실을 느꼈다. 모든 것에 겁을 먹고 세상으로부터 도망치기만 했던 자신이, 지금 마침내 진정한 현실과 이어졌다는 것을 깊이 의식했다.

몇 초, 아니, 몇십 초를 그러고 있었을까.

그동안 줄곧 부드럽게 웃고만 있던 아스나의 입가에 조그만 망설임의 빛이 배어드는 것을 시노는 알아차렸다. 반사적으로 손을 빼려 했지만, 오히려 한층 더 강하게 붙들렸다. 당황하는 시노에게 아스나는 한 마디 한 마디 단어를 고르듯이 천천히 말을 시작했다.

"······저기, 아사다 양······, 시노. 오늘 이 가게에 불렀던 건 말이지, 또 다른 이유가 있었어. 어쩌면 시노는 불쾌해하거나······, 화를 낼 수도 있지만, 우린 꼭······, 어떻게든 네게 전하고 싶은 게 있었어."

"이유······? 내가 화를 내······?"

점점 더 의미를 알 수 없었다. 문득 그때, 옆에 앉아 있던 키리토가, 이쪽도 어딘가 긴장한 목소리를 냈다.

"시논. 우선 네게 사과해야 할 게 있어."

그리고 정말로 깊이 고개를 숙이더니, 소년은 긴 흑발 안쪽에서 그 소녀형 아바타와 똑같은 칠흑색 눈동자로 가만히 시노를 응시했다.

"······나, 네 옛날 사건에 대해 아스나와 리즈에게 이야기했어. 꼭 두 사람의 도움이 필요했거든."

"뭐······?!"

키리토의 뒷말은 시노의 의식까지 도달하지 못했다.

───알고 있다고?! 그 우체국에서 일어난 사건을······, 열한 살짜리 시노가 무슨 짓을 했는지를 아스나도, 리카도, 이미 알고 있다고······?!

시노는 이번에야말로 혼신의 힘을 다해 아스나의 손에서 자신의 손을 빼려 했다.

그러나 그럴 수 없었다. 이렇게 가녀린 소녀의 어디에 이런 힘이 있을까 싶을 만큼 강하게, 아스나는 시노의 오른손을 쥐고 있었다. 소녀의 눈동자가, 표정이, 그리고 전해지는 체온이 시노에게 무언가를 말하려 했다. 하지만——뭘? 이 손이 씻을 수 없는 피로 더럽혀졌다는 것을 알면서도 뭘 전할 게 있다고?

"시노. 사실 나와 리즈와 키리토는 어제 학교를 빠지고……, 시에 다녀왔어."

"――――――!!"

놀라움――정도가 아니었다. 시노는 몇 초 동안 아스나가 무슨 말을 했는지 이해할 수 없었다.

소녀의 도톰하고 윤기 있는 입술에서 나온 지명. 그것은 틀림없이 시노가 중학교를 졸업할 때까지 지냈던 도시의 이름이었다. 다시 말해 그 사건이 있었던 곳. 잊고 싶었던, 두 번 다시 돌아가고 싶지 않았던 곳.

왜. 어째서. 어째서.

그런 의문만이 머릿속에 소용돌이쳐, 마침내 입술을 타고 나왔다.

"왜……, 그랬……어……."

몇 번이고 고개를 좌우로 흔들며 시노는 이 장소에서 도망치기 위해 일어나려 했다.

그러나 그 직전, 키리토의 손이 왼쪽 어깨를 눌렀다. 동시에 어딘가 절박함이 배어나오는 목소리가 귀에 들렸다.

"그건 시논, 네가 만나야 할 사람을 만나지 않았고……, 들어야 할 말을 듣지 않았다고 생각했기 때문이야. 네게 상처를 줄지도 모른다고, 분명 그럴 거라고 생각했지만……, 그래도 도저히 그대로 놔둘 수가 없었어. 그래서 신문사의 데이터베이스로 사건을 알아보고……, 전화로는 알 수 없겠다고 생각해서 직접 사건이 있었던 우체국까지 찾아가 부탁을 했던 거야. 그 사람의 연락처를 가르쳐 달라고."

"만나야 할……, 사람……? 들어야 할 말……?"

멍하니 되풀이하는 시노의 대각선 맞은편에서, 키리토와 눈으로 신호를 주고받은 리카가 일어나더니 가게 안쪽에 보이는 문으로 다가갔다. PRIVATE이라는 팻말이 붙은 문이 열리자, 그 안에서 한 사람이 모습을 나타냈다.

여성──서른 살 정도 됐을까. 머리는 세미 롱에 화장을 엷게 했다. 복장도 간소했다. 회사원이라기보다는 주부의 이미지가 강했다.

그 인상을 뒷받침해주는 조그만 발소리가 이어졌다. 여성의 뒤에서 아직 초등학교에 들어가지 않은 것으로 보이는 여자아이가 뛰어나온 것이다. 생김새가 매우 닮았다. 분명 모녀일 것이다.

하지만 그 모습을 보고도 시노의 당혹감은 깊어질 뿐이었다. 왜냐하면 모녀가 누구인지 전혀 알 수 없었기 때문이다. 도쿄에 온 후로는 물론, 고향에서도 만난 적이 없는 것 같았다.

여성은 멍하니 앉아 있는 시노를 보더니, 어째서인지 울음을 참으며 웃는 듯한 표정을 짓고는 깊이 고개를 숙였다. 옆에 있던 여자아이도 꾸벅 고개를 숙였다.

한참 동안 그러고 있었지만, 이윽고 리카의 채근을 받아 모녀는 가게 안을 가로질러 시노가 앉은 테이블 앞까지 다가왔다. 아스나가 일어나 정면에 여성을, 그 옆자리에 소녀를 앉혔다. 카운터 안에서 이제까지 침묵을 지키던 마스터가 소리도 없이 다가오더니, 어머니 앞에는 카페오레를 소녀 앞에는 우유를 내려놓고 돌아갔다.

이렇게 가까이에서 보아도 역시 누구인지는 알 수 없었다. 왜 키리토는 이 여성이 시노가 《만나야 할 사람》이라고 한 것일까. 그는 무언가 착각한 것은 아닐까…….

————아니다.

그때 여성이 다시 깊이 고개를 숙였다. 이어서, 어렴풋이 떨리는 목소리로 이름을 댔다.

"안녕하세요. 아사다 시노 양……이죠? 난 오오사와 사치에라고 해요. 이 아이는 미즈에. 네 살이죠."

이름도 역시 들어본 적이 없었다. 애초에 시노와 이만한 연배의 모녀 사이에는 아무런 접점도 없다. 그런데도 기억은 여전히 시큰시큰 근질거렸다.

인사를 하지도 못한 채, 그저 눈을 크게 뜨고만 있는 시노에게, 사치에라는 여성이 크게 한 번 숨을 들이마시더니 또렷한 목소리로 말했다.

"……제가 도쿄로 이사를 왔던 건 이 아이가 태어난 후였죠. 그 전까지는…… 시에서 일했어요. 장소는……."

이어진 한 마디를 들은 순간 시노는 모든 것을 이해했다.

"……의 3번가 우체국이었죠."

"아…………."

자신의 입술에서 어렴풋한 목소리가 새어나왔다. 그곳

은——그 우체국은 바로 그 장소였다. 5년 전, 시노가 어머니와 함께 찾아갔다가 인생을 크게 뒤바꿀 사건과 조우했던 그 조그만, 아무런 특이한 점도 없는 시골 우체국.

처음 창구의 남성을 사살한 권총 강도는 이어서 카운터 안에 있던 여직원 두 사람과 시노의 어머니 중, 어느 쪽을 쏠지 망설이는 기색을 보였다. 하지만 시노가 정신없이 사내에게 달려들어 권총을 빼앗아——방아쇠를 당겼다.

그렇다……. 이 사치에라는 여성은 틀림없이 그 자리에 있었던 여직원 중 한 명이다.

다시 말해 이렇게 된 걸까? 키리토는 어제 아스나, 리카와 함께 일부러 그 우체국에 찾아갔다. 그리고 이미 사직해 도쿄로 이사를 간 그 여성의 현재 주소를 알아내 연락하고, 오늘 이곳에서 시노와 만나게 해준 것이다.

여기까지는 간신히 이해했다. 하지만 최대의 의문은 아직 남았다.

왜? 왜 키리토는 학교를 빼먹으면서까지 그런 일을 한 거지?

"……미안해요. 미안해요, 시노 양."

갑자기 맞은편의 사치에가 눈가에 눈물을 글썽이며 말했다.

무엇을 사과하는지도 모른 채 멍하니 앉아만 있는 시노에게, 사치에는 여전히 떨리는 목소리를 쥐어짜냈다.

"정말로, 미안해요. 내가……, 더 일찍 시노 양을 만나러 왔어야 하는데……. 그 사건을, 얼른 잊고 싶어서……, 남편의 전근을 핑계로 곧장 도쿄로 떠나는 바람에……. 시노 양이 계속 괴로워했다니, 조금만 상상했더라면 알 수 있는 것을…….

사과도……, 고맙다는 인사조차 안 하고…….”

눈물이 주륵 흘러내렸다. 옆에 있던 미츠에라는 소녀가 어머니를 걱정하듯이 올려다보았다. 세 갈래로 땋은 소녀의 머리를 사치에가 가만히 쓰다듬으며 말을 이었다.

“……그 사건 당시, 내 뱃속에는 이 아이가 있었어요. 그러니까 시노 양은 저만이 아니라……, 이 아이의 목숨도 구해줬던 거예요. 정말로……, 고마워요. 고마워요…….”

“……목숨을……, 구해요?”

시노는 그 두 단어를 그저 되풀이했다.

그 우체국에서 열한 살이었던 당시의 시노는 권총의 방아쇠를 세 번 당겨 하나의 목숨을 빼앗았다. 시노가 한 일은 그것뿐이었다. 이제까지는 줄곧 그렇게 생각했다. 하지만————하지만. 지금 눈앞의 여성은 분명히 말했다.

구했다고.

“시논.”

갑자기 곁의 키리토가 마찬가지로 떨리는 목소리로 속삭였다.

“시논. 넌 줄곧 자신을 책망했지. 자신에게 벌을 주려고 했지, 그게 잘못이라고는 하지 않겠어. 하지만————동시에 네게는 자신이 구한 사람을 생각힐 권리도 있는 거야. 그렇게 생각하고 자신을 용서할 권리가 있어. 그걸……, 나는 그걸 네게…….”

그리고 키리토는 그 이상 무슨 말을 해야 좋을지를 모르겠다는 듯이 입술을 꽉 깨물었다.

소년에게서 시선을 돌려 시노는 다시 한 번 사치에를 보았다.

무언가 말해야 한다는 생각은 들었지만 말이 나오질 않았다. 그뿐만 아니라 무엇을 생각해야 좋을지조차 알 수 없었다…….

톡.

조그만 발소리가 들렸다.

네 살이라던 소녀, 미즈에가 의자에서 뛰어내리더니 종종걸음으로 테이블을 돌아 다가왔다. 사치에가 땋아주었을 머리는 윤기가 나서 반짝거렸으며, 핑크색 볼은 통통하고 커다란 눈동자는 이 세상의 그 무엇보다도 순수한 빛을 머금었다.

미즈에는 유치원의 원복으로 보이는 블라우스 위에 멘 작은 가방에 손을 넣더니 뒤적뒤적 무언가를 꺼냈다.

그것은 두 번 접어놓은 도화지였다. 서툰 손길로 펼쳐 시노에게 내민다.

크레용으로 그렸음직한 그림이 눈에 들어왔다. 한가운데에는 머리가 긴 여성의 얼굴. 생글생글 웃고 있는 그것은 분명 엄마——사치에일 것이다. 오른쪽에는 머리를 땋은 여자아이. 자신일 것이다. 그리고 왼쪽의 안경을 낀 남성은 아빠가 분명하다.

그리고 제일 위에, 이제 막 배운 듯한 글씨로 《시노 언니에게》라고 적혀 있었다.

미즈에가 두 손으로 내민 그 그림을 시노는 자신도 두 손을 펼쳐 받았다. 그러자 미즈에는 생글 웃더니, 크게 숨을 들이마시고.

한참을 연습했는지 더듬거리는 목소리로 한 음절 한 음절, 또박또박 말했다.

"시노 언니, 엄마랑 미즈에를, 구해줘서, 고맙습니다."

시야 전체가——무지갯빛으로 가득 차더니 뿌옇게 흐려졌다.

자신이 울고 있다는 것을 깨닫기까지는 조금 시간이 걸렸다. 이제까지는 이렇게나 부드럽고, 맑고, 모든 것을 씻어주는 것 같은 눈물이 존재했다는 사실을 몰랐다.

커다란 도화지를 든 채 그저 뚝뚝 눈물만 흘리는 시노의 오른손을.

화약의 미립자에 생긴 점이 남은, 바로 그 부분을——.

조그맣고 부드러운 손이 처음에는 주저하면서, 그러나 점차 힘을 주어 꽉 잡았다.

과거를 모두 받아들이려면 아직도 긴 시간이 필요할 것이다. 그래도 나는, 나는 지금 있는 이 세계를 좋아한다.

살아 간다는 것은 괴롭고, 눈앞의 길은 험난하다.

그래도 발을 멈추지 않고 걸을 수는 있다. 그런 확신이 들었다.

왜냐하면 이 조그만 손이 잡아준 오른손도, 그리고 내 뺨을 타고 흐르는 눈물도 이렇게나 따뜻하니까.

(끝)

# 후기

카와하라 레키입니다. 2010년 최후의 단행본, 『소드 아트 온라인 6 팬텀 불릿』을 전해드립니다.

09년 2월 이후 이 SAO 시리즈와 『액셀 월드』 시리즈를 격월로, 합계 열두 권을 번갈아 내고 있는데요, 은근히 무모한 이 계획을 해낼 수 있으리라 생각했던 이유는 물론 《SAO 시리즈는 이미 원고가 있으니까》였습니다. 인터넷 연재판을 슬쩍 가볍게 손보기만 하면 되니 작업량은 별 문제가 없을 거라고.

그런데 다시 원고를 읽다 보니 슬쩍은커녕 왕창 고치고 싶은 부분이 잇달아 튀어나오는 바람에……. 그래도 1, 2권 때는 그나마 《수정》의 범주였지만 3, 4권에선 《추가》가 시작되고, 5권에선 《재집필》에 가까워졌으며……, 그리고 이번 6권은 거의 《오리지널》에 가까웠습니다(웃음). 게다가 페이지 수도 기존 단행본 중에서 단독 톱……. 정말로 이렇게 무사히(는 전혀 아니지만) 후기를 쓰는 것이 살짝 기적이라 여겨질 정도입니다. 자성을 담아 소리를 지르지 않을 수가 없군요. ──어쩌다! 이렇게! 됐담!

암튼 뭐, 그런 의미불명의 노력을 쏟아부어 간신히 형태를 갖춘 6권이므로 전격문고판부터 읽어주신 독자 분들은 물론, 인터넷 연재 시절부터 읽어주신 독자 분들도 신선한 마음으로 즐겨주신다면 다행이겠습니다. 다음 권은 오랜만에 아스나의 이야기가 될 예정입니다. 메인 히로인인데 5, 6권에선 거의 출연이 없었던 그녀의 활약을 부디 기대하시라! (재집필은 안 할 겁니다. 아마도.)

그리고 이 자리에서 올해 마지막 죄송합니다 코너를…….

아시는 분은 아시겠지만, 저는 10월에 아키하바라에서 개최된 《전격문고 가을 제전 2010》에서 일러스트레이터 abec 씨와 함께 사인회를 열었습니다. ……네, 지각했습니다! 무진장 지각했습니다! 개시 시간을 30분이나 연기하고 말았습니다! 이유는 뇌내 데이터 결손으로 인해 《12시 30분》이 《2시 30분》이 되었기 때문이었습니다!

……듣자하니 사인회를 연기하게 만든 작가는 전격문고 4천 년 역사를 통틀어 최초였다는군요……. 당일 사인회장에서 오랫동안 기다리셨던, 사인회에 응모해주신 여러분께는 무어라 사죄를 드려야 할지……. 정말로 죄송합니다. 앞으로는 안 그럴게요. (그보다 앞으로는 사인회가 없을지도 모르지만요!)

그런고로 지각 사건 때도, 또한 이번의 늑장 마감 때도 크게 폐를 끼쳤던 담당 미키 씨, 일러스트 abec 씨, 내년에도 부디 잘 부탁드립니다. 그리고 여기까지 읽어주신 여러분도 2011년은 좋은 한 해가 되기를! 그리고 카와하라 레키는 지각하지 않기를!

2010년 10월 모일 카와하라 레키

## 역자 후기

여러 가지 의미에서 길고도 길었던 6권이었습니다.
안녕하세요, 역자입니다.


뭐가 그리 길었냐 하면, 우선 당연히 작품 내용이 길었고, 따라서 작업기간도 길어졌고, 늑장마감을 치르는 바람에 담당 편집자님 목도 길어졌고요.
……무엇보다 5, 6권 사이의 발매 텀이 무진장 길었습니다.
그동안 대체 무슨 일이 있었던 걸까요. 그건……, 글쎄요.


그런고로(무슨고로) 6권입니다.
여느 때처럼 스포일러가 투명화도 없이 깔려 있는 후기이므로, 본문을 읽지 않으신 분은 재빨리 1페이지로 돌아가 주시기 바랍니다.


여러 가지 의미에서 길고도 길었지만, 정작 읽다 보면 화끈하게 총질하고 칼질하고 울고 웃는 사이에 어느덧 코끝이 찡한 엔딩까지 단숨에 달려가는 6권, 《팬텀 불릿》 편 완결입니다.
언젠가 SAO를 읽다 문득 그런 생각이 들었습니다. 게임은 계속 바뀌는데 제목은 아직도 '소드 아트 온라인'이구나, 하긴 게임이 바뀔 때마다 제목을 바꿀 수도 없으니, 하는 생각이.

하지만 지난 '페어리 댄스' 편도 그렇고 이번 '팬텀 불릿' 편도 그렇고, 언제나 우리의 키본좌와 등장인물들이 가상세계에서 맞닥뜨리는 것은 SAO가 없었더라면 만나지 못했을 사건입니다. 왜냐하면 'SAO 사건'이 미친 영향은 가상세계와 현실세계 양쪽을 크게 잠식했으니까요.

게다가 이 영향이 키쿠오카의 표현대로 묘목을 이루고 세계수처럼 뻗어나가, '카와하라 레키 월드'의 초석을 이루고 액셀 월드의 밑바탕이 된 것을 생각해 보면 SAO 사건의 위력이 참으로 대단하다는 생각이 듭니다.

그런 의미에서, 2권 이후로는 이 세계의 그 누구도 '소드 아트 온라인'을 플레이하지 않지만, 그래도 이 소설은 여전히 '소드 아트 온라인'이겠죠.


거창한 말을 늘어놓았습니다만, 아무튼 '팬텀 불릿' 편만 보더라도, SAO 사건은 많은 사람들을 상처 입히기도 하고 구해주기도 했습니다. 이번 이야기의 히로인인 시논도 SAO와는 상관없는 곳에서 상처를 입었지만, 어떻게 보면 SAO 덕에 구원을 받은 셈이랄까요.

그리고 키리토도 그 시절부터 이어져온 업보에 또 하나 종지부를 찍으면서 자신을 구원할 수 있었고요.

조금 전에는 'SAO 때문에 사건을 만났다.'고 했습니다만, 사실 SAO가 없었더라면 키리토는 사건을 해결하고 구원을 받을 수 없었을 겁니다. 마지막 사총과의 결전만 봐도 알 수 있듯. 아아, 역시 키본좌는 이도류.

개인적으로는 이번 6권에서 시논의 말이 가슴 깊이 와닿았습니다. '모든 강함은 결과가 아니라 이를 추구하는 과정 속에 있다.'는 말은, 사실 실천하기 매우 어렵겠지만 정말 그렇다는 생각이 들었습니다. 요즘 헬스클럽을 다니면서 웨이트 트레이닝을 시작했습니다만, 바벨을 높이 치켜드는 것보다도 들어올리기 위해 힘을 주고 버티는 과정이 더 힘들고 고통스럽더군요. 그리고 실제로도 그럴 때 근력이 발달한다고 합니다.

그런 의미에서 시논도 이제 근육 소녀……가 아니라 한층 크게 성장해 밝게 살아갈 수 있으리라 기대해봅니다. 그리고 새로운 키본좌의 여인이(웃음).

다음 7권부터 시작될 '마더즈 로자리오' 편에서는, 작가후기에서도 나왔듯이 아스나의 이야기가 펼쳐집니다. 무대는 새로운 게임이 아닌 요정세계 ALO. 그러나 현실세계에서도 가상세계에서도 엄청난 사건이 그녀를 기다리는군요. 기대하시길.

그럼 저는 다음 작품에서 뵙겠습니다.

2011년 7월
김완

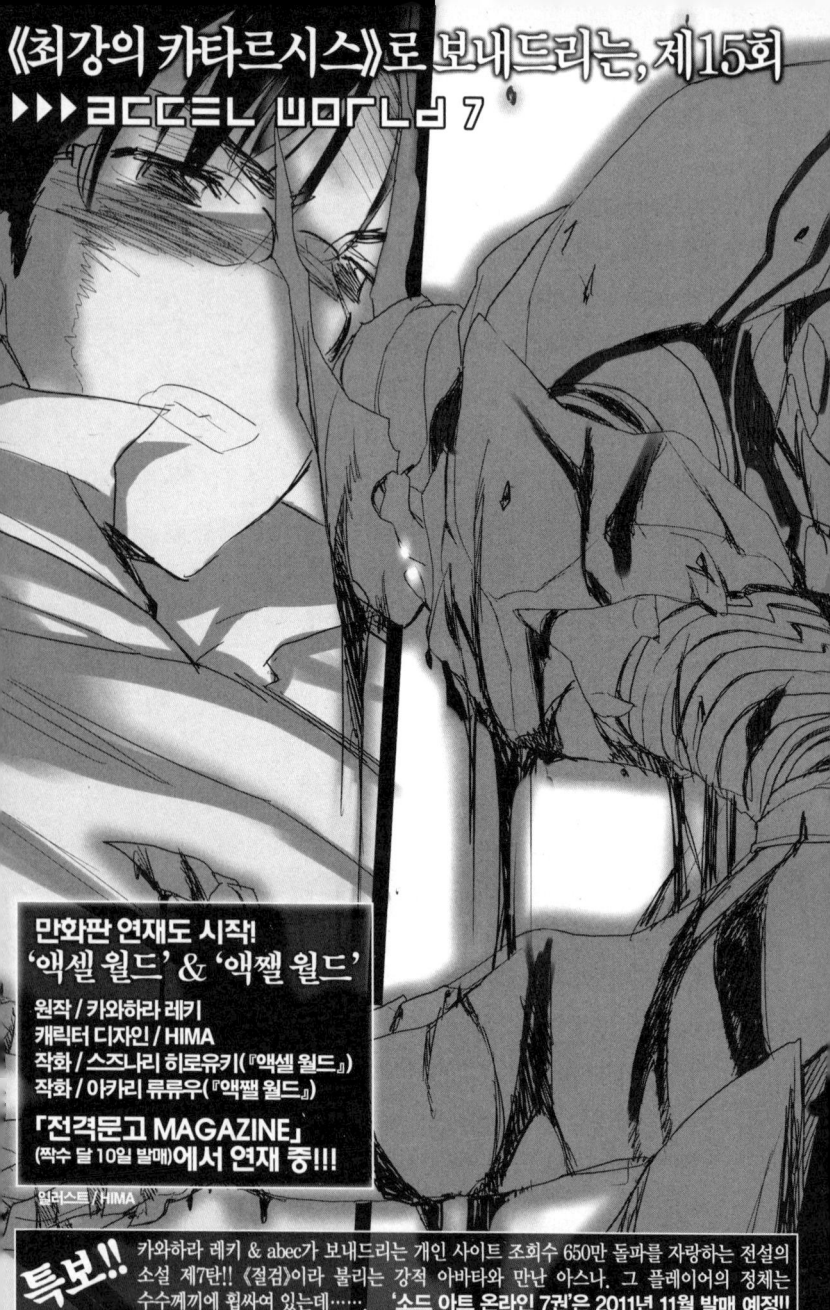

《최강의 카타르시스》로 보내드리는, 제15회
▶▶▶ ᗩᑕᑕᗴᒪ ᗯOᖇᒪᗪ 7

만화판 연재도 시작!
'액셀 월드' & '액쨀 월드'

원작 / 카와하라 레키
캐릭터 디자인 / HIMA
작화 / 스즈나리 히로유키(『액셀 월드』)
작화 / 아카리 류류우(『액쨀 월드』)

「전격문고 MAGAZINE」
(짝수 달 10일 발매)에서 연재 중!!!

일러스트 / HIMA

특보!! 카와하라 레키 & abec가 보내드리는 개인 사이트 조회수 650만 돌파를 자랑하는 전설의 소설 제7탄!! 《절검》이라 불리는 강적 아바타와 만난 아스나. 그 플레이어의 정체는 수수께끼에 휩싸여 있는데…….  '소드 아트 온라인 7권'은 2011년 11월 발매 예정!!

전격소설 대상 〈대상〉 수상작 최신간─!! 07

# 액셀월드 7

## ─재앙의 갑옷─

글 / 카와하라 레키
일러스트 / HIMA

『아, 이곳은…….
이 장소는 《제성(帝城)》 안이랍니다.』

《가속세계》의 최고의지 결정기관인 《칠왕회의》에 따라 실버 크로우에게 내려진 결정.
그것은 《재앙의 갑옷》에 오염된 몸을 일주일 이내에 《정화》─
강화외장을 완전히 해제하는 것이었다.
만일 이것이 불가능할 경우에는 나머지 육왕이 현상금을 걸어, 사실상 《가속세계》에서 추방될 것이다.
가장 고도한 저주 해제 커맨드인 《정화》.
그 능력을 보유한 아바타는 구 네가 네블러스 멤버,
《엘레멘츠》이자 레벨 7 버스트링커
시노미야 우타이, 《아더 메이든》이었다.

그리고 그녀는 현재 《무제한 중립 필드》에서 가장 도달하기 어렵다는 장소에 유폐되어 있다.
그 장소란, 《현실세계》에서는 황거에 해당하는 《가속세계》의 중심─ 절대 불가침의 《제성》.
남문을 수호하는 무시무시한 에너미 《사신(四神) 주작》의 제단.
흑설공주 이기는 《네가 네블러스》는 하루유키를 《정화》하기 위해
《아더 메이든 구출작전》을 발동한다.
난이도가 높은 미션도 겨우 순조로이 해결해.
결사의 각오로 《실비 그로우》는 《아더 메이든》을 구출하려 했으나,
생각지도 못한 사태기 발생한다.
《주작》이 뿜어내는 화염 브레스에, 구출은커녕
《제성》 내부에 돌입하게 된 《아더 메이든》과 《실버 크로우》.
탈출이 불가능하다는 그곳에서, 하루유키는 신비한 《꿈》을 꾼다.
《크롬 팰콘》과 《사프란 블로섬》.
두 사람이 바란 것.
《재앙》에 의해 그것이 무산되는 이야기를─

차세대 청춘 엔터테인먼트, 대망의 최신간!!
# 2011년 11월 발매 예정!!!

NOVEL

# SWORD ART ONLINE_소드 아트 온라인 6
## 〈팬텀 불릿〉

2011년 9월 10일 제1판 제1쇄 발행
2014년 10월 5일 제1판 제18쇄 발행

**지음** | 카와하라 레키
**일러스트** | abec
**옮김** | 김완

**발행인** | 이정식
**편집인** | 최원영
**편집팀장** | 조병권
**편집담당** | 심이슬
**일본판 오리지널 디자인** | BEE–PEE
**한국어판 디자인** | Design Plus
**라이츠담당** | 변혜경
**마케팅담당** | 안영배, 한성봉
**제작담당** | 박석주

**발행처** | (주)서울문화사
**등록일** | 1988년 2월 16일
**등록번호** | 2–484
**주소** | 서울특별시 용산구 새창로 221–19
**전화** | (02)799–9181(편집), (02)791–0757(마케팅)
**인쇄처** | 코리아 피앤피

ISBN 978-89-263-2541-4
ISBN 978-89-263-1086-1 (세트)

NOVEL

서울문화사 점프 / J-Novel 공식 커뮤니티
http://www.jumpcomix.co.kr

J-Novel 공식 홈페이지
http://www.jnovel.co.kr

J-Novel 공식 카페
http://cafe.naver.com/jnovel21

서울문화사 J-Novel과
여러 작품들의 최신 정보, 소식을 얻을 수 있는 곳!!
**J-Novel은 매월 10일 발행됩니다!!**

# 액셀 월드

# 6

## 정화의 신녀

**초판한정 책갈피 증정**

**소드 아트 온라인6 동시발매 기념!!**
**미니노트 증정 한정판 Set 발매!!**

## 《재앙의 갑옷》에 침식당한 하루유키의 운명은 《정화》를 가진 아바타에게 달렸다!

《블랙 로터스》흑설공주가 이끄는 레기온《네가 네뷸러스》. 그 약진을 짊어지고 있던 은색 날개가 뜯겨져 나가려 하고 있다. 수수께끼의 조직《가속연구회》와의 배틀 중, 하루유키는 갑자기 부활한《크롬 디재스터》의 침식을 받는다. 그는 아직까지 그 주박에서 벗어나지 못했다.

사태를 간과할 수 없다고 판단한《순색칠왕》은《가속세계》최고 의지 결정기관인《칠왕회의》를 연다. 그곳에서 실버 크로우에게 내려진 결정은, 1주일 이내에《정화》라 불리는 강화외장 완전 해제를 행하는 것. 이를 따르지 않을 경우 나머지 육왕으로부터 현상범으로 지정되어, 사실상《가속세계》에서 추방당하게 된다.

가장 고도한 저주 해제 커맨드인《정화》. 그 열쇠를 쥔 아바타는 《무제한 중립 필드》의 생각지도 못한 곳에 갇혀 있는데……

《가속세계》에서는 결코 피할 수 없는 위기를 끌어안은 하루유키. 하지만 《현실세계》에서는 사육위원 활동 중에 알게 된 초등학교 4학년의 귀여운 소녀와, 어째서인지 마음의 교류가 깊어지는데—.

**최강의 카타르시스와 함께 보내드리는 차세대 청춘 엔터테인먼트!!**

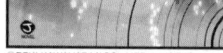

**카와하라 레키** 지음 | **HIMA** 일러스트 | **김완** 옮김

**J NOVEL** 절찬 판매중!